W0365636

Nicole Eick

AB FALL

Nicole Eick
Abfall

Erstausgabe 2012	EWK-Verlag, Elsendorf

Umschlaggestaltung:	Bernd Schröter, www.7carad.de
Lektorat:	M.-L. Lessing
Druck und Gesamtherstellung:	Comuto Digital Media Augsburg
ISBN	978-3-938175-78-1

□ Nacht

Frischfleisch

„Die sieht aus, als wär' sie schwanger!" Vor ein paar Wochen hat es ein Mädchen auf dem Schulhof gesagt und geglaubt, Kathrin hört es nicht. Aber sie hat's gehört. Es war das erste Mal, dass es jemand ausgesprochen hat. Und gleich ein paar Tage später ihr Stiefvater Karl, Charly genannt. Da lag er auf ihr, wie jeden Freitag, wenn ihre Mutter putzen geht.

„Au", hat Kathrin gesagt, und er hat aufgehört zu keuchen und zu stoßen und hat sie angeschaut, denn Kathrin sagt sonst nie etwas. Sie liegt nur da und schaut an die Decke, wo das Poster von Pink hängt, und stellt sich vor, sie sei so schön wie sie, so frech wie sie, so glücklich wie sie.

„Heh?", hat Charly gemacht, und Kathrin hat wiederholt: „Aua." Er hat auf ihren Bauch geglotzt, und in dem Moment hat sich was bewegt, Kathrin hat's gespürt, denn hinschauen tat sie nie.

„Nee, bloß nich, nich 'nen Balg", hat Charly gestöhnt, „obwohl...", und er hat kräftig in ihren Leib gestoßen, „wenn's 'n Weibsstück wird, gegen Frischfleisch hätt' ich nix." Er hat gelacht und fürchterlich gekeucht, dann kam's ihm endlich, und Kathrins Hand hat nach den Taschentüchern gegriffen und hat unten alles abgewischt.

„Halt bloß die Fresse und sag deiner Mutter nix", hat Charly ihr noch gedroht, „das Balg ist halt von irgendwem, treibst dich ja oft genug rum."

Jetzt liegt Kathrin wieder da, in ihrem Bett, und hält sich den Bauch, der so dick geworden ist, sie weiß nicht, seit wann. Ihre Mutter hat nichts gemerkt, die muss schauen, dass Geld reinkommt und dass Charly nicht zuschlägt, und Kathrin ist eh der Pummel im Haus, was soll man da schon sehen. Fünfzehn ist sie gerade geworden und immer noch in der siebten Klasse. „Du gehst noch ohne Abschluss von der Schule“, hat ihre Lehrerin gesagt, „faul wie du bist.“ Pink, die hat in ihrem Alter schon Gedichte geschrieben.

Aber Kathrin kann nicht mehr denken, seit Charly im Haus ist. Ihr Körper gehört nicht mehr ihr, und sie spürt ihn auch nicht mehr, und im Kopf ist alles ganz mechanisch geworden. Der zählt nur noch: fünf Tage bis Freitag, noch drei, noch zwei, einen, eine Stunde.

Was die Pink machen würde, in Kathrins Haut? Kathrin grinst hinauf an die Decke, und eine einzelne Träne rollt über ihre Backe, unvorstellbar, Pink, die Powerfrau, in der Haut des Pummels mit dem dicken Bauch. Und trotzdem fühlt sie sich ihr so nah, seit sie weiß, woher der Name kommt, „Pink“. In einer alten Bravo, die unter der Schulbank liegengeblieben ist, hat sie es gelesen. Pink war erst acht Jahre alt. Da hat ein Junge im Ferienlager ihr die Hose runtergezogen oder den Rock hoch, so genau weiß das Kathrin nicht. Und er hat das entblößt, was Kathrin bei sich schon lange nicht mehr anschauen mag, weil es nicht mehr ihres ist. Charly macht damit, was er will, und Kathrin will nichts mehr wissen davon, von diesem Teil mit der Farbe Pink. Die Pink da oben auf dem Poster, die kennt die Scham und den Schmerz, aber sie hat den Spieß umgedreht. Was gäbe sie dafür, das auch zu können.

Jetzt kommen die Schmerzen wieder, es zieht, zieht, ahhh! Kathrin beißt auf das zerknäulte Betttuch, damit sie nicht schreien muss.

Wenn erst alles vorbei ist, das weiß sie genau, dann wird sie vielleicht so sein können wie Pink, sie wird schön und glücklich sein und weit weg von zuhause. Oder eben nur weit weg von zuhause, das muss reichen.

Bruchstücke von Filmen, die sie gesehen hat, mischen sich in ihr Traumbild, irgendetwas von viel Blut, heißem Wasser, einer Nabelschnur. Die nächste Schmerzwelle schwappt über beides hinweg, den Traum und den Film. Sie muss irgendwohin, wo Wasser ist, aber sie fühlt sich so schwach und kraftlos, wie soll sie irgendwohin kommen?

Vielleicht reicht das Klo, ihre Mutter wird nichts mitkriegen, sie nimmt immer Schlaftabletten, und Charly ist auf Sauftour mit einem Kumpel.

Der Schmerz lässt nach, Kathrin rutscht aus dem Bett, sitzt auf dem Boden, und da wird plötzlich alles nass. OH nein, sie hat in die Hose gemacht, aber so viel! Sie wickelt das Betttuch um sich herum und zieht das Ende zwischen den Beinen durch, wo immer noch Wasser herausläuft. Vielleicht sterbe ich, denkt Kathrin. Dann möchte ich, dass sie „Nobody knows“ für mich spielen. Nobody knows the rhythm of my heart, the way I do when I'm lying in the dark, nobody knows but me. In Englisch ist sie gut, schon immer, nur in der Schule merken die das nicht.

Sie staunt, dass sie auf die Beine kommt, obwohl sie fast stürzt bei einem Tritt auf das am Boden schleifende andere Ende des Betttuches. Mit der einen Hand hält sie das Tuch über dem Bauch, mit der anderen tastet sie sich an der Wand entlang, im Dunkeln, hinaus aus ihrem Zimmer, über den schäbigen Flur in das kleine, enge, immerzu verschissene Klo. „Ich mach deinen Dreck doch nicht weg", sagt ihre Mutter immer zu Charly, dann zerrt er sie an den Haaren und macht ihr ein blaues Auge, aber das Klo putzt doch keiner.

Sie ekelt sich nicht mal, als sie sich aus dem nassen Tuch wickelt und draufsetzt. Es tut so gut, alles rauslaufen zu lassen, was da kommt, vielleicht kommt auch das, was in ihrem Bauch ist, einfach so raus, und sie merkt gar nichts, oder es lebt gar nichts, sondern ist irgendwas anderes, ein Geschwür zum Beispiel. Ein Geschwür, das aufgegangen ist und jetzt abgeht.

Die nächsten Schmerzwellen heben Kathrin fast von der Klobrille herunter, sie krallt sich an Handtuchhalter und Wand fest, ihre Beine, die Bodenkontakt suchen, zittern, als wäre ein Erdbeben in sie gefahren. Plötzlich kann sie richtig fest drücken, wie wenn man einen Haufen macht, und Kathrin stöhnt und weint und merkt fast nicht, wie etwas aus ihr heraus plumpst in die Kloschüssel, dann wird ihr schwarz, und sie kippt zur Seite an die kalte nackte Wand.

Nur ein paar Sekunden, dann ist sie wieder wach und schaut unter sich in das Becken. Da ragen ein paar winzige Beine heraus. Der Rest, ein zitternder Bauch, zwei dünne Ärmchen, ein runder Kopf, alles ganz rot und blau gefärbt, es sieht sie an und schreit nicht. Kathrin schaut dem Etwas zwischen die Beine, und da ist, was sie erwartet hat, ein Spalt. Und dann tut ihr der Bauch wieder so furchtbar weh, und der Rest kommt beim nächsten Krampf auch noch raus, fällt in die Kloschüssel und rutscht an dem blauen Körper ab ins Rohr.

Kathrin glaubt, sie muss sich übergeben, aber sie kann sich nicht über die Schüssel beugen wegen der Augen da drin, und außerdem muss sie irgendwie in die Küche kommen, wo die Müllsäcke sind, und muss das alles hier wegräumen und wegputzen. Morgen kommt die Müllabfuhr, dann ist alles weg, es ist eigentlich nie gewesen, und Charly wird umsonst auf Frischfleisch warten.

Auf Mülltour

Als Kalle zu seinem nächtlichen Rundgang aufbricht, ist es schon fast Mitternacht.

Es ist die erste milde Nacht seit Wochen. „Das war der kälteste Mai seit 28 Jahren – an vier Tagen Bodenfrost – Durchschnittstemperatur am Tag bei 13 Grad, in der Nacht bei 3 Grad.“ Kalle hat's zufällig in den Nachrichten gehört, aber sein chronisches Rheuma zeigt ihm auch so an, wie das Wetter ist. Wer die Nächte im Freien verbringt, braucht keinen Wetterbericht.

Trotz der milden Nacht also trägt er mehrere Schichten übereinander, zwei graue durchlöcherte Unterhemden, eins ohne Ärmel, eins mit, gestreifte Boxer-Shorts, noch ganz gut erhalten. Sie stinken allerdings, er trägt sie seit vier Wochen, als er sie in der Kleiderkammer geholt hat. Dann eine ausgebeulte und abgewetzte Cordhose unbestimmter Farbe mit Hosenträgern, die sie über seinem aufgedunsenen Bauch halten, ein richtiges Hemd mit Kragen, ehemals weiß, darüber einen zu engen Polyester-Pullover mit Rautenmuster, der über dem Bauch spannt, und schließlich noch sein bestes Stück, ein richtiger Lodenmantel, der bestimmt mal sehr teuer war, jetzt verdreckt ist, aber warm hält. Über die eine Schulter baumelt ein Matchsack, noch leer.

Nur ein paar hundert Meter von seinem heutigen Schlafplatz im dichten Gebüsch an der Freienhausener Brücke trifft er auf Billy Boy, der so heißt, weil er ein Strichjunge ist und behauptet, er macht's nie ohne Gummi, was ihm niemand glaubt. Billy ist vielleicht achtzehn, lang und schlaksig, und geht deshalb ein bisschen gebückt, und eine Kippe hängt schräg in seinem Mundwinkel. Er hockt auf dem Geländer der Maschinenfabrik und wartet auf Kundschaft.

„Hey, Kalledalle! Wieder auf Mülltour, was?"

Kalle öffnet auch sein zweites Auge ganz, das sonst überwiegend geschlossen ist und wegen dem er den Spitznamen Kalledalle hat – auf wen sich der bezieht, ist wohl klar. Kalle mag Billy nicht, weil er findet, dass es unmoralisch ist, es sich gegen Geld von einem Kerl von hinten besorgen zu lassen. Vor allem, wenn man noch so jung ist wie der da. Kalle ist sehr moralisch in jeder Beziehung. Wer so moralisch ist, hat selten Freunde.

„Yeah", gibt er zur Antwort, das hat er sich angewöhnt, als er eine Zeitlang mit einem Ami herumgezogen ist, oben im Norden. Ist lange her.

„Ey, weißte schon, dass oben im Sudhaus 'ne neue Sozial-Tussi arbeitet", quatscht Billy Boy los, „scharfe Braut, die. Sind jetzt immer richtig viele Jungs zum Essen da." Er lacht komisch glucksend, und sein Adamsapfel hüpft rauf und runter. Mit einer Hand rückt er seine Eier zurecht.

Kalle schaut missbilligend.

„Da kuckste, was, Kalle, klar steh' ich auf Weiber. Hab' wahrscheinlich schon mehr gehabt als du in den letzten zwanzig Jahren." Er zieht heftig an der Kippe und wirft sie dann weg. „Siehst aus, als wär' dein Ding abgefallen." Er lacht wieder.

Kalle antwortet nicht und geht einfach weiter. Er hinkt ein bisschen, wegen seiner kaputten Hüfte. Frecher Bengel, das. Was die Jungen sich heutzutage so erlauben. Als Billy Boy es nicht mehr sieht, fasst Kalle mit einer Hand unter seinen Mantel. Es ist noch alles da.

*

Es sind nicht viele Leute unterwegs in der Kleinstadt, schon gar nicht hier draußen. Erst oben in Hochfeld, der Siedlung mit den Sozialwohnungen, da wird's ein bisschen lebhafter. Zumindest vor dem Scharfen Eck, der Bierkneipe, ist was los, da stehen ein paar Männer rum mit ihren Flaschen und palavern. Drei Türkinnen mit Kopftuch und Kinderwagen sind auch noch unterwegs, die gehen immer nachts spazieren. Und auf dem trostlosen Spielplatz zwischen den Häuserblocks hockt die Jugend zusammen, kiffende Jungs und Mädels, die sich in ihren Miniröcken was abfrieren, denn so warm ist es nun auch wieder nicht.

Die Mülltonnen stehen draußen, und Kalle beginnt seine Tour am Ende einer Seitenstraße, denn bis er in die Mitte der Siedlung kommt, sind die Männer vor der Kneipe und die Türkinnen bestimmt weg. Er hat Routine: Deckel hochklappen, Luft anhalten, mit einem Arm wühlen, wenn er was Brauchbares findet – rein in den Matchsack. Kalle kann alles brauchen: Essbares, Klamotten, Elektroteile. Manchmal findet er einen alten Walkman, der noch spielt. Wofür er selber keine Verwendung hat, das verkloppt er. Komischerweise findet er hier in der Siedlung immer die besten Sachen. Obwohl die Leute doch arm sein müssten, schmeißen sie Zeug weg, das noch funktioniert, oder hauen ihr Essen in die Mülltonne, wenn sie es nicht mehr wollen. Dort, wo die alten Villen am Schlossberg stehen, traut sich Kalle nur in dunklen Nächten hin, aber da findet er ohnehin kaum was. Was die Reichen wohl mit ihrem Müll machen?

Bei den „Bienenstöcken“, den grauen heruntergekommenen Hochhäusern, ist Kalles Suche immer besonders ergiebig, hier stehen die großen Müll-Container. Sie sind schwer zu durchsuchen, aber was obenauf liegt, reicht Kalle meist. Hier hat er letztes Jahr sein Schweizer Taschenmesser gefunden, das er seitdem nicht mehr aus der Hand gibt. Der Platz um die Container herum ist verdreckt, es liegt mehr Müll daneben als drin. Eine Katze mit nur drei Beinen springt fauchend unter einem Container hervor, als Kalle den Deckel aufklappt.

„Hau ab“, brummt er.

Ein Haufen Müllsäcke liegt obenauf, die macht Kalle nicht gern auf, er will nicht unbedingt in fauligen Essensresten oder verschmierten Damenbinden wühlen. Er fasst mit beiden Händen hinein, um die Säcke auf die Seite zu schieben, denn weiter unten sieht er ein Stück Metall. Das andauernde Wimmern nervt ihn bei der Suche. Ob die Katze wieder in der Nähe ist? Er schaut sich um, tritt mit dem Stiefel gegen die Container, aber die Katze kommt nicht vor. Blödes Vieh.

Kalle hört schlecht, aber als er weitersucht, merkt er doch, dass das Wimmern direkt im Container ist. Es wundert ihn nicht, die schmeißen hier auch ihre Viecher weg, halbtot womöglich. Er hat schon mal eine tote Katze im Müll gefunden, seitdem hat er auch was gegen die. Das Wimmern kommt aus einem der Müllsäcke, die er gerade weggedrückt hat. Kalle weiß selbst nicht, warum er das macht, wo er doch Katzen überhaupt nicht leiden kann, aber er zieht sein Schweizer Taschenmesser aus der

Hosentasche und schlitzt den schon etwas aufgerissenen Sack vorsichtig auf. Es hängt wohl mit seiner Moral zusammen. Kalle grinst bei dieser Vorstellung in sich hinein.

Er hält den Sack mit weit vorgestreckten Armen auf, denn jeden Moment muss das Vieh herausspringen, und er will nicht, dass sie ihm die Augen auskratzt. Aber es tut sich nichts. Widerwillig zieht Kalle den Sack näher und reißt ihn so weit auf, dass er was sieht. Das ist überhaupt keine Katze, weil es kein Fell hat. Es ist nackt und verschmiert und wimmert. Ungefähr in der Mitte ist eine Schnur zu sehen, an der etwas Schleimiges dranhängt. Ein Mensch kann es auch nicht sein. Zumindest hat Kalle einen in der Art noch nicht gesehen.

Gut, dass es nicht kalt ist heute Nacht. Da kann er auch mal auf sein bestes Stück, den Lodenmantel, verzichten. Kalle zieht ihn umständlich aus und legt ihn auf den Boden. Dann holt er das wimmernde Bündel aus dem Müllsack. Unter dem Licht der Straßenlaterne sieht es irgendwie blau aus. Er legt es auf den Mantel und wickelt es so ein, dass das, was wie das Gesicht eines alten runzligen Affen aussieht, noch herausschaut.

Kalle schnauft. Mit seiner Suche heute ist es aus. Jetzt muss er seinen halb gefüllten Matchsack tragen und das unförmige Bündel noch dazu.

Margarete Kowalczyk,

das ist die „Sozialtussi“, die seit einigen Wochen im Sudhaus arbeitet.

Und das Sudhaus ist die neue Wärmestube und Sozialküche für Obdachlose und andere arme Schlucker in Freienhausen.

Seit Margarete Kowalczyk denken kann, wird sie Maggy genannt, oder „Maggi“ nach der gleichnamigen braunen Würztunke. Sie trägt das mit Fassung. Ein Mann, der sie eine Nacht lang liebte, nannte sie „Magie“. Daran denkt sie manchmal gerne. Das war lange vor Gerd, und auch die Sache mit Gerd ist schon wieder ein Jahr her.

Jetzt sitzt sie an dem großen robusten Holztisch im Sudhaus und rechnet. Das Ein- und Ausgabenbuch des Sudhauses liegt vor ihr, daneben Quittungen der heutigen Einkäufe, Waschpulver, Toilettenpapier, Kaffee, Wasserkästen. Es sind überschaubare Beträge, und das ist es, was sie liebt, das Rechnen mit realen Größen. Früher hat sie mit Millionenbeträgen jongliert, immer wieder zumindest. Sie saß von früh um sieben bis abends um fünf im Großraumbüro einer Versicherung, bearbeitete Schadensfälle und langweilte sich. Ihre Mutter, Else Kowalczyk aus Kirchleins im Bayerischen Wald, hat es missbilligt, dass ihre Tochter den schönen Beruf an den Nagel hängte und Soziale Arbeit studierte, an der kleinen Fachhochschule im 300 Kilometer entfernten Freienhausen.

Maggy ist froh gewesen, dass sie nach dem Studium in Freienhausen die Stelle im Sudhaus gefunden hat. Zwar ist ihr Arbeitsvertrag zunächst für ein Jahr befristet, aber etwas anderes ist für eine Berufsanfängerin ohnehin kaum noch zu finden. Nur kann Maggy leider auch nicht mit einer späteren Übernahme rechnen, da die Einrichtung im Sudhaus eine vorübergehende sein soll. Das ehemalige Brauhaus der Stadt soll abgerissen werden, sobald sich ein finanzkräftiger Investor für den Bau unbezahlbarer Eigentumswohnungen an gleicher Stelle findet. Bis zum Abriss darf das Freienhausener Jugendamt das Gebäude nutzen. Bislang hat es schon als Übernachtungsmöglichkeit für gestrandete Penner gedient, jetzt ist dem kargen

Schlafraum noch ein separat zugänglicher Aufenthaltsraum samt Küche angegliedert worden. Es war nicht gerade Maggys Traumstelle. Und das weiß auch ihre Mutter Else. „Margarete, du hattest doch eine so schöne saubere Arbeit im Büro, was musst du denn nun so was machen? All die schmutzigen Männer! Du kannst dir alles Mögliche dabei holen!“

„Das passt gar nicht zu dir, dieses Studium“, verkündete Else Kowalczyk schon vor vier Jahren. „Mach doch was mit Landwirtschaft oder Gartenbau, das können wir hier brauchen.“ Maggys Eltern haben eine kleine Nebenerwerbs-Landwirtschaft, die vor allem von ihrer Mutter gemanagt wird. Sie ist eine von den patenten Müttern, die alles können, alles besser wissen und für die einzige Tochter nur das Beste wollen. Wenn Maggy ehrlich ist, war dies der Hauptgrund, warum sie weg wollte aus Kirchleins, weit weg aus dem Einflussbereich ihrer Mutter. „Wenn man so hübsch und so klug ist wie du…“, mit diesem Satz fing fast jeder Vortrag ihrer Mutter an. Auch Else Kowalczyk war mal hübsch, Maggy hat es auf Fotos gesehen. Sie war und ist auch klug und hätte vermutlich auch gerne studiert. Aber ein paar Kurse in Hauswirtschaft mussten für die angehende Ehefrau eines Landwirtes reichen. Eine Portion Neid mag also auch eine Rolle spielen, wenn die Mutter der Tochter ihren beruflichen Werdegang vorhält. Und das „Wenn man so hübsch und so klug ist“ heißt ja letztendlich: Dann kannst du doch hier meine Arbeit fortführen und einen Landwirt heiraten. Maggy selbst findet sich selten hübsch. Es mag sein, dass sie dem bodenständigen Schönheitsideal ihrer Familie entspricht: Eine Frau mit breiten Hüften, stämmigen Beinen und kräftigen Händen ist gut für den Hof. Die kann bei der Ernte helfen, das Vieh versorgen und Kinder kriegen. Beim Stillen wird's schon schwieriger, dafür ist ihr Busen vielleicht zu klein, aber die Bauersfrauen heutzutage stillen eh nicht mehr. Maggy schaut an sich herunter und verzieht ihren breiten rotgeschminkten Mund, aber das Grinsen gerät ihr etwas jämmerlich. Stillen und Kinderkriegen, das sind Themen, über die sie gerade nicht nachdenken will.

Jetzt um Mitternacht ist Maggy allein im Sudhaus, bis auf einen Durchwanderer, der heute die Schlafstube nutzt, weil er sich den Fuß verstaucht hat. Doch der schnarcht rasselnd und wird wohl nichts mehr brauchen.

Soll sie noch einen Absacker im Wartesaal nehmen? An der Studentenkneipe käme sie auf dem Heimweg sowieso vorbei, und sie könnte einigermaßen sicher sein, nicht auf Gerd zu treffen. Andererseits wäre wohl auch sonst niemand da, den sie kennt, nicht Montagnacht um halb eins. Nach dem Studium sind die meisten aus ihrer Clique aus der Stadt weggezogen, weil sie woanders einen Job fanden oder weil sie keinen fanden und aus akuter Geldnot zuhause bei den Eltern untergekrochen sind. Maggy ist froh, dass ihr das erspart geblieben ist: Als die Bafög-Zahlung stoppte, hatte sie nur noch den Job in der Reinigung, zweimal die Woche. Um überhaupt noch die Miete zahlen zu können, lag sie halbe Tage nur im Bett. Außerdem musste sie dann ihr Magenknurren nicht so spüren. Sie hat sich oft gefragt, ob es anderen Studienkollegen auch so ging – man redet eben nicht darüber. Oder man kriegt doch den Scheck von daheim, was auch irgendwie peinlich ist. Für Maggy wäre das ganz und gar unvorstellbar gewesen, schon deshalb, weil sie vor dem Studium schon Geld verdient hat, aber nichts davon zurückgelegt hat. Klamotten und Schuhe können einen ziemlich ruinieren. Aber das ist heute nicht mehr so wichtig.

Sie steht müde vor dem kleinen halbblinden Spiegel in der Mitarbeitertoilette, alles ist alt hier, die Stadt hat keinen Cent mehr investiert. Maggy zieht langsam ihre Bürste durch ihr aschblondes Haar und ist sich fremd im Spiegel.

In den vier Wochen, in denen sie jetzt im Sudhaus arbeitet, hat sie allerdings so viel männliche Aufmerksamkeit auf sich gezogen wie in den ganzen 28 Jahren vorher nicht. Diese Aufmerksamkeit beinhaltet allerdings ein breites Spektrum von zotiger Anmache bis zu kindisch demütiger Anbetung vonseiten ihrer neuen Kundschaft.

Klopfen und Rütteln an der Haustür erschrecken sie so sehr, dass sie die Bürste fallen lässt. Wenn die letzten Besucher gegangen sind, schließt sie die Tür ab, denn nach 22 Uhr soll sie keinen mehr reinlassen. Das mit dem Abschließen hat ihr Herr Rümpfer, Leiter des städtischen Jugendamtes, dringend angeraten, zu ihrer eigenen Sicherheit. Und aus schlechtem Gewissen, vermutet Maggy, weil er ihr keine zweite Kraft zur Seite stellen kann.

Die Haustür hat ein kleines Oberfenster, das Maggy öffnet, um hinaus zu schauen. Draußen steht schnaufend ein alter Penner, den sie nicht kennt.

„Ist schon geschlossen“, sagt sie abweisend, „Sie können aber morgen Mittag zum Essen kommen.“

„Nee, nee“, brummt Kalledalle, „deswegen bin ich nich hier, Fräulein, ’s is wegen dem hier“, und er hält ein dunkles Bündel hoch Richtung Fenster. Trotz der kühlen Nachtluft weht Maggy abgestandener Geruch in die Nase, und sie widersteht nur mühsam dem Reflex, das Fenster gleich wieder zu schließen.

„Waschen geht auch nur am Tag“, sagt sie, „wie gesagt, morgen ab Mittag, eine Maschine ist kostenlos. Ich weiß bloß nicht, ob der dicke Mantel in die Maschine passt.“

„Nich wegen dem Mantel“, Kalle wird ein bisschen ungeduldig, und Maggy mindestens genauso, als sie sieht, wie der Alte umständlich das Bündel auswickelt, nachdem er einen großen Matchsack auf den Boden hat fallen lassen. „Schaun Sie, das hier mein’ ich!“ Er hat den Mantel nicht wirklich aufgefaltet, sondern nur etwas ein Stück ausgewickelt, etwas wie ein kleines Äffchen, mit durchsichtigen geschlossenen Lidern, die flattern, dünnem verschmiertem Flaum auf dem Kopf und ansonsten recht bläulicher Hautfarbe und von käsiger Schmiere bedeckt.

„Um Gottes Willen!“, entfährt es Maggy. „Das ist ja ein Kind!“

Sie vergisst jegliche Vorsichtsmaßnahme, die ihr Herr Rümpfer und sein Sozialpädagogen-Team eingeschärft haben, und schließt die Haustür auf. Sie fasst den Penner am Ärmel seines fleckigen Hemdes und zieht ihn herein, klaubt sogar seinen Sack vom Boden auf und macht die Tür wieder zu. Den Alten mit dem Bündel zieht sie weiter am Arm in die Sudhausstube, die noch ziemlich warm ist.

„Wo haben Sie das her? Wer sind Sie überhaupt? Haben Sie die Polizei verständigt?“ Maggy weiß gar nicht, was sie zuerst fragen soll.

„Bin der Kalle“, brummelt Kalle nur und gibt bereitwillig das Bündel aus der Hand, das Maggy behutsam auf den Tisch legt und auswickelt. „Da drüben, das große Handtuch, holen Sie es mir.“ Kalle macht, was sie sagt, gibt aber sonst keinen Ton von sich. Sie breitet das weiche Tuch aus, legt das nackte kleine Wesen darauf und weiß nicht recht, ob es noch lebt oder nicht. Ihre Hand auf dem kleinen Brustkorb spürt etwas wie ein flatterhaftes Pochen. Was macht man in so einem Fall? Sie wickelt es erst einmal in das flauschige Tuch ein, nimmt es dann hoch und drückt es an sich. Das muss der Mutterinstinkt sein. Außerdem ist sie vom Land und war schon dabei, wenn eine Kuh gekalbt hat. Das Bündel in ihrem Arm hat nur keinerlei Ähnlichkeit mit einem Kälbchen. Nur dass es ein Mädchen ist, hat Maggy mit einem flüchtigen Blick gesehen.

„Wir müssen sofort anrufen", sagt sie zu dem alten Mann. „Polizei, Notarzt, keine Ahnung." Sie klaubt mit einer Hand nach ihrem Diensthandy, das Bündel an sich gepresst. „Wo war denn das Kind, wo haben Sie es gefunden?", fragt sie Kalle, während sie die 110 wählt.

Er trappelt unruhig von einem Bein aufs andre. „Will nix mit den Bullen zu tun haben", sagt er. „War oben bei den Bienenstöcken in 'ner Mülltonne." Er will den Matchsack aufheben, aber Maggy zerrt ihn am Arm zu sich, während sie in den Hörer spricht.

Kalledalle weiß auch nicht, warum er überhaupt da bleibt. Die Sozialtussi erinnert ihn an wen, wahrscheinlich deshalb. Und wegen seiner Moral.

„Sie kommen gleich und schicken auch den Notarzt", sagt Maggy aufatmend, als sie den Hörer auflegt.

Tag 1

Der Morgen danach

Maggy hat überhaupt nicht schlafen können, nachdem dieser Obdachlose am Vorabend mit dem Neugeborenen bei ihr aufgetaucht war. Auch am Vormittag in ihrer Wohnung kriegt sie nichts auf die Reihe. Fenster hat sie putzen wollen, nachdem die Sonne am Vortag den ganzen Dreck auf dem Glas beschienen hat. Stattdessen sitzt sie nur an dem kleinen Tisch in ihrer Miniküche, lässt ihren Kaffee kalt werden und spielt in Gedanken immer wieder durch, was in der Nacht passiert ist. Nein, Angst hat sie eigentlich nicht gehabt, als dieser Kalle vor der Tür stand, trotz seines verklebten Auges sah er irgendwie gutmütig aus. Nur gestunken hat er so fürchterlich. Der Gestank mancher Besucher ist etwas, an das sie sich nur schlecht gewöhnen kann. Vor allem, wenn sie sich auch durch gutes Zureden nicht motivieren lassen, ein Bad zu nehmen. Kalles muffiger Geruch war ihr vor allem unangenehm, weil er dieses kleine Würmchen an sich gedrückt hielt und es auch noch in seinen schäbigen alten Mantel gewickelt hatte. Dass er dem Kind damit vielleicht sogar das Leben gerettet hat, ist auch Maggy klar.

Das kleine Mädchen kann höchstens ein paar Stunden alt gewesen sein. Der Moment, in dem sie es selbst in den Arm genommen hat, erscheint ihr heute Morgen ganz unwirklich. Sie hatte ein Ziehen in der Brust, in diesem Moment, und war überwältigt von Gefühlen, die sie lange weggepackt hatte.

Es ist kein Zufall, dass ihr heute ihre alte Temperaturtabelle in die Hände gefallen ist. Sie hat sie bis vor einem

Jahr geführt. Das war in den ersten Wochen mit Gerd. Er hatte keine Ahnung, was das für eine Verhütungsmethode war, die sie da anwenden wollte, aber er hat ihr einfach vertraut. Zumindest hat Maggy gedacht, dass es etwas mit Vertrauen zu tun haben müsste, da sie Vertrauen in einer Beziehung für unerlässlich hielt. Dass es ihn schlichtweg nicht interessiert hat, hat sie erst später herausgefunden. Die letzte Tabelle, die letzte Temperaturkurve, bevor sie aufgehört hat, die nahm einfach kein Ende. Da war mal irgendwann eine Temperaturerhöhung, die Maggy damals für ihren Eisprung gehalten hat, danach haben sie noch zwei, drei Tage gewartet und dann wieder ohne Verhütungsmittel miteinander geschlafen. Und dann kam die nächste Periode nicht. Sie weiß es noch, als wäre es gerade gestern gewesen. Das war in ihrem letzten Studiensemester, und Maggy konnte sich auf einmal ganz gut vorstellen, ein Kind zu bekommen. Warum auch nicht? Den idealen Zeitpunkt gibt's nicht, das hat sie bei ihren Freundinnen gesehen. Die eine hat einen Schwangerschaftsabbruch gemacht, weil sie und ihr Freund gerade beim Häuslebauen waren und das Ganze ungelegen kam. Heute heult sie manchmal und hat Schuldgefühle. Eine andere, die mit ihr in die Schule gegangen ist, hat gleich nach dem Schulabschluss ihren Jugendfreund geheiratet, bei denen war das Haus schon da. Nur schwanger ist sie bis heute nicht geworden. Und sie? Sie war immerhin mit dem Studium so gut wie fertig, hatte einen netten Freund mit einem sicheren Job bei einer örtlichen Firma und konnte sich also durchaus ein Kind leisten. Klar, wenn sie allein erziehend gewesen wäre, das wäre auch für sie nicht in Frage gekommen. Wie hätte sie damit ihren Eltern unter die Augen treten sollen? Sie wäre dann nicht nur eine gescheiterte Versicherungsangestellte und eine gescheiterte Studentin gewesen, sondern auch noch eine sitzen gelassene Mutter. Aber so war es ja nicht.

Dafür war ihr netter Freund zunächst nur halb so begeistert wie sie, was sie für eine typische männliche Reaktion gehalten hat.

Als sie zum zweiten Mal bei ihrer Frauenärztin war, um den Mutterpass abzuholen, da war auf dem Ultraschallbild einfach nichts mehr zu sehen. Es war, als wäre der besagte Punkt, der für Maggy schon eine kleine Persönlichkeit war, nie da gewesen. Ein Abgang, sagte die Ärztin bedauernd, und sie solle es doch nach drei Monaten Warten wieder versuchen. Sollte wohl nicht sein, sagte Gerd, und ging zur Tagesordnung über. Das sah so aus, dass er den Fernseher einschaltete, sich ein Bier aufmachte und die Beine hochlegte. Sie hat sich dann sofort ein Rezept für die Pille besorgt und ansonsten niemandem ein Sterbenswörtchen von ihrer kurzen Schwangerschaft gesagt. Die Pille brauchte sie eh nur noch etwa ein halbes Jahr, dann teilte Gerd ihr mit, dass sie sicher auch bemerkt habe, wie sie sich auseinander gelebt hätten. Er bräuchte mehr Freiraum, und sie könnten ja Freunde bleiben.

Das war während ihrer Abschlussprüfungen. Aber sie hat sie geschafft, irgendwie.

Warum fällt ihr das alles jetzt ein? Ach ja, wegen der Temperaturtabelle. Maggy bringt's nicht fertig, sie wegzuwerfen. Die letzte Kurve ist der einzige Beweis, dass sie mal schwanger war. Sie denkt an die Frau, die dieses Kind von heute Nacht ausgesetzt – nein weggeschmissen – hat. Hat sie denn nicht rechtzeitig bemerkt, dass sie schwanger ist? Und wenn ja, warum hat sie dann nichts unternommen? Maggy kann sich das überhaupt nicht vorstellen, ein Kind heimlich zur Welt zu bringen. Sie ist zwar auf dem Land aufgewachsen, aber auch dort gibt es schon längst keine Hausgeburten mehr, und wenn doch, so sind sie schließlich nicht heimlich, und es ist mindestens eine Hebamme dabei. Da muss doch die Nabelschnur abgebunden werden, und es kommt eine Nachgeburt. Wie soll das eine Frau alles alleine hinkriegen? Oder hat sie doch Hilfe gehabt? Vielleicht von dem Typen, der sie geschwängert hat? Womöglich wollte der das Kind nicht?

Es ist genauso wie bei mir, denkt Maggy. Gerd wollte es ja auch nicht. Er hätte sein Kind natürlich nicht umgebracht, aber vielleicht völlig ignoriert, und das ist auch nicht besser.

Natürlich ist es überhaupt nicht so wie bei mir. Ich habe mir nichts mehr gewünscht als dieses Kind.

Sie geht ins Bad, bürstet ihr Haar und putzt die Zähne. An ihrem trockenen Handtuch merkt sie, dass sie vergessen hat zu duschen. Vielleicht geht es ihr besser, wenn sie es noch tut. Sie zieht sich aus, dreht die Dusche heiß auf und steigt in die Kabine. Das Wasser ist so heiß, dass es wehtut. Prickelnde scharfe Stiche auf der Haut lenken Maggy ab von den Schmerzen tief drinnen, die sie nicht beschreiben kann und nie zu fassen kriegt.

Als sie zwei Stunden später ins Sudhaus kommt, hat Oli, der Praktikant, schon die Suppenkanone mit dem Kartoffeleintopf aus dem Städtischen Altenheim entgegengenommen. Ein paar Essensgäste helfen ihm, den Tisch zu decken. Es ist alles wie immer, wahrscheinlich weiß noch keiner etwas von den Vorkommnissen in der Nacht. Das wird erst losgehen, wenn die Zeitungen Wind davon bekommen haben. Ausgesetztes Kind, Vernachlässigung, Misshandlung – das sind Schlagzeilen für die erste Seite. Maggy stellt mit einem Blick fest, dass kein Kalle da ist.

Billy Boy lümmelt schräg am Tisch und beglotzt sie halb lüstern, halb kindlich neugierig.

Billy ist einer der wenigen, die nach dem Essen noch da bleiben. Er und Oli wollen eine Runde Karten spielen. Frau von Breitenbach, eine alte Stadtstreunerin, streitet sich inzwischen mit dem Tippelbruder auf der Durchreise. Es geht um die Zigarette, die der Mann gedreht hat. Madame findet sie abstoßend, weil sie so krumm geworden ist, und der Zigarettendreher brummt vor sich hin, weil er zum Rauchen rausgehen muss. Dann ist noch Oma Hildchen aus Hochfeld mit von der Partie, ein kleines faltiges Frauchen mit schütterem Haar. Hildchen hat so wenig Rente, dass sie gerne zum Essen kommt. Sie liebt Eintopf ganz besonders. Jetzt klappert sie mit Tassen und Untertellern, denn es gibt gleich Kaffee für alle.

Maggy kann sich auf nichts konzentrieren, ständig kommt ihr die Nacht in den Sinn, der einsilbige Kalle, das Kind. Sie grübelt, ob sie Oli einweihen soll. Er ist ein netter Junge, Student im praktischen Studiensemester und ganz patent, was den Umgang mit ihrer Klientel betrifft. Und er gefällt ihr. Das findet sie gerade etwas hinderlich, da das vage Gefühl sie von der Arbeit ablenkt. Oli ist ein paar Jahre jünger als sie, aber das stört sie nicht. Gerd war älter, ja, ein gesetzter Typ ohne Flausen im Kopf, der weiß, was er will. Sie hatte zum Beispiel geglaubt, er wolle eine Familie gründen. Nur, das wollte er gerade nicht. Und in Bezug auf Oli mag sie an so etwas erst gar nicht denken. Er sieht selber aus wie ein halbes Kind, wie er da mit Billy herumalbert, weil der ständig beim Kartenspielen bescheißt und es nicht zugeben will. Außerdem ist sie sozusagen seine Chefin, zumindest was die Arbeit im Sudhaus betrifft. Denn als Berufsanfängerin darf sie noch keine Praktikanten anleiten, das macht eine ältere Kollegin im Jugendamt.

„Auf, wir spielen eine Runde Mensch ärgere dich nicht!" Maggy muss sich aufraffen, um aus ihrem Gedankenkreisel rauszukommen. Als sie das Spiel geholt hat, sitzt Oma Hildchen schon faltig lächelnd am Tisch, und Billy Boy und Oli haben sich auch dazugesellt.

„Kennt jemand den Kalledalle, einen obdachlosen Mann, der zurzeit durch die Stadt zieht?", fragt Maggy beiläufig.

„Yeah, klar, das alte Schiefauge." Billy zieht mit seinen gelben Nikotinfingern ein Augenlid runter und macht Kalle nach. „Was willste denn von dem? Hat er was aus'm Müll geklaut?"

Morgen ist es eh rum, denkt Maggy. Sie sagt dann aber bloß, er habe was zum Waschen hergebracht und das sei fertig.

„Der und waschen!", gluckst Billy. Seine Bemerkung wirkt besonders komisch, weil die langen Jeans, in denen seine dünnen Beine stecken, speckig und fleckig sind.

„Kannst ihm ja sagen, er soll vorbeikommen, wenn du ihn siehst", sagt Maggy und würfelt eine Sechs, mit der sie Olis Figur von ihrem Startfeld schmeißt. Oli rauft in komischer Verzweiflung seinen Lockenkopf. „Was tust du mir an, holde Maid!" Nein, er ist wirklich zu kindisch, denkt Maggy. Allerdings findet sie ihn so kindisch wie anziehend. Aber über das Kind in der Nacht kann sie im Moment nicht mit ihm reden. Es hat zu viel mit ihr selbst zu tun. Und sie muss warten, bis es offiziell ist.

Es ist weg, ich allein

Kathrin verkriecht sich, im hintersten Winkel, Kissen über den Kopf, Hand vor den Mund. Und doch mit einem Ohr an der Tür. Sie klingeln immer noch, so schrill, hoffentlich wacht er nicht auf. Alter Sack der, geiler stinkiger Bock, Kathrin würgt, schluckt.

Das kleine Ding. Blauer Müllsack, hab' ich den zugebunden, so dünne Schnur, Mutter muss neue kaufen, hat sie von Netto, glaub' ich, wie die Nugatschokolade, hm, hätt' ich jetzt gerne. Oh Gott, ist mir schlecht, richtig kotzig, wo krieg' ich 'ne Schüssel her, den Abfalleimer vielleicht, puh, weg mit dem Kissen, es stinkt.

Hier spricht die Polizei! Alle Anwohner werden gebeten, den Beamten mit sachdienlichen Hinweisen zur Verfügung zu stehen! Achtung, hier spricht die Polizei! Nein, die spricht gar nicht, Kathrin hört Sachen, die es gar nicht gibt. Die sie aus Filmen kennt.

Ob die jetzt weg sind? Oder noch an der Tür stehen? Kathrin wagt nicht durchzuatmen. Ihr ist schlecht, so furchtbar schlecht. Und ihr Bauch tut wieder weh, sie drückt drauf und kann wenigstens einen Furz lassen. Es stinkt eh schon alles hier.

Immer noch ist das laute Schnarchen aus dem Wohnzimmer zu hören, unregelmäßig, aber aus dem Tiefschlaf kommend. Kathrin sieht ihn vor sich, wie er auf dem alten Sofa fläzt, Mund offen, klebriger Speichel im Mundwinkel, Hosenstall offen, schmuddelgelbes Hemd, das über seinem fetten Bauch spannt.

Kathrin hält sich ihren Bauch, der auch fett ist und den sie nicht ansehen will. Sie rutscht vom Bett und krabbelt auf allen Vieren zu ihrem verkratzten CD-Player, drückt auf Start und lässt Pink singen, aber es wirkt nicht. Just like a pill – instead of makin' me better you keep makin' me ill. Seit gestern wirkt es nicht mehr.

Pink, die ist auch nicht gerade dünn, aber die hat wenigstens eine Figur. Nix mit Fett bei der. Mit Sport vielleicht. So 'ne weiße Turnschuhe bräucht' ich. Mama, ich brauch' weiße Turnschuhe. Wofür, die wird lachen. Wir ham kein Geld. Sport nützt bei dir auch nix mehr. Kann ich auch Nugatschokolade essen. Kostet die jetzt 89 oder 99 Cent. Ach ja, und die Schnur. Morgen geht sie zum Netto. Mülltüten brauchen wir. Unter der Spüle. Mir war so schlecht, so schlecht. Schlechter als heut'.

Es kommt ganz plötzlich. Kathrin, die auf dem Boden vor dem CD-Player hockt, kann gerade noch den Abfalleimer herziehen. Sie kotzt sich die Seele aus dem Leib, dreimal, viermal.

Die Klingel schrillt, energisch, lange, laut. Schon wieder.

Keine Tempos da. Ich nehm' das T-Shirt. Stinkt auch. Bratkartoffeln oder Fisch, keine Ahnung. Wenn die nur mal was anderes kochen würde. Irgendwie hab' ich Hunger. Fühl' mich so leer da drin. Was da jetzt wohl drin ist. Ein großer leerer Raum, es ist weg, irgendwie ausgezogen, ohne mich, ich allein. Immer immer immer bin ich allein. Du bist 'ne fette Sau. Lars hat's gesagt und die ganze Klasse. Und das mit dem Balg. Ich kann weghören. Weghören und dann ist nix. Außer Spesen nix gewesen. Wer hat das gesagt, der Opa, glaub' ich. Ach Opa, Opi, Opilein. Hoppe hoppe Reiter, wenn er fällt, dann schreit er. War so schön.

Reiten ja, sagt Charly auch, das Schwein. Aber nur noch auf mir, du dreckiger Bock, nur noch auf mir. Nach mir is nix mehr. Es ist weg, sicher vor dir, sicher im Müllsack. Wär' kein Leben so. Besser nix als das Leben. Sollen die doch suchen, die Bullen, ich hör' weg, Charly hat gesoffen, hört nix.

Es klingelt wieder draußen, und Kathrin hält die Luft an. Die Polizei ist's nicht, ach die alte Meierin von nebenan, die klopft und ruft: „Kathrin! Hallo Kathrin! Bist doch da! Mach doch mal auf! Die Polizei war da! Vielleicht weißte was! Mach doch mal auf!"

Kathrin hockt da und lächelt und drückt den Abfalleimer mit der Kotze an sich.

Es ist weg, ich allein.

Kalle denkt nach

Es wurde Zeit, dass die Sonne wieder rauskommt. Für einen alten Mann, wie Kalle einer ist, also einen Mann Mitte Sechzig, ist ein bisschen Wärme auf dem Pelz nicht zu verachten. Der Lodenmantel bunkert die Wärme wie sonst was, Kalle hat das Gefühl, im Süden am Strand zu sitzen, so wie ihm die Sonne auf den Buckel brennt. Dort hinten auf der Bank im Park hocken zwei Mädchen schon in ärmellosen T-Shirts, aus denen ziemlich bleiche Arme rausschauen. Ihre Gesichter sind hinter den riesengroßen Sonnenbrillen fast gar nicht zu sehen.

Kalles Arme wären auch weiß, wenn er sie jemals auspacken würde. Also, draußen unter Leuten zumindest. Manchmal muss ja auch ein bisschen Wasser dran, aber nicht zu oft. Wasser macht die Haut kaputt. Jaja, er weiß, dass er manchmal muffelt, hat's auch heute Nacht gemerkt, bei dem Fräulein oben im Sudhaus, die war nicht so angetan von seinem Besuch. Sie hatte vielleicht auch 'n bisschen Angst, nachts so allein, und dann kommt ein ungewaschener Kerl wie er daher, mit nur einem offenen Auge und diesem winzigen Packen Leben in den Händen.

Wenn Kalle die Augen zumacht, oder besser gesagt sein gesundes Auge, dann hat er das zerknautschte Gesichtchen von heute Nacht deutlich vor sich. Und angeschaut hat es ihn, ganz merkwürdig, und nicht geschrien. So kleine Rotznasen brüllen sonst, was das Zeug hält. Er kommt kleinen Kindern sonst lieber nicht zu nahe. Das muss er auch nicht, auf Trebe, wie er immer ist. Schlimmstenfalls kommen ihm ältere Rotznasen in die Quere, solche wie Billy Boy oder kleine Ausreißerinnen mit 15 oder 16, die meinen, in der Welt ist es immer noch besser als zu Hause. Was ja auch sein kann. Er will lieber gar nicht wissen, vor was die weglaufen. Er, jedenfalls, wenn er jemals eine Frau und eine Wohnung und vielleicht ein Kind gehabt hätte, er meint eigentlich, die wären ihm nicht weggelaufen. Oder? Man weiß ja nie, was in den anderen vorgeht. Da passt ihnen die Nase vom Mann nicht, oder die Frau will einen, der bei gewissen Dingen mehr drauf hat, und die Kinder jammern rum, weil er ihnen nicht das neumodische Zeug kaufen kann, mit dem die heute immerzu rummachen. Diese Handys, mit denen man auch Fotos machen kann oder Filme sehen, oder diese ganzen Ballerspiele, die man am Computer spielen kann. Na ja, es gibt auch Kerle, die schlecht sind, die sich wie die Kings aufführen, und die Alte soll kuschen und die Kinder erst recht. Das wäre nicht sein Ding. Frauen und Kinder sind doch auch Menschen, und manchmal hat's ein Hund besser als die.

Ob diese Frau Kowalski da oben im Sudhaus von so was 'ne Ahnung hat? Nett war sie schon zu ihm, aber das sind die Sozialen alle, wollen immer helfen und dass er mal wo bleibt und sich eine Wohnung sucht und nicht immer nur ein paar Tage in einer Stadt bleibt. Ab und zu läuft ihm so ein Frauenzimmer über den Weg, das meint, es sei der Schlüssel zu seinem Glück. Sie lädt ihn dann ein in eine Wohnung mit Plüschteppichen und Plüschdeckchen und Püppchen auf dem Sofa mit Rüschenkleidchen und künstlichen Blumen in Vasen. In solchen Wohnungen weiß er nicht, wo er seinen Matchsack und seinen alten Lodenmantel lassen soll. Er traut sich dort nicht pissen zu gehen, weil Männer da sitzen müssen, und so einer wie er, der sein Leben lang gestanden hat, der kann nicht plötzlich sitzen, wenn er muss.

Dauernd grübelt er nach, an wen ihn diese Koslowski erinnert. Beim Grübeln hilft was tun, und deshalb hat er sein Taschenmesser in der Hand und schnitzt an einem Stück Holz herum, das er schon seit Wochen im Rucksack hat. Als er es gefunden hat, hat er gleich gedacht, da steckt ein kleines Boot drin, und das Boot will er jetzt rausschnitzen. Das könnte vielleicht was zum Spielen werden für so ein kleines Kind.

Am besten, er geht da noch mal hoch in das Sudhaus, auch wenn's sonst nicht seine Art ist, mit einem Haufen anderer armer Schlucker am Tisch zu sitzen und kostenlose Suppe zu löffeln. Für sein Essen sorgt er lieber selbst. Deshalb ist er, wenn er hier in die Stadt kommt, auch noch nie da oben gewesen. Aber wenn er die Kowalzek noch mal sieht, fällt ihm vielleicht ein, warum sie ihm so bekannt vorkommt.

Er hofft nur, dass keine Bullen da oben rumschwirren, die Vernehmung heute Morgen bei der Polizei hat ihm gereicht. Die haben gesagt, das muss so sein, weil er dann wieder weg ist und sie seine Aussage brauchen. Die haben bestimmt die ganzen Mülltonnen in Hochfeld umgekippt, um was zu finden. Da wär' er gern dabei gewesen, er hätte bestimmt noch was Brauchbares in dem ganzen Schutt entdeckt. Aber gesehen hat er ja nichts heute Nacht, außer der blöden Katze, aber die hat wohl kaum das Bündel in die Tonne gesteckt. Die hätte es womöglich gekratzt und angenagt, wenn er sie nicht vertrieben hätte.

Ob das eine aus den „Bienenstöcken“ war, die das mit dem Kind gemacht hat? So was ist ihm in seiner ganzen Tippelbruderlaufbahn noch nicht untergekommen. Und die dauert immerhin schon ein paar Jahre. Ob er jemanden in der Umgebung gesehen hat, wollten die Bullen wissen, oder irgendwo ein verdächtiges Auto oder ein Taxi weggefahren ist. Na ja, die Typen vor dem Scharfen Eck und die Türkinnen hat er halt gesehen. Aber die sind ja nicht weggelaufen. Die Türkinnen, die sind so verrückt auf ihre Kinder, die schmeißen die nicht weg. Klar, da waren noch die Mädels und die Jungs am Spielplatz. Aber es bringt eh nichts, sie anzuschwärzen, weil er gar nicht weiß, wer die waren. Die Polizei wird bestimmt sowieso alle da oben löchern, bis sie was zugeben. Bestimmt finden die zehn Neue, die was angestellt haben, aber nicht die, die das mit dem Kind gemacht hat.

Kalle kann sich vorstellen, was für ein armes Ding das sein muss. Die hat vielleicht schon ein paar hungrige Mäuler daheim und keinen Knopf mehr in der Tasche. Oder der Alte will das nicht mehr, dass wieder eins nachts schreit, wenn er knacken will. Oder sie ist noch so jung, dass sie keine Ahnung von nix hat. So was liest man ja immer wieder in der Bild-Zeitung.

Nein, Kalle kauft sich die nicht. Aber hin und wieder liegt sie auf Parkbänken herum, und schließlich muss er auch Zeitungspapier sammeln für sein Nachtlager, das wärmt nämlich auch. Eine Pulle Schnaps dazu, dann kann man richtig durchpennen. Aber er säuft nicht, nicht so richtig jedenfalls, gibt auch Tage ohne Alk, das geht auch mal.

Das Schiffchen in seiner Hand ist schon ein bisschen zu sehen. Kalle dreht sein Messer hin und her und wetzt es an seiner Hose ab, damit es schön glänzt. Das ist ein gutes Messer, und es wird ein schönes Boot. Ob er heut' Abend im Sudhaus mal seine Klamotten waschen soll? Eine Maschine ist umsonst, hat die Kowalzik gesagt. Nur hat er nichts zum Umziehen. Vielleicht macht er nachher einen Abstecher zur Kleiderkammer vom Roten Kreuz. Heut' ist Dienstag, da hat die vielleicht offen. Kalle kommt sonst manchmal etwas durcheinander mit den Wochentagen, aber weil er auf der Polizei war und die x-mal das Datum beim Protokollschreiben gesagt haben, weiß er's. Die Stütze für heut' hat er auch schon geholt, die heißt ja jetzt Harz vier und gibt's beim Arbeitsamt. Das Geld ist nicht viel mehr als früher. Er wird jetzt gleich zum Drogeriemarkt gehen und sich ein Duschbad und ein paar Einwegrasierer gönnen. Sonst denkt die Kowalski heute Abend wirklich noch, er muffelt immer so.

■■ Tag 2

BABY HALBTOT IM MÜLL GEFUNDEN
VON TIPPELBRUDER ENTDECKT UND GERETTET

Von unserem Redaktionsmitglied Roland Lorenz

Er dachte, es sei eine Katze, die da in einem Müllsack wimmert. So äußerte sich Karl F. gegenüber der Polizei, bei der er seinen Fund vorgestern Nacht anzeigte. Seitdem ist die Welt im Stadtteil Hochfeld nicht mehr in Ordnung. Die Polizei sucht fieberhaft nach der Mutter, die das Kind wahrscheinlich allein zur Welt gebracht hat und es dann in einen Müllsack steckte. Wie eine Mutter so etwas über's Herz bringen kann?

„Wir tappen noch völlig im Dunkeln", bekannte Polizeisprecher Günther Herne gegenüber dem Kurier. Seit 24 Stunden befragen Polizeibeamte fast rund um die Uhr die Anwohner in Freienhausen-Hochfeld, ohne eine heiße Spur zu finden. Allerdings, so Herne, seien einige Mieter noch nicht angetroffen worden. Die Polizei vermutet eine Verzweiflungstat und bittet die Frau dringend, sich zu melden. Wenn sie in Panik gehandelt habe, könne sie auf jeden Fall mit mildernden Umständen rechnen.

Das zwei Tage alte Mädchen ist nach anfänglicher starker Unterkühlung inzwischen wohlauf. Es wurde gleich nach dem Auffinden in die Kinderklinik gebracht. Eine Stellungnahme des obdachlosen Karl F. war leider nicht zu erhalten, da er nach seiner Zeugenaussage untergetaucht ist. Auch die Mitarbeiter des Jugendamtes, bei denen das Kind von Karl F. abgegeben wurde, wollten sich nicht weiter äußern.

Eine Einschätzung des Wohnmilieus in Hochfeld durch das städtische Jugendamt ergab aber, dass hier viele Problemfamilien betreut werden. Jugendliche ohne Schulabschluss und ohne Lehrstelle, frühe Schwangerschaften beziehungsweise auch Kindesentziehungen durch das Jugendamt seien an der Tagesordnung. Konkrete Verdachtsmomente konnten aber auch hier nicht geäußert werden.

Schule

Irgendwas dringt in ihr Ohr, laut und schrill die Stimme, Kaaathrin! Kaaathrin! Sie erschrickt, fährt hoch, starrt verständnislos auf die Frau vor ihr, ringsherum lacht alles, oh Gott, sie muss eingepennt sein, mitten im Unterricht. Sie ist so müde, so müde, will nichts hören, nichts sehen, all die blöden Fratzen um sie herum, die bloß über sie herfallen, egal ob sie was sagt oder nicht.

Frau Seidlinger, die hat sich vor ihr aufgebaut, die Hände in die Hüften gestemmt, und sagt was, was Kathrin hört, aber nicht versteht. Irgendwas, dass sie mal in der Gosse landet, wenn sie so weitermacht. Da bin ich schon, steck' bis über die Ohren im Dreck und komm nie mehr raus. Nie, nie, nie mehr. Oder er findet was anderes. Aber das eine, das ist weg, weggeschafft von Kathrin. Sie würgt und schluckt. Kathrin kriegt zu viel, wenn sie dran denkt. Also, bloß nicht dran rühren, auch daran nicht, klappt sonst auch, wenn Charly über ihr ist, klappt sogar richtig gut. Aber jetzt, das Eine, das schleicht sich immer wieder rein in ihr Hirn, und ihr Bauch tut weh, und ihr ist so kotzübel, dass sie alles wieder loswerden will, was sie seitdem in sich rein gefressen hat.

Es klingelt, Frau Seidlinger steht immer noch vor Kathrin, aber die steht auf, rennt raus, so schnell das geht mit ihren fetten Beinen, raus in den Hof, hinten in die Ecke, da ist der Kompost, da gehört sie hin. Es stinkt so sehr hier, dass die anderen die Nasen zuhalten und sie in Ruhe lassen. Meistens. Heut' nicht. Julia und Maren, die blöden Weiber, die immer bauchfrei herumrennen und sich was einbilden, weil sie so dünn sind und ständig mit anderen Typen rummachen und Kathrin piesacken, wo's nur geht.

„Hey, Alte, du blöde Sau, hast dich wohl die ganze Nacht ficken lassen von deinem Alten, pennst ständig ein, hoffentlich fliegste bald raus hier, wir können deine Fratze nicht mehr sehen." Julia boxt ihr in den Bauch, Maren zieht sie an den fransigen Haaren.

„Ey, vielleicht hat die das Baby fast gekillt, was da in der Zeitung stand", schreit Julia und rammt ihr beide Fäuste in den Bauch. „Die ist doch dauerfett", schreit Maren, „dauerschwanger, dauerfett, die scheißt doch mal einen Fettkloß, aber kein Kind. Oder so'n Ungeheuer, so 'n fettes Ungeheuer, wie sie selber is. Wer will schon an die ran!" Julia schmeißt sich weg vor Lachen.

Kathrin hält ihre Patschhände vor den Bauch. Ich spür' bloß nix, ich spür' überhaupt nichts mehr. Sollen sie doch, schlagt mich halt tot, ist nur gut, wenn ich weg bin. Vielleicht heult dann jemand, wenn ich tot bin, Mama vielleicht, dann merkt sie, dass sie mich gern gehabt hat. Weiße Rosen wirft sie ins Grab, meine geliebte Tochter, ich werde sie sehr vermissen, steht in der Todesanzeige, so kurz war ihr Leben, Gott hat sie zu sich gerufen, sie hat sich ein Lied von Pink gewünscht. Kathrin grinst vor sich hin, sie hat was gemeinsam mit Pink, was nur sie weiß, was Schmutziges zwar, aber immerhin. Julia haut ihr auf den Kopf, weil sie so blöd grinst, und dann sieht endlich Frau Seidlinger, was abgeht. Frau Seidlinger hat Pausenaufsicht, aber sie kann ihre Augen nicht überall haben.

„Lasst sie in Ruhe, weg, ihr zwei, nein, ich will gar nichts hören, ist mir egal, wer angefangen hat, stimmt eh alles nicht, was aus eurem Mund kommt."

Julia und Maren ziehen ab, strecken Kathrin die Zunge raus, formen mit dem Mund noch „blöde Sau" und zeigen ihr die Stinkefinger.

Kathrin drückt sich an die Plastikabsperrung des Komposthaufens, hat die Arme um sich gewickelt und schaut nicht auf. Frau Seidlinger will wissen, was mit ihr los ist, schimpft, weil sie im Unterricht eingeschlafen ist, weil sie nie ihre Hausaufgaben hat, fragt, ob sie krank ist, ob sie Kummer hat, ob sie mal mit der Beratungslehrerin sprechen will, ob sie, Frau Seidlinger, mal mit Kathrins Mutter sprechen soll. Kathrin schüttelt, schüttelt, schüttelt den Kopf. Nein, nein, bloß nicht. Es geht ihr gut, sie war bloß müd' heut' früh, hat schlecht geschlafen, war so laut draußen auf der Straße. „Da oben, bei euch in Hochfeld, war ja auch gestern einiges los", meint Frau Seidlinger, „sind alle befragt worden wegen des Kindes, hat dich das mitgenommen, die waren sicher auch bei euch, oder? Oder weißt du vielleicht was?" Kathrin schüttelt, schüttelt, schüttelt den Kopf. Keine blasse Ahnung, da war nix Verdächtiges. Die in Hochfeld kriegen ihre Kinder, die lassen sie nicht abtreiben, die Jungen schon gar nicht, weil mit einem Kind, da hat man doch was, es gibt Kindergeld und Elterngeld, und es ist dann nicht so schlimm, wenn ich die Schule nicht schaff' oder keine Lehrstelle krieg'. Kathrin weiß nicht, was sie denkt und was sie laut sagt, es ist alles irgendwie eins. Frau Seidlinger nickt und ist nicht mehr so streng. „Hast es nicht leicht, Kathrin, kommst aber nur aus deinem Umfeld raus, wenn du fleißig bist und lernst und die Schule schaffst. Das ist deine Chance, die musst du nutzen, und wenn du Hilfe brauchst, dann sag es, ich kann dir Nachhilfe organisieren, auch hier in der Schule."

Kathrin ist leer, ausgepumpt, spürt auch ihren Bauch nicht, ihren Kopf nicht, die wehtun müssten von Julias Schlägen. Sie will nur, dass Frau Seidlinger aufhört zu reden, und nickt und sagt „ja, ich sag's, wenn ich was brauch'".

Nix brauch' ich, gar nix, nur meine Ruhe. Weg oder tot sein. Im Fernsehen, da hat sich mal eine umgebracht, Kathrin denkt seit damals, das wär' was für mich, einfach so auf die Bahngleise legen, in den Himmel gucken, hören wie der Zug kommt, die Gleise beben schon lange vorher, das wird immer lauter, wie wenn man Musik laut dreht. Das Hirn nur einfach ausschalten dabei, das kann Kathrin, und aushalten, was kommt. Dann ist der Kopf weg und das Hirn ganz ausgeknipst, und Kathrin schwebt losgelöst von dem Fettkloß, der da unten liegt, ist ganz leicht, fliegt immer höher über den Wiesen, sieht die Lichter der Stadt nur noch von weitem, stellt sich vor, wie Charly sie sucht und tobt und vielleicht ihre Mutter totschlägt, und die kommt dann auch zu ihr hoch auf eine weiße, weiche Wolke, und da ist es immer ruhig und leicht und schön.

Irene Ruppricht

In einer Kleinstadt geht das nicht immer so schnell mit den Zeitungsmeldungen. Und auch im schnellen Internet kann nicht zu finden sein, was noch keiner weiß. In der Nacht, als das kleine Mädchen von dem Tippelbruder gefunden wurde, sieht zumindest die ermittelnde Polizeibeamtin Ruppricht keine Veranlassung, die Medien zu verständigen. Irene Ruppricht, eine kleine unscheinbare Frau Mitte Fünfzig, mit kurzen, grauen Haaren, nimmt der Fall mehr mit, als sie sich eingestehen will. So was kommt schließlich nicht alle Tage vor. In Hamburg und Berlin vielleicht, aber nicht hier. Sie kann sich überhaupt nicht erinnern, jemals einen solch spektakulären Fall bearbeitet zu haben. Es bereitet ihr Magenschmerzen, wenn sie sich den Medienrummel vorstellt, den das Kind aus dem Müll verursachen wird. Sie mag es gar nicht, während ihrer Arbeit im Blickpunkt der Öffentlichkeit zu stehen. Polizeiarbeit ist etwas, das in Ruhe und Gewissenhaftigkeit getan werden will. Beides sind Eigenschaften, die sie bisher meist zum Ziel geführt haben. Das Ziel ist die Aufklärung der Tat, die gerechte Strafe für den Täter, nicht die Befriedigung der öffentlichen Lust an intimen Details.

Sie hat auch persönliche Gründe, warum der Fall sie mehr mitnimmt als manch anderer, in dem ein Todesopfer zu beklagen ist. Die kleine Karla lebt, immerhin. Aber sie kennt ihre Mutter und ihren Vater nicht, noch nicht. Vielleicht wird das ein Leben lang so bleiben, wenn die Polizei keinen Erfolg hat. Und das ist etwas, was Irene Ruppricht auf keinen Fall ertragen will, weder für sich noch für dieses kleine Mädchen.

Am Tag nach dem Babyfund begann die Kommissarin mit der Routinearbeit. Sie wusste, dass dieser Tag der erste und letzte sein würde, an dem sie und ihre Kollegen noch in Ruhe ermitteln konnten.

Die Beamten befragten die Bewohner in Hochfeld, notierten verdächtige Namen und präsentierten der leitenden Kommissarin am Nachmittag die Namen von drei Frauen und einem Mädchen, die nach Beobachtungen von Nachbarn für eine heimliche Schwangerschaft in Frage kamen.

Am Abend teilte Irene Ruppricht ihrem Pressesprecher Günther Herne die wesentlichen Ergebnisse der Vernehmungen mit. Dieser hatte sich kurzerhand mit Roland Lorenz, einem Redakteur des „Kurier“, getroffen und diesen den Bericht formulieren lassen, natürlich ohne Namen zu nennen.

Jetzt sitzt Irene Ruppricht an ihrem Schreibtisch, liest den Bericht im „Kurier“ und wappnet sich für den Tag. So sehr sie die öffentliche Aufmerksamkeit fürchtet, die der Artikel auslösen wird, so sehr ist sie auch auf Hinweise aus der Bevölkerung angewiesen.

In der morgendlichen Besprechung hat sie die „Sonderkommission Karla“ ins Leben gerufen, der sie selbst sowie die Kollegen Florschütz, Riemer und Paulsen angehören. Sie können zu viert die eingehenden Anrufe schon nach kurzer Zeit nicht mehr bewältigen. Denn nicht nur Menschen, die glauben, etwas Wichtiges gesehen zu haben, rufen an. Zusätzlich melden sich eine Reihe von Paaren und Frauen, die nichts sehnlicher wollen als ein Kind zu adoptieren. Im Fund der kleinen Karla sehen sie offenbar einen Wink des Himmels, dass dieses mutterlose Baby doch nur ihnen zugedacht sein könnte.

Am späten Nachmittag – Irene Ruppricht hat sich zwischenzeitlich der Aktendurchsicht anderer ähnlich gelagerter Fälle aus anderen Städten gewidmet – ruft ein Beamter aus der Wache an. Ein resolutes Paar verlange, zu ihr geführt zu werden. „Sie heißen Sünkel, sagen, sie müssten Sie dringend wegen des Kindes sprechen“, meldet ihr der Kollege.

„Haben sie Hinweise auf die Mutter des Kindes?“, fragt Irene Ruppricht hoffnungsvoll. „Ich weiß nicht, sie sagen's nicht, bestehen immer nur darauf, Sie selbst zu sprechen.“

Irene Ruppricht seufzt. Hoffentlich ist's kein Windei, sondern die erste brauchbare Spur am heutigen Tag. „Okay, lassen Sie sie rauf.“

Drei Minuten später wird sie von Herrn und Frau Sünkel regelrecht in Geiselhaft genommen. Er ist ein dominanter

Typ Ende Vierzig mit Anzug und Krawatte, sieht aus wie ein Banker und ist auch einer, sie eine perfekt geschminkte Blondine, gut zehn Jahre jünger als ihr Mann. Irene Ruppricht meint, zumindest sein Bild schon mal in der Zeitung gesehen zu haben.

Ohne vernünftige Begrüßung beschwert sich Herr Sünkel zunächst, dass man sie in der Wache habe abweisen wollen. „Sie sind mit dem Fall des Kleinkindes befasst?“, fragt er streng, und Irene Ruppricht muss trotz ihres Widerwillens gegen den Herrn ein bisschen schmunzeln, weil sie sich wie in einem Verhör fühlt. Nur ist sie sonst auf der anderen Seite.

„Guten Tag“, sagt sie, um Freundlichkeit bemüht. „Möchten Sie sich setzen? Sie haben Hinweise auf die Identität des Kindes?“

Herr und Frau Sünkel wollen sich nicht setzen, sondern kommen gleich zur Sache. „Wir sind seit Jahren beim Jugendamt als adoptionswillige Eltern gemeldet“, ergreift Frau Sünkel mit leidendem Unterton das Wort. „Das nächste Neugeborene ist Ihres, haben die uns versprochen, also: Dieses Baby müssen wir bekommen.“ Dies ist eindeutig keine Frage, sondern eine Mitteilung an die Polizeibeamtin.

Die nahe liegende Frage Irene Rupprichts, warum sie ihr Anliegen dann nicht dem Jugendamt vortrügen, schneidet Herr Sünkel mit heftigen Worten ab. „Herr Rümpfer, der Amtsleiter, stellt sich stur, sagt, er weiß überhaupt nicht, wo das Kind ist, und wir sollen uns an die Polizei wenden.“

Ruppricht hat so ihre Zweifel, ob Herr Rümpfer, den sie flüchtig kennt, das wirklich gesagt hat, und sie zuckt die Schultern.

„Sie werden sicher verstehen, dass wir zunächst die Mutter suchen. Es geht hier überhaupt noch nicht um eine eventuelle Adoption."

Damit tritt sie allerdings erst recht eine Lawine los. Herr Sünkel holt tief Luft, und Irene Rupprícht hat das Gefühl, dass er die folgende Rede oft geprobt oder vor willigen Zuhörern auch schon gehalten hat. So bekommt sie zu hören, dass das ständige Aussetzen und Umbringen von Kindern eine zum Himmel schreiende Ungerechtigkeit sei. Dass eine Babyklappe her müsse, die gebe es schließlich schon fast in jeder Stadt, nur hier nicht. Dass die Behörden und vor allem das Jugendamt versagt hätten, wenn sie nicht mal wüssten, wer da schwanger gewesen sei. Dass überhaupt Abtreibungen wieder strengstens bestraft werden müssten. Dass es so viele Eltern gebe, die sich ein Kind wünschen, und diese Frauen – Herr Sünkel betont „diese" auf sehr abfällige Art – doch nur ihre Kinder an solche Eltern geben müssten. Dass Eltern wie er und seine Frau einem Kind so viel bieten könnten, was „diese" Leute aus Hochfeld doch nicht könnten.

Irene Rupprícht ist sonst nicht auf den Mund gefallen, aber der Fall macht sie dünnhäutig, und sie ist nicht so schlagfertig wie sonst. Der Ärger über das fordernde Verhalten der Sünkels überwiegt bei weitem ihr Verständnis für deren verzweifelte Lage.

Ihr Kollege Riemer erlöst sie, weil er hereinkommt und sie dringend sprechen will. Vielleicht hat er aber auch nur an der Tür gelauscht – egal, Irene Rupprícht ist mehr als dankbar.

„Tut mir Leid, wir müssen", sagt sie unbestimmt in Richtung Tür, komplimentiert die Sünkels hinaus und bittet sie, bei der Verwaltungskraft ihre Anschrift zu hinterlassen.

Arbeitsamt

„Frau Schmitt in Zimmer fünf", sagt eine näselnde Stimme aus dem Lautsprecher.

„Wird auch Zeit", schimpft Adriane Schmitt, so heißt Kathrins Mutter, aber die meisten sagen Adi zu ihr, und der Kupka nennt sie „Alte", das hat aber nichts mit ihrem Vornamen zu tun. Warum kriegt sie immer den Scheißjob, wegen dem Harz vier zum Arbeitsamt zu rennen? Mit Müh und Not hat sie Kathrin dazu gebracht, mitzugehen. Nach der Schule ist die sonst zu nix mehr zu gebrauchen, ganz daneben sieht sie aus, wie sie da zusammengesunken neben ihrer Mutter hockt. Aber genau deshalb wollte Adriane, dass sie mitkommt. Die geleckten Typen auf dem Amt sollen ruhig sehen, mit was für einer fetten Kröte von Tochter sie gestraft ist. Fett und dumm, aber das einzige, was ihr geblieben ist.

Die letzten Piepen hat sie fürs Taxi zusammenkratzen müssen, weil der Bus weg war und ihnen der Weg zum Laufen zu weit war. Mehmet, den Taxifahrer, kennt sie, mit dem hat sie früher mal ein Nümmerchen geschoben, und deshalb macht er ihr immer einen Sonderpreis. Aber nee, jetzt läuft nichts mehr, obwohl der Bursche gut aussieht, sie hat Angst wegen dem Kupka.

Dann nervt sie die blöde Warterei auf dem Amt, wo sie erst eine Nummer ziehen müssen, wo Schieben doch besser wär'... Adriane grinst und macht schnell den Mund wieder zu, weil ihr zwei Zähne fehlen, das muss nicht jeder sehen. Obwohl, das mit dem Nummer schieben, das macht auch schon lange keinen Spaß mehr, der Kupka geht bloß auf sie drauf, wenn er besoffen ist, aber so sind die Kerle. Was der sonst so treibt, will sie gar nicht wissen. Ein Kerl in der Wohnung, das muss halt sein, sonst denkt jeder, sie ist 'ne Nutte, einen Kerl braucht man, sonst ist man nichts Halbes und nichts Ganzes. Die Kathrin braucht auch einen, der ihr Bescheid sagt, allein wird sie mit der nicht mehr fertig. Sie ist die letzte, die sie ihr gelassen haben, die Kleinen, der Steve und die Annika, die sind schon lange in Pflegefamilien. Mit denen ist sie auch nicht mehr zu Rande gekommen, aber es hat ihr ja auch keiner geholfen. Da war der Vater von der Annika gerade abgehauen, bei dem von Steve weiß sie nicht mal den Namen, das war ein Ami, ein Schwarzer. Deshalb hat der Kleine 'nen amerikanischen Namen, der dem Vater bestimmt gefallen hätte. Bob hieß er, denkt sie manchmal. Aber sicher ist sie nicht. Kann auch Rob oder Todd oder so was gewesen sein. Der Vater von Kathrin saß mal im Knast, wo er jetzt ist, weiß sie nicht. Besser, der taucht nie wieder auf. Sie waren noch so jung damals. Sie war fünfzehn, ihr Kerl sechzehn. Aber das Kind hätte sie nie weggemacht, obwohl, vielleicht wär's besser gewesen, aus der Kathrin wird auch nix Vernünftiges.

Der Kupka ist nicht viel besser als die vorigen, Zaster beischaffen tut er auch nicht, macht auf Harz vier, seit sie ihn kennt, und sagt immer, im Sommer geht er wieder auf den Bau. Das war's dann. Und jetzt hat sie diesen Scheiß-Putzjob verloren. Der war bei so einer Firma, die ihre Leute an andere vermietet. Es gäbe keine Arbeit mehr für sie, haben sie ihr gesagt. Und sie melden sich, wenn wieder was zu machen ist. Und dann war diesen Monat nur ganz wenig Harz vier auf dem Konto, und das Geld vom Putzen hat gefehlt. Die spinnen doch beim Arbeitsamt. Denen sagt sie heute mal Bescheid. Was ham die eigentlich im Kopf, von was sie die Miete zahlen soll? Der Kupka säuft deshalb nicht weniger, wenn kein Geld da ist.

Adriane rafft ihre Tasche und ihre Jacke und stößt Kathrin grob an. Die ist heute wieder so was von daneben. Sie zieht sie am Arm mit sich, in Zimmer fünf. Ach herrje, beim Grosch sind sie wieder, der eingebildete Affe, na, dem wird sie heut' Bescheid sagen. Der schaut nicht mal her, als sie reinkommen, macht an seinem Computer rum.

„Einen Moment noch, setzen Sie sich bitte", sagt er und schaut immer noch nicht.

Adriane schnauft, zieht sich einen Stuhl her und drückt Kathrin auf den zweiten. „Ich komm wegen dem Harz vier", sagt sie, „das stimmt wieder nicht, wir haben bloß 86 Euro gekriegt, für was soll das denn langen? Und putzen geh' ich auch nicht mehr."

„Einen Moment bitte", sagt der Grosch und hackt weiter auf seinen Tasten rum.

Es ist jedes Mal dasselbe: Adriane Schmitt ist ziemlich wütend, wenn sie ins Arbeitsamt reingeht, dann wird sie müde von der langen Warterei, und wenn sie dann endlich drin ist beim Grosch oder bei der Angermüller oder dem Böhme und wie sie alle heißen, ist sie im Kopf so daneben, dass sie nicht mehr weiß, wie sie alles sagen soll, was ihr stinkt.

Stinkt? Hoffentlich stinkt sie nicht so. Kathrin dreht sich immer weg, wenn sie ihr mal zu nahe kommt, aber das ist auch schon lange nicht mehr der Fall gewesen. Hast du wieder getrunken, fragt Kathrin dann, und sie klebt ihr dann meist eine. Freches Ding, die Mutter so was zu fragen. Wie soll man sonst den ganzen Alltagsscheiß aushalten? Der Kupka schleppt den Alk immer an, und wenn sie mittrinkt, ist's eben auch für sie leichter. Aus der Form ist sie auch gegangen, ihre besten Jeans, die sie heute anhat, kneifen und drücken, ihr Bauch ist ausgeleiert von den Schwangerschaften und hängt drüber. Der Busen hängt auch, und das mit dreißig. Siehst aus wie fuffzig, sagt der Kupka immer zu ihr. Dass er selber bald fuffzig wird, da darf sie nichts drüber sagen.

„Frau Schmitt?" Der Grosch guckt sie bloß an und wartet. Kathrin nagt an ihren Fingernägeln und glotzt ins Leere. Adriane holt Luft und lässt noch mal den gleichen Spruch ab wie eben. Dass eben nur die 86 Euro drauf waren und von was sie alles zahlen sollen. Der Grosch tippt wieder auf den Computertasten rum und sagt nix. Das machen die immer so. Die halten uns alle für blöd, denkt Adriane, dabei sind sie selber blöd.

„Sie haben letzten Monat mehr verdient als die Monate davor?", fragt der Grosch und wartet gar keine Antwort ab. „Sie haben aber die gleiche Leistung wie vorher von uns bekommen, und deshalb wurde das Geld diesen Monat wieder abgezogen." Ach du liebe Scheiße! Bloß weil sie ein paar Kröten mehr hatte, das war 'ne Urlaubsvertretung, und sie hat ein paar Stunden mehr geputzt! „Das können Se nicht machen", protestiert Adriane, „wir ham nix zu leben, und die Miete kann ich auch davon nicht zahlen."

Der Grosch hat 'nen richtig kalten Tonfall, als er antwortet. „Letzten Monat haben Sie sich auch nicht beschwert, dass Sie mehr Geld als sonst hatten." Er zieht die Brauen hoch. „Sie wissen doch, dass wir überzahlte Beträge im Monat darauf wieder einbehalten müssen."

„Aber die Miete!" Adriane wird jetzt laut. „Wie soll ich denn die bezahlen?"

„Hätten Sie letzten Monat zurücklegen müssen!"

„Aber ich verdien doch jetzt nix mehr! Ham mich gekündigt, die!"

„Haben Sie die Kündigung dabei?“

Adriane schüttelt den Kopf.

„Bringen Sie sie mir vorbei, und ich veranlasse eine Neuberechnung für diesen Monat. Aber die Überzahlung vom letzten bleibt trotzdem abgezogen.“

„Was krieg’ ich dann noch?“, will sie wissen.

„Kann ich Ihnen nicht sagen, die Berechnung macht der Computer. Gehen Sie zur Caritas oder zur Diakonie, wenn Sie Hilfe brauchen.“

Ha, zur Caritas! Die geben ihr nicht mal mehr einen Termin. Nur weil sie ein paar Mal nicht hin konnte, da war ihr schlecht. Die haben doch alle keine Ahnung, wie das ist. Wenn man nix mehr im Geldbeutel hat und der Kupka daheim säuft und ihr noch eine reinhaut, dass sie nicht mal zur Arbeit kann.

Adriane bleibt trotzig sitzen. „Sie müssen mir aber was geben. Schaun Sie die an“, sie bohrt Kathrin einen Finger in die Seite, „für die hab’ ich auch nix zu essen. Früher hab’ ich auch was gekriegt, als Sie noch Sozialamt waren.“

„Das habe ich Ihnen alles schon mehrmals erklärt, Frau Schmitt. Ich kann nicht mehr für Sie tun. Bringen Sie mir die Kündigung. Auf Wiedersehen.“ Er dreht sich weg und kramt in seinem Aktenschrank.

„Sie, Sie ham gut reden!“, giftet Adriane. „Wenn wir aus der Wohnung fliegen, dann zeig’ ich Sie an, dann wer’n Sie schon sehn!“ Sie packt wütend ihre Sachen, stößt Kathrin grob an, die aussieht, als hätte sie überhaupt nix kapiert. Im Schlepptau mit der nichtsnutzigen Tochter rauscht sie raus und knallt die Tür zu.

Dienstbesprechung

Vor Feierabend ruft Irene Ruppricht ihre Kollegen der SOKO Karla noch einmal zusammen, um die Lage zu besprechen. Sie sind insgesamt zu acht hier im K 1, dem für Mord und Totschlag und sonstige schweren Verbrechen zuständigen Kommissariat. Seit drei Jahren ist sie die Erste Kriminalhauptkommissarin des K 1. Vorher hat sie sich lange mit Versicherungsbetrug und Ähnlichem beschäftigt, zu lange, nach ihrer persönlichen Ansicht, da ihr die Thematik nicht sehr gelegen hat. Deshalb kam ihr der Wechsel ins K 1 gerade recht, auch wenn sie sich dafür um die Leitung bewerben musste. Die Frauenquote war zu erfüllen, und Irene Ruppricht galt bei Vorgesetzten und Kollegen schon lange als Favoritin für den Posten. Sie selbst ist keine Polizistin, die die große Karriere anstrebt. Höheres berufliches Ansehen und mehr Einkommen waren und sind ihr relativ egal. Für wen soll sie auch mehr verdienen? Sie lebt alleine, seit ihre Mutter vor vier Jahren gestorben ist. Sie hat sie gepflegt, jahrelang, bis zum Ende, und sich keine Zeit genommen für Partnerschaft und Familie. Der Wunsch nach einem Kind war ohnehin nie sehr stark, und das Verlangen nach einem Partner hat sie nach zwei, drei misslungenen Versuchen einfach ad acta gelegt. Sie erforscht sich manchmal, am Wochenende, wenn sie Zeit hat, eine ihrer einsamen Wanderungen in der Umgebung zu machen: Spüre ich etwas, wenn ich Paare sehe, die sich an der Hand halten, sich umarmen? Vermisse ich es, jemanden an meiner Seite zu haben, mit dem ich die Ereignisse des Tages besprechen kann? Und sie kommt meist zum gleichen Ergebnis – ja, ein bisschen fehlt ihr das alles, aber es ist auch gut so auszuhalten. Jahrelange Übung im Alleinsein hat sie gestärkt, das Leben so zu nehmen, wie es ist. Wenn sie je ein Mitteilungsbedürfnis hat, das weder ihre Kollegen noch die wenigen Bekannten in der Stadt erfüllen können, so kann sie eine alte Schulfreundin anrufen, die jetzt in den USA lebt. Das muss reichen.

Und so hat Irene Ruppricht auch die Berufung ins K 1 als eine Aufgabe im Leben hingenommen, der sie sich stellt und aus der sie Befriedigung zu ziehen versucht. Es geht ihr nicht schlecht dabei, in der Regel. Dieser Fall allerdings, der rührt sie mehr an, als ihr lieb ist.

Das Viererteam, das jetzt die SOKO Karla bildet – Irene Ruppricht, Walter Florschütz, Eberhard Riemer und Anette Paulsen –, wirkt heute Abend angespannt und müde.

Die Paulsen hatte den Auftrag, alle bisherigen Ergebnisse übersichtlich an die Magnetwand in Irene Rupprichts Büro zu heften, und das hat sie wie immer zuverlässig erledigt.

„Also, was haben wir?“, fragt Irene Ruppricht und beugt sich gespannt vor. Anette Paulsen ist eine Mitarbeiterin nach ihrem Geschmack: sorgfältig, routiniert, immer bei der Sache. Außerdem ist sie jederzeit zu Überstunden bereit. Sie hat sich noch nicht lange hierher versetzen lassen, kennt kaum jemand in der Stadt und drückt sich lieber ewig in ihrem Büro herum, als nach Hause zu gehen.

Sie steht jetzt auf und geht an die Wand. „Also, hier habe ich mal aufgelistet, welche Spuren vom Fundort wir haben und welche Frauen mit der Kindsaussetzung zu tun haben könnten – womit fangen wir an?“

„Mit den Frauen“, schlägt Irene Ruppricht vor, „dann können Sie morgen früh gleich mit den Befragungen anfangen. Ich habe einen Termin mit dem Staatsanwalt, wir werden zusammen die Tatortanalyse durchgehen. Er kümmert sich außerdem um einen richterlichen Beschluss zum Abgleich der Handydaten, die rund um die Tatzeit und den Tatort registriert sind. Ich habe außerdem weitere Kollegen angefordert, um die Befragungen großflächig fortzuführen. Ihr wisst ja – Geschäfte, Taxi-Unternehmen im Stadtteil Hochfeld und der weiteren Umgebung. Wir hier konzentrieren uns auf die Vernehmungen, bei denen konkrete Verdachtsmomente vorliegen. Also bitte, Frau Paulsen, schießen Sie los – mich interessieren vor allem die drei Frauen und das Mädchen, bei denen laut Zeugenaussagen eine Schwangerschaft vorgelegen haben könnte."

Irene Ruppricht ist mit Anette Paulsen noch per Sie, es ist nicht ihre Art, jemandem schnell das Du anzubieten. Die Paulsen stört das nicht. Sie können gut miteinander arbeiten, warum also sollten sie dann schnell persönlicher werden. Mit den Männern ist es was anderes, die kennt Irene Ruppricht schon mindestens seit den drei Jahren, in denen sie das K 1 leitet.

Anette Paulsen hat die Fakten, die sie und die Kollegen gesammelt haben, in großer Schrift ausgedruckt und an der Magnetwand befestigt, daneben hängen Fotos des Findelkindes und vom Fundort.

Die Namen der mutmaßlichen Schwangeren sind orange markiert.

„Martina Humml-Kramp", beginnt die Paulsen und deutet auf das entsprechende Blatt. „34 Jahre alt, verheiratet, keine Kinder bisher. Sie ist ganztags berufstätig als Bürokauffrau. Mehrere Nachbarn haben bestätigt, dass sie bis vor kurzem dicker als sonst ausgesehen hat und jetzt wieder schlanker wirkt. In der Bäckerei in Hochfeld konnte eine Angestellte bestätigen, dass Frau Humml-Kramp ihr von ihrem Heißhunger auf Laugenbrezeln erzählt hat, den sie seit Beginn ihrer Schwangerschaft hat. Und sie soll sich wohl ziemlich auf das Kind gefreut haben. Dass sie jetzt nicht mehr schwanger aussieht, davon wusste die Angestellte nichts, weil Frau Humml-Kramp länger nicht mehr im Laden gewesen ist." Anette Paulsen schaut die anderen fragend an. „Kommt in Frage, oder?"

„Wo wohnt sie?", will Riemer wissen.

„In der Reihenhaussiedlung hinter den „Bienenstöcken" – Sie wissen schon, die einzige Gegend dort oben, wo auch ein paar Leute mit richtiger Arbeit und mehr als Hauptschulabschluss wohnen."

Irene Ruppricht runzelt die Stirn. „Ob so eine Frau dann für eine Kindsaussetzung in Frage kommt? Klingt doch eher nach Wunschkind!"

Die Paulsen nickt. „Kommt mir auch so vor. Aber man weiß ja nie. Wir befragen sie?"

Irene Ruppricht nickt. „Auf jeden Fall. – Die anderen?"

„Ebenfalls Mitte Dreißig ist Elisabeth Zeidler", fährt Anette Paulsen fort. „Das ist ein ziemlich problematischer Fall. Sie kommt in Frage, wenn Sie meine Meinung wissen wollen. Erstens wohnt sie in den „Bienenstöcken". Zweitens wurden ihr schon drei Kinder entzogen, das jüngste erst letztes Jahr. Seit ein paar Monaten soll sie einen neuen Freund haben, einen Asylbewerber aus dem Kosovo, der mehr bei ihr wohnt als im Wohnheim. Einigen Leuten im Haus hat sie vor ein paar Wochen erzählt, dass sie schwanger ist und ihr Freund sich freut, weil er als Vater eines deutschen Kindes hier bleiben kann. Aber die letzten Tage wurde sie nur noch sporadisch gesehen, und keiner der Hausbewohner hatte den Eindruck, sie sei noch schwanger."

„Okay, auch überprüfen." Die Häufung der familiären Probleme erschlägt Irene Ruppricht manchmal richtig. Häusliche Gewalt, Schlägereien, Alkohol- und Drogenexzesse – die Stadt müsste da endlich mal etwas tun. Zumindest sollten die Häuser saniert werden, damit dort überhaupt noch mal jemand mit normalem Lebenslauf hinziehen will.

Florschütz schaut auf die Uhr, und sie wirft ihm einen tadelnden Blick zu. „Mein Kegelabend", brummt er entschuldigend.

„Die nächste ist Alena Lang, 20 Jahre alt, aus einer Spätaussiedlerfamilie. Sie wohnt mit den Eltern und zwei oder drei Geschwistern zusammen, in den kleineren Sozialblöcken in Hochfeld. Sie hat keine Arbeit und eine Lehre irgendwann einmal abgebrochen. Die Leute sagen, sie sei zunehmend dicker geworden. Eine Nachbarin hat die Mutter von Alena gefragt, ob sie schwanger sei, aber die weiß von nichts. Na ja, kann auch Gerede sein."

„Egal, wir schauen sie uns auch genauer an", sagt Irene Ruppricht. „Die Letzte, das junge Mädchen, interessiert mich besonders – was wissen wir?"

Sie deutet auf das untere Blatt, auf dem der Name Sabrina Thielmann nicht nur orange markiert, sondern auch mit drei Ausrufezeichen versehen ist.

„Ja, klingt viel versprechend", findet auch Anette Paulsen. „Ein 14-jähriges Mädchen, eher klein und zierlich, bei der sich mehrere Personen ganz sicher sind, dass sie schwanger war. Sie hat einer Frau sogar ihren Mutterpass gezeigt, und dass sie zugenommen hat, können auch einige bestätigen. Die Tochter der Nachbarin behauptet, dass Sabrina seit zwei Tagen krank sei und der kleine Bruder von Sabrina ihr gesagt habe, das Baby sei weg.

Aber der Bruder ist erst fünf – deshalb ist die Aussage mit Vorsicht zu genießen."

„Das würde ich nicht mal sagen", wendet Irene Ruppricht ein. „Sie wissen ja, Kindermund tut Wahrheit kund – irgendein wahrer Kern ist meistens dran, wenn ein Kind so was sagt."

„Stimmt." Riemer lacht ein bisschen. „Mein Kleiner plaudert auch alles aus, was er nicht sagen soll." Er hat einen dreijährigen Sohn, auf den er ziemlich stolz ist.

„Wir sollten uns in der Hauptschule einmal umhören", meldet sich doch noch Florschütz zu Wort. „Die Kids aus Hochfeld gehen da alle hin – wenn sie nicht in der Sonderschule sind."

„Heißt Förderschule", korrigiert ihn Riemer, und Florschütz verdreht die Augen und schaut wieder auf die Uhr.

„Guter Vorschlag, das mit der Schule", sagt Irene Ruppricht. „Florschütz, wir beide gehen morgen hin, mach bitte einen Termin mit dem Rektor aus, am späten Vormittag, wenn ich mit dem Staatsanwalt fertig bin. Frau Paulsen, Sie und Riemer nehmen sich die drei anderen Frauen vor. Verschaffen Sie sich vor allem einen Eindruck vom familiären Umfeld. Wenn Sie die Frauen nicht antreffen, müssen wir sie eben vorladen. Vielleicht haben wir Glück und finden schnell die Mutter."

Abends im Sudhaus

Kalle hat es am Tag vorher doch nicht mehr ins Sudhaus hoch geschafft. Er hat einen alten Kumpel getroffen und ist mit dem in eine Flasche Schnaps gefallen. Das heißt, es können auch zwei gewesen sein. Dann ging's ab unter die Brücke, wo er ein paar Stunden ins Koma gefallen ist. Heute Morgen ging's ihm erst mal schlecht. Sein Rheuma hat er gespürt, seine Hüfte tat weh, und der ganze Kerl stank erbärmlich. So wollte er der jungen Dame da oben nicht gerade unter die Augen kommen. Deshalb ist er zu Fuß raus zur Autobahnraststätte gelaufen, bestimmt vier Kilometer, und hat dort ein bisschen Geld in die Dusche für die Fernfahrer investiert. Klamotten von der Kleiderkammer hat er sich gestern noch geholt, nix Neues, aber gewaschene Unterhosen von einem, der noch breiter um die Mitte herum war als er. Und er hat ein sauberes Unterhemd und Socken ohne Löcher ergattert. Das andere Zeug kann er vielleicht selber waschen. Zurück in die Stadt hat er sich dann eine Busfahrt geleistet. Dann hat er noch eine Runde auf 'ner Parkbank in der Sonne geknackt, und schon ist er fast wie neu.

Die Tür vom Sudhaus steht offen, als er kommt, und eine Alte mit Zusselfrisur ist davor in die Hocke gegangen, um so ein Drecksvieh von Katze zu streicheln. Beim Anblick von Kalledalle haut das Vieh maunzend ab. Auch gut, die Abneigung beruht auf Gegenseitigkeit. Die Alte schaut ihn böse an. „Helfen Sie mir wenigstens hoch, wenn Sie schon die kleine Mieze vertreiben", verlangt sie und hebt ihren Ellenbogen hoch. Ach herrje, jetzt soll er noch den Kavalier spielen. So alt ist die Alte gar nicht, sie sah nur auf den ersten Blick so aus, weil ihre Haare wirr ins Gesicht hängen. Um ihren Hals glitzern jede Menge unechte Klunker, und an den Fingernägeln bröckelt der Lack ab.

Kalle zieht sie wohl oder übel am Ellenbogen hoch.

„Frau von Breitenbach", stellt sie sich vor und klingt ein bisschen hochnäsig. „Und Sie?"

„Sind wohl verarmter Adel?", brummt Kalle. „Dann bin ich der von und zu Habenichts." Er lässt sie stehen und geht durch die Tür. Frau von Breitenbach geht ihm nach und schimpft über seine Unhöflichkeit. Drinnen ist nicht viel los. Eigentlich ist nur so ein junger lockiger Kerl da. Kalle fragt sich, was den hierher verschlagen hat.

„Hallo!“ Oli springt auf und streckt Kalle eine Hand hin. „Sie sind zum ersten Mal hier? Wollen Sie ’nen Tee, ich habe gerade frischen gemacht.“ Ein Sozialer also, denkt Kalle.

„Olis Tee ist der beste“, mischt sich die Breitenbach ein und nimmt sich gleich selbst ein Tässchen. „Er macht hier Praktikum, wissen Sie, seine Chefin, die Frau Margarete, die ist was einkaufen, kommt gleich wieder.“

Kalle fragt Oli nach der Waschmaschine, und der geht bereitwillig mit ihm in das kleine Bad, wo Kalle sich fast geniert, seinen Pullover und das Hemd auszuziehen. Nun sieht doch noch einer seine käsigen Arme. „Keine Sorge“, sagt Oli, „wir haben hier auch einen Trockner, Sie können Ihr Zeug nachher wieder anziehen. Da hinten liegt ein sauberes Sweat-Shirt, müsste Ihnen passen.“ Kalle zieht sich das verwaschene XXL-Teil über den Kopf und fühlt sich gleich wieder besser.

Maggy ist in der Wärmestube, als er kommt, und spricht mit Frau von Breitenbach. Als sie ihn sieht, zieht sie überrascht die Augenbrauen hoch, und Kalle ist sich sicher, dass genau dieses Mienenspiel ihm so bekannt vorkommt.

„Sie sind ja doch noch in der Stadt!“, sagt sie und scheint sich zu freuen, weil ihr breiter Mund sich zu einem netten Lachen verzieht. „Ich hab’ heute den anderen von Ihnen erzählt – Oli, das ist der Mann, der das Kind gefunden hat.“ Sie kommt auf ihn zu und gibt ihm die Hand. „Setzen wir uns doch, Oli hat Tee gemacht.“

Die steht auf den Lockenkopf, das ist Kalle gleich klar, und er ärgert sich, dass es ihm so einen kleinen Stich gibt. „Wollt' nur mal hören, was da noch war mit dem kleinen Wurm. Und ob die die Mutter inzwischen haben."

Er setzt sich zu Maggy, Oli und der Stadtstreicherin an den großen Holztisch und lässt sich bereitwillig einen Tee eingießen. Ein Schuss Rum dazu wär' gut. Die verkappte Adlige hat übrigens ziemlich schnell ihre hochnäsige Guckerei abgelegt, als sie gehört hat, dass er das war mit dem Kind. Jetzt schaut sie, als wolle sie alles von ihm wissen, und sagt auch: „Erzählen Sie doch mal, wie das war! Wir haben's ja erst heute aus der Zeitung gehört, die Frau Margarete hat uns gestern gar nichts verraten. Sie sind ja ein richtiger Held, und, ach ja, wie heißen Sie denn nun?"

Das kann Kalledalle gar nicht ab, tausend Fragen auf einmal. „Bin der Kalle", brummt er deshalb nur, und Maggy kommt ihm zu Hilfe und sagt, dass er doch erst mal in Ruhe seinen Tee trinken solle. Oli fragt Frau von Breitenbach, ob sie ihm hilft, ein paar Brote zu machen, weil bestimmt gleich noch mehr Leute kommen und vielleicht was essen wollen. „Das kostet aber einen Euro", teilt er Kalle mit, „das Mittagessen auch, falls Sie morgen noch da sind."

„Aber heute sind Sie doch unser Gast!", sagt Maggy ein bisschen entrüstet in Richtung Oli. Der schlägt sich auch sofort an die Stirn und entschuldigt sich. „Tut mir Leid", sagt er zu Kalle, „ist die Gewohnheit, weil die meisten sich sonst den ganzen Tag nur hier durchessen würden. Wir kriegen zwar vieles gespendet, aber ein bisschen was müssen wir auch dazukaufen."

„Will nichts geschenkt", sagt Kalle unwillig, obwohl er nichts dagegen hat, dass Maggy ihn einlädt. Maggy, das kann er sich schon viel besser merken als den Nachnamen Kowalzik oder wie sie heißt.

„Ich hoffe, die Polizei hat Sie nicht zu lange festgehalten?“, fragt ihn Maggy jetzt.

„Ging schon, hab’ eh nix gesehen sonst, außer dem Katzenvieh“ – ein grimmiger Blick trifft Frau von Breitenbach – „na ja, und dass ich nicht gleich die Bullen gerufen habe, haben die beanstandet – yeah, ist aber nicht mein Ding.“

Maggy nickt und lacht ein bisschen und sieht so schön aus, dass Kalle fast den Tee verschüttet. „Billy hat’s gesagt. Sie haben sich getroffen, und er hat Ihnen vom Sudhaus erzählt? Es war ja gut, dass ich noch da gewesen bin, ist sonst nicht immer so um die Zeit. Obwohl ich ehrlich gesagt schon ein bisschen Schiss hatte, als Sie vor der Tür standen.“

„Seien Sie froh, dass Maggy ihr Pfefferspray nicht eingesetzt hat!“, mischt sich Oli ein, und Maggy guckt ein bisschen verdutzt, sagt aber nichts. Aber Kalle ist schließlich nicht auf den Kopf gefallen, auch wenn der manchmal vom Schnaps benebelt ist. Der Oli hat doch ein bisschen Angst um seine Chefin. Er will, dass alle denken, sie kann sich wehren, wenn’s sein muss. Aber nach Pfefferspray sieht die nicht aus. Sie wirkt eher so, dass sie gar nicht denkt, dass ihr was passieren kann.

„Hätt’ sie bei mir nicht gebraucht“, sagt Kalle deshalb gutmütig. „Wollt’ bloß das kleine Ding abgeben.“

„Ach ja, die kleine Karla.“ Maggy schaut ein bisschen wehmütig. „Dass die Kleine so gar keinen Schaden genommen hat, das ist Ihr Verdienst, Kalle. Und dass die in der Klinik das kleine Mädchen nach Ihnen benannt haben, wissen Sie das? Ist doch nett, finde ich. Aber die

Mutter haben sie bestimmt noch nicht. Stand ja heute in der Zeitung, dass überall in Hochfeld noch Leute vernommen werden."

„In Hochfeld kann es jede gewesen sein", mischt sich die Zusselfrisur ein. „Ist ein übles Volk da oben." Die hält sich für was Besseres, denkt Kalle.

„So kann man das nicht sagen", wehrt Maggy ab. „Oma Hildchen wohnt auch in Hochfeld, die hätte bestimmt früher kein Kind ausgesetzt. Und viele andere auch nicht. Und Sie", sie wendet sich wieder an Kalle, „Sie ziehen wieder weiter?"

Kalle nickt. „Morgen."

Und dann wird die Bude auf einmal voll, und Kalle fühlt sich richtig unwohl, denn so viele Leute auf einmal, das ist nichts für ihn. Aber auf seine Klamotten muss er noch warten. Und so hockt er sich in eine Ecke und macht die Augen zu.

■ ■ ■ Tag 3

Wer war schwanger?

„Die Seidlinger kommt!", schreit Thorsten, der an der Tür Schmiere steht. Die anderen Jungs haben einen Tennisball zum Fußball umfunktioniert und kicken damit herum. Ein paar Stühle sind umgefallen, die Sachen von Marens Pult liegen verstreut auf dem Boden herum. Sie kreischt und beschimpft die Jungs und fängt selber an,

Stifte und Hefte von anderen Pulten hinunterzuwerfen. Sie wirft wahllos, egal, wem was gehört. Kathrin hat sich auf ihren Stuhl gekauert und tut, als würde sie in ihr Schulheft gucken. Es steht kaum was drin, sie hat ihre Hausaufgaben wieder nicht. Die Seidlinger wird toben.

In Windeseile sind die Stühle wieder aufgestellt, aber herausgerissene Blätter flattern noch durchs Zimmer, und unter Tischen und Stühlen kullern Stifte. Maren hört sowieso nicht auf zu schreien.

Frau Seidlinger hat einen ungewohnt ernsten Gesichtsausdruck, als sie hereinkommt. Das Chaos im Klassenzimmer ist nicht neu, doch heute nimmt sie kaum Notiz davon.

„Maren, hör' auf zu schreien, sammle deine Sachen ein, und du, Julia, hilfst ihr. Und dann setzen sich alle hin und hören zu." Ihre tiefe autoritäre Stimme bringt die Schüler wie immer zum Funktionieren, nur ein paar der ganz Gestörten hören mit ihrem albernen Gefrotzel und Gekicher nicht auf.

Kathrin fällt noch mehr in sich zusammen. Ihre dicken Finger kneten unkontrolliert den Radiergummi, bröseln seine Ränder ab oder krallen die Nägel ins weiche Gummi. Sie beamt sich weg, irgendwo ins Universum, auf einen Stern vielleicht, einen unentdeckten, mit ganz grünen Wiesen und blauen Seen und einem großen Feld voller Sonnenblumen, in das sie sich legen möchte und in den Himmel starren, der sie blendet und schläfrig macht. Ein Ziehen im Bauch und Frau Seidlingers laute Stimme holen sie auf die Erde zurück. Das Ziehen da unten kommt von dem vielen Blut, das dauernd aus ihr rausläuft. Ihre Mutter hat keine Binden gekauft, und Kathrin hat sich Watte unten reingestopft und Küchenpapier in die Unterhose gelegt, Papiertaschentücher waren auch keine da.

Das blöde Papier rutscht dauernd weg, sie merkt's, es scheuert am Bein, und in der Mitte fühlt sich alles nass an.

„Kathrin, hörst du zu?" Die Seidlinger hat sich mal wieder vor ihr aufgebaut. „Was habe ich gerade gesagt?", fordert sie streng.

Kathrins Blick ist leer. „Kann ich mal aufs Klo?" Sie sagt es so leise, dass sie sich selbst kaum hört.

„Nein!" Frau Seidlinger ist empört. „Du hattest während der ganzen Pause Zeit! Reiß dich jetzt zusammen – letzte Warnung!" Zu den anderen gewandt sagt sie: „Das gilt auch für euch. Wer nächtelang vor dem Computer oder Fernseher sitzt, der kann in der Schule nicht fit sein! Und wenn ihr so weitermacht, schafft ihr nicht mal die Hauptschule! Wollt ihr das?"

Ein paar wenige schütteln die Köpfe, den meisten ist's egal.

„Gut." Sie geht wieder nach vorne und stellt sich vor die Klasse.

„Wir müssen heute ein ernstes Thema besprechen. Ihr habt es sicher gehört oder in der Zeitung gelesen: Vorgestern Nacht ist oben in einem Müllcontainer der „Bienenstöcke" ein Säugling gefunden worden, ein kleines Mädchen, das – Gott sei Dank – noch gelebt hat. Vielleicht waren auch schon Polizisten bei euch im Haus, die glauben nämlich, dass die Mutter dort auch wohnen könnte. Vielleicht hat jemand etwas Verdächtiges bemerkt?!" Sie schaut fragend und schaut vor allem die Mädchen an.

Auf einmal reden wieder alle durcheinander. Die Jungs: „Da hat eine wild rumgefickt und dann das Balg weggeworfen. Sauerei!"

„Ey, Thorsten, warst du das mit dem Kind, wolltest wohl kein Geld abdrücken für die Alte?“

Lars zeigt auf Kathrin. „Die Fette war's – wetten?“ Die Mädchen schreien los, es klingt wie im Chor: „Die ist doch dauerfett!“ Frau Seidlinger verschafft sich energisch Ruhe.

„Jetzt ist mal Schluss mit dem Blödsinn! Wenn ihr keine vernünftigen Ideen habt, dann haltet einfach den Mund. Es kann ja auch eine Frau von woanders gewesen sein. Oder ein Mann kann das Kind ausgesetzt haben! Er kann es sogar der Frau nach der Geburt weggenommen haben! Das sind alles Dinge, die möglich sind. Also strengt euch mal ein bisschen an – habt ihr irgendeine vernünftige Idee?“

„Weiß doch jeder, dass die Sabrina aus der 7c schwanger war“, sagt Julia abfällig. Jeder weiß aber auch, dass sie immer eifersüchtig auf das Mädchen aus der Nachbarklasse ist, weil Maren, mit der sie jetzt dicke ist, früher mit Sabrina befreundet war.

Frau Seidlinger kennt das Gerücht. Sie glaubt aber nicht wirklich daran. Dass Mädchen in der Schule behaupten, schwanger zu sein, grassiert manchmal wie eine Seuche. Wenn eine angeblich schwanger ist, sind es drei andere gleich auch. Wer behauptet, schwanger zu sein, hat auf jeden Fall was mit Jungs und gehört dazu. Das ist es, nicht mehr und nicht weniger.

„Nee, aber die hat das Kind verloren“, behauptet Maren. „Deshalb ist sie ja krank.“

„Hört jetzt bitte auf mit Spekulationen“, beendet Frau Seidlinger die Diskussion. „Wir wollen lieber mal überlegen, was ihr in so einem Fall machen könntet – also wenn es euch selber betrifft, dass ihr ungewollt schwanger werdet."

„Gähn", stöhnt einer der Jungs. „Sollen die Weiber drüber quatschen, geht uns nichts an."

„Sehr wohl geht euch das was an!", beharrt Frau Seidlinger. „Oder meint ihr, Mädchen werden vom heiligen Geist schwanger?" Die Bemerkung löst unkontrollierte Lachanfälle bei den Jungs aus. „Ey, Thorsten, heiliger Geist, wen haste denn letzte Nacht geschwängert?" Ein paar hauen Thorsten auf den Rücken, der dümmlich grinst. Er ist unter den dreizehn- bis vierzehnjährigen Jungs der größte und kräftigste, und die anderen trauen ihm zu, dass er schon ein paar flachgelegt hat, ein Gerücht, gegen das er nichts hat.

„Also?" Frau Seidlinger schaut fragend. „Was ist nun? Wie merkt ihr denn, dass ihr schwanger seid?"

„Wenn man Gurken und Schokolade zusammen isst!", schreit ein Mädchen, und die anderen schneiden Ekel-Grimassen. „Und wenn's einem schlecht ist!", ergänzt eine andere. „Und man kriegt die Tage nicht mehr." Der Beitrag kommt von Shirley, der Klassensprecherin. Sie ist bei weitem die Vernünftigste in der Klasse. Das findet zumindest Frau Seidlinger.

„Richtig", bestätigt diese, „das ist das sicherste Anzeichen. Und wie findet man dann heraus, dass wirklich eine Schwangerschaft vorliegt?"

„Schwangerschaftstest!", schreien sogar die Jungs.

Und dann rennt plötzlich Kathrin aus dem Zimmer. „Muss aufs Klo", murmelt sie, und Frau Seidlinger ruft ihr empört hinterher, sie solle gefälligst fragen, wenn sie raus wolle, und die anderen johlen und schreien wieder.

Die ist doch dauerfett, dröhnt's in Kathrins Ohren, ja, ja, bin ich, aber nicht mehr so schlimm wie vor ein paar Tagen, wenn's nur nicht ständig aus mir rauslaufen würde, das Blut, alles rot, alles überschwemmt, läuft an den Schenkeln entlang, tropft vor die Kloschüssel, macht die Wäsche schmutzig.

Sie schafft's gerade noch aufs Mädchenklo, schließt die Tür hinter sich ab, Hose runter, Unterhose runter, lässt sich aufs Klo plumpsen. Igitt, alles nass und rot, ein hellroter Fleck auch in der Hose, aber unten. Wenn die den Fleck sehen, dann schreien sie wieder, die Maren und die Julia, dass sie ein Schwein ist und keiner sie anfassen soll. Aussätzig ist sie, genau, das wär's überhaupt, so was haben, wo keiner sie anfassen darf, wo jeder denkt, er holt sich was, Charly, der vor allem. Wenn der denkt, sie hat was Schlimmes, Aids oder so was, dann hat sie vielleicht Ruhe.

Kathrin stöhnt und lässt einen Furz. Die aufgeweichten Küchentücher schmeißt sie ins Klo, reißt Klopapier ab und versucht sich abzutrocknen und die Unterhose wieder anzuziehen. Noch eine Unterrichtsstunde muss sie durchhalten. Und dann? Dann ist auch nichts. Irgendwie heimkommen ohne zu tropfen, irgendwie in ihr Zimmer kommen, ohne dass sie einer hört. Und schlafen, schlafen, schlafen.

DIE LESERBRIEFECKE IM KURIER

EINE BABYKLAPPE FÜR FREIENHAUSEN?

Der Fall des im Stadtteil Hochfeld ausgesetzten Neugeborenen zeigt einmal mehr, wie der Staat versagt, was den Lebensschutz angeht. Und die Behörden unserer Stadt rühren

keinen Finger: Das Jugendamt kümmert sich nicht um schwangere Mädchen, die ihr Kind nicht behalten wollen, sondern hält stattdessen adoptionswillige Eltern jahrelang mit fadenscheinigen Ausreden hin. Das sind Eltern, die finanziell abgesichert sind und einem Kind alles bieten können, was es braucht. Wann endlich wird hier eine Babyklappe aufgestellt? Dann wäre Schluss mit diesen unsäglichen Abtreibungen, diese Frauen könnten ihre Kinder in die Babyklappe legen, und es gäbe genug Kinder für Adoptiveltern! Nun ist dieses eine Baby in Hochfeld zum großen Glück lebend gefunden worden, und was tun die Behörden? Das Jugendamt weiß angeblich nicht, wo das Kind ist! Die Polizei hat nichts Besseres zu tun, als mit ergebnislosen Befragungen nach der Mutter zu suchen. Soll eine solche Rabenmutter, die ihr Kind in die Mülltonne wirft, dieses Kind etwa zurückbekommen?
Leben wir denn im Mittelalter? Wir und viele andere Paare, die gerne Eltern wären, fragen uns dringlich: Warum darf die kleine Karla nicht jetzt schon in der Geborgenheit einer Familie aufwachsen? Was soll die Suche nach der Rabenmutter? Wann endlich reagieren die Behörden und machen diesem Skandal ein Ende?

Britta und Robert Sünkel

Spurensuche

Die Kollegen haben Irene Rupprícht den Leserbrief aus dem „Kurier“ auf den Schreibtisch gelegt. Aber sie hat ihn natürlich längst gelesen, am Morgen nach einer mit Grübeln verbrachten Nacht. Um vier Uhr früh hat sie nicht mehr schlafen können und das Licht angeknipst. Als allein lebende Frau kann sie sich das erlauben. Auf einem bereit liegenden Block hat sie alles notiert, was ihr einfiel. Es waren Gedankenfetzen, Fragen, Ungereimtheiten. Sie hat versucht, sich ein Bild von der Mutter des Kindes zu machen und sich die Umstände der Aussetzung vorzustellen. Wäre der Obdachlose, dieser Karl Faltermeier, nur ein paar Stunden später dort gewesen oder auch überhaupt nicht, dann hätten sie jetzt ein totes Kind und müssten wegen Mordes oder Totschlags ermitteln.

Nein, ihr fällt ein, dass sie dann vermutlich nicht mal ein Kind gefunden hätten, denn dienstags kommt die Müllabfuhr bei den „Bienenstöcken“.

Nun sitzt sie schon seit Stunden im Büro und sichtet erste Ergebnisse, die sie bereits Staatsanwalt Beyerlein vorgetragen hat. Sie sind sich dabei ziemlich einig gewesen, dass die Mutter des Kindes aus Hochfeld kommen muss. Leider waren keine verwertbaren Anhaftungen zu finden, weder an dem nackten Säugling noch an dem Plastiksack. Zwar gab es einzelne Haare und Fussel, die sie im Moment aber nicht weiterbringen. Sie blättert noch einmal in den Berichten der Spurensicherung. Akribisch ist alles vermerkt, was am Tatort und in der Nähe gefunden wurde, ein kleiner Anhänger in Herzform auf dem Boden vor dem Müllcontainer, ein schmutziges Geschirrtuch, Glassplitter. Dieser Herzanhänger könnte sie vielleicht weiterbringen. Er hätte aber auch schon seit Tagen dort liegen können. Vielleicht hat ihn die Katze bei ihrer Flucht unter dem Müllbehälter herausgekickt.

Der Anhänger rührt aber auch etwas bei ihr selbst an, über das sie im Moment lieber nicht nachdenken möchte.

*

Irene Ruppricht hat ein Foto des Anhängers dabei, als sie und Florschütz zur Schule fahren. Dort ist es momentan ruhig, denn die sechste Schulstunde hat gerade begonnen. Sie sind mit Rektor Krüglein verabredet, und er wollte sie eigentlich am Eingang abholen. Statt seiner biegt ein sommersprossiger Junge um die Ecke, der aufgeregt fragt, ob sie die Leute sind, die zu „Direktor Krüglein" wollen. „Ich bring' sie!", sagt er diensteifrig und hüpft ihnen voraus.

Die Schulsekretärin begrüßt die Polizeibeamten und führt sie in Rektor Krügleins Büro. Den Jungen, der noch neugierig an der Tür steht, scheucht sie gutmütig weg. „Schau, dass du wieder in deine Klasse kommst!"

Krüglein heißt nicht umsonst „Krüglein" und nicht „Krug", er ist kleiner als Irene Ruppricht und ziemlich dürr. Dazu sitzt ein mickriges Bärtchen auf seiner Oberlippe. Irene Ruppricht merkt, wie ihr recht massiger Kollege Florschütz in sich zusammensinkt, als er dem Schulleiter die Hand gibt. Sie kann sich nicht recht vorstellen, womit der Rektor sich bei den älteren Schülern Respekt verschafft, denn seine Stimme klingt sanft und leise.

„Nehmen Sie doch Platz", sagt er freundlich und rückt der Polizeibeamtin den einzigen gepolsterten Stuhl zurecht, den sein Büro zu bieten hat. „Schlimme Sache, die sich da ereignet hat! Mit dem Kind, meine ich. Hab' selber gerade einen Enkel bekommen, und da nimmt einen so was noch mehr mit! Und jetzt suchen Sie die Mutter bei uns in der Schule? Ich fürchte, da kann ich Ihnen nicht groß behilflich sein! Leider!"

Er schüttelt bekümmert den Kopf. Irene Ruppricht vermutet, dass er gerne alles vermeiden möchte, was seine Schule, die eh nicht den besten Ruf genießt, noch mehr ins Gerede bringen könnte. Er hat vielleicht noch drei, vier Jahre bis zur Pensionierung, und die will er sicher ohne große Aufregung verbringen.

„Wir hoffen natürlich auch, dass es sich bei der Frau, die das Kind ausgesetzt hat, nicht um eine Schülerin Ihrer Schule oder überhaupt um ein minderjähriges Mädchen handelt", sagt Irene Ruppricht. „Allerdings liegen uns Hinweise auf ein Mädchen vor, das Ihre Schule besucht und das sehr wahrscheinlich schwanger ist oder war."

Rektor Krüglein seufzt und runzelt die Stirn. „Sie meinen die Sabrina Thielmann, ich weiß, sie hat überall herumerzählt, dass sie ein Kind bekommt, aber da ist sie nicht die Einzige. Das Schwangerschaftsfieber geht hier alle paar Wochen um."

„Schwangerschaftsfieber?", fragt Florschütz ein bisschen begriffsstutzig, dann erhellt sich seine Miene. „Sie meinen, vermeintliche Schwangerschaften... Ist das denn so was Tolles für Ihre Schülerinnen, mit 14 oder 15 ein Kind zu kriegen?"

„Ja, ja, leider." Krüglein schiebt ein paar Hefte auf seinem Schreibtisch herum und zieht eine Broschüre hervor, die er Florschütz über den Tisch reicht. „Hier die letzte Untersuchung der BzGA – da steht drin, dass viele Mädchen ohne Aussicht auf Schulabschluss oder gar Lehrstelle in einer Schwangerschaft einen Ausweg sehen... leider, leider."

„BzGA?", fragt Florschütz wieder.

Und Krüglein und Rupprícht erklären ihm fast im Chor: „Bundeszentrale für gesundheitliche Aufklärung!“

„Aha.“ Er nickt und blättert in dem Heft.

„Leider, dass sie schwanger werden, oder leider, dass sie keinen Schulabschluss hinkriegen?“, fragt Irene Rupp-richt ein bisschen scheinheilig.

„Beides, beides“, versichert der Rektor. „Aber wir versuchen unser Bestes, glauben Sie. Die Schüler werden bestens aufs Arbeitsleben vorbereitet. Leider fehlen eben die Ausbildungsstellen, es gibt einfach nicht genug.“

„Sabrina Thielmann“, erinnert Irene Rupprícht dann an den Grund ihres Gesprächstermins. „Können wir mit ihr sprechen?“

„Nein, leider.“ Leider scheint Rektor Krügleins Lieblingswort zu sein. Leider sind eure Noten zu schlecht. Leider können wir euch nicht versetzen. Leider bekommt ihr kein Abschlusszeugnis. Sie kann sich gut vorstellen, wie bedauernd er das den Schülern mitteilt und wahrscheinlich sogar meint.

„Sie ist seit ein paar Tagen krank. Ihr Klassenlehrer hat am Montag einen Anruf ihrer Mutter erhalten, aber – na ja – die schriftliche Entschuldigung liegt noch nicht vor. Das ist hier immer so – wir rennen ewig hinter den Entschuldigungen her.“

„Wissen Sie, wegen welcher Krankheit die Mutter sie entschuldigt hat?“, fragt Florschütz.

„Grippe, die sagen hier immer Grippe.“

„Und das Gerücht, sie habe ein Baby verloren?“, hakt Irene Rupprícht nach. „Ihr kleiner Bruder soll so etwas herumerzählen.“

Krüglein schüttelt bedauernd den Kopf. „Leider weiß ich da nichts. Ich wohne nicht hier, wissen Sie, da bekommt man nicht jedes Gerücht mit. Versuchen Sie es doch bei den Thielmanns zu Hause, meine Sekretärin gibt Ihnen die Adresse. Thielmanns wohnen in Hochfeld."

„Tja, das wissen wir", sagt Irene Ruppricht seufzend. „Da wohnen so ziemlich alle, die in Frage kommen. Die Adresse haben wir schon, danke. Kommt denn sonst noch ein Mädchen Ihrer Schule in Frage?" Eigentlich hat sie keine Hoffnung, vom Rektor noch verwertbare Informationen zu bekommen, wenn er nicht mal bei Sabrina Thielmann eine Schwangerschaft für möglich hält, obwohl diese sogar schon einen Mutterpass gehabt haben soll.

„Hm, hm." Er wiegt wieder den Kopf und streicht sich mit der Hand über sein kümmerliches Bärtchen. „Ich habe ja schon die Klassenlehrer befragt, als ich hörte, dass Sie kommen wollen, da gibt's in jeder Klasse Mädchen, die schon einmal gedacht haben, sie sind schwanger. Ein Mädchen aus der 9a hat vor kurzem ein Kind bekommen – aber sie ist schon in der Mitte der Schwangerschaft von der Schule abgegangen. Sonst wissen wir im Moment nichts. Nicht mal die Beratungslehrerin weiß was. Sie hätte zwar Schweigepflicht, hat mir aber versichert, dass sie in diesem Fall auch wirklich keinen Anhaltspunkt hat. Tut mir Leid, wirklich."

Auch den herzförmigen Anhänger, den die Beamten Rektor Krüglein auf dem Foto zeigen, kennt er nicht. Viele Mädchen würden solche Herzchen tragen.

„Gut, dann wär's das für heute." Irene Ruppricht steht auf und reicht Rektor Krüglein die Hand. „Danke für das Gespräch." Dass sie hier nicht fündig geworden sind, deprimiert sie. Diese Suche ist ein Stochern im Heuhaufen.

Und wer weiß, ob sie in diesem Heuhaufen überhaupt etwas finden.

Die Tasse

„Trink das jetzt auf", sagt ihre Mutter und schiebt die Tasse mit der aufgelösten Tablette vor Kathrin. Die Tasse hat eklige dunkle Ränder von Tee und Kaffee, und Kathrins Hand zittert, als sie danach greift. Eine kleine, fleischige Hand mit kurzen dicken Fingern und abgekauten Nägeln. Patschepfote, sagt Charly, gib die Patschepfote und leg' los. Dann legt er ihre kleine, dicke Hand an sein wabbeliges Teil, aber das bleibt nicht so, das wird auch eklig dick und groß, so dass sie nicht hinsehen kann.

Kathrins kurze, dicke Finger fassen den Henkel der Tasse, oder das, was vom Henkel übrig geblieben ist, ein Stummel aus Keramik, schmutziggelb. Sie starrt in das trübe Wasser, das ihren flauen Magen durchspülen soll. Ihre Mutter sagt, das hilft, sie hat für alles was zum Schlucken, am liebsten Schnaps. Aber das war nicht immer so, früher hat sie keinen Schnaps gemocht, erst seit Charly da ist, ein Mannsbild halt, das seinen Schnaps braucht, und den Weibern schadet's auch nicht.

„Was glotzt du in die Tasse", sagt ihre Mutter und drückt Kathrins Kopf mit den fettigen, braunen Haaren auf die Tasse zu, so dass sie mit der Nase dran stößt und die blöde Tasse fast umfällt. „Aua", sagt Kathrin weinerlich und umklammert die Tasse jetzt mit beiden Patschhänden. Die zittern immer noch und schaffen es fast nicht, die Tasse vom Tisch hochzukriegen, das trübe Wasser schwappt drin umher, aber endlich hat sie die Tasse hoch und stützt die Ellenbogen auf die Tischplatte. Alles verschmiert und voll Krümel hier, keiner macht was sauber, ihre Mutter sagt, ich muss schon anderen Leuten den Dreck wegmachen, daheim hab ich keine Lust mehr. So schmierig und schmuddelig wie der Tisch aussieht, so sieht sie auch aus, diese Frau da, die ihre Mutter sein soll, gerade mal fünfzehn Jahre älter als Kathrin, sieht sie aus, als hätte sie ihr Leben schon hinter sich.

Kathrin guckt über die Tasse, riecht an dem Zeug, es riecht nach nichts, und was nach nichts riecht, ist nicht ganz so eklig. Ihre Mutter kehrt ihr den Rücken zu, steht am Herd und rührt in einem Topf, in den sie eine Dose Ravioli geschüttet hat. Ob Kathrin was will, hat sie nicht wissen wollen. Der ist schlecht, die soll die Tablette nehmen. Vom Geruch der Ravioli wird ihr noch schlechter, sie klammert sich an der Tasse fest und drückt den kalten Rand an ihren Mund. An diesen Mund mit den blassen aufgebissenen Lippen, den Charly auch immer braucht für sein Ding, das sie zum Würgen bringt. Die Zähne reinschlagen, das wär's, aber das weiß sie immer erst hinterher, weil, wenn er drin ist, dann darf sie nicht denken, sonst verliert sie vollends den Verstand. Das bisschen, das ihr geblieben ist, wenn überhaupt.

Kathrin drückt die kühle Tasse an die Lippen, die Tasse, die ihr nichts tut, die nur tut, was sie sie tun lässt.

Ihre Mutter hat sich umgedreht, Topf und Teller stellt sie scheppernd auf den schmierigen Tisch und sieht Kathrin an, die immer noch nicht getrunken hat, und schreit „mach endlich zu, dummes Ding, oder soll ich dir‘s reinkippen“.

Kathrin zuckt und zieht die Schultern hoch, und ein bisschen Tablettenwasser schwappt über den Tassenrand, tropft auf den Tisch, und sie wischt schnell mit dem Ellenbogen darüber. Ihre Mutter, die sitzt gegenüber und haut mit dem Löffel auf den Tisch und sagt, „Sei froh, dass Charly nicht da ist, sonst würd's was setzen!" Sie nimmt den Löffel und schaufelt endlich das Raviolizeug rein, das so fürchterlich riecht.

Kathrin hat wieder die Tasse am Mund, sie muss sich lautlos zureden, hoch, hoch die Tasse, schluck's runter, hast schon so viel geschluckt. Einen Moment hat sie zu lange gezögert, da kommt die Hand ihrer Mutter, blitzschnell, haut von unten gegen die Tasse, kippt ihr den Inhalt in den offenen Mund, Kathrin schluckt, kriegt Schluckauf, hustet, würgt, spuckt. Die Ohrfeige sitzt auf Backe und Ohr, die Tasse ist runtergefallen und kullert zum Schrank, der Henkel ist jetzt ganz ab, aber das sieht Kathrin gar nicht, sie heult und hält sich die rote Backe, schmeißt ihren Stuhl um und rennt in ihr Zimmer, kriecht ins Bett und drückt ihr Kissen auf den Kopf.

Befragungen in Hochfeld

Irgendwie ist der Wurm drin bei ihrer polizeilichen Ermittlungsarbeit, es geht einfach nicht voran, findet Anette Paulsen. Kollege Riemer dagegen hat die Ruhe weg. Er sitzt auf dem Beifahrersitz des Dienstwagens und trommelt mit den Fingern zur Musik aus dem Radio. Der Wagen steht in einer Sackgasse hinter den „Bienenstöcken". Anette Paulsen hat die Arme über dem Lenkrad gekreuzt und starrt hinaus, sieht aber weder die knospenden Bäume noch die kreischende Vogelschar, die sich gerade über der weißen Magnolie jagt.

„Darf ich Ihnen wenigstens das Du anbieten, um dich etwas aufzuheitern?", fragt Riemer unvermittelt.

Die Paulsen guckt ihn verständnislos an. „Warum, ist Ihr Vorname so witzig?"

„Wie man's nimmt", sagt Riemer grinsend. „Immerhin ist Eberhard ein bisschen aus der Mode."

„Stimmt." Paulsens Antwort klingt humorlos. „Aber von mir aus, Sie... äh du weißt ja, wie ich heiße. Anette. Mit einem N."

Riemer salutiert mit einem Griff an eine nichtvorhandene Mütze. „Alles klar, Anette mit einem N. Also, sagst du mir jetzt vielleicht mal, was in dir vorgeht? Und warum wir hier ewig halten, statt weiterzumachen?"

Da sie nicht gleich antwortet, kramt er in einer Tasche auf dem Rücksitz und fördert ein dick mit Wurst belegtes Brot zutage. „Ein Stück Brot gefällig?"

Anette Paulsen will nichts. Bestimmt hat ihm seine Frau das Brot geschmiert.

„Wir haben einfach nichts bisher", sagt sie resigniert. „Die Humml-Kramp war nicht zu Hause, okay, das war zu erwarten, wenn sie den ganzen Tag arbeitet. Dann fahren wir zu ihrer Arbeitsstelle, und da ist sie im Außendienst und nicht zu erreichen. Zu dumm. Und bei dem Mädchen, dieser Sabrina, das Gleiche: Obwohl da fünf Personen in der Wohnung gemeldet sind, macht keiner auf. Können Sie... kannst du mir sagen, wo die alle sind, wo die Sabrina doch angeblich krank ist?"

Riemer zuckt die Schultern. „Ich glaube, die haben nur nicht aufgemacht. Es ist ihnen doch sicher zu Ohren gekommen, dass wir Sabrina in Verdacht haben."

„Aber es ist doch nur eine Frage der Zeit", regt sich die Paulsen auf. „Sie kann sich doch nicht auf ewig verstecken. Sie muss ja auch irgendwann wieder in die Schule."

„Klar ist es eine Frage der Zeit", bestätigt Riemer. „Auf unsere Vorladung im Briefkasten muss sie oder müssen ihre Eltern ja irgendwie reagieren. Wirst schon sehen, morgen tauchen die pünktlich im K 1 auf. Die haben sicher nur Angst, uns reinzulassen. Im Präsidium ist das ein bisschen anonymer, da kriegen die Nachbarn das nicht mit."

„Hoffen wir's." Anette Paulsen ist ziemlich unzufrieden. Gerade diese Sabrina hält sie für die heißeste Kandidatin. Sie hat bei ihrer letzten Stelle einen ganz ähnlichen Fall erlebt. Eine Schülerin wie Sabrina, die ihr Kind im Krankenhaus entbunden hat, hat dann zu Hause versucht, es mit einem Kissen zu ersticken. Wäre ihre ältere Schwester nicht zufällig heimgekommen, wäre der kleine Junge tot gewesen. Das ganze Wohnmilieu hier in Hochfeld erinnert sie an den Wohnblock, in dem das Mädchen damals gelebt hat.

Sie verscheucht die Gedanken. Man muss sich immer wieder freimachen von Vergleichen und Vermutungen, nie nach Schema F denken und trotzdem offen sein für Parallelen. Das kann ganz schön schwierig sein.

Riemer hat fertig gekaut und trommelt inzwischen ungeduldig. „Was ist, fahren wir? Die Langs, diese Aussiedlerfamilie, wohnt nur ein paar Straßen weiter."

Die Paulsen nickt und startet den Wagen wieder. Vielleicht haben sie jetzt mehr Glück.

Familie Lang wohnt ganz oben in einem Wohnblock mit vier Etagen. Eine dicke Frau mittleren Alters öffnet ihnen und erschrickt sichtlich, als Anette Paulsen und Eberhard Riemer ihre Dienstausweise zeigen. „Ist was mit dem Kurt?", fragt sie ängstlich in sudetendeutschem Akzent.

„Nein, nein, es geht nicht um Ihren Sohn", beruhigt sie die Paulsen. Sie hatten sich schon vorinformiert: Kurt Lang ist mit kleinen Drogengeschichten aktenkundig und auf Bewährung. Der interessiert sie aber im Moment nicht. „Wir wüssten gerne, ob Ihre Tochter Alena zu Hause ist?“

„Alena!“, schreit die Mutter nach hinten und fragt sofort: „Alena? Hat se was ausgefressen? Geht doch kaum raus, die is immer hier bei mir und hilft mir. Is ein tüchtiges Mädchen, die.“

Alena Lang sieht aus wie ihre Mutter, klein, ziemlich füllig, mit vielen braunen Locken, die sie zu einem Pferdeschwanz zusammengebunden hat. Anette Paulsen findet, dass nicht nur ihr Bauch dick ist, sondern alles an ihr.

Mit einem kurzen Blick zu Riemer versucht die Paulsen, diesem zu verstehen zu geben, dass er sich besser aus der Befragung von Frau zu Frau heraushält. Er tut, als hätte er nichts gesehen, beschäftigt sich aber angelegentlich mit dem Betrachten von Familienporträts, die im Flur hängen.

„Können wir vielleicht hereinkommen?“, fragt Anette Paulsen. Die kleine Frau Lang schlägt sich auf die Stirn, entschuldigt sich tausendmal für ihre Unhöflichkeit und fragt, ob sie ihnen etwas anbieten kann, Tee oder Kaffee vielleicht. Sie lehnen dankend ab.

Frau Lang geht ins Wohnzimmer voraus, Alena hinterher. In dem mit bunten Teppichen, Vorhängen, Plastikblumen und Familienbildern überladenen Zimmer steht in der Ecke ein Laufstall mit zwei kleinen Kindern drin. Sie haben breite Gesichter, Schnuller im Mund, stehen an den Gitterstäben und brabbeln, als sie den Besuch sehen.

Ob Alenas Mutter…? Bevor die Paulsen zu Ende denken kann, erklärt Frau Lang. „Sin meine Jüngsten, die zwee. War nich geplant, das.“ Sie macht eine verlegene Geste. „Aber Gott gibt’s halt, wie er will. Bitte setzen Se sich doch." Anette Paulsen schätzt Frau Lang auf Mitte Vierzig, aber das soll ja vorkommen, Nachzügler noch kurz vor den Wechseljahren, und dann gleich zwei. Aber jetzt weiß sie gar nicht recht, wie sie weitermachen soll, und Riemer springt nicht ein, sondern steht am Fenster und schaut hinaus, soweit die dichten Tüllvorhänge das zulassen.

„Sie haben sicher gehört, dass in Hochfeld ein ausgesetzter Säugling gefunden wurde", beginnt sie, und Mutter und Tochter nicken heftig. Bei beiden zeigt sich keine Spur von Verlegenheit. „Nun ja, wir gehen im Moment allen Hinweisen nach, die auf eine mögliche Schwangerschaft einer Frau deuten. Mehrere Personen haben uns gesagt, dass Ihre Tochter, also Sie, Alena, eventuell schwanger sein könnten..."

Alena schaut sie entgeistert an, und ihr rundes Gesicht färbt sich rosarot. Dann schüttelt sie heftig den Kopf. „Nein, nein, ich bin nicht schwanger!" Sie scheint es vor allem ihrer Mutter zu beteuern. Die guckt etwas misstrauisch, dann hellt sich ihr Gesicht auf. „Na, die Alena, die is schon dicker geworden, die letzte Zeit, das stimmt nu mal. Da reden die Leute, das is so. Aber die hat was mit den Drüsen, wissen Se, das is 'ne Krankheit, da können Se der ihren Arzt fragen, den Doktor Bottcher, der unten in der Kreuzstraße, der kann Ihnen das sagen, das is so." Sie nickt heftig und stupst Alena in die Seite. „Alena, da siehste ma, was die Leute so sagen, sagen die, du kriegst 'n Kind. So was noch mal."

Die Paulsen zweifelt keinen Augenblick daran, dass es stimmt, was Frau Lang sagt. So viel Menschenkenntnis hat sie inzwischen. Das sind einfache Leute, die würden sich viel auffälliger benehmen, wenn sie sich verstellen müssten. Außerdem wirkt Alena so, als wüsste sie nicht mal recht, wie man überhaupt schwanger wird.

„Wäre es in Ordnung, wenn wir Doktor Bottcher dazu befragen?"

„Bottger", wirft Riemer ein und buchstabiert: „g, e, r."

„Ja, ja sicher, den Doktor Bottcher, den befragen Se mal, das is in Ordnung, nich wahr, Alena, das dürfen die doch?"

Alena nickt so heftig wie ihre Mutter. „Ja, der kann Ihnen das sagen, ich bin doch nicht schwanger! Wer sagt denn so was!"

Anette Paulsen kramt in ihrer Tasche nach einer Schweigepflichtsentbindung, und Alena unterschreibt bereitwillig mit steilen kleinen Buchstaben.

„Dann vielen Dank, ich glaube, das reicht uns vorerst, oder, Herr Riemer? Eberhard?"

Riemer nickt. „Keine weiteren Fragen."

„Aber wer so was sagt, das wollen wir ma wissen", sagt Frau Lang, und Alena bestätigt „Ja, wer sagt denn so was."

„Ach, die Leute reden halt", beschwichtigt sie Anette Paulsen. „Und wir haben ja auch gezielt danach gefragt."

Frau Lang komplimentiert sie zur Tür hinaus.

„Wieder nichts", sagt die Paulsen draußen. Und Riemer korrigiert sie: „Nein, das war die Erste, die wir ziemlich sicher ausschließen können. Die anderen sind alle noch im Rennen."

Klar, er hat Recht. Also auf zur Nächsten.

Bei Elisabeth Zeidler, der letzten auf der Liste, sind sie auch nicht besonders erfolgreich. Sie wohnt nicht weit von Langs entfernt, im übernächsten Block. Zwar wird den beiden Beamten auf ihr Klingeln geöffnet, aber Elisabeth Zeidlers Freund, der Asylant, ist allein zu Hause. Er spricht nur gebrochen Deutsch.

„Nein, nicht da, Elisa, ist zu Einkauf, kommt wieder swei Uhr." Er hat die Tür nur einen Spaltbreit geöffnet, aber Anette Paulsen kann seine schlechten Zähne sehen, wenn er spricht. Er hat wohl auch Angst, wenn die Polizei klingelt. Sie bespricht sich kurz mit Riemer, dann sehen sie davon ab, auf dem Zutritt zur Wohnung zu bestehen. Wenn Elisabeth Zeidler da wäre, würde ihr Freund sie wohl eher zur Unterstützung holen, statt ihre Anwesenheit zu verheimlichen. Riemer streckt ihm eine vorbereitete Vorladung durch die Tür. „Frau Zeidler soll bitte morgen zu uns ins Kommissariat kommen, alles Weitere steht hier drauf. Keine Angst – es geht um eine Aussage, es liegt nichts gegen sie vor."

Der Mann nickt, nimmt die Karte und will die Tür schließen.

„Einen Moment noch." Anette Paulsen zückt das Foto mit dem Herzanhänger. „Gehört dieses Kettchen vielleicht Ihrer Freundin? Ein Geschenk von Ihnen?"

Der Mann guckt auf das Foto ohne ein Zeichen des Erkennens. „Weiß nix, nein." Sie lassen ihn die Tür schließen.

Das war's wohl für heute. Irene Ruppricht wird nicht begeistert sein, wenn sie mit solch dürftigen Ergebnissen aufwarten.

Tag 4

Die Leserbriefecke im Kurier
Lebensschutz vor Elternrecht

Heute möchten wir uns im Fall der kleinen Karla noch einmal an die Öffentlichkeit wenden. Es sind schon fast drei Tage seit dem Fund des Säuglings vergangen, und was passiert in unserer Stadt? Nichts, absolut nichts! Keine Verlautbarung des Jugendamtes, nichtssagende Floskeln auch von der Polizei. Wie soll es mit dem Schutz der Kinder weitergehen, die von ihren eigenen Eltern geschlagen, missbraucht, ausgesetzt oder sogar getötet werden? Jedes einzelne Kind ist eines zu viel! Lebensschutz muss doch vor Elternrecht gehen! Wir haben sehr viel Verständnis für Frauen, die in der Schwangerschaft verzweifelt sind und nicht wissen, wie sie ihrem Kind einmal alles geben sollen, was es braucht. Solche Fälle gibt es natürlich. Aber diesen Frauen muss doch auch eine Lösung angeboten werden! Statt einer Verzweiflungstat könnten sie ihr Kind in fürsorgliche Hände geben. Wir meinen, dass Freienhausen dringend ein „Moseskörbchen“ braucht, so möchten wir dieses Rettungsangebot nennen. Denn „Babyklappe“ klingt nach Entsorgung, und es ist ja gerade das Gegenteil: Ein von außen zu öffnendes Fenster, zum Beispiel in der Nähe des Krankenhauses, wäre die ideale Lösung. Hinter dem Fenster müsste sich ein Wärmebettchen befinden, in dem das abgegebene Kind vor Kälte geschützt ist. Ein durch das Einlegen ausgelöstes Signal würde dem Bereitschaftsdienst im Krankenhaus melden, dass ein Baby abgegeben wurde. Dem Kind und der Mutter wäre geholfen! Das Kind ist gerettet und die Mutter kann ein reines Gewissen haben, dass sie ihr Kind nicht umgebracht hat. Das würde auch so manche Abtreibung verhindern, wenn die Frauen von dieser Möglichkeit wüssten!

Wer unsere Initiative unterstützen möchte, kann sich an die E-Mail-Adresse von Frau Stadträtin Gabrieli wenden. Mit ihr haben wir schon eine tatkräftige Politikerin gefunden, die den Lebensschutz in diesem Land vorantreiben möchte.

Britta und Robert Sünkel, Waltraut Gabrieli/Stadträtin

Die Verdächtigen

Irene Ruppricht hat wieder schlecht geschlafen. Diese Geschichte mit dem ausgesetzten Kind schlägt ihr auf den Magen. Sie ist ohnehin nicht mit gutem Appetit gesegnet. Meist isst sie gedankenlos und im Stehen. Früh gibt es eine Tasse Tee vor dem Dienst, denn Kaffee verträgt sie nicht mehr richtig. Zu einem geregelten Mittagessen fehlt ihr oft die Zeit, aber sie weiß, dass sie sich Zeit nehmen müsste. Sie isst, was die Kollegen ihr mitbringen, und weiß meist eine Stunde später nicht mehr, was es war. Abends reichen ihr ein Stück Käse aus dem Kühlschrank, eine Gurke aus der Hand und ein Stück Brot dazu, wenn sie welches hat. Gestern Abend hatte sie keins mehr und genehmigte sich stattdessen ein kaltes Bier. Das füllt auch den Magen.

Es war aber nicht immer so. Als ihre Mutter noch gelebt hat, hat sie viel Mühe auf das Kochen verwendet. Sie haben diese Leidenschaft geteilt: Die Mutter hat neue Rezepte gesammelt und beim Kochen die Schnippelarbeiten am Tisch übernommen, solange sie noch nicht liegen musste. Irene Rupprícht stand am Herd und hat die Speisen zubereitet. Dann haben sie probiert, nachgewürzt, verfeinert. Schön war das. Aber für einen alleine lohnt sich die Kocherei nicht mehr.

Sie vermisst ihre Mutter, sehr sogar, obwohl es schwierige Zeiten gegeben hat, als sie das mit ihrem Vater herausgefunden hat. Seit dieser Herzanhänger aufgetaucht ist, muss sie ständig daran denken.

Sie sieht käsig aus, als sie die Treppe im Präsidium hochgeht. Sogar Florschütz, der sie auf dem Absatz eingeholt hat, legt ihr die Hand besorgt auf die Schulter.

„Nicht ohne, der Fall, was?", sagt er unbeholfen und drückt sie ein bisschen.

„Wirklich nicht", gibt Irene Rupprícht zu, „vor allem habe ich nicht das Gefühl, dass wir überhaupt einen Schritt weiterkommen."

In der kurz darauf stattfindenden Besprechung der SOKO tragen sie die bisherigen Ermittlungsergebnisse zusammen. Einzig hilfreich scheint der Anhänger in Herzform zu sein. Anette Paulsen schlägt vor, ein Foto des Anhängers in der Zeitung zu veröffentlichen. Sie diskutieren, ob eine Prostituierte aus einem der Rotlicht-Etablissements mit der Kindsaussetzung zu tun haben könnte. Riemer bietet an, sich die Damen mal aus der Nähe anzusehen, und erntet dafür einen missbilligenden Blick der Paulsen. Aber Irene Rupprícht findet die Idee gut.

„Schau dich ruhig mal um", schlägt sie vor. „Und schau vor allem auf die Bäuche, direkt nach einer Geburt sind die meisten Frauen noch ziemlich füllig um die Taille."

Er grinst und wirft einen schrägen Blick auf Florschütz' nicht unbeachtliche Wölbung.

„Die Vernehmungen der Frauen nachher übernehmen Frau Paulsen und ich. Aber jetzt berichten Sie mir bitte, was Sie gestern erfahren haben!"

Anette Paulsen räuspert sich und beginnt, ihre großformatigen Ausdrucke an die Magnettafel zu hängen. „Martina Humml-Kramp", beginnt sie, „sie war gestern im Außendienst und nicht erreichbar. Da müsste noch mal jemand in die Firma oder abends zu ihr nach Hause. Sabrina Thielmann und Elisabeth Zeidler müssten heute unserer Vorladung folgen. Beide sind mögliche Kandidatinnen, wenn Sie mich fragen. Wer sicher ausscheidet", sie schaut kurz zu Riemer hinüber, „ist Alena Lang. Ich war gestern Abend noch bei ihrem Hausarzt, Dr. Bottger, der bestätigt hat, dass Alena Lang an einer Drüsenkrankheit leidet, die eine ständige Gewichtszunahme verursacht. Er hofft, die Sache mit Medikamenten in den Griff zu bekommen. Schwanger war sie mit Sicherheit nicht, er hat ständig ihr Blut kontrolliert und kennt die Familie gut."

„Ich hätte vielleicht noch was", meldet sich Florschütz zu Wort. „Fast hätte ich es vergessen: Die Beamten haben vom Wirt des Scharfen Ecks in Hochfeld einen Hinweis auf ein auffälliges Auto bekommen. Das sei zur in Frage kommenden Zeit in der Tatnacht langsam an der Kneipe vorbeigefahren, und der Wirt meint, einen Mann und eine Frau drin gesehen zu haben."

„Das sagst du jetzt erst!" Irene Ruppricht ist etwas ungehalten. Florschütz kann manchmal nicht recht unterscheiden, welche Informationen wichtig sind und welche nicht, das ist ihr schon öfter aufgestoßen. „Kennzeichen?"

„Der Wirt hat nur gesehen, dass es ein örtliches Kennzeichen hat. Aber das Auto fiel ihm auf: Ein Ford Taunus, gibt's nicht mehr so oft, Farbe dunkel, mehr war nicht zu erkennen."

„Das heißt, wir haben den letzten Auftrag für dich, Florschütz: Du bist heute im Büro und findest heraus, wer in der Stadt solch ein Auto fährt – viele können das nicht sein."

„Das ist doch Routine – kann eine Angestellte machen", mault er, aber im Grunde ist er froh, dass er nicht mit raus muss, und deshalb antwortet ihm auch keiner.

Sie schaut auf die Uhr. „In einer Stunde müsste Sabrina Thielmann da sein – wenn sie kommt, dann sicher zusammen mit einem Elternteil. Frau Paulsen und ich werden uns jetzt auf unsere Fragen vorbereiten, und ihr, meine Herren, geht ebenfalls an die Arbeit."

*

Mutter und Tochter Thielmann treffen mit nur fünfminütiger Verspätung im K 1 ein. Sabrina Thielmann ist ein kleines Persönchen mit unverhältnismäßig großer Oberweite, die Haare lang und strähnig, ein hübsches Gesicht, aber blass. Und sie hat schlechte Zähne. Sie trägt enge Jeans, die auf der Hüfte sitzen, und ein knappes Oberteil, der Bauch ist frei und nur leicht gewölbt. Jetzt starre ich schon jeder auf den Bauch, denkt Irene Ruppricht leicht amüsiert. Begleitet wird das Mädchen von der Mutter, einer Frau um die Vierzig, die sicher auch mal hübsch war. Ihre herausgewachsene Dauerwelle und die welke Raucherhaut lassen auf ungesunden Lebenswandel und wenig Einkommen schließen – wie bei vielen in Hochfeld.

Die Mutter schaut trotzig, die Tochter hält den Blick nach unten gerichtet, als Anette Paulsen sie hereinbittet.

„Danke, dass Sie gekommen sind", beginnt Irene Ruppricht das Gespräch. Sie fordert die beiden auf, an ihrem Konferenztisch Platz zu nehmen, und setzt sich ihnen gegenüber. Sie sitzt grundsätzlich nicht hinter ihrem Schreibtisch, wenn sie mit Menschen spricht. Wer vorgeladen wird, hat in der Regel Angst. Und die wird durch die Distanz des Schreibtisches nicht kleiner. Anette Paulsen wählt den Stuhl an der Seite.

„Meine Kollegin, Hauptkommissarin Paulsen", sie deutet auf die Paulsen, „ich bin Irene Ruppricht, leitende Kommissarin hier im Kommissariat eins." Während die Paulsen die Personalien der beiden aufnimmt und sich die Ausweise zeigen lässt –der der Mutter ist seit kurzem abgelaufen –, versucht Irene Ruppricht, sich ein Bild von dem Mädchen zu machen. Etwas an ihr rührt sie, der trotzig niedergeschlagene Blick, die langen Wimpern und die Haarsträhnen, die ihr ins Gesicht fallen, all das wirkt ungemein kindlich. Solch ein Kind soll selber ein Kind erwartet oder bekommen haben? Und es dann auch noch auf die Seite geschafft haben, womöglich mit Hilfe ihrer Mutter?

Sabrina mag vielleicht den Jungs oder ihrer Clique gegenüber die kleine Lolita spielen und auch die eine oder andere sexuelle Erfahrung gemacht haben, aber auf Irene

Ruppricht wirkt sie wie eine Zwölfjährige, nicht abgebrüht genug, ein Kind in einer Mülltonne zu entsorgen.

„Wir untersuchen den Fall der Kindsaussetzung im Stadtteil Hochfeld – Sie haben sicher davon gehört oder gelesen", beginnt Irene Ruppricht jetzt das Gespräch.

„Ham wir nix mit zu tun", meldet sich Frau Thielmann sofort zu Wort und guckt böse.

Sabrina hat die Lippen zusammengepresst und dreht hektisch an den tausend Ringen, die sie um die Finger trägt.

„Das möchten wir mit diesem Gespräch ja auch möglichst ausschließen." Irene Ruppricht bemüht sich um Freundlichkeit. „Es gibt allerdings Zeugenaussagen – Frau Paulsen, bitte."

Anette Paulsen räuspert sich und blättert in der schmalen Akte, die vor ihr liegt. „Wir haben mehrere Personen, die ausgesagt haben, Ihre Tochter Sabrina sei schwanger. Eine Person kann definitiv bezeugen, dass sie einen Mutterpass, ausgestellt auf den Namen Sabrina Thielmann, gesehen hat. Eine andere hat von Ihrem kleinen Sohn gehört, dass das Baby jetzt weg sei!" Sie schaut Frau Thielmann fragend an.

„Was die immer zu reden ham!", regt sich diese auf. „Über andere herziehn, ja, das können die!"

„Wir möchten einfach gerne von Ihnen wissen, ob was dran ist an den Gerüchten", sagt Irene Ruppricht ungeduldig. „Sabrina? Vielleicht äußerst du dich mal?"

Die schaut nur flüchtig die Kommissarin an und zuckt die Schultern, um dann wieder an ihren Ringen zu drehen. Gleichzeitig redet ihre Mutter. „Lassen Se die Kleine in Ruhe, die muss da nix dazu sagen, glaub' ich. Die Sabrina is nich schwanger, und damit basta."

„Wie kommt es dann zu der Aussage, sie habe jemandem ihren Mutterpass gezeigt?“, beharrt Anette Paulsen.

„Mutterpass, es gibt keinen Mutterpass“, behauptet Frau Thielmann, „was weiß ich, was die gesehn hat, ’nen Mutterpass bestimmt nich. Nich von meiner Tochter.“

Irene Ruppricht und Anette Paulsen schauen sich an. Sie glauben der Frau kein Wort.

„Sind Sie mit einem DNA-Test einverstanden?“, fragt Irene Ruppricht, um die Sache abzukürzen. „Wenn nicht, müssen wir einen richterlichen Beschluss erwirken, aber machen werden wir ihn auf jeden Fall.“

„Und was is mit dem Test?“, fragt Frau Thielmann misstrauisch. „Ich meine, was zeigt der dann?“

„Ganz einfach: Ob Sabrina die Mutter des ausgesetzten Kindes ist“, sagt Anette Paulsen unumwunden. „Es wäre schließlich auch in Ihrem Interesse, das auszuschließen.“

„Sonst zeigt der nix?“, fragt die Thielmann noch mal, und Irene Ruppricht stutzt. Gibt’s da noch etwas anderes, das die Familie zu verbergen hat, Drogen vielleicht?

„Zumindest nichts, was uns im Zusammenhang mit diesem Fall interessiert“, sagt sie deshalb. „Also? Sind Sie einverstanden?“

Sabrina und ihre Mutter schauen sich an. Die Tochter schüttelt fast unmerklich den Kopf. Sie hat vor irgendetwas Angst, das ist klar. Aber dann sagt ihre Mutter überraschend: „Wenn’s sein muss. Weil, mit dem Kind aus der Mülltonne ham wir nix zu tun.“

„Umso besser.“

Irene Ruppricht greift zum Telefon, um alles Nötige zu veranlassen. Anette Paulsen legt den beiden inzwischen das Foto des Herzanhängers vor, aber beide schütteln die Köpfe.

Mit der Vernehmung von Sabrina Thielmann hätten sie sich allerdings nicht beeilen müssen, denn Elisabeth Zeidler taucht nicht auf.

Mama ist da

Im Radio spielen sie einen Schlager, in dem es um Herzschmerz und verratene Liebe und so was geht. Ihre Mutter hat den Sender eingestellt, die braucht so was. Kathrin hört sonst lieber Pink und Pop und so, aber heute geht die Musik irgendwie in sie rein, und sie wiegt sich ein bisschen in den Hüften, als sie an der Spüle steht und Geschirr wäscht, tagelang angetrocknete Teller und Töpfe. Eigentlich spült Kathrin gerne, den ganzen Dreck wegwaschen, die trübe Brühe einfach ablaufen lassen, glänzende Teller und Tassen zurückbehalten. Nur macht sie es nie von sich aus, ihre Mutter muss ihr ziemlich was androhen, damit sie sich mal dazu bequemt.

„Bin heut' Abend da", hat Adriane ihr vorhin gesagt und: „Stell deinem Vater was zu essen hin", dann ist sie mit einer Kippe in der Hand raus und rüber ins Wohnzimmer, um die Glotze anzumachen. Kathrin war so überrascht, dass sie nicht mal wie sonst widersprochen hat, dass Charly nicht ihr Vater ist.

Freitag, heut' ist Freitag. Freitags ist sie tot. Heut' ist Adi da, Mama ist da, geht die nicht putzen oder was? Hat die Urlaub, oder macht sie krank? Kommt ja kaum vor, und wenn sie auf dem Zahnfleisch geht, den blöden Putzjob macht sie, nur um weg zu sein. Muss dann nicht sehen, was daheim los ist. Kathrin schnaubt und schrubbt wie wild an einem Topf herum.

Topfkratzer könnten wir auch mal wieder brauchen. Oder besser eine Spülmaschine. Wieso haben alle 'ne Spülmaschine, nur wir nicht? Bin ich denen ihre Spülmaschine? Der Haustrottel, das Aschenputtel, die Dienstmagd, für den gröbsten Dreck. Und der kommt vor allem aus Charly, dem sein Mülleimer bin ich auch, für sein schmieriges Zeug. Und dann wächst das auch noch in mir drin, in mir Mülleimer. Und kommt wieder raus und muss dann in den richtigen Müll. Aber heut' nicht, der traut sich nicht, wenn Mama da ist. Wenn die nicht säuft und dabei einpennt.

Kathrin guckt alarmiert in der Küche herum. In der Ecke beim Besenschrank steht eine angebrochene Flasche Schnaps. Sie öffnet den Kühlschrank, da kullern drei Dosen Bier herum. Nicht genug zum Besaufen. Der Kühlschrank ist versifft, angeschimmelte Wurst, Pizzareste, eine Margarine, mehr ist da nicht. Das war immer so, oder war das mal anders? Wie die Kleinen noch da waren? Ach, mein Stevie, dass du nicht mehr da bist. Warst so süß mit deinen Locken und schwarzen Kulleraugen. Fast gefressen vor Liebe haben sie dich alle, am Anfang, und dann ist sie nicht mehr mit dir fertig geworden. Wie der Charly kam, haste weg müssen. Der will keinen Bastard von 'nem andern aufziehen, von 'nem Schwarzen schon gar nicht. Bringt aber auch keinen eigenen zustande. Ach, bin ich blöd, hat ja was zustande gebracht.

Kathrin macht eine fahrige Bewegung, und der nasse Teller fällt ihr aus der Hand und bricht auf dem Boden in zwei Teile.

„Hey!“, schreit ihre Mutter von drüben, kommt aber nicht. Kathrin schneidet sich an der scharfen Kante, als sie den Teller aufhebt, und hellrotes Blut läuft raus. Schönes, reines, rotes Blut, nicht wie das von neulich, so klumpig und dunkel. Sie saugt an ihrer Hand und saugt und saugt. Wenn ich mir selbst einfach das Blut aussauge? Wenn man ganz viel Blut verliert, muss man sterben, hab' ich neulich im Fernsehen gehört. Helf' ich ein bisschen nach, mit einem Messer, tut aber weh. Aber heut' nicht, heut' ist Freitag, und Mama ist da.

Fast hat sie Charly nicht gehört. Er poltert zur Küche rein und knallt ein Sixpack Bier auf den Tisch. Ach du Scheiße, muss das sein? Er glotzt sie an aus seinem unrasierten Gesicht, die schmierigen Haare fallen ihm in die Stirn, und mit einer Pranke packt er sie grob am Arm.

„Freust dich schon auf nachher?", grunzt er nah an ihrem Ohr. Kathrin riecht den Schnaps aus seinem Maul, ihr wird schlecht, und sie schüttelt ihn ab. Er lässt nicht locker, fasst mit der Pranke an ihren schwabbeligen Bauch. „Meinst, der Alte weiß nich, was du gemacht hast? Dass du das Balg weggeschafft hast? Versucht hast, es abzumurksen?" Er packt ihr Kinn und dreht ihr Gesicht wie in einem Schraubstock zu sich her. Kathrin ist übel, speiübel. „Bist 'ne Mörderin und wirst im Knast landen. Außer..." Er quetscht ihren Kiefer noch fester, und sein heißer stinkiger Atem bläst ihr ins Gesicht, „...außer du hältst einfach den Mund. Dann hält der liebe Charly auch den Mund und verpfeift dich Dreckstück nicht. Und pass gefälligst nachher auf, wenn..."

„Mama ist da", presst Kathrin aus ihrem Schraubstockmund, als er sie endlich loslässt, schmeißt den Spüllappen hin und will raus aus der Küche.

„Wie, Mama ist da?", äfft Charly sie nach. „Die geht heut' putzen, oder ich tret' ihr in den Arsch!" Er wird laut.

Kathrins Mutter steht in der Tür und zieht an ihrer Zigarette. Trotzig schiebt sie ihr Kinn vor. „Nee, geh ich nicht. Die ham mich gekündigt, bin den Job los."

Als er auf sie zugeht und zum Schlag ausholt, duckt Kathrin sich rechtzeitig und schiebt sich neben ihrer Mutter aus der Küchentür. Adriane Schmitt schreit, und Karl-Heinz Kupka schlägt zu, und Kathrin hält sich die Ohren zu, rennt in ihr Zimmer, wirft sich ins Bett und zieht die Decke über die Ohren.

Ich bin ein reiches Mädchen. Ich bin ein schönes Mädchen. Meine Eltern machen alles für mich. Meine Eltern haben viel Geld. Wir fahren jedes Jahr in Urlaub. Wir machen schöne Fotos und kleben sie in Alben ein. Ich habe viele Freunde, und zu Weihnachten bekomme ich einen kleinen Hund. Nach der Schule werde ich Kindergärtnerin und freue mich jeden Tag auf die Arbeit. Ich heirate einen netten Mann und bekomme zwei Kinder. Zwei Jungen. Zwei wilde, lebhafte Jungen. Die sich wehren und jeden verhauen, der ihnen was tut.

Die schreien. Sogar durch die Decke auf Kathrins Ohren schreien die. Die Decke muss sie fester auf die Ohren pressen. Das kann ich aushalten, ist halt so, ab und zu kriegt sie ihre Dresche, nur heut', wo sie doch da ist, am Freitagabend, und vielleicht immer da ist, da soll er sie doch in Ruhe lassen. Mama, Mama. Arme Mama. Armes Kind. Dumme Kathrin. Fette, blöde Kathrin. Hat keine Freundin, hat nicht mal ein Handy, und der Bauch ist leer.

Eine Freundin, die hab' ich gehabt, die Sabrina, mit der war ich im Kindergarten. War auch so 'ne Versagerin wie ich. Aber jetzt macht sie mit Kerlen rum, ist halt ziemlich hübsch, die. Jeder hat sie schon gehabt, sagen die aus ihrer Klasse und aus der Parallelklasse, in die Sabrina geht.

Macht für jeden die Beine breit, auch mehrere hintereinander, Gang Bang heißt das, ist voll in. Würd' ich nie machen, aber mich will ja auch keiner. Ist eh so eklig, das Zeug. Einer, der einen richtig liebt, der macht so was bestimmt nicht. Oder anders. Mit viel Liebe halt. Und dann ist es ganz schön. Sabrina, die hat auch angegeben, wie geil das ist mit den Kerlen. Die anderen glauben das alle, aber Kathrin kann's nicht glauben. Geil ist doch nicht dasselbe wie schön oder mit Liebe. Das sagt auch der Religionslehrer. Aber dann lachen alle und sagen, der hat halt noch nie richtig, weil er ein Pfarrer ist. Ist aber ein evangelischer Pfarrer, und die dürfen doch was mit Frauen haben. Und heiraten ja auch. Das sind bestimmt nette Männer, die Pfarrer. Ich verlieb' mich mal in einen Pfarrer, denkt Kathrin. Dem ist es vielleicht egal, dass ich fett bin und dumm. Der muss mich gern haben, weil Gott das so will. Gott sagt, man muss nach innen schauen, nicht auf das Äußere. Und der in der Schule, der Religionslehrer, der sieht auch nicht so besonders aus, aber irgendwie lieb, und so einer, das wär' was für sie. Aber er ist nur Vertretung, weil die richtige Lehrerin krank ist.

Ach, mir ist alles egal heut', wenn nur Charly nicht kommt. Müsste ihm heute reichen, dass er Mama verhauen hat, die hocken dann doch wieder drüben vor dem Fernseher und schütten das Bier in sich rein. Und pennen hoffentlich beide ein. Hoffen, hoffen, hoffen, das hat Kathrin früher oft getan. Dann irgendwann aufgegeben. Und jetzt wieder ein bisschen angefangen. Weil: Das, was in ihrem Bauch war, ist weg, weg und sicher vor Charly. Es ist nicht mehr da und ist nie gewesen. Wenn nur keiner was sagt. Keiner kann sie dann in den Knast stecken, wo's schlimmer sein muss als in der Schule und wo sie ihren Stevie nie mehr sehen kann.

Und sie, Kathrin, sie ist vielleicht jetzt auch sicher vor Charly. Wenn Mama nicht mehr weggeht am Freitag.

Abendliche Vernehmungen in Hochfeld

Irene Ruppricht macht einen Abstecher zum Schnell-Chinesen, sie hat doch Hunger bekommen. Dort gönnt sie sich eine Schüssel gebratene Nudeln mit Bambussprossen im Stehen, dazu ein großes Wasser. Den obligatorischen Pflaumenwein hat sie abgelehnt. Es ist Freitagnachmittag, die Kollegen sind nach Hause zu ihren Familien, Anette Paulsen hat einen Zahnarzttermin. Auf sie selbst wartet niemand.

Irene Ruppricht fährt nach dem Essen in den Stadtteil Hochfeld. In der Nähe des Scharfen Ecks stellt sie ihr Auto ab, um sich noch ein bisschen die Beine zu vertreten und ein Bild von der Umgebung zu machen. Obwohl die Stadt schon Fassaden saniert hat, wirkt alles trostlos: In den einfachen Sozialwohnbauten fehlen überwiegend Balkons. Die Hauseingänge sind schmutzig, die wenigen Grünflächen von Müll übersät. Ein paar Jugendliche lungern am Spielplatz herum, die Jungs haben Bierflaschen in der Hand. Irene Ruppricht kann nur zwei Mädchen unter ihnen ausmachen, sie hocken auf den Lehnen der Bänke. Eine der beiden zündet sich gerade eine Zigarette an. Älter als 13 oder 14 können die nicht sein. Sie beschließt spontan, zu ihnen hinüberzugehen. Die misstrauischen Blicke der Jugendlichen entgehen ihr nicht. Einer sagt, so dass sie es hören muss: „Was will'n die Alte hier? Wohl 'ne Kippe schnorren, was!“ Er lacht meckernd los.

Irene Ruppricht ist in der Zwickmühle. Sie möchte etwas sagen wegen des Rauchens, weil sie Polizeibeamtin ist und im Dienst. Sie will aber auch etwas von den Jugendlichen wissen und sich das nicht mit dem mahnenden Zeigefinger verbauen. Die Beamtin in ihr entscheidet sich für das Notwendige.

„Hallo, ich bin Irene Rupprícht von der Polizei. Ich nehme mal an, ihr wisst selbst, dass ihr unter 16 weder Bier trinken noch rauchen dürft. Hiermit ermahne ich euch deshalb“ – die Jungs feixen, die Mädchen schauen sich ängstlich an – „und schicke demnächst die Jugendkontaktbeamten vorbei, mit denen könnt ihr euch darüber unterhalten.“

„Wir ham doch gar nix gemacht“, wiegelt ein schlaksiger, pickliger Jüngling ab. „So'n Bier schadet nicht, sagt mein Alter immer.“ Der andere, ein Großer, Kräftiger, geckert wieder los und haut dem Pickligen auf die Schulter. „Ey, Lars, alte Stinksocke, da is was Wahres dran!“

Er heißt Thorsten, wie Irene Rupprícht auf Nachfragen erfährt, die Mädchen sind Maren und Julia, aber die Namen der anderen drei Jungs vergisst sie gleich wieder.

„Deshalb bin ich auch gar nicht hier“, macht sie weiter. „Es geht um das ausgesetzte Kind, ihr habt sicher davon gehört.“

„Nich schon wieder!“, stöhnt Maren übertrieben. „Da quatschen die in der Schule schon dauernd drüber!“

„Und wir waren's nicht“, sagt Julia, „oder sehen wir so fett aus wie 'ne Schwangere?“ Sie klopft auf ihren flachen, nackten Bauch, während die Jungs wieder Lachanfälle kriegen.

„Habt ihr dann eine Idee, wer das gemacht haben könnte?“, fragt Irene Rupprícht weiter.

„Da is eine in unserer Schule, die heißt Sabrina", sagt Julia mit schrägem Seitenblick zu Maren. „Vielleicht war's die doch, die war nämlich schwanger."

„Blödsinn", keift Maren, „so was macht die nicht. Ich weiß es nämlich, warum sie nich mehr schwanger ist, ich darf's aber nicht sagen."

„Hat sie's wegmachen lassen?" Julia reißt sensationsgierig die Augen auf, und Thorsten schreit: „Hat sie's also doch gekillt, oder was!" Alle schreien und reden durcheinander.

Irene Ruppricht fasst Maren am Arm. Die will sie abschütteln, traut sich aber nicht so recht.

„Komm mal ein paar Schritte mit, wir reden unter vier Augen", sagt sie sehr bestimmt. Julia will mit, aber auf einen scharfen Blick der Polizeibeamtin hin traut sie sich nicht und bleibt bei den Jungs stehen. Maren lässt sich mitziehen.

„Also was nun? Du musst schon sagen, was du weißt", sagt Irene Ruppricht ruhig.

„Die hat abgetrieben", sagt Maren trotzig, „ich glaub', nur ein Tag noch, dann wär' nix mehr gegangen. Erst wollte die das Kind, und dann hat der Typ gesagt, mit ihm is Schluss, wenn sie's kriegt, und dann hat sie's wegmachen lassen."

„Sicher?", fragt Irene Ruppricht.

Maren nickt.

„Danke."

Also doch: Sie hat's fast geahnt. Dann scheidet Sabrina Thielmann wohl auch als mögliche Mutter aus. Obwohl: Das mit der Abtreibung ist noch zu überprüfen. Aber das Ergebnis des Speicheltests wird ebenfalls morgen vorliegen, und dann werden sie ohnehin wissen, ob Sabrina mit dem ausgesetzten Kind etwas zu tun hat.

*

Zum Haus von Martina Humml-Kramp geht Irene Ruppricht zu Fuß. Sie wohnt in einem der kleineren Wohnblocks, zwei Stockwerke hoch mit vier Mietparteien. Diese Häuser wurden später gebaut als die „Bienenstöcke" und wirken wesentlich ordentlicher. Die Grünstreifen davor sind gepflegt, an den Fenstern stehen Blumenstöcke und hängen nette Gardinen. In zwei der Wohnungen brennt Licht. „Kramp" steht auf dem unteren Klingelknopf. Aber auch auf mehrmaliges Klingeln öffnet niemand. Zu welcher Wohnung die Klingel gehört, ist nicht klar. Irene Ruppricht läuft durch das von der kühlen Abendluft feuchte Gras, sie will einen Blick von hinten auf das Haus werfen. Da stehen Wäschestangen, und es gibt einen kleinen Sandkasten für Kinder. Sie schaut an der Rückfront des Hauses hoch – die gleichen Wohnungen sind beleuchtet, in denen sie auch nach vorne Licht gesehen hat. Macht es Sinn, woanders zu klingeln? Wahrscheinlich nicht. Möglicherweise weiß Frau Humml-Kramp noch gar nichts davon, dass die Polizei sie sprechen will. Vielleicht ist sie übers Wochenende mit ihrem Mann weggefahren. Irene Ruppricht wird veranlassen, dass noch morgen, am Samstag, eine Vorladung an sie herausgeht, so dass sie am Montag vernommen werden kann. Zur Sicherheit werden sie oder die Kollegen aber am Montag noch einmal in die Firma fahren, bei der die Humml-Kramp arbeitet.

Irene Ruppricht kann mit der erfolglosen Suche nach der Kindsmutter schlecht umgehen. Es ist bereits der vierte Tag, sie müssten längst eine heiße Spur haben. Wenn sie auch die anderen verdächtigen Frauen als Täterinnen ausschließen können, heißt das, dass sie keinen Schritt weiter gekommen sind. Und bisher sind keine weiteren verwertbaren Hinweise eingegangen, denen sie noch nachgehen könnten. Wenn bis heute noch niemandem aufgefallen ist, wer mit diesem Kind schwanger war, dann hat sie inzwischen doch Zweifel, ob die Mutter überhaupt aus Freienhausen stammt. Sie klammert sich an die Spur mit dem Auto, der Florschütz nachgehen wollte. Hoffentlich findet er etwas heraus. Sie werden später noch telefonieren, und dann ist eventuell noch ein Nachteinsatz fällig.

Ihre leichten Halbschuhe, die sie wegen des tagsüber milden Wetters trägt, sind durchweicht. Irene Ruppricht muss mehrmals niesen. Sie hofft, dass es nur die Pollenallergie ist und keine aufziehende Erkältung.

Elisabeth Zeidler wohnt im letzten Block der „Bienenstöcke", der vom Scharfen Eck am weitesten entfernt ist. Irene Ruppricht geht auch dorthin zu Fuß. Einige Kinder spielen noch draußen, kicken mit einem Ball herum oder rennen um die Häuser. Es herrscht ein babylonisches Sprachengewirr, deutsche Brocken zwischen ihr unverständlichem Russisch oder Türkisch. Vor dem letzten Block stehen ein paar Männer und rauchen. Ihre Unterhaltung stockt, als sie die fremde Frau sehen. Zwei der Männer wirken fremdländisch. Ob Elisabeth Zeidlers Freund dabei ist? Irene Ruppricht grüßt und sucht dann auf dem Klingelbrett unter rund 20 Namen den der Zeidler. Dieses Mal wird ihr gleich geöffnet. Im Hausflur riecht es nach heißem Fett und ein bisschen nach Knoblauch. Am Aufzug hängt ein Schild „außer Betrieb", so dass sie die Treppe bis zum vierten Stock nimmt. Im düsteren Flur macht sie drei Wohnungstüren aus, vor zweien stehen Kinderwagen und Schuhe. Die dritte Tür wird von einer Frau geöffnet.

„Frau Zeidler?", fragt Irene Ruppricht und zeigt ihren Dienstausweis. „Ich würde Sie gern kurz sprechen. Darf ich hereinkommen?" Elisabeth Zeidler schaut misstrauisch. Sie sieht verhärmt aus, obwohl sie erst Mitte Dreißig ist, aber Armut zeichnet, da geht nichts dran vorbei. „Geht es um meinen Freund?", fragt sie abweisend. „Er ist nicht da."

„Nein, nein."

Elisabeth Zeidler macht nur zögernd Platz und lässt die Kommissarin herein. Die Wohnung ist unaufgeräumt, im Wohnzimmer riecht es nach Rauch. Irene Ruppricht bleibt lieber stehen. „Hat Ihr Freund Ihnen nicht ausgerichtet, dass meine Kollegen gestern schon einmal hier waren? Sie sollten eigentlich heute zu mir ins Büro kommen."

„Ach?" Das Erstaunen der Frau wirkt echt. „Er versteht nicht so gut Deutsch. Hat er sicher falsch verstanden. Es geht um das Kind, oder? Die Nachbarin hat mich deshalb schon angequatscht, und sicher hat sie Ihnen auch gesteckt, dass ich gedacht hab', ich bin schwanger."

„Sie haben das nur gedacht?", fragt Irene Ruppricht.

Elisabeth Zeidler greift fahrig nach der Zigarettenschachtel auf dem Tisch und zündet sich eine an. „Ja, leider. Ich weiß aber schon 'ne ganze Weile, dass ich nicht schwanger bin. Bloß mein Freund, der hat sich so gefreut, wissen Sie, weil er dann erst mal in Deutschland bleiben könnte, mit einem deutschen Kind. Ich wusste nicht, wie ich es ihm sagen soll."

„Ihre anderen Kinder leben in Pflegefamilien?", fragt Irene Ruppricht.

„Jaaa... Wenn ich jetzt wieder ein Kind krieg' – dann nehmen die mir das vielleicht auch weg. So ohne Arbeit und der Vater aus dem Kosovo, das zählt doch nichts beim Jugendamt."

Sie zieht heftig an der Zigarette und setzt sich auf den niedrigen Couchtisch. Ihre Kleidung ist genauso ungepflegt wie ihr Haar, und Irene Ruppricht kann sich gut vorstellen, dass das Jugendamt eine erneute Schwangerschaft ziemlich argwöhnisch beobachten würde. Das könnte aber auch ein Grund sein, warum Elisabeth Zeidler ein Kind hätte verschwinden lassen.

„Weiß Ihr Freund denn jetzt, dass sie nicht schwanger sind?"

Sie nickt. „Weil die Nachbarin so blöd daher geredet hat, auch bei ihm, da hat er wissen wollen, warum ich nicht dicker werde, wenn ich doch schwanger bin. Da hab' ich es ihm halt gesagt. Seitdem ist er irgendwie komisch. Heimkommen tut er immer später, hängt wohl mit anderen Albanern herum, vorne im Scharfen Eck oder wo."

Irene Ruppricht glaubt ihr. Aber sie braucht Beweise und fragt deshalb auch Elisabeth Zeidler, ob sie mit einem DNA-Test einverstanden ist.

„Melden Sie sich bitte morgen Vormittag bei uns. Der Kriminaldauerdienst wird alles Nötige veranlassen."

Also hat sie wieder eine Spur weniger. Wenn die Speicheltests von Elisabeth Zeidler und Sabrina Thielmann negativ sind, dann bleibt nur noch Martina Humml-Kramp. Und die passt irgendwie nicht in das Bild, das Irene Ruppricht sich inzwischen von der Kindsmutter gemacht hat.

■■■■■ Tag 5

Samstagmorgen

Die schönen warmen Maitage sind schon wieder vorbei. Es nieselt draußen, die Kirschbäume sind verblüht. Nicht einmal die hellgrünen Blätter an den Bäumen sehen frisch aus. Maggy steht gähnend an ihrem Schlafzimmerfenster. Es ist kein Wunder, dass sie so lange geschlafen hat, wenn kein Sonnenstrahl auf ihr Bett fällt wie sonst. Else Kowalczyk würde das zutiefst missbilligen. Eine Frau hat immer etwas zu tun, im Haushalt, im Garten, im Stall. Mangels Garten und Stall käme bei Maggy nur der Haushalt in Frage. Vielleicht wäre es eine gute Idee, heute sauberzumachen, Böden, Fliesen, Becken zu schrubben, um den Kopf damit ebenfalls klar zu kriegen. Sie fühlt sich seit ein paar Tagen seltsam leer, genauer gesagt seit dem Tag, an dem sie die kleine Karla im Arm gehalten hat. Sie hätte sich gewünscht, diesen Moment festhalten zu können, in dem sich ihr Leben gut angefühlt hat. Maggy will einfach nicht mehr allein sein. Durch dieses Kind ist alles wieder da, was sie seit vielen Monaten versucht hat zu vergessen: das Ungeborene, für niemand außer sie Vorhandene, na ja, und Gerd. Die Arbeit im Sudhaus hat sie eine Zeitlang abgelenkt, sie durfte funktionieren und brauchte kein Privatleben.

Aber nun will sie etwas zu tun haben mit diesem Kind, mit dem ganzen Fall darum herum. Sie will wissen, wer die Mutter ist und warum sie das Kind nicht wollte. Ob wieder etwas in der Zeitung steht?

Maggy schlüpft ohne Dusche in Jeans und T-Shirt, um zum Bäcker gegenüber zu laufen, dort gibt es den „Kurier“.

Beim Zurückgehen überfliegt sie die Rückseite der Zeitung und sieht die kleine Anzeige, die den Auftritt einer Band im Saitenriss am Abend ankündigt. Da fällt ihr wieder ein, dass Oli ihr am Abend vorher von dieser Band erzählt hat, die heute oben im Saitenriss, der Kneipe zwischen Fachhochschule und Studentenwohnheim, spielt. Er würde auf jeden Fall dort sein, und ob sie nicht Lust hätte zu kommen. Sie war ein bisschen perplex gewesen und hatte nicht gewusst, was sie antworten sollte. Mal sehn, wenn ich Zeit hab', hat sie wohl gesagt, blöd. Sie hat ja sonst nichts vor. Sie hat nur einfach Angst hinzugehn, das ist alles. Oli ist ihre Gefühlsinsel im Sudhaus, eine Fata Morgana, von der sie sich vorgaukeln lässt, dass es so etwas wie Liebe für sie geben könnte. Aber eine Fata Morgana, der man zu nahe kommt, verliert leider ihre schönen Konturen. Wahrscheinlich hat Oli tausend anderen Leuten auch noch von der Band erzählt. Andere Leute sind in Maggys Fantasie identisch mit anderen Frauen. Dabei weiß sie gar nicht, ob Oli eine Beziehungskiste hat. Vielleicht besteht die Band einfach nur aus Freunden von ihm. Je mehr Leute kommen, desto eher lohnt sich der Auftritt für die Band. Na ja, sie wird abwarten, wie ihre Stimmung am Abend ist. So aufgeweicht und empfindsam wie heute Morgen will sie da auf jeden Fall nicht hingehen.

Die Zeitung unter den Arm geklemmt, nimmt Maggy immer drei Stufen auf einmal auf ihrem Weg nach oben und grüßt flüchtig ihre Nachbarin, die einen Staublappen aus dem Flurfenster schüttelt. Die sozialen Kontakte der Margarete K. – nicht gerade berauschend.

Sie bleibt mit der Zeitung in der Küche stehen, bringt die Kaffeemaschine in Gang und blättert nebenbei. MOSESKÖRBCHEN GEFORDERT!, steht da in fetten Buchstaben auf der ersten Seite des Lokalteils. Roland Lorenz ist der Verfasser, und das große bunte Bild zeigt das Ehepaar Sünkel, das auf eine hübsche Babywiege deutet. „Robert und Britta Sünkel engagieren sich in unserer Stadt für ein Moseskörbchen. Sie stiften diese Wiege für das erste Baby, das dort eingelegt wird.“

Maggy steht da und will nicht weinen, aber die Tränen tropfen auf das Bild mit der Wiege. Sie mag die Sünkels nicht, soviel steht fest, aber sie spürt trotz allem eine Verbindung zu Britta Sünkel, denn sie und die gut frisierte Frau auf dem Zeitungsbild wollen genau dasselbe, jemanden zum Liebhaben, zum Knuddeln, zum Sich-darin-Wiedererkennen. Und wer kann dieser Frau verdenken, dass sie nach jedem Strohhalm greift und die merkwürdigsten Initiativen startet, um doch noch zum Wunschkind zu kommen? Hatte sie nicht ähnliche Gedanken, immer wieder, in diesen Tagen? Sie hadert selbst damit, dass da eine Unbekannte ihr Kind wegwirft, im Müll entsorgt, seinen Tod in Kauf nimmt und sich einen Dreck darum schert, dass andere Frauen vor Sehnsucht nach einem Kind vergehen. Hat sie nicht selbst die Fantasie genährt, wie es gewesen wäre, die kleine Karla einfach zu behalten und keine Polizei und kein Jugendamt einzuschalten? Ihrem Finder, Karl Faltermeier, wäre es schnurzpiepegal gewesen, er hat am wenigsten Wert darauf gelegt, eine Aussage machen zu müssen. Sonst hat es keine Zeugen gegeben.

Maggy muss weiter weinen, und die Kaffeemaschine gurgelt mitfühlend dazu. Sie hätte das kleine schrumplige Bündel einfach mit nach Hause nehmen sollen. Irgendeine Apotheke hätte Nachtdienst gehabt und ihr Babynahrung und vielleicht sogar ein Fläschchen verkauft. Als Windel hätte ein Handtuch genügt. Maggy muss unter Tränen lächeln, wenn sie sich das vorstellt. Es wäre total verrückt gewesen, aber schön. Vielleicht hätte sie das Kind am nächsten Tag doch ins Krankenhaus gebracht, nach ein paar Stunden Illusion. Vielleicht hätte sie es aber auch behalten. Sie hätte den Nachbarn und ihrer Familie einfach sagen können, dass sie ein Baby adoptiert hat.

Maggy greift nach der Küchenrolle und putzt sich die tropfende Nase. Ich muss mich zusammenreißen, nützt ja nichts, das Kind ist weg, und es gehört mir nicht.

Sie gießt sich eine Tasse Kaffee ein und zwingt sich, weiter zu lesen.

„Robert und Britta Sünkel haben in unserer Stadt eine einmalige Initiative gestartet: Um künftig die Aussetzung ungewollter Säuglinge zu verhindern, möchten sie ein Moseskörbchen einrichten. Ein geeigneter Standort ist auch schon gefunden: Mit Hilfe von Stadträtin Waltraut Gabrieli wurde der Kontakt zum „Christlichen Frauenbund" aufgenommen, der in der Nähe des Krankenhauses ein Mädchenwohnheim betreibt. Am Seiteneingang des Wohnheimes befindet sich im ehemaligen Pförtnerhäuschen ein geeignetes Fenster, das sich für die in anderen Städten als „Babyklappe" bekannte Einrichtung umbauen ließe. Sowohl der „Christliche Frauenbund" als auch die Stadt Freienhausen wurden als Träger für das „Moseskörbchen" angefragt. Frau Gabrieli bereitet einen entsprechenden Antrag an den Stadtrat vor. Am heutigen Samstag steht die Initiative Moseskörbchen, der schon rund fünfzehn Personen angehören, an einem Stand in der Fußgängerzone allen Interessierten Rede und Antwort. Für zehn Euro können Holz-Babyrasseln erworben werden, die das Ehepaar Sünkel ebenfalls gespendet hat. Der Erlös ist als Grundstock für die Einrichtung des Moseskörbchens gedacht."

Moseskörbchen, das klingt schön. Maggy kennt die Geschichte aus der Bibel. Wer in Kirchleins aufgewachsen ist, hat regelmäßig den Kindergottesdienst besucht. Sie mochte die Geschichte vom kleinen Moses, der von seiner Mutter in einem Körbchen auf dem Fluss ausgesetzt wurde. Diese Mutter wollte ihm damit das Leben retten. Ob sie heute zu diesem Stand in die Stadt gehen soll? Möglicherweise macht das wirklich Sinn, eine solche Babyklappe in Freienhausen einzurichten. Irgendwann vielleicht – Maggy dehnt den Begriff „irgendwann“ in Gedanken zu vielen Jahren aus – irgendwann wird sie selbst vielleicht aus diesem Moseskörbchen ein Kind bekommen. Die Idee, selbst noch einmal das Risiko einer Schwangerschaft und Fehlgeburt einzugehen, ist gerade so weit weg wie der Mond. Ihr Vater fällt ihr ein, der jedes Mal, wenn sie nach Hause kommt, den Finger in die Wunde legt. Deine biologische Uhr tickt, sagt er, Blödsinn eigentlich, mit 28 Jahren. Aber ihre Eltern schienen die Hoffnung auf baldigen Nachwuchs aufgegeben zu haben, als es mit Gerd aus war. Von ihrer Fehlgeburt weiß keiner zuhause, nicht mal ihre Kusine Emma, mit der sie sich ansonsten gut versteht. Maggy zweifelt selbst daran, dass sie irgendwann mal wieder eine Beziehung hinkriegt. Und wenn sie es doch schafft, können Jahre vergangen und es für ein Kind zu spät sein. Vielleicht kann sie nach der Fehlgeburt sowieso nicht mehr schwanger werden.

Maggy reißt sich aus ihrem Gedankenkarussell und liest weiter. Die Initiative kündigt einen Termin für den kommenden Montag an, im Weißen Ross am Markt. Zu diesem Treffen wird ein Referent erwartet, der erfolgreich eine ähnliche Initiative in München gestartet hat. In der Babyklappe dort seien im vergangenen Jahr zwei Kinder aufgefunden worden. Das klingt doch vielversprechend. Vielleicht wird sie dorthin gehen.

Aber für den Moment muss sie eine banalere Entscheidung treffen, eine, die ihr kindisches Schwärmen für Oli anheizen oder abkühlen wird: heute Abend ins Saitenriss gehen oder nicht.

Mehmet

Adriane darf ihr Konto nicht überziehen, schon seit Jahren nicht mehr. Wenn andere damit protzen, dass es ihnen schnurzpiepegal ist, ob noch was drauf ist auf dem Konto oder sie endlos in den Miesen sind, dann hört Adriane nur weg. Ihr nützt das gar nix. Keinen müden Cent gibt ihr die Bank, wenn ihr Konto leer ist. Der Kupka, der hat nicht mal ein Konto, weil er schon zu viel krumme Dinger gedreht hat. Deshalb läuft alles über sie, auch das Harz vier kommt bei ihr drauf. Und jetzt ist die Miete abgezogen, und sie haben einfach nichts mehr zum Leben. Dass der Grosch vom Arbeitsamt das nicht kapiert. Mit dem Kupka braucht sie gar nicht darüber zu reden, der scheuert ihr nur eine und brüllt, sie soll das Geld besser einteilen oder wieder welches beischaffen. Die Dresche, die sie gestern Abend bezogen hat, hat ihr gereicht. Wenigstens hat sie kein blaues Auge wie sonst. Dafür ist ihr rechter Oberarm geschwollen, und auch sonst tut ihr alles weh. Er hat auf sie drauf geschlagen wie blöd, und sie hat geschrien, bis die alte Meierin wieder an die Wand geklopft hat, obwohl die sonst so schlecht hört. Früher hat die Meierin bei ihrem eigenen Alten auch öfter eine gefangen. Die müsste doch wissen, wie das ist. Der Meier ist wenigstens unter der Erde, und das wär' wohl auch besser für den Kupka. Gestern hat Charly dann angefangen zu saufen, im Wohnzimmer auf der Couch, und hat

Sport geglotzt, und sie hat sich auch 'ne Flasche geholt und auf den Sessel gehockt. Immer wenn er eingepennt ist, hat sie umgeschaltet. Dann hat er's wieder gemerkt und sie angeschrien und zu ihr rübergelangt. Aber Adriane kennt das schon. Er wird immer träger, je mehr er säuft, und irgendwann schnarcht er, so dass sie rumzappen kann, wie sie will. Kathrin, die lässt sich eh nicht blicken, keine Ahnung, was die abends in ihrem Zimmer treibt. Hört immer bloß Musik und glotzt blöd an die Decke, wenn jemand reinkommt.

Heute muss Adriane beim Netto in Hochfeld irgendwas zu essen kaufen. Und sie braucht dringend Binden, das tröpfelt heut' schon und wird bestimmt bald stärker. Zwanzig Euro waren noch in ihrem Versteck, einer alten Videokassettenhülle, die sie im Kleiderschank vergraben hat. Aber dann ist Sense, nix mehr da. Was sie dann fressen sollen, interessiert wieder keinen.

Vor dem Markt stehen ein paar andre Weiber aus Hochfeld und tratschen und gucken zu ihr hin, wie sie so langsam antrabt, in ihrer alten zu engen Jeans und der Regenjacke, die sie auch bei schönem Wetter trägt, weil sie keine andere hat. Adriane macht ein eingebildetes Gesicht, um denen zu zeigen, dass ihr egal ist, was die von ihr denken. Die denken wohl, sie sind was Besseres. Im Markt ist viel los, wie immer am Samstag. Es kaufen auch einige Leute in richtig schicken Klamotten ein, schöne Frauen in gut sitzenden Hosen und Röcken und Frisuren wie aus der Illustrierten. Sie haben kleine Kinder im Einkaufswagen, die ganze Sätze sprechen können wie: Schau mal, Mami, da gibt es das Joghurt aus der Werbung, Papi sagt, das ist ganz gesund, und du sollst es für uns einkaufen. Und sie steigen aus großen Autos draußen auf dem Parkplatz. Das sind die aus dem

Neubauviertel, das die Stadt vor ein paar Jahren ganz nah an Hochfeld aus dem Boden gestampft hat. Dort gibt's noch keinen Supermarkt, deshalb kommen die hierher. Die blättern mal eben hundert Euro hin für einen vollen Einkaufswagen. Und wenn Adriane in die Geldbeutel spitzt, sieht sie noch mehr Scheine drin. Sie hat schon oft überlegt, einen dieser Geldbeutel zu klauen. Einer im Monat würde reichen, dann hätten sie genug. Sie hat eine Zeitlang beobachtet, wo die Frauen ihre Geldbeutel haben, und bei einer war's fast mal so weit, dass sie zugreifen wollte. Es wär' so leicht gewesen, das kleine Stoffbeutelchen lag achtlos im Einkaufswagen, während die Frau sich zu ihrem Kind runtergebückt hat, um die Schuhe zu binden. Und dann hat sie der Mut verlassen. Bist halt 'ne blöde Kuh, Adi, hast nicht mal Mumm, ein bisschen Kohle zu klauen. Aber sie hat einfach Angst gekriegt, dass da irgendwelche Kameras sind und sie geschnappt wird und in den Knast kommt.

Also, was kriegt sie jetzt für die lumpigen zwanzig Mäuse: 'ne Viererpackung Pizza von der billigen Marke, zwei Dosen Ravioli und zwei Gulaschsuppen, 'ne Tüte Chips. Die Binden darf sie nicht vergessen. Scheiße, Klopapier haben sie auch nicht mehr. Eine blöde Schlepperei wird das mit ihrem Arm, der weh tut. In dem anderen Arm hat sie schon lange keine Kraft mehr, da war mal eine Entzündung drin. Adriane versucht zusammenzurechnen, was sie bisher im Wagen hat, im Kopfrechnen war sie eigentlich immer ganz gut. Seit sie mitsäuft mit dem Kupka, geht das nicht mehr so leicht. Der Alk wäscht ihr die Zahlen aus dem Kopf. Zwei Euro sind noch übrig. Die Kathrin, die isst gern Nugatschokolade. Die wollt' sie ihr schon lange mal mitbringen. Aber zwei Euro reichen auch für zwei kleine Schnäpse. Kathrin ist eh zu fett. So fett war sie selber nicht in dem Alter. Da soll die mal lieber abnehmen. Die Schnäpse tun Adriane gut, ihr Bauch tut weh von ihrem Zeug, das sich ankündigt.

Sie kippt einen gleich nach dem Bezahlen und packt den Einkauf in zwei Tüten. Eine Viertelstunde muss sie laufen mit den Tüten, Adriane schwitzt jetzt schon, wenn sie daran denkt. In der Nähe vom Netto ist ein Taxistand, aber sie hat keinen Cent mehr in der Tasche. Ach, da ist ja das Taxi vom Mehmet. Ob der sie für umsonst mitnimmt? Adriane guckt schnell in das große Fenster von der Reinigung, die neben dem Supermarkt ist. Sie hat heute früh mal die Haare gewaschen, schaut gar nicht so schlecht aus. Die Regenjacke verdeckt ihre Speckhüften.

Mehmet steht neben dem Taxi und raucht. Der sieht einfach toll aus. Die schwarzen Haare, die hat er mit Gel zurückgestrichen, die gebogene Nase mit dem kleinen Höcker drauf, die war schon mal gebrochen. Er sieht richtig verwegen damit aus. Und die schwarze Lederjacke dazu. Ob sie's probieren soll? Adriane weiß nicht, was sie reitet. Sie geht auf ihn zu und versucht, ein Lachen aufs Gesicht zu kriegen.

„Na, Mehmet, nix zu tun heut', was?"

„Adriane, mein Stern! Wie geht's?" Die fragen immer „wie geht's", die ausländischen Männer, aber sie wollen's nicht wirklich wissen. Aber sein Akzent macht sie ein bisschen schwach.

„Gut", versichert Adriane und stellt die Tüten auf den Boden. Er bietet ihr eine Zigarette an, und sie qualmen zusammen.

„Du has gehört von Kind in Mülltonne?", fragt Mehmet. „Polizei hat gefragt alle Taxifahrer!"

„He?", fragt Adriane zurück. „Die denken doch nich, einer von euch hat das Kind da rein?"

„Nee, nee“, bei Mehmet kommt neben seinem Türkisch der heimische Dialekt durch, „Polizei hat gefragt, ob wir Frau mit Kind gefahren oder sonst irgendwas war verdächtig, du verstehst?“

Adriane schüttelt den Kopf. Ihr ist das eh wurscht, wer das war mit dem Kind, in Hochfeld ist ständig irgendeine schwanger, die es nicht sein wollte, war nur eine Frage der Zeit, bis mal so was passierte. Von der Sabrina von den Thielmanns hat sie was gehört, und über die Zeidler wird auch getratscht. Aber ihr ist es echt egal.

„Was machs du alleine in Einkaufsmarkt?“, wechselt Mehmet das Thema. „Wo has du deine Mann? Nix helfen dir? Is starke Mann, ich habe gesehen!“

„Ach der“, Adriane winkt ab und zieht genüsslich an der Zigarette. „Der hat mir noch nie was geholfen. Der hockt im Scharfen Eck und säuft.“

„Ah, schlechte Mann!“, ruft Mehmet theatralisch. „Du brauchs gute Mann wie Mehmet!“ Er zwinkert ihr zu. Adriane wird ein bisschen rot.

„Na ja“, druckst sie herum. „Wollt’ dich fragen, ob du grad irgendwie in meine Richtung fährst? Ich hab’ nur keine Kohle mehr, aber wenn du willst...“ Sie versucht, verführerisch zu lächeln, weiß aber gar nicht mehr recht, wie das geht. Ihre Zahnlücken kommen ihr gerade gar nicht in den Sinn. Sie spitzt den Mund und lässt ihre Zunge ein bisschen sehen, das machen die Frauen in der Glotze immer, die nachts die Männer anmachen mit ihren Telefonnummern. Ruf mich an!, sagen sie und versprechen feuchte Muschis, knackige Hintern und dass sie immerzu geil sind und sie’s besonders durch die Hintertür wollen.

Mehmet lacht und lässt seine weißen Zähne sehen. Die sind aber auch ein bisschen krumm, wie die Nase.

„Bitte einsusteigen!“ Er öffnet ihr die Beifahrertür und macht eine übertrieben schwungvolle Handbewegung. „Bitte sehr einsusteigen!“ Gleichzeitig nimmt er ihr die Tüten aus der Hand und stellt sie in seinen Kofferraum. Adriane setzt sich ins Auto. Sie ist doch erst vor ein paar Tagen mit Mehmet zum Arbeitsamt gefahren, aber da war die Kathrin dabei. Heut’ ist alles anders. Hoffentlich kriegt der Kupka das nicht raus.

Der Mehmet nimmt so ein Sprechgerät und sagt rein, dass er mal kurz nicht für Kunden fahren kann, weil er was Privates zu erledigen hat. Eine Frauenstimme sagt: „Okay“, dann schaltet er ein paar Knöpfe aus und fährt los.

„Wir fahren in Wald, is okay?“, fragt er und guckt Adriane mit seinen schwarzen Augen an, dass ihr selber ganz schwarz wird. Sie nickt nur und denkt fieberhaft nach, was sie für Unterwäsche an hat. Hoffentlich nicht die mit den Löchern. Und hoffentlich läuft ihr Zeug noch nicht so. Nicht, dass das schöne Taxi noch voll Blut ist.

Der kleine Stadtwald ist nicht weit weg, hinter den letzten Hochhäusern von Hochfeld, da ist ein Trimm-Dich-Pfad. Aber Mehmet fährt nicht zu dem großen Parkplatz, sondern die Straße weiter und biegt dann in einen schmalen Waldweg ein und von dem noch mal ab, so dass sie von der Straße keiner mehr sehen kann.

Dann stellt er den Motor aus, macht seine Hose auf und holt sein fast hartes Teil raus. Er fasst an Adrianes Hinterkopf und zieht ihren Kopf runter. „Du blasen“, hört Adriane ihn schon keuchen. Sie beeilt sich, den Mund aufzumachen und den reinzunehmen. Is gar nicht schlimm, dem Mehmet seiner is nich der Schlechteste, da is vorne keine Haut dran und deshalb auch kein Dreck wie bei den anderen, die sie schon gehabt hat.

Sie strengt sich richtig an, es ihm gut zu machen, immer rauf und runter, Mehmet hilft mit der Hand an ihrem Kopf nach, dass ihr das harte Ding richtig in den Hals reinstößt und sie ein paar Mal würgt. Mehmet ächzt und stöhnt, dann is es so weit, und Adriane hat die Soße im Maul. Das mag sie nicht, aber was soll's, die Kerle sind halt so. Mehmet lässt ihren Kopf los und reißt ihr ein paar Tücher aus einer Box ab, die er neben sich stehen hat. Adriane wischt sich den Mund aus und ab.

„Du bis gute Frau, schöne Frau", lobt Mehmet sie. Dann nestelt er in seiner Hosentasche herum und zieht zwanzig Euro raus. Die steckt er ihr lachend in den Ausschnitt vom Pullover. Adriane ist richtig stolz und glücklich. So schnell und so leicht hat sie einen Schein verdient, nicht schlecht, Alte, würd' ich mal sagen. Sie muss auch lachen und gibt Mehmet einen Kuss auf die Backe.

Er fährt mit quietschenden Reifen wieder rückwärts aus dem Waldweg raus und bringt Adriane in die Nähe ihres Hauses. Dann holt er ihr sogar noch die Tüten aus dem Kofferraum. Sie guckt ihm noch nach und kippt dann noch schnell den zweiten Schnaps, um den Geschmack von der Soße wegzukriegen und überhaupt. Die letzten Meter zum Haus sind die Tüten gar nicht mehr so schwer.

Negativ

Irene Ruppricht hat mal wieder schlecht geschlafen. Das ist nichts Neues in dieser Woche. Ständig geht ihr das kleine Mädchen durch den Kopf, das vor fünf Tagen in eine Mülltonne geworfen wurde. Und es gibt noch immer keine Spur von der Mutter. So ein Fall mag vielleicht im Kommissariat einer Großstadt Alltag sein, aber doch nicht hier und nicht für sie. Sie kann sich überhaupt nicht vorstellen, dass in einer Kleinstadt wie Freienhausen eine Schwangerschaft und das plötzliche Verschwinden eines Neugeborenen niemandem auffallen.

Müde stützt sie ihren Kopf auf, die Ellenbogen auf dem Schreibtisch. Grüne Akten mit Eselsohren türmen sich zu beiden Seiten und rahmen die wenigen Ergebnisse im Fall Karla ein, die ihr die Kollegen hereingereicht haben. Anette Paulsen und Riemer haben vorhin hereingeschaut und ihr angeboten, den Fall gemeinsam durchzugehen. Aber sie hat abgelehnt, will zunächst die Unterlagen sichten und sich allein ein Bild machen. Der Staatsanwalt will Ergebnisse von ihr, die Medien sitzen ihm im Nacken. Sie hofft gegen besseres Wissen, in den Unterlagen vor ihr auf einen Hinweis zu stoßen. Wenn es eine heiße Spur gäbe, hätten die Kollegen es ihr längst gesagt.

Das erste Blatt zeigt das Ergebnis des Speicheltestes von Sabrina Thielmann: negativ. Ob das Mädchen tatsächlich einen Schwangerschaftsabbruch gemacht hat oder nicht, braucht sie deshalb nicht mehr zu interessieren.

Florschütz hat ihr gestern Abend noch mitgeteilt, dass er drei Fahrzeuge der Marke Ford Taunus mit örtlichem Kennzeichen ermitteln konnte, zwei davon blau, einer schwarz. Jetzt liegen die Daten der Halter vor ihr: Bei einem Auto ist die Halterin eine ältere Frau, die mit ihrem erwachsenen Sohn zusammenwohnt. Florschütz hat an den Rand gekritzelt: „Sohn ist vermutlich Fahrer und lässt Muttern zahlen.“

Beim zweiten Fahrzeughalter handelt es sich um einen Ukrainer, der mit Schrott und gebrauchten Autoteilen handelt und wohl dafür bekannt ist, dass er solche Oldtimer schnell wieder für gutes Geld in den Osten verscherbelt.

Den dritten, ebenfalls einen jungen Mann, bezeichnet Florschütz als „bisher unauffällig".

Die nächste Notiz stammt von Anette Paulsen: „Elisabeth Zeidler war zum Speicheltest da, Ergebnis kommt so bald wie möglich."

Dann eine Information von Riemer: „Nix Neues unterm Rotlicht – trotz ausgiebiger Recherche", diese Bemerkung ziert ein Smiley. „Kenne Barkeeper, der sich umhört." Aha.

Irene Ruppricht findet noch einen kleinen Zettel mit der korrekten Handschrift der Paulsen. „Fallanalytiker einschalten?"

„Noch nicht", murmelt sie vor sich hin, „noch nicht." Zwei der verdächtigen Frauen sind weiter im Rennen, Elisabeth Zeidler und Martina Humml-Kramp. Bei der zweiten wird sie jetzt gleich vorbeifahren.

Sie greift sich ihre Jacke und sieht den Herzanhänger in einem kleinen Plastikbeutel auf dem Schreibtisch liegen. Sie muss unbedingt dem „Kurier" Dampf machen, dass dort endlich ein Foto des Anhängers veröffentlicht wird. Irene Ruppricht nimmt das kleine Herz in die Hand und betastet es durch das Plastik, als könnte es ihr seine Geschichte verraten. Schließlich hatte auch ein anderer Herzanhänger seine Geschichte, aber das muss sie jetzt beiseite schieben.

Eine Frau, die ihr Kind umbringen will und ihr Herz verloren hat – das würde zusammenpassen. Herzlos muss sie auf jeden Fall sein. Aber was weiß ich davon, von Muttergefühlen, der ganzen Palette zwischen Liebe und Hass, die es da geben soll? Sie schüttelt den Kopf, lässt das Herzchen wieder auf den Schreibtisch gleiten.

Sie steuert ihren Dienstwagen Richtung Hochfeld, das bei dem Nieselregen heute noch trostloser und grauer wirkt als gestern Abend. Bei dem kleinen Block, in dem Martina Humml-Kramp wohnt, steht die Haustür offen. Eine ältere Frau wischt den Eingang und kommt ächzend hoch, als Irene Ruppricht auftaucht. Sie erinnert sie an ihre Mutter, bevor sie pflegebedürftig wurde. Da hat sie auch immer darauf bestanden, die Hausordnung zu machen. „Das muss ordentlich sein, damit die Nachbarn nichts gegen uns ausrichten können." Sie hat es noch im Ohr, als wäre es gestern gewesen. Wenn sie ihr die Putzerei verbieten wollte, hat sie jaja gesagt, und wenn Irene Ruppricht spät abends von der Arbeit kam, hat das Treppenhaus schon wieder geblitzt. Dafür musste sich ihre Mutter verstohlen den Rücken halten, wenn sie geglaubt hat, die Tochter sieht es gerade nicht.

Die Frau, die im Haus von der Humml-Kramp die Treppe wischt, redet los, als sie sieht, welchen Klingelknopf die Kommissarin drückt.

„Die sind nicht da, die sind weggefahren. Soll ich was bestellen?"

„Nein, danke. Wissen Sie, wann Frau Humml-Kramp und ihr Mann wieder zurückkommen?"

„Morgen, morgen Abend", gibt die Frau bereitwillig Auskunft. „Ich muss den Vogel füttern, wissen Sie. Das mach' ich immer, wenn die am Wochenende weg sind. Die sind zu ihrer Mutter gefahren, die wohnt im Sauerland, nicht hier. Also wenn Sie wollen, kann ich einen Zettel in die Wohnung legen?" Neugierig ist sie gar nicht.

Irene Ruppricht muss ein bisschen schmunzeln. „Danke, ist nett, aber ich melde mich wieder." Nach einer möglichen Schwangerschaft will sie die Hausbewohnerin nicht fragen. Spätestens am Montag erfahren sie hoffentlich von Martina Humml-Kramp selbst, was es mit ihrer Schwangerschaft auf sich hat.

Auf der Rückfahrt nimmt sie die Straße an den „Bienenstöcken“ vorbei. Das Hochhaus, in dessen Mülltonnen das Baby gefunden wurde, passiert sie im Schritttempo. Ein Mädchen, dick und mit strähnigen Haaren, wirft gerade eine Mülltüte hinein. Guckt der Tüte einen Moment hinterher.

Hallo da unten, ist da jemand? Ich schmeiß' verschimmeltes Essen auf dich und Taschentücher mit dem ekligen Zeug von Charly und einen Berg Kippen. Macht dir nichts mehr aus, spürst ja nix mehr. Kathrin zieht die Nase hoch. Sie hört das Auto, langsam. Die blöden Gaffer wieder. Wollen sehen, wo das war, das mit der Mülltonne. Alles ist schief gegangen. Der Penner, warum muss der in der Nacht in der Tonne rumwühlen. Soll sich doch um seinen eigenen Dreck scheren. Und nix aus dem Müll ziehen, was da drin bleiben soll. Sicher und versteckt und ohne was mitzukriegen. Jetzt ist alles wieder so, wie es doch gar nicht sein soll. Es ist weg und doch nicht weg.

So könnte das ausgesehen haben, als die Kindsmutter den Sack mit dem Baby in der Mülltonne entsorgt hat. Ob die…? Ich seh' schon Gespenster, schilt sich Irene Ruppricht. Nur weil da gerade irgendein Mädchen etwas in die Mülltonne wirft, kommt sie mir gleich verdächtig vor. Wer so etwas macht, kann wahrscheinlich wochenlang nicht mehr an die Tonne ran, ohne an das Kind zu denken. Außerdem haben die Routine-Befragungen in den „Bienenstöcken“ schließlich nichts ergeben außer den vier Namen, die sie zurzeit überprüfen.

Am Abend ist Irene Ruppricht zu Hause und saugt die Wohnung von vorne bis hinten. Fast hört sie das Telefon nicht. Es sind die Kollegen vom Wochenenddienst. Der DNA-Test von Elisabeth Zeidler liegt vor: negativ. Sie hat es sich eh gedacht. Da bleibt also nur noch die Humml-Kramp. Oder einer der Ford-Taunus-Fahrer bringt sie auf eine heiße Spur. Er könnte etwas beobachtet haben oder käme sogar als Chauffeur der mutmaßlichen Mutter in Frage. Irene Ruppricht hat Kopfschmerzen und löst zwei Aspirin in Wasser auf.

Schokoladenkuchen

Kathrin hat sich ausgesperrt. Den Müll sollte sie runterbringen und Kippen holen für ihre Mutter. Vorne an der Straßenecke, wo die Hochhäuser anfangen, ist ein Automat. Sie hat erst keine Lust gehabt, bei dem Nieselregen rauszugehen. Charly ist seit Stunden weg, keiner weiß wo, und keiner vermisst ihn. Ihre Mutter hat nach Schnaps gerochen, wie sie heut' Morgen vom Einkaufen kam, und ihr Blick war so komisch. Dann gab's mal wieder Bratkartoffeln, die hart und verbrannt waren und von denen sie die Hälfte weggeschmissen haben. Und dann hat sich Adi zum Pennen gelegt und Kathrin noch gesagt, sie soll Zigaretten holen, bis sie wieder wach ist. Bloß hat sie keine Münzen gehabt, nur einen Schein, einen Zwanziger, und Kathrin soll das Geld auslegen oder vor zum Scharfen Eck gehen und den Schein wechseln.

Das wär' noch das Letzte, ins Scharfe Eck rein müssen. Wo die ganzen Kerle aus den „Bienenstöcken" rumhängen und sie anglotzen und ihr Zeug hinterher rufen, das sie nicht hören will. Charly womöglich noch mittendrin, angesoffen und mitgrölend. Also hat sie in ihren Schubladen gekramt, die voll sind mit Abziehbildchen und Sachen aus der Bravo über Pink und dazwischen ein paar einzelnen Socken und Schlüpfern, die Löcher haben und die sie nicht mehr anziehen will. Manchmal versteckt sie da Geld drin, das sie Charly aus den Hosentaschen oder ihrer Mutter aus dem Geldbeutel klaut. Mehr als zwei oder fünf Euro traut sie sich nicht zu nehmen. Aber das steht ihr auch irgendwie zu. Ist ihr Taschengeld. Die andern in ihrer Klasse, die kriegen so einen Haufen Kohle von ihren Eltern. Sagen sie wenigstens, und wer keins kriegt, klaut eben. Oder klaut das Zeug, das er will, gleich im Laden. Der Thorsten gibt damit immer an. Hat sogar schon mal 'nen richtigen DVD-Spieler mitgehen lassen. Das kam aber raus, den hat der Krüglein aus dem Unterricht holen lassen, und die Bullen waren schon in der Schule. Aber mit 13 kann der ja nicht verknackt werden. Und er hat damit geprotzt, dass er's wieder macht, bald wär' er eh so gut, dass ihn keiner mehr schnappt.

Kathrin steht außen vor der Wohnungstür und hämmert dran. „Mama!!!!", schreit sie, und die alte Meierin macht gegenüber die Tür auf und schimpft rum. „Schreist das ganze Haus zusammen, dummes Ding."

Kathrin lutscht an ihrem Finger, der Nagel ist abgebrochen vom Auf-die-Tür-Schlagen, und hören tut ihre Mutter eh nichts, wenn die gesoffen hat. Tabletten hat die bestimmt auch eingeschmissen. Blöde Kuh, hol' dir doch deine Kippen selber und steck' sie dir sonstwohin. Was mach ich bloß? Sie streckt der Meierin die Zunge raus, aber erst als sie ihr wieder den Rücken zudreht und in ihre Wohnung geht. Alte Hexe, geh' in dein Hexenhaus, bald kommen Hänsel und Gretel, dann kannst du die auffressen. Eine einzelne Träne kullert ihr über die Backe, und das kommt, weil sie an das Märchen von Hänsel und Gretel denkt. Das hat ihr der Opi immer erzählt. Den Kindern ist es genauso gegangen wie ihr, keiner hat sie gewollt.

Es zieht im Treppenhaus. Kathrin wickelt ihre alte Sweat-Jacke enger um sich. Wenn sie vorhin den blöden Wohnungsschlüssel gefunden hätte, würde sie jetzt nicht hier herumstehen. Aber ihrer ist schon lange weg, und Adi hat den zweiten bestimmt irgendwo im Schlafzimmer. Sie hat sich nicht getraut, dort drin zu suchen. Obwohl ihre Mutter bestimmt nix gehört hätte, wenn sie ihren Rausch auspennt. Sie hat deshalb die Wohnungstür angelehnt, und dann ist die zugefallen, bestimmt weil es hier so zieht.

Sie tappt langsam die Treppen wieder runter. Hinter den Türen hört sie die Fernseher laufen und ein Kind laut brüllen. Was mach' ich jetzt? Rumlaufen, im Regen, nee, aber es regnet gar nicht mehr. Ein paar Kerle stehen draußen an der Straße und qualmen. Einer macht eine versaute Handbewegung in ihre Richtung. Fick dich, brummt Kathrin, so, dass er's nicht hört. Einfach nicht hingucken, weghören, dann war auch nix. Weitergehen, langsam, immer runter auf den Boden gucken, niemanden anschauen. Einen großen Bogen ums Scharfe Eck machen, in der Jackentasche die Zigarettenpackung kneten. Ach nee, ich muss aufhören, die kriegt nachher die Krise, wenn ich die Kippen zerbröselt bring'. Sollt' mal selbst eine probieren, der Rauch macht vielleicht schwindlig und macht alles neblig. Ist dann alles nicht mehr so klar.

Kathrin hasst laufen. Ihre Füße tun so schnell weh, die Latschen sind alle zu klein, und die Schenkel, die reiben so aneinander, dass nach 'ner Weile das rohe Fleisch rausguckt. Die Beine ein bisschen breiter machen bei jedem Schritt. Sieht aber bescheuert als, als hätt' sie den Wolf oder wär' besoffen. Ein fetter Trampel läuft halt so. Schiebt sich nach vorne, einen Fuß vor den anderen, irgendwie. So was wie sie, das hätte gar nicht auf die Welt kommen sollen. Und was aus ihr rauskommt, das auch nicht. Hätte auch nix Besseres vor sich. Hat nix Besseres vor sich.

Leute wie die Schmitts haben keine Tageszeitung. Kathrin hat immer mal was gehört, von den anderen, in der Schule, oder hat mal am Kiosk auf das Titelblatt des „Kurier“ gelinst. Hat was von Krankenhaus gelesen. Ob das da noch ist? Ist ein ganz schönes Stück zu laufen. Ein paar Mal war sie schon dort, aber mit dem Bus, wenn ihre Mutter mal wieder zu viel Prügel abgekriegt hat und genäht worden ist. Einmal war auch der Arm gebrochen. Danach hat sie der Charly fast aufgefressen vor Liebe. Nie wieder wollte er so etwas machen. Er hat auch aufgepasst, gebrochen ist nix mehr seitdem.

Der Weg zum Krankenhaus am anderen Ende von Freienhausen findet sich wie von alleine. Hochfeld liegt ein Stück zurück, sie muss am Rand des Zentrums vorbei und dann durch eine kleine Gartensiedlung. Ist schön hier. Von den Bäumen tropft's auf ihren Kopf, und ein paar Vögel zwitschern. Die freuen sich bestimmt, weil's nicht mehr regnet. Da ist ein kleines Nest, da vorne im Gebüsch. Drei nackte Hälse recken sich raus, und aus den winzigen Schnäbeln piepst es. Sind die süß. Kriegen gleich ein paar Würmchen von der Vogelmama. Oder dem Vogelpapa. Das Männchen kümmert sich da genauso um die Vogelkinder wie die Mutter. Dauernd fliegen die hin und her und schaffen was Essbares bei. Die haben's richtig gut, die Kleinen. Habt ein schönes Leben vor euch. Bald könnt ihr fliegen und die weite Welt sehen. Und kommt im Winter vielleicht bis in den Süden, wo es richtig warm ist und die Sonne scheint von früh bis spät. Und dann legt ihr selbst wieder kleine Eier und brütet die aus und kriegt kleine niedliche Vogelkinder, die ihr lieb habt.

Kathrin rinnt schon wieder eine Träne über die Backe. Sie wischt sie mit ihrem Ärmel weg und schaut nach unten, weil ihr Leute entgegenkommen. Die waren in ihren Schrebergärten, haben Körbe dabei mit leeren Thermoskannen und leeren Plastikbehältern. Da war bestimmt selbst gebackener Kuchen drin. Ach, der war immer so gut, der Kuchen von der Oma. So einer mit ganz viel Schokolade und Nüssen. Ist schon ewig her, die Omi ist so früh gestorben. Aber der Opi war noch da. Der hat auch mal versucht, den Kuchen zu backen, mit Kathrin zusammen. Da war sie sieben oder acht und Adi gerade mit dem Stevie schwanger, und der Vater von der Annika war gerade ziemlich stinkig, weil er nicht geglaubt hat, dass das Kind von ihm ist. War's ja auch nicht. Da wollte der noch 'nen Vaterschaftstest, wenn das Kind da ist, war aber nicht mehr nötig, weil das Kind, der Steve, der war ja schwarz. Nicht richtig schwarz, aber halt so dunkel, dass der Vater der Annika nicht auch sein Vater sein konnte. Rothaarig und bleich wie der war. Jedenfalls, daheim war Stunk, und Kathrin ist jede freie Minute zum Opa geflüchtet. Der hat in einem alten Häuschen gewohnt, war sogar hier in der Nähe, irgendwo hinter der Gartensiedlung. Und dann wollten sie eben den Kuchen backen.

Opi, komm, wir probieren den mal, ich weiß, wo das Rezept von der Oma ist. Sie ist auf einen Küchenstuhl gestiegen, oben auf dem Schrank lagen die Kochbücher von Oma, das hat nicht mal Opa gewusst. Und in einem hat sie den fleckigen Zettel gefunden, der war schon voll mit Fett- und Schokoladenflecken, so oft hat die Oma den Kuchen gemacht und dabei auf den Zettel getropft.

Kathrin ist auf einmal ganz schlecht. Da ist ein kleiner Spielplatz und niemand drauf, weil alles noch nass ist. Sie wischt mit dem Ärmel eine Bank ein bisschen trocken und setzt sich. Ist feucht da unten, ist ihr aber egal. Wenigstens hat sie wieder eine Binde in der Hose und muss keine Angst haben, dass was durchgeht. Sie reibt sich mit der Hand den Bauch. Wenn sie an Omas Schokoladenkuchen denkt, wird ihr noch schlechter. Da hat sie immer schon so viel vom Teig genascht, dass die Oma geschimpft hat, weil sie schon so ein dickes Kind war. Wenn die Annika dabei war, hat die Oma ihren Finger in den Teig getaucht und ihn der Kleinen zum Abschlecken in den Mund gesteckt. Und der Opa hat Kathrin dann fast die ganze Schüssel ausschlecken lassen, die sie mit dem ganzen Zeug, mit Mehl und Zucker und Milch und Eiern und Schokolade vollgemacht haben. Und dann hat sie alles wieder rausgekotzt, und der Opa hat ihr Tee gemacht und einen Zwieback eingeweicht, und sie war ganz ganz glücklich. Wenn der Opi sie heimgebracht hat, hat ihre Mutter rumgeschrien, weil so viele Flecken auf ihrem Pulli waren und weil der Opi außerdem nicht der richtige Papa von Adi war. Und der Opa hat Adi geschimpft, weil sie nur vor der Glotze sitzt und qualmt, wo sie doch ein Kind kriegt. Und weil sie gar nicht wusste, wo die Annika eigentlich ist. Die haben der Opa und sie dann manchmal gesucht am Abend. Die war dann auf dem Spielplatz und ist mit ihren fünf Jahren zwischen den Großen gehockt, die heimlich Zigaretten geraucht haben und ihr aus Jux auch manchmal eine in den Mund gesteckt haben. Wegen dem ganzen Zeug und noch vielen anderen Sachen ist die Annika dann weggekommen zu den Pflegeeltern, und der Stevie auch, wie er so ein oder zwei Jahre alt war. Die sind lieb, die Leute, wo der Stevie ist, Kathrin stellt sich manchmal vor, dass sie auch dort in dem Haus lebt. Die von der Annika sind doof, die werden mit ihr auch nicht richtig fertig, und vielleicht muss sie bald in ein Heim.

Kathrin schiebt ihre Hände unter den Hintern, ist so feucht da unten. Eine Frau kommt außen am Weg mit einem Kinderwagen entlang und bleibt da stehen, weil das Kind so schreit. Sie will gar nicht hingucken, muss aber. Die Frau nimmt das Kind raus, und da hört es auf und lacht so glucksend. Die Frau hebt es hoch und singt ihm was vor und drückt es dann an sich. Kathrin kann nicht wegschauen, muss alles verfolgen, was die zwei machen. Ist das ein Mädchen oder ein Junge? Ist ganz weiß angezogen, das Kleine, ich glaub mal, das ist ein Mädchen. Das hat's bestimmt gut bei der Mama, und bestimmt hat's keinen Vater. Die zwei sind ganz allein, die Frau hat sich den Samen von einem berühmten Schauspieler gekauft und sich das Kind in einem Krankenhaus machen lassen. Deshalb ist sie so glücklich. Niemand kann dem Kind was tun, sie hat es ganz alleine für sich. Das kleine Mädchen wird mal so schön wie seine Mama sein. Die schöne Mama legt das Kleine zurück in den Wagen und lächelt es an und rasselt mit einem Spielzeug, und dann geht sie singend weiter. Schlaf, Kindlein, schlaf.

„Hast du was, brauchst du ein Taschentuch?" Kathrin schaut den Mann in dem grünen Anzug an und weiß gar nicht, wo der herkommt und warum ihr Gesicht so nass ist. Er streckt ihr ein Tempotaschentuch hin und schaut auf sie herunter, als wolle er noch was. Sie will bloß noch weg. Nimmt das Tuch nicht, wischt wieder mit dem Ärmel über's Gesicht, steht auf und geht weg, so schnell sie kann. Schnell geht's eh nicht, weil die Beine so weh tun. „Brauchst doch keine Angst haben!", ruft ihr der Mann nach. Kathrin hat aber Angst vor der Polizei. Sie will überhaupt nicht mehr zum Krankenhaus, nur noch heim, in ihr Zimmer, ins Bett und die Decke über den Kopf.

Tag 7

WER KENNT DIESEN HERZFÖRMIGEN ANHÄNGER?

Die Kriminalpolizei sucht immer noch fieberhaft nach der Mutter des heute vor einer Woche in einer Mülltonne entsorgten Säuglings. Direkt vor dem Müllbehälter wurde auf dem Boden dieser herzförmige Anhänger aus Silber gefunden. Er misst im Durchmesser circa 15 Millimeter und weist auf einer Seite einen kleinen Kratzer auf. Wer vermisst diesen Anhänger? Wer kennt eine Frau, die einen solchen Anhänger getragen hat? Wie Anette Paulsen vom Kommissariat 1 betont, ist es eher unwahrscheinlich, dass die gesuchte Mutter diesen Anhänger an der Mülltonne verloren hat, aber man müsse jeder noch so kleinen Spur nachgehen. Hinweise nehmen das Kommissariat 1/SOKO Karla sowie jede Polizeidienststelle entgegen.

Lichtstreifen

Irene Ruppricht sitzt an ihrem Schreibtisch und betrachtet den Herzanhänger in ihrer Hand. Ihre eigene Erinnerung drängt sich immer stärker auf, lässt keinen anderen Gedanken mehr zu. Ihre Mutter hat solch einen Anhänger getragen, nur dass der nicht aus einem kompletten, sondern einem halben Herzen bestanden hat. Sie hat dieses

Kettchen nie abgenommen und ist damit beerdigt worden. Die Geschichte dieses halben Herzens ist kompliziert, und Irene Ruppricht hat sie erst erfahren, als sie selbst längst eine erwachsene Frau war. Ihre gesamte Kindheit und Jugend über hat sie geglaubt, dass ihr Vater die andere Herzhälfte besessen hat und dass er es war, dem ihre Mutter nachtrauerte und dem sie mit ihrem Anhänger ein Andenken bewahren wollte. Gestorben sei er, als sie noch ganz klein war, hat die Mutter ihr erzählt, ein Foto gebe es nicht, auch nicht von der Hochzeit. Warum, hat die kleine Irene damals gefragt, hast du kein schönes Brautkleid gehabt? Oder seid ihr zu arm gewesen? Nein, nein, hat die Mutter geantwortet, ihr Brautkleid sei zwar einfach, aber sehr schön gewesen, aus beiger Seide, eigentlich das Brautkleid ihrer viel älteren Nachbarin, aber sie habe es sich ändern lassen. Aber der Fotograf sei nicht gekommen am Tag der Hochzeit, und niemand sonst habe einen Fotoapparat dabei gehabt. Das hat Irene Ruppricht schon als Kind gewundert. In den Fünfzigern wurde fotografiert, was das Zeug hielt, schwarz-weiß zunächst, dann auch in Farbe. Von ihr selbst gibt es unzählige Kinderfotos, Irene an der Brust der Mutter nuckelnd, Irene im Sandkasten, Irene mit Puppenwagen, Irene mit Schultüte, aber keine Irene mit Papa.

Als ihre Mutter dann pflegebedürftig wurde und zu ihr zog, musste sie die Wohnung ausräumen und stieß dabei auf eine alte Zigarrenkiste mit verblichenen Schwarz-Weiß-Fotos. Sie fand das Foto eines Marinesoldaten darin, eines blassen jungen Mannes mit zurückgekämmtem Haar, zu jung für die Uniform und zu jung auch zum Sterben. Auf der Rückseite las sie seinen Namen, Siegfried Ruppricht, geboren 1925, gefallen 1945 in Norwegen. Zuerst war da ein unglaubliches Glücksgefühl: Sie hatte ihren Vater gefunden. Dann schlich sich Ärger ein,

Ärger über die Mutter, die ihr das Foto bisher verheimlicht hatte. Sie fand noch ein weiteres Foto, das von der Hochzeit, das angeblich nicht existierte und das sie sich als Kind immer in ihrer Phantasie vorgestellt hatte: die Mutter, wunderschön in dem schlichten beigen Brautkleid, der Vater, stramm stehend, ein bisschen lächelnd, in der Marine-Uniform. Beide trugen ein halbes Herzchen am Hals. Es dauerte ungefähr eine Stunde, bis sie begriffen hatte: Siegfried Ruppricht war natürlich nicht ihr Vater, konnte es gar nicht sein. Er war 1945 im Krieg gefallen, sie erst acht Jahre später geboren. Ihre Mutter konnte ihren richtigen Vater doch erst viel später kennengelernt haben. Sie hatte diesen jungen Mann geheiratet, 1944, das Datum auf der Rückseite des Hochzeitsbildes, der Siegfried Ruppricht hieß, und diesen Namen hatte sie behalten und ihrer Tochter gegeben. Aber wer war dann ihr Vater?

In den nächsten Tagen hat sie ihrer Mutter gegenüber geschwiegen, konnte sie nicht so in den Arm nehmen wie sonst. Ihrer Mutter ging es nicht gut, sie war gerade nach einer schweren Darm-Operation aus dem Krankenhaus entlassen worden und lag meist blass und erschöpft in dem extra beschafften Pflegebett im Wohnzimmer der Tochter. Dieses Zimmer hatte Irene Ruppricht für die Mutter ausgeräumt, weil es als einziges Platz bot für das Bett. Ungefähr ein Jahr lang trug sie das entdeckte Geheimnis mit sich herum, ohne mit ihrer Mutter darüber zu sprechen. Dann besserte sich der Zustand der Mutter wider Erwarten, sie saß öfter am Tisch, konnte sogar mit dem Rollator in der Wohnung laufen. Am Weihnachtsabend, wenige Monate vor dem Tod der Mutter, hielt Irene Ruppricht es nicht mehr länger aus und fragte.

„Deshalb möchte ich auch, dass du weißt, wer du bist“, sagt sie jetzt zu dem Foto der kleinen Karla, das an der Magnetwand heftet. Das runde Gesicht des Babys dominiert in der Mitte – die einzige Zeugin, Baby Karla, hat die Augen geschlossen und lächelt geheimnisvoll. Strengt euch nur an und findet die Frau, die mich geboren hat, ich kenne sie selber nicht.

Eine halbe Stunde später hat sich Irene Ruppricht wieder im Griff. Die SOKO Karla in Gestalt von Anette Paulsen, Eberhard Riemer und Walter Florschütz ist in ihrem Büro versammelt.

Die Polizisten tragen Ergebnisse zusammen, negative vor allem.

Riemer beginnt mit dem, was alle im Moment am meisten interessiert. „Auf das Foto des Anhängers im „Kurier“ hin sind einige Anrufe eingegangen. Es ist wenig Verwertbares dabei, wenn ihr mich fragt. Aber einen Hinweis sollten wir möglichst noch heute überprüfen. Eine Frau Geigermüller hat sich gemeldet. Sie betreut ein Pflegekind, ein 12-jähriges Mädchen namens Annika Schmitt. Und diese Annika behauptet, der abgebildete Anhänger gehöre ihrer Mutter. Und jetzt kommt's – die Mutter, eine gewisse Adriane Schmitt – wohnt in Hochfeld, und zwar in dem Hochhaus, in dessen Mülltonne das Baby gefunden wurde.“ Er schaut triumphierend in die Runde.

„Und?“, fragt Irene Ruppricht ungeduldig. „Ist ja nicht verwunderlich – schließlich wurde auch der Herzanhänger bei der Mülltonne gefunden. Wissen wir denn was über Familie Schmitt?“

Riemer schüttelt den Kopf. „So gut wie nichts. In den Vernehmungsprotokollen steht, dass bei Familie Schmitt bisher noch niemand anzutreffen war. Laut der Nachbarin,

Frau Meier, wohnen außer Frau Schmitt noch ihre Tochter, eine Schülerin, sowie der Lebensgefährte in der Wohnung. Er soll ein Säufer sein und öfter mal zuschlagen."

„Na, das ist doch genau das Milieu, das wir suchen!", ruft Florschütz.

„Na, na, keine Vorurteile", mahnt Irene Ruppricht den Kollegen. „Mir ist das Ganze ein bisschen zu offensichtlich. Ich glaube nicht, dass die Frau, die wir suchen, das Kind in der Tonne vor ihrem eigenen Haus entsorgt hat. Aber trotzdem – wir werden das natürlich überprüfen. Riemer, machen wir das nachher? Frau Paulsen hat einen Zahnarzttermin, soviel ich weiß."

Anette Paulsen nickt, und Riemer sagt grinsend „schade", was ihm einen mahnenden Blick der Chefin einträgt.

Irene Ruppricht fasst noch einmal zusammen: Sie haben Sabrina Thielmann, eine Vierzehnjährige nach einem Schwangerschaftsabbruch, dann Elisabeth Zeidler und Alena Lang, die nie schwanger waren. Und sie haben Martina Humml-Kramp, deren Geschichte die beiden Kommissarinnen kurz zuvor bei einer Befragung an ihrem Arbeitsplatz erfahren haben. „Tragische Sache, sie hat vor kurzem eine Totgeburt erlitten. Frau Paulsen hat dies auch schon durch einen Besuch bei der Frauenärztin überprüft." „Die Ärztin, Frau Dr. Luthardt, hat mir auch noch einen Hinweis gegeben, der interessant klang", ergänzt Anette Paulsen. „Sie meint, dass die Frau bei der Geburt einen Dammriss gehabt haben könnte, der nicht versorgt worden ist und ihr Schmerzen bereitet. Die Wunde müsste genäht werden und könnte sich auch entzünden. Sie hat vielleicht Schmerzmittel aus einer Apotheke gebraucht und ist dort jemandem besonders aufgefallen."

Irene Ruppricht tippt sich an die Stirn. „Dass wir daran nicht gedacht haben! Wir schicken ein paar Streifenwagen los, die sollen die Apotheken in der Stadt abklappern. Vielleicht ist das mal ein Lichtstreifen am Horizont!“

Die vier verdächtigen Frauen sind damit aus dem Rennen. Riemer berichtet zudem von der Überprüfung der Taxifahrer, die in der fraglichen Nacht in Hochfeld überhaupt keine Frau befördert haben, und die männlichen Taxigäste hatten keinerlei auffälliges Gepäck dabei.

Florschütz zieht dann doch noch ein Ass aus dem Ärmel.

„Zwei der Ford-Taunus-Fahrer sind unauffällig und nicht zur fraglichen Zeit in Hochfeld unterwegs gewesen. Der Halter des dritten Ford Taunus ist der ukrainische Schrotthändler. Und ratet mal, wem er das Auto just am vergangenen Montagabend für eine Probefahrt überlassen hat?“

Florschütz schaut auffordernd in die Runde.

„Jetzt spann’ uns nicht auf die Folter“, sagt Riemer. „Möchte überhaupt wissen, warum du das Ergebnis bisher zurückgehalten hast.“

„Weiß es ja selbst erst seit ’ner halben Stunde“, verteidigt sich Florschütz. „Der Fahrer am Montagabend war ein gewisser Kurt Lang. Er ist vorbestraft wegen Drogenbesitzes und hat noch zehn Monate Bewährung. Und stammt aus Hochfeld…“

„… und ist der Bruder von Alena Lang“, ergänzt Riemer verblüfft. Er und Anette Paulsen schauen sich an.

„Das kann aber doch nichts mit Alena zu tun haben“, sagt die Paulsen sofort. „Wir wissen eindeutig, dass sie nicht schwanger war.“

„Muss es ja auch nicht", meint Riemer. „Kurt Lang kann ja selbst eine Frau geschwängert haben. Vielleicht ist die Freundin auch drogensüchtig, hat das Kind heimlich gekriegt, und er hat's entsorgt..."

„Jetzt macht mal halblang", ermahnt Irene Rupprícht die Kollegen. „Die Tatsache, dass Kurt Lang am fraglichen Abend eine Probefahrt mit dem Ford Taunus gemacht hat und dabei vom Wirt des Scharfen Ecks gesehen wurde, sagt ja noch gar nichts. Das bedeutet lediglich, dass wir nun den Fahrer des einzigen Fahrzeugs kennen, das etwa zur Tatzeit in Hochfeld besonders aufgefallen ist. Trotzdem werden wir ihm noch mal auf den Zahn fühlen." Sie schaut Florschütz auffordernd an, und er nickt ergeben und brummt. „Wollte schon immer Zahnarzt werden..."

Sudhaus

Am Montagmorgen ist im Sudhaus Großreinemachen angesagt. In der Regel schließt Oli der Putzfrau auf. Er hat in dieser Woche aber Projekttage an der Hochschule, so dass Maggy den Laden alleine stemmen muss. Rümpfer hat ihr zugesagt, eine Reinigungskraft der Stadt herüberzuschicken, bis sie wieder eine geeignete Frau gefunden haben.

Während die Aushilfe die Gemeinschaftsräume wischt, räumt Maggy ihren kleinen Schreibtisch auf. Ihre Gedanken gehen allerdings spazieren. Der vergangene Samstagabend im Saitenriss spukt ihr im Kopf herum. Sie war ein bisschen aufgekratzt dort angekommen, weil sie sich zu Hause mit einer halben Flasche Sekt Mut angetrunken hatte. Sie war dann viel zu früh in der Kneipe, die Band baute noch ihre Anlage auf, und Oli war nirgends zu entdecken. Dafür traf sie frühere Studienkollegen, zwei Frauen und einen Mann. Das war ganz okay, so für den Anfang, und sie musste nicht alleine herumsitzen. Die anderen drei hatten ebenfalls nur befristete Arbeitsverträge, eine der Frauen war schwanger und wollte demnächst zu ihrem Freund nach Berlin ziehen. Sie quatschten über alte Zeiten, über die Profs und ihre Macken und über den miesen Stellenmarkt in der Stadt.

Dann legte sich eine Hand auf ihre Schulter, es war Oli. Er wirkte erfreut darüber, sie zu sehen, und lehnte entrüstet ab, als sie ihn zu einem Bier einladen wollte. Im Gegenteil – später brachte er ihr ein Bier. Die Band spielte dann ganz gut, und Maggy setzte sich zu Oli und seinen Freunden, fast nur Männer übrigens. Die beiden Mädels, die dabei waren, gehörten jeweils zu einem der Männer. Obwohl Maggys Studentenzeit ja wirklich noch nicht lange zurück lag, kam sie sich zeitweise furchtbar alt und erfahren vor. Dabei lieferte ihr keiner wirklich einen Grund dazu. Im Gegenteil, die anderen taten so, als sei sie eine von ihnen. Das tat irgendwie gut. Das Einzige, worauf Maggy die ganze Zeit achtete, war allerdings, ob Oli sie besonders ansah oder ob er sie zufällig irgendwie berührte. Nichts davon passierte, und das war das eigentlich Schlimme am ganzen Abend. Außerdem trank sie zu viel, um es auszuhalten. Weit nach Mitternacht fuhr sie sogar mit dem Taxi heim, weil sie zu fertig war, um zu Fuß zu gehen. Oli, der wohnt ja gleich in der Nähe im Studentenwohnheim. Er hatte ihr auch nicht angeboten, bei ihm zu übernachten. Das hätte sie natürlich auch nicht gemacht. Oder doch? Sie weiß es heute nicht mehr so genau. Ohnehin ging's ihr gestern, am Sonntag, so übel, dass sie fast den ganzen Tag verpennt hat. Und nun ist Oli die ganze Woche nicht da, und sie sitzt da und muss sich eingestehen, dass sie sich doch in ihn verguckt hat, entgegen all ihren Prinzipien, blöd gelaufen. Wenn ihre Mutter das wüsste! So ein junger Kerl! Wo sie doch jeden haben könnte. Zumindest meint ihre Mutter damit jeden, den sie sich für ihre Tochter vorstellen könnte. Da ist zum Beispiel der Apotheker Reichert aus ihrem Dorf. Er schaut sie jedes Mal liebeshungrig an, wenn sie Vaters Medikamente holen kommt. Oder Florian, ihr Schulkamerad, der Polizist geworden ist und angeblich nur ihretwegen bisher nicht geheiratet hat. Noch schlimmer ist der smarte Peter, ein Cousin dritten Grades, ein Schlitzohr durch und durch, den ihre Mutter aber für den Inbegriff eines Gentlemans hält. Mit jedem der dreien könnte sie die perfekte Familie gründen, meint ihre Mutter. Die perfekte Familie ist für Else Kowalzcyk identisch mit Haus und Kindern. Sie tut immer so, als käme das dann automatisch, sobald man erst den richtigen Mann hat. Nach der Hochzeit braucht der Reichert oder Florian oder Peter nur noch das Haus zu bauen und Margarete die Kinder zu kriegen. Dabei gibt's die heile Welt auch in Kirchleins längst nicht mehr. Maggy ist sogar ziemlich sicher, dass es die nie gegeben hat. Auch früher sind Kinder schon fünf Monate nach der Hochzeit geboren, sind Ehen kinderlos geblieben und haben Jungs ihre schwangeren Freundinnen sitzen gelassen. Aber diese gottlosen Möglichkeiten schließt Else Kowalczyk für ihre Tochter aus.

Das Handy klingelt, und Maggy sieht auf dem Display die Nummer von Rümpfer.

„Frau Kowalczyk? Schön, dass Sie schon da sind. Wir haben jetzt grünes Licht vom Stadtrat, das Sudhaus ein bisschen aufzupeppen. Es gibt Aussicht auf eine Projektförderung für zwei Jahre, so lange soll das Gebäude auch nicht abgerissen werden. Schreiben Sie mal ein Konzept, die wollen was auf den Tisch haben. Und noch was: Sie kriegen zwei oder drei Ein-Euro-Jobber. Rufen Sie mal einen gewissen Herrn Grosch beim Arbeitsamt an und sagen Sie ihm, wofür Sie Leute brauchen. Eine der Frauen kann die Putzerei übernehmen."

Maggy ist bass erstaunt. Das Sudhaus ist für zwei Jahre gesichert? Heißt das, auch ihre Stelle...? Sie soll ein Konzept schreiben? Sie soll Ein-Euro-Jobber einstellen? Im Moment fühlt sie sich von ihrem Chef ziemlich überrumpelt.

„Hat das irgendwas mit dem Babyfund zu tun?", fragt sie leicht begriffsstutzig.

„Nein, nein", wehrt der Rümpfer ab. „Sie können aber im Konzept erwähnen, dass das Sudhaus auch eine Anlaufstelle für sozial schwache Familien werden könnte, das macht sich immer gut." Er nennt ihr noch die Telefonnummer des Herrn Grosch von der Arbeitsagentur, dann sitzt sie mit den neuen Nachrichten allein da. Sie wünscht sich Oli herbei, um ein bisschen Luft abzulassen. Das ist natürlich ziemlich unprofessionell: einen unschuldigen Praktikanten volljammern. Maggy muss ein bisschen grinsen. Sie ist schließlich die ausgebildete Sozialpädagogin. Also dann mal ran, Maggy, mach dir Gedanken, was aus der Bruchbude herauszuholen ist.

Zunächst müsste man ein bisschen renovieren, vor allem Farbe auf die Wände bringen und ein paar ansprechende Möbel organisieren. Das könnten eigentlich die Ein-Euro-Jobber machen, zumindest, wenn ein handwerklich geschickter Mann dabei ist. Und ein paar mehr Helfer und Helferinnen könnte sie gebrauchen. Sie stellt sich vor allem Mitarbeiter vor, die auch Verantwortung fürs Sudhaus übernehmen, wenn sie Zeit für Gespräche braucht.

Das würde ihr Spaß machen, gute Beratung anbieten, nicht nur Suppe austeilen.

Die Putzfrau klopft an ihre angelehnte Bürotür und fragt, ob sie jetzt hier saubermachen kann. Maggy zieht mit einem Schreibblock in den Gemeinschaftsraum um und fängt an, sich Notizen zu machen. Bis die ersten Gäste zum Essen kommen, ist noch etwas Zeit. Bei der Essensausgabe wird ihr diese Woche eine Schülerin helfen, die im benachbarten Altenheim ein Praktikum ableistet. Sich auf etwas Neues zu konzentrieren, wird ihr gut tun und sie von den Gedanken an den Abend im Saitenriss ablenken.

Und heute Abend wird sie auf einen Sprung ins Weiße Ross gehen, um sich anzuhören, was die Moseskörbchen-Befürworter zu sagen haben.

Fette Luft

„Sabrinaaaa!“ Maren kreischt übertrieben laut, als sie ihre alte Busenfreundin in der Pause im Schulhof entdeckt. Die klebt in einer Ecke an einem Typen aus der Neunten und lässt sich von ihm abschnullern.

Kathrin steht nicht weit davon weg und kaut an einem Schokoriegel, den sie vor dem Unterricht einem der Grundschüler aus der offenen Schultasche geklaut hat. Der hatte noch ’ne ganze Brotbox dabei und wird nicht verhungern. Sie macht sich im Pausenhof immer so unsichtbar wie möglich. Soweit das eben geht, wenn man so fett ist wie sie. Zu den Mülltonnen kann sie nicht, da kehrt gerade der Hausmeister, und in dessen Nähe will sie schon mal gar nicht kommen. Der mag keine fetten und hässlichen Mädchen, glotzt immer auf solche wie Maren und Julia, die halbnackt rumrennen.

Die Knutscherei von Sabrina und ihrem Kerl geht ihr auch auf den Keks. Die Sabrina drückt ihre Titten raus, dass dem Kerl fast die Augen rausfallen. Die können froh sein, dass die Pausenaufsicht sie nicht entdeckt hat, die steht am Schuleingang mit dem Krüglein zusammen und quatscht. Und jetzt noch die blöde Maren. Die schießt auf Sabrina zu, und die Weiber fallen sich um den Hals und knutschen sich auch noch auf den Mund.

„Hey, ich mach gleich mit", sagt der Kerl und zieht Sabrina wieder an sich.

Die windet sich wieder raus. „Halt die Fresse und zieh' mal Leine." Die kann sich's erlauben, so mit den Kerlen zu reden, die laufen ihr trotzdem nach. Nur, der gibt nicht gleich auf.

„Ey, wie redest denn du mit dem Erzeuger von deinem Kind!" Er schmeißt sich in Pose und trommelt sich mit den Fäusten auf die Brust. Der sieht echt gut aus, so einer, der schon Muskeln hat, der soll in einem Boxclub sein, hat Kathrin gehört. Aber leiden kann sie ihn trotzdem nicht, schon weil so Typen wie der immer durch sie durchgucken. Das ist noch schlimmer, als wenn sie mich piesacken. Dann sehen sie mich wenigstens. Bin ja auch breit genug. Kathrin schnauft.

„Was, der war das!", schreit Maren wieder und piekst dem Kerl ihren Finger in den Bauch. Er klatscht ihr auf die Pfoten. „Nimm deine Griffel weg, bist eh nur neidisch, weil dich noch keiner flachgelegt hat."

Sabrina tut daneben gelangweilt, dreht an ihren tausend Ringen und zupft an ihren langen Haaren herum. Maren kreischt wieder und macht auf beleidigt. „Hast ja wohl voll den Durchblick, was! Was weißte denn, mit wem ich was habe! Vielleicht kenn' ich ja Typen, die du nicht kennst. Die sind viel älter, die ich kenn', und die haben richtig was drauf!"

Der Kerl lacht bloß und schubst Maren noch mal. Dann haut er Sabrina auf ihren kleinen Hintern und sagt: „Bis dann, Alte, wir sehn uns." Er macht 'nen Abgang auf die coole Tour, breitbeinig, und diese doofe Furzfängerhose hängt in den Kniekehlen. Was die Kerle daran toll finden, möchte ich mal wissen. Kathrin wischt sich mit dem Handrücken über ihren schokoladeverschmierten Mund und drückt sich noch mehr in die Ecke, weil Maren zu ihr herschaut und ihr eine Grimasse schneidet.

Die reden jetzt nicht mehr so laut, und Kathrin muss die Ohren spitzen, um noch was zu hören.

„Ey, sag ehrlich, war das echt der Typ, von dem du schwanger warst?" Maren kaut vor Aufregung an den Fingernägeln. Sabrina zuckt die Schultern. „Weiß nich, vielleicht, hatte noch 'nen andern, aber das weiß der nicht. Also halt's Maul, wenn's geht, ja. Und quatsch' nicht überall rum, dass ich das hab' wegmachen lassen."

„Wieso?" Maren tut beleidigt. „Hast ja selber rumerzählt, dass du ein Kind kriegst. Wieso haste es denn nicht behalten, wär' doch cool, oder?"

Sabrina zuckt die Schultern und wirft ihre Haare nach hinten. „Erst wollt' ich ja. Aber meine Mutter hat dann doch gesagt, ich soll's abtreiben. Sie hätt' immer drauf aufpassen müssen. Und das wollt' sie nicht."

„Und – wie war das? Haste richtig gesehen, wie die das weggemacht haben? So mit den einzelnen Armen und Beinen?" Maren geifert fast, so gierig ist sie, was zu erfahren. Die reden auch nicht mehr so leise wie am Anfang, und nach Kathrin schauen sie schon gar nicht. Der ist schon wieder schlecht, und sie reibt sich den Bauch.

Bestimmt war der Schokoriegel zu alt, der kleine Scheißer hat den vielleicht schon ewig in seiner Tasche gehabt.

„Quatsch." Sabrina guckt irgendwohin und haut Marens Griffel weg, die sie am Arm gepackt hat und an ihr rumrüttelt und „sag doch, sag schon" drängelt. „Weiß ich doch nicht, keine Ahnung, meinst du, ich guck' mir das an? Außerdem hab ich 'ne Spritze gekriegt, da merkt man gar nix."

„Is ja langweilig", beschwert sich Maren. „Und sonst? Was war noch? Hat der Arzt was gesagt? Oder wollt' der wissen, warum du das abtreiben willst?"

„Nee, der nicht. Der hat nur gemeckert, dass ich so spät kam. Einen Tag später wär's nicht mehr gegangen, da hätt' ich vielleicht nach Holland gemusst."

„Cool!" Klar, das ist wieder 'ne Geschichte nach Marens Geschmack.

„Ich musste halt zu so 'ner Beratungsstelle", sagt Sabrina noch. „Vorher. Da ist meine Mutter mit. Hat voll genervt. Die Frau wollte so viel von mir wissen. Ich hab' einfach nix gesagt. Hab' meine Mutter reden lassen. War echt Scheiße, weil, die hat dann meine Mutter mal rausgeschickt. Und ich hock' da und weiß nicht, was ich sagen soll."

„Und? Was haste gesagt?", bohrt Maren.

Sabrina zuckt wieder die Schultern. „Dass ich das Kind halt nicht will. Und nicht mal weiß, von wem das ist. Und dass ich halt die Schule fertig machen will. Und dann erst ein Kind."

„Trotzdem biste blöd, dass du es nich gekriegt hast", findet Maren. „Irgendeinen von den Kerlen hättste dran gekriegt, und dann hätt' der zahlen müssen."

„Nee.“ Sabrina schüttelt den Kopf. „Wenn die selber noch in der Schule sind, müssen die nix zahlen, das hat die Frau von der Beratung gesagt. Da gibt's Geld vom Jugendamt.“

„Is doch egal, Hauptsache, Geld gibt's. Ey, du hättest richtig Kohle gehabt, da gibt's doch auch noch so Kindergeld und so was. Du hättst kein bisschen arbeiten müssen, mit so 'nem Kind.“

Sabrina schaut sie trotzig an. „Is nich jeder so stinkefaul wie du. Ich will Friseuse werden, und das schaff' ich auch. Und da brauch' ich kein Kind. Und weggehen will ich auch und nich immer meine Mutter fragen müssen, ob sie aufpasst.“

Maren sagt dazu gar nichts und zupft stattdessen an Sabrinas Oberteil rum, und dann geht's um Haut und Pickel und Haare und Klamotten. Und Kathrin merkt, wie sie das Zuhören geschlaucht hat und dass ihr jetzt richtig schlecht ist von dem Schokoriegel und sie bestimmt gleich kotzen muss.

Blöd, dass die in der Pause keinen aufs Klo lassen. Nur wenn's Katzen hagelt, dürfen sie drin bleiben. Sonst geht's raus, bei jedem Wetter. Frische Luft tut euch gut, sagt die Seidlinger immer. Die hat ja keine Ahnung. Das ganze Geschrei draußen und die Rumrennerei der Kleinen und die Rumkickerei der Kerle. Die kicken mit allem, was ihnen vor die Latschen kommt. Mit Plastikflaschen, leeren Kippenschachteln und am liebsten mit Esszeug wie weggeschmissenen Broten oder Bananen. Wenn sie so eine Banane zermatscht haben, können die sich kaum wieder kriegen vor Lachen. Und dann klebt das braune Bananenmus an ihren Schuhen, und der Nächste, den sie erwischen, kriegt einen Arschtritt mit dem schmierigen Schuh. Kathrin hat's auch schon öfter erwischt. Dann grölen alle und zeigen auf ihren verschmierten Hintern und behaupten, sie hätte in die Hose gekackt.

Obwohl, drinnen ist es in der Pause auch nicht viel besser. Noch enger und noch lauter, aber Kathrin kann sich aufs Klo verdrücken. Sie schließt sich dann ein und sagt keinen Pieps, auch wenn die anderen Weiber an ihrer Tür rütteln. Dann hockt sie da auf dem Klodeckel und hört, was die reden und machen. Wie sie blöd rumgackern und nur Kerle im Kopf haben und über alle lästern, die grad nicht in der Nähe sind. Manchmal lästern sie auch über Kathrin. Aber das passiert nicht so oft, weil sich eh keine für sie interessiert. Sie ist bloß Luft für alle. Obwohl sie so fett ist. Fette Luft.

Kathrin drückt sich neben dem Schuleingang ans Geländer, sie will möglichst erst mit den Letzten rein, um nicht geschubst und getreten zu werden. Diesmal klappt's. Der Krüglein steht immer noch da und guckt auf seine Schüler, als würd' er sie zählen. Die Pausenaufsicht sagt leise was zu ihm, was Kathrin nicht hören kann. Er wiegt den Kopf und streicht mit der Hand über sein Bärtchen. Dann muss sie doch an denen vorbei und erschrickt fast zu Tod, als der Krüglein sie am Arm fasst und anhält. Er ist nicht viel größer als sie, und Kathrin ist schon nicht groß.

„Na, Kathrin, alles in Ordnung mit dir?“, fragt er mit seiner leisen Stimme, die fast wie die einer Frau klingt. Die Pausenaufsicht ist damit beschäftigt, ein paar Grundschüler einzufangen, die das Klingeln der Schulglocke überhört haben.

„Du hast Schokolade am Mund, wisch' doch mal weg“, sagt der Krüglein zu ihr und nestelt gleichzeitig ein Papiertaschentuch aus seiner Jackentasche heraus, das einigermaßen sauber aussieht.

Kathrin nimmt es nur, um irgendwas zu tun, und wischt an ihrem Mund herum.

„Geht's dir gut?“, fragt er wieder und guckt sie an, als wäre einer gestorben.

Kathrin nickt und schaut nach unten.

„Deine Klassenlehrerin, Frau Seidlinger, meint, du hast vielleicht ein Problem? Willst du mal mit mir reden? Oder mit der Beratungslehrerin?“

Kathrin schüttelt heftig den Kopf. „Nee, alles in Ordnung, hab' kein Problem.“

„Hm, hm“, macht er, und das Bärtchen zittert. „Dann mach mal schnell, dass du in deine Klasse kommst.“

Kathrin nickt und ist froh wegzukommen. Sie kann sich richtig gut vorstellen, wie er ihr nachschaut, so besorgt wie ein alter Onkel. Als würd' sie dem was erzählen. Was muss die Seidlinger auch so was rumquatschen. Der hat sie doch auch schon gesagt, dass nix ist. Bestimmt geht's wieder um ihre Noten.

Dann kommt sie auf den Flur von ihrem Klassenzimmer und sieht Sabrina aus dem Mädchenklo kommen. Mit einem Mal taucht alles vor ihren Augen auf, das zerstückelte Kind von der Sabrina und der Arzt, von dem sie erzählt hat, und der Kerl, der sich auf die Brust getrommelt hat. Kathrin wird es erst weiß, dann schwarz vor Augen, und sie sackt auf dem Boden zusammen. Sabrina, die doch früher mal ihre Freundin war, geht an ihr vorbei, kickt sie noch mit dem Fuß ein bisschen in die Seite, aber das kriegt Kathrin gar nicht mit. Ein paar Sekunden später ist sie wieder bei sich und sieht nur noch Sabrinas kleinen Hintern in einem Klassenzimmer verschwinden. Gut, dass sonst keiner mehr auf dem Gang ist. Kathrin krabbelt auf allen Vieren zur Wand und zieht sich am

Fensterbrett hoch. Das Fenster steht offen, und sie guckt hinaus über die Häuserdächer zum Kirchturm rüber. Oben auf der Spitze dreht sich ein Wetterhahn. Immer wenn er sich in die Sonne dreht, blitzt er auf, und Kathrin muss lächeln. Schön, so ein stolzer Wetterhahn. Wie weit der gucken kann. Ich wär' auch gern dort oben. Dort kriegt mich keiner. Und mir wachsen vielleicht Flügel, und die breite ich aus, ganz weit, und flieg in die Sonne.

Herzanhänger

Fast eine ganze Fußballelf hat die Straße bei den „Bienenstöcken" in ein Spielfeld umfunktioniert, als Irene Ruppricht und Riemer mit dem Dienstwagen im Schritttempo vorfahren. Da sie im Zivilwagen kommen, nehmen die Kinder keine Notiz von ihnen und hören erst auf zu bolzen, als Riemer hupt, weil ein kleiner Knirps im überdimensionalen Bayern-München-T-Shirt vor ihm herdribbelt. Ein Stück hinter dem improvisierten Fußballfeld parken sie und gehen die restliche Strecke zu Fuß.

„Seit einer Woche ist fast kein Tag vergangen, an dem ich nicht in Hochfeld war", stellt Irene Ruppricht fest, als sie aussteigt.

„Ist wohl wie nach Hause kommen?", grinst Riemer.

„Leider nicht. Es ist eher so, dass mir immer unwohler wird. Ich bin mir so sicher, dass die Mutter des Kindes hier irgendwo wohnen muss. War es gestern oder vorgestern? Da bin ich an dem Haus vorbeigefahren, in dessen Mülltonne das Kind gefunden worden ist. Ein Mädchen hat eine Tüte reingeworfen, und ich dachte, das könnte sie sein. Es macht mich verrückt, dass ich nicht weiß, wo ich sie suchen soll. Möglicherweise spaziert sie vor unserer Nase herum. Oder ich habe schon ein paar Worte mit ihr gewechselt. Ich oder du oder die Beamten, die die Befragungen gemacht haben. Und wir haben nicht erkannt, dass sie es ist."

Riemer bleibt einen Moment stehen. „An was sollen wir sie auch erkennen?", fragt er ratlos. „Dass sie schuldbewusst schaut? Oder ein blaues Auge hat, weil ihr Alter sie schlägt? Oder weil ihr ein von der Schwangerschaft ausgeleierter Bauch über die Hose hängt?"

„Also Riemer", tadelt ihn Irene Ruppricht. „Aber du hast Recht. Selbst wenn uns so ein äußerliches Zeichen aufgefallen wäre, hätten wir das vermutlich als Hirngespinst abgetan. Schließlich haben wir schon genügend Täter erlebt, denen kein Mensch ansieht, zu was sie fähig sind. Auch wir nicht. Aber in dem Fall denke ich: Ich müsste das als Frau doch spüren, dass mit der Person gegenüber was nicht stimmt. Oder bilde ich mir da zu viel ein?"

Riemer legt mit beschwichtigender Geste den Arm um seine ältere Kollegin. „Ja und nein, liebe Irene. Will gar nicht abstreiten, dass ihr Frauen da ein feineres Näschen habt für gefühlsmäßige Ausnahmezustände. Aber hellsehen könnt ihr auch nicht. Setz dich damit nicht zu sehr unter Druck. Du musst das niemandem ansehen können, was sie getan hat. Und glaub' mir: Wir finden die Mutter. Früher oder später."

Irene Ruppricht seufzt ein bisschen. „Früher wäre mir lieber."

Sie kommen bei den Mülltonnen vor dem Hochhaus an, in dem die Schmitts wohnen. Ein Haufen Abfall ist ringsherum verstreut, und es stinkt. Vor dem Haus haben zwei kleine Mädchen mit Kreide Kästchen aufs Pflaster gezeichnet und machen ein Hüpfspiel. Sie rufen „Hallo" und hüpfen in Wartestellung auf einem Bein weiter, bis die beiden Besucher vorbei sind. Irgendwie ist Irene Ruppricht von dem Anblick gerührt. Da spielen zwei Kinder ein ganz normales Spiel, das sie selbst aus ihrer Kindheit kennt, sie machen einen fröhlichen Eindruck und grüßen auch noch. Sie lächelt ihnen freundlich zu.

Riemer steht schon vor dem Klingelbrett – 21 Parteien wohnen hier, drei Wohnungen pro Stockwerk. Viele ausländische Namen sind neben den Klingelknöpfen zu lesen, manche handgeschrieben oder unleserlich. Die Klappen der Briefkästen sind verbogen. Ein paar sind so vollgestopft, dass die Werbeblätter halb zerrissen heraushängen. Da wohnt wahrscheinlich keiner mehr.

„Schmitt, hier", sagt Riemer und klingelt gleich mehrmals hintereinander.

In der Sprechanlage knackt es kurz, aber erst nach wiederholtem nachdrücklichem Klingeln öffnet jemand. Die Schmitts wohnen im dritten Stock, und die Beamten nehmen die Treppe, weil der Aufzug laut Anzeige oben im siebten Stock ist.

Ein schmuddeliger Mann um die Fünfzig steht in der Tür, sein verwaschenes, kariertes Hemd hängt aus dem Hosenbund. Die fettigen Haare sind zu lang, und sein übermäßiger Körpergeruch stößt ab. Es ist ein Geruch nach Alkohol, nach Schweiß und nach Rauch.

Er guckt nur finster und sagt nichts, als Irene Ruppricht und Riemer vor der Tür ankommen.

„Guten Tag. Irene Ruppricht und Eberhard Riemer vom Kommissariat eins." Sie zeigen ihre Dienstausweise. „Sie sind…?"

„Hab' nix angestellt", sagt der Mann in abweisendem Ton, während er sich an einer Stelle kratzt, die er offensichtlich schon länger nicht mehr gewaschen hat.

Irene Rupppricht muss sich beherrschen, um höflich zu bleiben. „Wir möchten Frau Schmitt sprechen. Adriane Schmitt. Sagen Sie uns bitte Ihren Namen?“

„Charly Kupka“, blafft er. Dann brüllt er nach hinten ins muffige Dunkel der Wohnung. „Adi!!! Beweg' dein' Arsch her!“, dreht sich weg und schlurft zurück, ohne die beiden Beamten weiter zu beachten. Riemer verdreht die Augen. „Der hat den Anstand auch nicht mit Löffeln gefressen.“

Sie hören den Mann mit seiner Lebensgefährtin streiten, aber es sind nur Wortfetzen zu verstehen. Während sie an der offenen Tür warten, drückt Riemer noch mal auf die Klingel. Irene Ruppricht fühlt nach dem kleinen silbernen Herzen in ihrer Jackentasche. Diesmal haben sie das Original dabei, nicht nur ein Foto.

Dann taucht endlich die Frau auf, sie hat sich offensichtlich erst etwas übergezogen, eine Jogginghose und eine Bluse, bei der sie sich verknöpft hat. Außerdem fehlt in der Mitte ein Knopf, so dass ihr schwabbeliger Bauch sichtbar wird. Sie kann noch nicht so alt sein, Mitte bis Ende Dreißig, schätzt Irene Ruppricht.

„Ja?“, fragt sie und schaut misstrauisch.

„Dürfen wir einen Moment hereinkommen? Riemer und Ruppricht vom Kommissariat eins. Wir ermitteln im Fall des vorige Woche ausgesetzten Säuglings.“

„Und – was ham wir damit zu tun?“ Frau Schmitt klingt abweisend, und Irene Ruppricht meint sogar einen winzigen Anflug von Panik in ihren Augen zu sehen. Es kann aber auch nur die Angst der kleinen Leute vor der Polizei sein.

„Können wir das drinnen besprechen?“ Sie wird jetzt nachdrücklicher.

„Wenn's sein muss." Adriane Schmitt geht ihnen voraus, ins nächste Zimmer links rein, wo der Fernseher läuft, der Aschenbecher auf dem Tisch von Kippen überquillt und es ebenso stinkt – nach Rauch, nach altem Fett, nach Schweiß.

„Is grad nich aufgeräumt." Sie schiebt einen Stoß Zeitungen und undefinierbare Kleidungsstücke auf dem Sofa zusammen und deutet wortlos darauf.

Der Mann, der die Tür geöffnet hat, der Lebensgefährte, kommt herein und motzt seine Freundin an. „Wird das was Längeres? In der Glotze kommt gleich Boxen." Die Polizeibeamten streift er nur mit einem unsicheren Blick. Der hat auch Angst, denkt Irene Ruppricht, und deshalb wird er aggressiv.

Die Frau zuckt die Schultern und schaut die Polizeibeamten an.

„Wir haben nur ein paar Fragen. Wenn Sie uns kurz alleinlassen?", sagt Irene Ruppricht freundlich, aber bestimmt und setzt sich dann mit angehaltenem Atem auf die Couch. Der Mann zieht brummend ab, die Frau setzt sich auf einen der Sessel, und Riemer bleibt am Fenster stehen. Irene Ruppricht sieht an seinem angewiderten Gesichtsausdruck, dass er eine deutlich andere Vorstellung vom Ambiente eines Wohnzimmers hat.

Adriane Schmitt zündet sich eine Zigarette an, ihre Hände zittern dabei leicht. Wahrscheinlich hat sie auch schon eine kleine Menge Alkohol intus. Irene Ruppricht zieht den kleinen Herzanhänger aus ihrer Tasche.

„Kennen Sie diesen Anhänger, Frau Schmitt?" Sie streckt der Frau ihre Handfläche entgegen, auf der der Anhänger liegt.

Die Schmitt schüttelt erst den Kopf, schaut aber dann genauer hin, und ihr Blick verändert sich. Sie nimmt ihn der Polizeibeamtin aus der Hand und betrachtet ihn. „Is ja meiner. Wo kommt der denn her? Hab' ich noch gar nich vermisst." Sie zieht heftig an ihrer Zigarette.

„Der Anhänger wurde unten bei den Mülltonnen Ihres Hauses gefunden – dort, wo von Montag auf Dienstagnacht letzte Woche der ausgesetzte Säugling entdeckt wurde." Riemer hat sich eingeschaltet und klingt streng. Er scheint die Überraschung von Adriane Schmitt wohl nicht so recht zu glauben.

„Ach?" Frau Schmitt guckt ihn verständnislos an. „Bei der Tonne? Der is vielleicht abgegangen. Wie ich den Müll runter hab' oder so."

„Wann haben Sie denn den Müll runter?", will Riemer wissen.

Sie zuckt die Schultern. „Weiß ich doch nicht. Macht auch manchmal die Kathrin. Das is meine Tochter."

„Trägt sie auch gelegentlich Ihren Schmuck?", fragt Irene Ruppricht aus einer spontanen Idee heraus.

„Nee, glaub' nich. Ich trag' den Anhänger ja auch nich mehr. Is von 'nem früheren Mann. Der Kupka, also der Herr Kupka, der hier mit wohnt, der will das nicht. Hab' gar nich gemerkt, dass der nich mehr in der Schublade war, der Anhänger."

„Ist Ihre Tochter zu Hause?", fragt Riemer.

„Nee. Weiß nich, wo die sich rumtreibt. Ich glaub', die war nach der Schule noch gar nicht da."

„Wie alt ist sie denn?", fragt Irene Ruppricht.

„Fuffzehn."

„Wir müssen Sie das fragen, Frau Schmitt – waren Sie schwanger? Oder Ihre Tochter?"

Jetzt guckt Adriane Schmitt völlig entgeistert. „Schwanger, ich? Nee, wirklich nich! Damit bin ich durch! Sie denken doch nich etwa, dass ich was mit dem Kind zu tun hab'?"

„Oder Ihre Tochter?", ergänzt Riemer.

„Die Kathrin?" Die Schmitt lacht zum ersten Mal, und ihre Zahnlücken sind zu sehen. „Die fasst doch keiner nich mal mit der Kneifzange an! Da hat die nix mit am Hut, mit Kerlen. Und die Kerle nix mit ihr."

„Ach, und woher wissen Sie das?" Zwar hat Irene Ruppricht keine Tochter, aber dass Töchter wie Söhne ihren Müttern nicht alles erzählen, was abgeht, das weiß schließlich jeder.

Adriane Schmitt steht auf und kramt in einer Schublade im Wohnzimmerbüffet. Riemer verdreht die Augen und schaut seine Chefin leicht genervt an.

Die Schmitt zieht triumphierend ein abgegriffenes Foto aus der Schublade und streckt es Irene Ruppricht hin.

„Da sehn Se die Kathrin, war letztes Jahr, sind meine Kleinen mit drauf, die Annika und der Stevie."

Das Foto zeigt ein ziemlich unförmiges Mädchen mit blassem Gesicht und strähnigen, dunklen Haaren, auf der Couch sitzend, links und rechts zwei jüngere Kinder, ein ebenfalls dickes Mädchen mit hübschem Gesicht und ein kleiner dunkelhäutiger Junge. Kathrin, das große Mädchen in der Mitte, hat die Arme um die beiden anderen gelegt und lächelt. Einen flüchtigen Moment lang glaubt Irene Ruppricht, Kathrin könnte das Mädchen an der Mülltonne gewesen sein, das sie vor kurzem beobachtet hat. Aber sie war zu weit weg, hat ihr Gesicht nicht gesehen.

Sie kann sich eigentlich nicht vorstellen, dass die Tochter von Frau Schmitt irgendetwas mit dem Fall zu tun hat. Da käme eher die Schmitt selber in Frage, schließlich gehört ihr auch der Anhänger. Vielleicht war sie doch noch mal schwanger und hatte Angst, dass das Jugendamt ihr das Kind wegnimmt. Es wäre nicht verwunderlich bei den Verhältnissen, in denen die Familie wohnt.

„Wir müssten trotzdem ausschließen, dass Sie schwanger gewesen sind. Sind Sie mit einem DNA-Test einverstanden?", fragt Irene Ruppricht.

„Was für'n Test? Und außerdem – ich kann doch gar kein Kind mehr kriegen. Bin steliri... sterelesiert", beteuert Adriane Schmitt.

„Wir möchten trotzdem einen Test machen. Der DNA-Test ist ein Speicheltest. Mit seiner Hilfe können wir feststellen, ob zwei Personen miteinander verwandt sind – also ob sie Mutter und Kind sind, zum Beispiel."

„Aber Sie können doch meine Ärztin fragen, die Frau Luthardt, das is meine Frauenärztin", meint Adriane Schmitt. Während Riemer schon nickt, beharrt Irene Ruppricht: „Ein Speicheltest ist sicherer. In seltenen Fällen kann eine Sterilisation mal nicht geglückt sein, und die Frau wird doch noch schwanger. Das müssen wir ausschließen. Möchten Sie gleich mit uns kommen – wir lassen Sie dann wieder nach Hause fahren."

Adriane Schmitt ist sichtlich nervös. „Aber wie soll ich das dem Kupka, also dem Herrn Kupka, der hier wohnt, erklären? Dass ich mit zur Polizei muss? Ich hab' doch nix ausgefressen!"

Irene Ruppricht seufzt. „Gut, dann kommen Sie bitte selbst vorbei. Möglichst heute noch. Melden Sie sich beim Kriminaldauerdienst. Sollten Sie nicht kommen, müssen wir Sie holen lassen. Und das wäre Ihnen sicher nicht angenehm!"

„Nee, nee, ich komm", versichert Adriane Schmitt. Sie drückt ihre Zigarette in dem übervollen Aschenbecher aus. „Aber woher ham Sie das gewusst, das mit dem Anhänger, dass der meiner ist?"

„Wir haben ein Foto des Anhängers im „Kurier" veröffentlicht. Ihre Tochter Annika hat ihn erkannt, und die Pflegemutter, Frau Geigermüller, rief dann bei uns an."

Adriane Schmitts Blick wird weich. „Ach, die Annika. Ja, von der ihrn Vater ist das Herz gewesen. Hat se sich gemerkt, die Kleine. Kann ich das Herz jetzt wieder behalten?"

„Leider nein, noch nicht. Wir geben es Ihnen zurück, wenn die Ermittlungen abgeschlossen sind."

Die beiden Beamten verabschieden sich und atmen unten vor dem Haus erst mal durch.

„Und, was meinst du, Riemer?"

Er schüttelt den Kopf. „Kalt. Sie würde zwar ins Bild passen, die Frau Schmitt – weißt du noch, deine Überlegung vorhin, ausgeleierter Bauch, Mann, der ihr Angst macht –, aber sie klang zu überrascht, als wir nach der Schwangerschaft gefragt haben."

Irene Ruppricht nickt. „Den Eindruck habe ich auch. Wir wissen nicht mal, wie lange der Herzanhänger schon in der Nähe der Mülltonne lag. Vielleicht hat sie ihn schon vor Wochen verloren, und es hat ihn nur niemand gesehen. Die Katze, von der der Obdachlose, Karl Faltermeier, erzählt hat, könnte das Herzchen irgendwo ausgebuddelt haben. Wer weiß. Warten wir den Test ab – aber ich glaube auch nicht, dass sie irgendetwas mit dem Kind zu tun hat."

*

Florschütz hat sich zur gleichen Zeit zu Familie Lang aufgemacht.

„Da werde ich mir das Früchtchen mal vorknöpfen", freut er sich, während er die Treppe zur Wohnung hinaufsteigt.

Bei den Langs öffnet die kleine, dicke Frau Lang, einen ihrer Zwillinge auf dem Arm, der andere sitzt im Flur auf dem Boden und kaut auf dem Mobiltelefon herum.

„Ach herrje, schon wieder die Polizei!", regt sich Frau Lang gleich auf und setzt das Kind ab. „Wir haben doch gesagt, die Alena, die ist krank, der Doktor Bottcher, der kann das bestätigen!"

Florschütz winkt ab. „Es geht nicht um Ihre Tochter, sondern um Ihren Sohn Kurt. Ist er zu Hause?"

Frau Lang reißt die Augen auf. Die Zwillinge streiten sich auf dem Boden um das Telefon und schreien. „Aber Ihre Kollegen, die haben doch gesagt, das geht nicht um den Kurt! Hat der denn was gemacht, der dumme Jung, hat der irgendwas gemacht, was nicht hat sollen sein?"

„Das wissen wir noch nicht." Florschütz hält heute die einschüchternde Tour für die beste. „Ist er nun da oder nicht?"

„Nee, nee, der ist bei sein Freund, oder, ich weiß nicht genau." Frau Lang fuchtelt hektisch mit den Armen. Sie versucht gleichzeitig, die Kinder zur Ruhe zu bringen, was aber überhaupt nicht klappt. Im Gegenteil, die beiden kullern übereinander und beißen sich.

„Aber warten Se, der hat ein Handy, ich kann Ihnen die Nummer geben!“ Sie entreißt den Zwillingen das vollgesabberte Mobilteil und tippt auf ein paar Tasten, wohl um das Adressbuch aufzurufen. Florschütz zückt sein Notizbuch und notiert die von Frau Lang angegebene Nummer. Und er trägt ihr auf, dass Kurt Lang sich in jedem Fall sofort melden soll, wenn er zurückkommt, falls sie ihn nicht erreichen.

Draußen am Wagen wählt er sofort die Handynummer von Kurt Lang. Aber der Teilnehmer ist nicht erreichbar oder hat das Handy ausgeschaltet, wer weiß das schon so genau bei diesen Dingern. Florschütz hasst sie. Seit es Handys gibt, sind die Besitzer dieser Geräte noch weniger erreichbar als früher. Und er selbst trägt auch nur im Dienst eines mit sich herum, weil er muss.

Initiative Moseskörbchen

Das Gasthaus Weißes Ross liegt zentral in der Innenstadt, nahe der kleinen Fußgängerzone. Die beiden Säle, ein kleinerer und ein größerer, dienen den örtlichen Parteien und Vereinen für Versammlungen und Vorträge. Es ist nicht unbedingt die Art Lokal, die Maggy gemeinsam mit Freunden aufsuchen würde. Kneipen, in die (ehemalige) Studenten gehen, heißen Wartesaal und Trinkbar, Saitenriss oder Absteige. Das sind keine Namen, die das gutbürgerliche Publikum ansprechen würden. Es soll dort ja auch möglichst draußen bleiben. Angesehene Bürger besuchen Gaststätten wie das Goldene Kreuz, den Anker oder eben das Weiße Ross.

Maggy geht trotzdem hinein. Zum einen interessiert sie das Thema des Abends, zum anderen will sie sich von ihren Gedanken an Oli ablenken. Das Sudhaus hat sie heute früher geschlossen. Das wieder milde Wetter lockt die Besucher eher ins Freie als ins Sudhaus. Heute vor einer Woche, denkt Maggy, da wusste ich noch nicht, was in der Nacht auf mich zukommt. In dieser Nacht hat ein müffelnder Obdachloser namens Kalledalle mit einem Haufen Lumpen an die Tür geklopft. Aus diesem Lumpenpack habe ich ein neugeborenes Baby ausgewickelt. Es war ein verschmiertes Stück Leben, mit einer Schnur am Bauch und einem glibbrigen Etwas dran. Ich habe ein kleines Mädchen im Arm gehalten, die kleine Karla.

Wäre mein Kind ein Mädchen gewesen, so wie ich es mir gewünscht habe? Oder ein kleiner Junge, der Gerd ähnlich gesehen hätte?

Sie hat nicht gemerkt, dass sie vor der Tafel mit den Speiseangeboten stehen geblieben ist und darauf schaut, ohne richtig zu lesen.

„Haxn mit Kraut ist heute im Angebot“, sagt ein Kellner, der plötzlich neben ihr steht. Er grinst sie an, zieht eine Zigarettenpackung aus der Hosentasche und klickt mit dem Feuerzeug. „Rauchverbot drinnen, leider.“

Maggy nickt. „Wissen Sie, wo diese Versammlung der Initiative Moseskörbchen stattfindet?“

„Oh, die hat schon angefangen. Oben im großen Saal. Die Bude ist voll! Hat ’ne Menge Leute angelockt. Sie sind wohl von der Presse?“ Er schaut sie neugierig an.

„Sehe ich so aus?“ Maggy muss lachen. Für eine Pressefrau hat sie noch keiner gehalten.

Der Kellner schmunzelt. „Ein bisschen. So taff.“

„Danke für die Blumen. Aber ich bin weder taff noch von der Presse.“ Sie geht an ihm vorbei durch die Tür des Gasthauses und gleich die Treppe hinauf. Da ist schon Stimmengewirr zu hören, und die Tür zum Saal steht noch ein kleines Stück offen. Die Veranstaltung hat wohl doch noch nicht angefangen. Maggy ist zehn Minuten zu spät dran.

Es sind sehr viele Leute im Saal, jedes Alter ist vertreten. Professor Cernay von der Frauenklinik ist da. Eine Dozentin der Hochschule kann sie erkennen, sie hat Pädagogik unterrichtet und ist sicher auch von Berufs wegen hier. Ach, und die frühere Studienkollegin, die jetzt schwanger ist, winkt ihr zu. Sie ist eine von denen, die sie am Samstag im Saitenriss getroffen hat. Die will doch wohl ihr Kind nicht ins geplante Moseskörbchen legen? Dann fällt Maggy ein, dass die andere erzählt hat, sie wolle sich nach der Geburt ihres Kindes in einem Kinderheim für schwer traumatisierte Kinder in Berlin bewerben. Ihr Freund habe ihr gesagt, dass dort ständig motivierte Sozialpädagoginnen gesucht würden. Die Anforderungen ans Personal dort gehen wohl so manchem an die Nieren. Die meisten halten es nicht lange aus.

Maggy redet sich ein, dass sie selbst auch aus beruflichen Gründen da ist. Eigentlich sollte von Amts wegen ihr Chef, Jugendamtsleiter Rümpfer, anwesend sein. Aber sie kann ihn nirgends sehen.

Da die langen Tische alle besetzt sind, zieht Maggy sich einen Stuhl in die Nähe des am Saalende stehenden Klavieres. Hier kann sie wenigstens ihr Getränk abstellen.

Vorne gibt es eine Art Podium, das mit vier Leuten besetzt ist, die Maggy – welch Zufall – auch kennt. Das Ehepaar Sünkel sitzt dort – natürlich, daneben die Stadträtin Gabrieli. Den Vierten im Bunde kennt sie aus dem

„Kurier": Es ist Redakteur Roland Lorenz, ein schwarzhaariger, gut aussehender Mann mit einer runden Lesebrille, die vorne auf seiner Nasenspitze sitzt. Vor ihm steht ein Schild: „Roland Lorenz, Moderation". Klar, der „Kurier" lässt sich keinen Aufreißer zum Thema Babyfund entgehen, es ist ja sonst nicht viel los in der Stadt.

Jetzt steht Lorenz auf und verschafft sich mit seiner gar nicht lauten, aber sonoren Stimme Ruhe.

„Guten Abend, Herrschaften, ich darf Sie im Namen Ihrer Lokalzeitung, des „Kuriers", hier im Weißen Ross begrüßen, mein Name ist Roland Lorenz, ich moderiere den heutigen Abend. Ich muss zunächst bedauernd feststellen, dass Herr Martinsen von der Münchner Initiative „Babyfenster" erkrankt ist und uns deshalb heute nicht von seinen Erfahrungen berichten kann. Dafür darf ich Ihnen hier auf dem Podium vorstellen: Robert und Britta Sünkel, beispielhafte Organisatoren der Initiative Moseskörbchen, sowie Frau Waltraut Gabrieli, unsere beliebte Stadträtin, die die Idee des Moseskörbchens tatkräftig unterstützt."

Roland Lorenz beginnt selbst zu applaudieren, und das Publikum unterstützt ihn kräftig dabei.

„Um allen derartigen Fragen zuvorzukommen: Ich kann Ihnen gleich sagen, dass die Kripo in der Suche nach der Mutter der ausgesetzten Karla anscheinend noch keinen Schritt weitergekommen ist. Für morgen Vormittag ist allerdings eine Pressekonferenz angesetzt. Sollte es bahnbrechende Neuigkeiten geben", hier wird sein Ton leicht ironisch, „könnte es ein Sonderblatt des „Kurier" geben. Schauen Sie bei uns im Service-Center vorbei oder klicken Sie ins Internet, wir halten unsere Leser stets auf dem Laufenden."

Seine Verlautbarung löst Gemurmel im Publikum aus, vor allem unwilliges, und Maggy schnappt den einen oder anderen Satz auf. „Die Polizei tut wieder nichts... Die haben die Mutter schon und schützen sie... Wir haben doch ein Recht zu erfahren..." Maggy nutzt die kurze Unterbrechung, um der jungen Kellnerin in der Nähe zu winken und ein Bier zu bestellen.

„Wir können später noch darüber diskutieren!", meldet sich Roland Lorenz wieder zu Wort. „Da wir keine Vertreter der Polizei hier haben, wird es aber fruchtlos sein. – Nun aber weiter, ich gebe das Wort an Herrn Sünkel, bitte, Herr Sünkel."

Robert Sünkel steht auf und knöpft sein Jackett zu. Er ist elegant und teuer gekleidet, doch sein Gesicht wirkt zerfurcht. Seine folgende Rede gibt im Großen und Ganzen das wieder, was er und seine Frau auch schon in ihren Leserbriefen vertreten haben. Dass es eine Schande sei, Kinder auszusetzen oder gar zu töten, wenn es doch so viele gute und finanziell abgesicherte Eltern gebe, die diese Kinder adoptieren würden. Herr Sünkel wirkt enthusiastisch und sogar charismatisch. Auch Maggy kann sich dem schlecht entziehen, obwohl sie weiterhin versucht, seine Argumente sachlich zu sortieren. Ihr ist ebenso sonnenklar, dass die Sünkels mit ihrer Babyklappe nichts anderes wollen als endlich ein Kind für sich selbst. Andererseits setzen sie sich damit auch für andere kinderlose Eltern ein. Und die Babyklappe würde verzweifelten Müttern helfen, die ihr Kind nicht behalten können.

Jetzt steht Britta Sünkel auf, sie trägt heute ein dezentes dunkles Kostüm mit einem Rock bis über die Knie und ist auch ebenso dezent geschminkt. Maggy beugt sich gespannt vor.

„Wir, mein Mann und ich, wünschen uns seit vielen Jahren ein Kind“, beginnt Frau Sünkel mit wackliger Stimme. „Es bricht uns schier das Herz, zu sehen, was jetzt in dieser unserer Stadt passiert. Ein hilfloses, schwaches Neugeborenes, das nichts anderes will als leben und glücklich sein, muss fast in einer Mülltonne sterben. Und das, während Eltern wie wir und Sie“, sie zeigt vage in den Saal, wo wohl noch mehrere Adoptionsbewerber sitzen, „während wir uns danach sehnen, das kleine, liebebedürftige Wesen in den Arm zu nehmen und ihm alles zu geben, was uns möglich ist.“ Eine einzelne Träne kullert über ihre Backe.

Während Stadträtin Gabrieli ihr ein Taschentuch reicht und sich Frau Sünkel wieder setzt, klatschen die meisten Zuhörer heftig. Viele sind sichtlich ergriffen. Maggy hat selber Mühe zu verhindern, dass ihre Augen nass werden, zu sehr rührt das alles an ihre eigene Geschichte. Ihr Kind war zwar nicht geplant, aber die Trauer, es zu verlieren, war trotzdem groß, auch wenn niemand sonst davon Notiz genommen hat.

Das Stimmengewirr im Saal hat wieder eingesetzt, aber Roland Lorenz verschafft seinen Podiumsteilnehmern Ruhe. Er fordert Stadträtin Gabrieli auf, jetzt etwas zu den Plänen der Initiative Moseskörbchen zu erzählen.

Waltraut Gabrieli steht auf. „In Deutschland hat die Zahl der Kindsaussetzungen – viele davon mit Todesfolge – in den letzten Jahren immer wieder für Schlagzeilen gesorgt“, beginnt sie. „Noch wissen wir nicht wirklich, was Mütter dazu bringt, ihr eigenes Kind umbringen zu wollen. Häufig stammen die Frauen aus sozial schwachen Familien, haben selbst als Kinder keine Liebe und keine Sicherheit erfahren. Ihre Schwangerschaft halten sie so lange wie möglich geheim. Das heißt, auch Beratungsstellen oder Frauenärzte haben keinen Kontakt zu diesen Frauen. Wenn plötzlich die Geburtswehen einsetzen, können diese Frauen so in Panik geraten, dass sie nicht wissen, wohin mit ihrem Kind – sie setzen es irgendwo aus. Vielleicht tun sie das nicht einmal mit der Absicht, es zu töten. Und hier greift unsere Idee des Moseskörbchens, das Sie auch unter dem Namen Babyklappe kennen." Sie schaut die Sünkels an, und Robert Sünkel ergreift sofort das Wort.

„Der Begriff Babyklappe hat uns nicht gefallen, das klingt wirklich nach Entsorgung. Außerdem konnten wir – dank Stadträtin Gabrieli – den Christlichen Frauenbund ins Boot holen. Der Frauenbund unterhält schon in anderen Städten so genannte Mosesfenster oder Moseskörbchen."

„Wenn ich ergänzen darf", mischt sich Frau Gabrieli wieder ein, „Sie wissen vielleicht, dass ich im Vorstand des Christlichen Frauenbundes aktiv bin. In der letzten Sitzung habe ich die Idee des Ehepaars Sünkel vorgebracht, und – was soll ich sagen – meine engagierten Mitstreiterinnen waren begeistert. Wir halten das Moseskörbchen für die erste und einzige vernünftige Lösung, um künftig Kindsaussetzungen und Kindstötungen zu verhindern, zumindest in unserer Stadt."

Die Ausführungen der beiden haben wieder Stimmengemurmel ausgelöst, und einige Leute im Publikum melden sich zu Wort.

Roland Lorenz reibt sich die Hände und schaut auffordernd über seine Lesebrille. „Schön, dass Sie diskutieren wollen. Bitte!" Er deutet auf eine ältere Frau an einem der vorderen Tische.

Sie stellt sich kurz vor und lobt dann die Initiative der Sünkels und der Stadträtin über den grünen Klee. „Die Frauen sind doch bestimmt oft jung, vielleicht unter 18

Jahren, und können sich sowieso nicht richtig um das Kind kümmern! Da haben sie wenigstens eine gute Möglichkeit, das Kind in fürsorgliche Hände zu geben!"

„So ein Schmarrn!", ruft jemand dazwischen, Maggy sieht nicht, wer. Das geht ja richtig hoch her im Weißen Ross. Lorenz erteilt der Zwischenruferin das Wort. Die Frau gibt sich als Mutter zweier Adoptivkinder zu erkennen. „Sie müssen sich doch mal klar machen, was das für ein Kind später bedeutet, in einer Klappe aufgefunden worden zu sein und nicht zu wissen, wer seine Mutter ist! Geschweige denn sein Vater! Für unsere beiden adoptierten Kinder ist es schwer genug, zu wissen, dass sie nicht bei ihren leiblichen Eltern bleiben konnten, gerade jetzt, wo sie in der Pubertät sind. Wir haben das von Anfang an offen gemacht, sie hatten immer Kontakt zur Mutter. Aber ohne dieses Wissen wäre es noch viel schwerer. Aber selbst dann könnten sie über das Jugendamt ihre Herkunft erfahren, wenn sie volljährig sind. So ein Kind aus der Babyklappe aber..."

„Moseskörbchen!", korrigiert Robert Sünkel energisch. „Wir wollen doch bei Moseskörbchen bleiben!"

„Wenn Sie die Tatsachen unbedingt verschleiern wollen!", gibt die Adoptivmutter zurück. „Ein anonym abgegebenes Kind jedenfalls hat überhaupt keine Chance, irgendetwas über seine Herkunft zu erfahren! Und das ist sehr schlimm!"

Waltraut Gabrieli versucht zu beschwichtigen. „Wir können Ihre Einwände sehr gut verstehen. Das haben wir bereits bedacht, auch indem wir Moseskörbchenbetreiber aus anderen Städten zu Rate gezogen haben. Jede Frau, die das Körbchen nutzt, findet dort ein Briefkuvert vor, in dem sie Angaben machen oder etwas für das Kind hinterlegen kann. Und selbstverständlich hat sie danach auch die Möglichkeit, ihre Anonymität aufzugeben und sich als Mutter des Kindes zu erkennen zu geben."

„Ja, aber nur bis zu acht Wochen danach, dann wird das Kind adoptiert!", ruft die Frau dazwischen.

Roland Lorenz verschafft sich wieder Gehör. „Bitte nicht durcheinander. Lassen wir doch Frau Gabrieli noch ein paar Worte über die nächsten geplanten Schritte sagen."

Während Waltraud Gabriele erläutert, wie viel Geld für das Moseskörbchen schon zusammengekommen ist, hängt Maggy ihren eigenen Gedanken nach. Auch die Argumente der Adoptivmutter erscheinen ihr plausibel. Aber wiegt nicht die Tatsache, dass ein Kind überhaupt überleben kann, schwerer als das Privileg, seine leiblichen Eltern zu kennen? Die Alternative für einen ausgesetzten Säugling heißt schließlich Tod. Dass die kleine Karla überlebt hat, grenzt an ein Wunder, nicht mehr und nicht weniger.

Maggy nimmt einen großen Schluck Bier. Ihre schwangere Studienkollegin steht vor ihr und hält ihr ein Glas mit Apfelsaftschorle zum Anstoßen hin. „Schwieriges Thema, oder? Ich versuche mir ständig vorzustellen, was in diesen Tagen in der Mutter des Findelkindes vorgeht. Ist sie froh, weil sie von einer Last befreit ist? Hat sie Angst, weil das Kind entdeckt wurde? Ist sie vielleicht traurig, weil sie es gerne behalten hätte?"

„Das wüsste ich auch gerne." Maggy nickt nachdenklich. „Glaubst du, dass eine Babyklappe das alles verhindert hätte?"

Die andere zuckt die Schultern. „Wer weiß, vielleicht. Aber ich glaube eher, dass eine Frau es in so einer Ausnahmesituation gar nicht schafft, geplant vorzugehen. Sie darf nicht überlegen, was sie tut, sonst könnte sie es nicht tun."

Tag 8

Arbeit für Adi

Heute ging's Kathrin so was von schlecht. Sie wollte wirklich aufstehen und in die Schule gehen, weil heute, da hätten sie Religion gehabt. Und der nette Aushilfslehrer, dieser Pfarrer, wäre noch mal da gewesen. Aber sie hat einfach nicht aufstehen können. Das heißt, sie war kurz draußen, auf dem Klo, hat Durchfall gehabt und sich wieder ins Bett gelegt. Hat eh keiner gemerkt. Ihre Mutter und Charly haben gestern Abend gesoffen, wie immer. Charly hat von irgendwo eine Flasche Fusel mitgebracht, die haben sie geleert. Der Alte lag auf der Couch, mit offenem Maul, schnarchend, Adi hing im Sessel, mit offener Bluse, und ihr Mund stand genauso offen. Kathrin hat ganz leise die Tür wieder zugemacht, damit die sie nicht hören, wenn sie ins Bett geht. Nicht, dass Charly noch auf dumme Gedanken kommt.

Die haben sie am Nachmittag bestimmt nicht vermisst. Ihre Mutter, die merkt manchmal gar nicht, wenn sie nicht da ist. Beim Stevie ist sie gewesen, bei den netten Leuten, wo er wohnt. Das kleine Häuschen von denen steht außerhalb am Stadtrand, zu Fuß muss man durch die Gegend, wo der Schlachthof ist. Kathrin war's zu weit dorthin, und sie ist schwarz mit dem Bus gefahren.

Ach, Stevie, mein Kleiner, das war so schön, dich mal wieder zu knuddeln. Mit den Fingern durch deinen Krauskopf zu fahren und mit dir rumzubalgen. Renate, die Pflegemutter vom Steve, die hat sich sogar gefreut, als Kathrin kam, und hat sie gefragt, ob sie ihrem Bruder ein bisschen bei den Hausaufgaben helfen kann. Die haben nämlich noch ein kleineres Mädchen bei sich aufgenommen, das macht mit vier noch in die Hose und muss dauernd gewickelt werden. Da ist die Renate froh, wenn ihr jemand mit dem Steve hilft. Kathrin hat ihren kleinen Bruder, der jetzt in der ersten Klasse ist, Buchstaben malen lassen, und dann hat sie ihm aus einem Buch vorgelesen. Das war eine lustige Geschichte von einem kleinen Hund, der ganz traurig ist, weil sein Herrchen verschwunden ist. Ein Junge, der auch ganz allein ist, weil die Eltern tot sind, hilft dem Hund dann, das Herrchen zu suchen. Das Herrchen hat sich nämlich ein Bein gebrochen und war im Krankenhaus und hat sich Sorgen gemacht, weil der kleine Hund ganz alleine zu Hause war, ohne Futter und so. Das Herrchen hat ja nicht gewusst, dass der Hund über den Balkon gehüpft ist und mit dem Jungen das Herrchen suchen geht. Am Ende ist alles wieder gut, und Kathrin und Steve müssen gleichzeitig lachen und weinen, weil sie sich so freuen für den kleinen Hund.

Später ist sie noch mit dem Steve nach draußen auf den Spielplatz gegangen und hat mit ihm Sandkuchen gebacken. Und auf der Rutsche waren sie zusammen, und auf der Schaukel hat sie ihn angeschubst. Ein schöner Spielplatz ist das dort, so sauber, und nette Kinder sind da, mit ihren Müttern und sogar mit den Vätern. Eins von den Kindern hat mal auf Kathrin gezeigt und laut gerufen: „Schau mal, Mami, wie fett die ist“, aber die Mami von dem Kind hat geschimpft und gesagt, das sagt man nicht, und Dicksein ist gar nicht schlimm. Und zu Kathrin hat sie gesagt: „Er meint’s nicht so, sei nicht böse.“ Aber das war Kathrin auch peinlich.

Aber geärgert hat sie sich nicht sehr, weil es mit Stevie auf dem Spielplatz so schön war und auch bei ihm zu Hause, wo sie Abendessen bekommen hat mit Renate und ihrem Mann und dem kleinen Mädchen, das die noch aufgenommen haben. Und von dem Eis, das es zum Nachtisch gab, war ihr dann schon ein bisschen schlecht, weil sie so viel davon gegessen hat.

Und wie sie heimgekommen ist, da saß ihre Mutter in der Küche und hat schon getrunken und geheult. Aber nicht wegen dem Charly, der war da noch gar nicht da. Sie hat rumgeheult, dass die Bullen da waren und ihr Herzanhängsel bei den Mülltonnen gefunden haben und dass sie hat hin müssen zur Polizei und da eine Polizistin mit einem Wattestäbchen in ihrem Mund rumgemacht hat und dass die jetzt denken, sie sei das gewesen mit dem Kind. Und das kleine Herzchen, das hat ihr doch der Annika ihr Vater geschenkt und mit dem war sie doch so glücklich, am Anfang. Und sie will mal wissen, warum der sie bloß verlassen hat, wegen der Geschichte mit dem Bob oder Todd oder so, dem schwarzen Vater vom Steve. Und der Charly, der ist fort, raus aus der Wohnung, wie die Bullen da waren, und seitdem nicht wiedergekommen. Der sitzt bestimmt im Scharfen Eck, und nachher will er von ihr wissen, warum die Bullen da waren. Und was sie da sagen soll, will sie mal wissen. Und wo sie, Kathrin, überhaupt jetzt herkommt, die Bullen haben auch gefragt, warum sie nicht da ist.

Kathrin ist da fast das Eis wieder hochgekommen, wie ihre Mutter das gesagt hat.

„Beim Stevie war ich, hast doch selber gesagt, ich kann ihn besuchen“, hat sie sich verteidigt. Und gefragt: „Warum will denn die Polizei was von mir?“

„Hast meinen Herzanhänger geklaut?“, hat Adi misstrauisch gefragt. Aber Kathrin konnte sich nicht mal erinnern, dass ihre Mutter so einen gehabt hat, so lange hat sie den nicht mehr getragen. Und wie der vor die Mülltonne gekommen ist, davon hat sie schon mal gar keine Ahnung. Sie hat Adriane allein weiterheulen lassen und sich in ihr Zimmer verkrochen. Später war draußen ein Geschrei, wie der Charly heimkam. Er war aber zu besoffen, um zu prügeln. Na, und den Schnaps haben sie eh zusammen geleert.

Und heute Morgen ist ihr so schlecht, bestimmt von dem Eis. Kathrin liegt in ihrem Bett und reibt sich den Bauch. Heile heile Segen, morgen gibt es Regen, übermorgen Schnee, und dann tut's nicht mehr weh. Das war auch so ein Spruch vom Opi. Diese Blutflecken auf dem Betttuch. Da ist sie ausgelaufen, vor ein paar Nächten schon, wie das so geblutet hat und keine Binden da waren. Aber jetzt läuft fast nichts mehr, ein paar Tropfen noch. Ich würd' mich mal wieder in die Badewanne legen, wenn die nicht so dreckig wär. Ich putz' die heut', ich schrubb' den ganzen Dreck weg. Aber dann geh ich erst rein, wenn der Charly nicht da ist. Der Schlüssel vom Bad ist verschwunden, schon seit Monaten. Seitdem wäscht Kathrin sich nur noch, wenn sie in der Wohnung allein ist, oder allein mit ihrer Mutter. Warmes Wasser, heißes Wasser, das ist schön. Sie mag das Wasser mit viel Schaum, wo nix mehr zu sehen ist von dem weißen unförmigen Fleisch drunter. Nur zwei Brustwarzen schauen raus, die sind schön, die mag Kathrin und knubbelt manchmal ein bisschen an ihnen. Die hat Charly nie angefasst, die gehören nur ihr.

Ham wir überhaupt noch so ein Schaumbad? Dauernd ist nix da, was man braucht. Adriane, die duscht auch kaum noch. Nur am Samstag hat sie ewig lang geduscht, wie sie vom Einkaufen zurückkam. Sie hat das letzte Duschzeug verbraucht, was da war. Nehm' ich halt Seife. Hab' noch eine im Schrank, ganz alt ist die, war mal ein Werbegeschenk vom Drogeriemarkt, als der vor ein paar Jahren aufgemacht hat.

In Kathrins träge Bauchweh-Gedanken hinein tönt ein Klingelton. Es ist Adrianes Handy, hat eine blöde Melodie, einen doofen Spruch. Ein Festnetztelefon haben sie nicht. Keiner hört das Klingeln, nur Kathrin, weil's im Flur vor ihrer Tür liegt. Kathrin hebt langsam die Beine aus dem Bett und merkt, dass es ihr schon besser geht. Sie tappt mit bloßen Füßen raus in den Gang und geht ans Handy.

„Hallo, hier Grosch, Agentur für Arbeit. Frau Schmitt?"

„Nein, hier ist Kathrin, Kathrin Schmitt. Meine Mutter... äh, ist nicht da." Leuten von Ämtern sagt man lieber nicht, dass einer, den sie sprechen wollen, gegen Mittag noch pennt.

„So. Kannst du ihr bitte ausrichten, sie soll mich gleich anrufen, wenn sie nach Hause kommt, ich habe Arbeit für sie."

Kathrin sagt ja, dann legt sie auf. Arbeit für Adriane! Ihr wird schon wieder schlecht, und sie muss rennen, um aufs Klo zu kommen, bevor der Durchfall in die Unterhose geht. Und dann verkriecht sie sich in ihr Bett, und es kommt ihr vor, als habe sie gar nicht geschlafen, eine Stunde später...

Eine blöde Melodie, ein doofer Spruch, Adrianes Handy klingelt schon wieder. Ich geh gar nicht ran, die haben Arbeit für Adriane. Jeden Tag muss sie ein Hochhaus putzen, vom Keller bis ganz oben, am Samstag und am Sonntag auch. Es pocht und klopft, pocht und klopft.

„Kaaathrin, du faule Sau, mach bloß, dass du rauskommst!“

Kathrin guckt ihre Mutter an, verständnislos, die steht mit wirren Haaren und dem Handy in der Hand vor ihrem Bett. Du hast geträumt, alles nur geträumt.

„Kannste mir vielleicht mal sagen, was du hier machst? Was is mit Schule, he? Wieso sagst du mir nich, dass der Grosch angerufen hat? Ich steh' da wie ein Depp, krieg' 'nen Rüffel von dem, wieso ich nicht zurückruf', er hätt' dir das doch gesagt.“

Adriane haut mit dem Handy auf die Bettdecke. Scheiße. Hätt' mir ja denken können, dass es nicht klappt, dass der Grosch nicht locker lässt, wenn er was hat, wo Adi ein paar Kröten dazu verdienen kann. Da spart er sich schon sein Harz vier.

„Lass mich in Ruh, ich bin krank.“ Kathrin zieht die Decke über den Kopf und dreht sich zur Wand. Da klingelt das Handy wieder, und Adriane ist noch wütend, als sie „Schmitt“ in den Hörer schreit.

„Nee, die is krank“, hört Kathrin sie dann sagen. „Grippe, Grippe hat se.“

Einen Moment Stille. „Ham wir vergessen. Ja, ja, nächstes Mal, ich denk' dran.“

Kaum hat sie aufgelegt, fängt sie wieder zu schreien an. Dass Kathrin das Letzte wär', was auf dieser Welt rumläuft, einfach die Schule schwänzen und tun, als wär' sie krank. Und nicht mal in der Schule anrufen. Und jetzt steht sie, Adriane, so da, als hätt' sie sie nicht entschuldigt. Und sie soll ihr heut' bloß nicht mehr unter die

Augen kommen, so ein erbärmliches Stück Scheiße, wie sie ist.

Adriane zerrt zum Schluss noch an Kathrins Bettdecke, aber nur halbherzig, weil draußen jetzt Charly herumschlurft und dann „Is nix im Kühlschrank!“ brüllt.

Ihre Mutter geht raus und lässt die Tür offen stehen. „Kümmer’ dich selber um deinen Fraß“, motzt sie Charly an. „Ich muss mich wo vorstellen gehn, kann da vielleicht putzen.“

„Hä?“, macht Charly.

„Im Sudhaus oben. Die suchen Ein-Euro-Jobber. Ich soll da mal hin heut’.“

„Ein Euro!“, höhnt Charly. „Der Grosch hat se wohl nich mehr alle! Da musste lang putzen, um was zusammenzukriegen.“

„Mach ich auch“, sagt Adriane trotzig. „Dann komm ich wenigstens raus und seh’ deine blöde Fratze nicht.“ Klar, dass sie sich dafür eine einfängt.

Kathrin steht leise auf und macht genauso leise ihre Zimmertür zu. Dann verkriecht sie sich wieder unter ihre Decke und kann nichts dagegen machen, dass ihre Augen nass werden. Und sie heult, heult, heult, bis nix mehr in ihr drin ist. Adi ist wieder weg und sie allein. Allein mit Charly.

Kurt Lang

Auch der DNA-Test von Adriane Schmitt war negativ, Irene Ruppricht nimmt es grimmig zur Kenntnis. Aber sie hatte auch nicht wirklich an einen Zusammenhang zwischen Herzanhänger und Kindsaussetzung geglaubt. Ebenso wenig deutet auf die Tochter der Frau, sie ist genauso sehr oder so wenig verdächtig wie jede andere Frau im Stadtteil Hochfeld.

Sie sitzt mit Anette Paulsen und Florschütz im Büro und starrt auf die Magnetwand, an der die meisten Namen und Hinweise durchgestrichen sind. Nur der Name „Kurt Lang“ und der Hinweis „verdächtiger Ford Taunus“ sind noch offen, ebenso wie „Apothekenbefragung“ und „Kliniküberwachung“.

Florschütz beginnt zu berichten. „Vielleicht habe ich was. Unsere Beamten haben sämtliche Apotheken in der Stadt durchkämmt und nach ungewöhnlichen Kundinnen seit letztem Dienstag gefragt. In der Sonnenapotheke, die an der Straße von Hochfeld in die Innenstadt rein liegt, sind sie fündig geworden. Hier“, er deutet auf den Bericht einer Streife, die am Vorabend kurz vor Ladenschluss in der Sonnenapotheke war. „Die Apothekerin war allein da, ihre Angestellte ist kurz vorher gegangen. Ein Mädchen, circa 16 Jahre alt, kam herein und verlangte eine Salbe und Schmerztabletten. Sie sei ziemlich aufgeregt gewesen, habe sie nicht anschauen können.“

„Und?“, fragt die Paulsen gespannt. „Hat sie gesagt, wofür sie die Mittel braucht?“

„Na ja, sie hat behauptet, sie habe sich am Oberschenkel eine Wunde gerissen und habe Schmerzen. Die Apothekerin hat ihr dringend geraten, zum Arzt zu gehen, aber das wollte das Mädchen offensichtlich nicht. Sie hat angeboten, sich die Wunde mal anzuschauen, aber auch das hat das Mädchen abgelehnt.“

„Weiter“, drängt Irene Ruppricht. „Was hat ihr die Apothekerin verkauft? Wie sah das Mädchen aus? Wie hat sie bezahlt?“

Florschütz winkt ab. „Gemach, Irene, gemach. Kommt ja gleich. Das heißt, eigentlich kommt nicht mehr viel. Das Mädchen hat nämlich gar nichts gekauft. Als die Apothekerin das mit dem Anschauen der Wunde vorgeschlagen hat, hat sie den Kopf geschüttelt und ist ganz schnell zur Tür hinaus. Und beschreiben konnte die Frau das Mädchen auch nicht so recht. Hatte wohl eine recht weite Jacke an, und eine Kapuze über den Kopf gezogen. Haarfarbe, Haarlänge und so was konnte sie gar nicht erkennen."

„Lassen wir sie trotzdem ein Phantombild erstellen", schlägt Irene Ruppricht vor. „Vielleicht erinnert sie sich an Einzelheiten des Gesichts oder an etwas anderes, das wichtig werden könnte."

„Dann jagst du aber vielleicht wirklich einem Phantom hinterher", meint Florschütz.

Jetzt ist seine Chefin erstaunt. „Hast du nicht eben noch gesagt, dass die Spur vielversprechend sein könnte?"

„Ja, stimmt. Ehrlich gesagt, ich weiß es nicht. Der Vorfall hat so gepasst auf das, was die Frauenärztin gegenüber Kollegin Paulsen vermutet hat. Aber insgesamt glaube ich, dass wir zu verzweifelt suchen und dabei zu viele Irrwege gehen. Sollten wir nicht doch einen Fallanalytiker einschalten?"

„Der sagt uns auch nicht mehr als das, was wir bisher selbst herausgefunden haben", schaltet sich Anette Paulsen ein. „Ich habe mal eine Art Profil erstellt, aus den Überlegungen heraus, die wir uns bisher gemacht haben. Das sollte eigentlich reichen. Und in dieses Profil passt das unbekannte Mädchen aus der Apotheke gut hinein."

Sie reicht beiden ein eng beschriebenes Blatt.

„Wann war dieses Mädchen in der Sonnenapotheke?“, fragt Irene Rupprìcht noch.

„Am Mittwochabend, kurz vor Ladenschluss, 18 Uhr“, sagt Florschütz.

„Gut, dann tragen Sie uns jetzt Ihre Überlegungen vor, Frau Paulsen. Und dann nehmen wir uns noch mal die Hauptschule in Hochfeld vor, eventuell auch die anderen Schulen in Freienhausen. Und hoffen wir, dass Kurt Lang kommt.“

Kurt Lang jedoch kommt nicht, und Irene Rupprìcht kann sich auch nicht auf die Arbeit konzentrieren, als die anderen gegangen sind. Der kleine Herzanhänger liegt noch immer auf ihrem Schreibtisch, und die Erinnerung an zwei andere Anhänger, an zwei halbe Herzen, schiebt sich immer wieder vor ihr inneres Auge. Sie denkt an den Tag, an dem sie das Hochzeitsbild ihrer Mutter entdeckt hat und genau eine Stunde lang glücklich war, ihren Vater gefunden zu haben, den, dem das andere halbe Herz gehörte. Die Ernüchterung, als sie die Wahrheit begriffen hatte, wog dann sehr viel schwerer. Ein ganzes Jahr quälte sie sich mit dem Grübeln über ihren biologischen Vater herum, bis sie endlich ihre Mutter fragte. „Ich wollte gerne, dass du zu Recht den Namen Rupprìcht trägst. Ich wollte, dass du ihm ähnlich siehst, dem Siegfried, weil er sich so sehr ein kleines Mädchen gewünscht hatte. Wenn ich aus dem Krieg zurück bin, dann gründen wir eine richtige Familie, das hat er mir versprochen. Zwei Mädchen und zwei Jungen, und unsere große Tochter wird aussehen wie du.“ Ihre Mutter hatte gelächelt bei dem Gedanken. „Ich habe ihm gesagt, dass ich mir wünsche, sie, du würdest ihm ähnlich sehen. Er hatte so eine schöne gerade Nase, keine kleine Knubbelnase wie ich.“ Irene Rupprìcht musste damals aufstehen und in den Spiegel schauen. Sie war schon in diesen Jahren keine Schönheit mehr, aber ihre Nase war gerade, und wenn sie das Foto des jungen Marinesoldaten Siegfried Ruppricht betrachtete, so war durchaus eine gewisse Ähnlichkeit zwischen ihm und ihr zu erkennen. Sie war versucht gewesen, ihre Mutter zu fragen, ob sie eine Spermaprobe ihres jungen Ehemannes besessen hatte und er dann ja doch ihr Vater war? Aber das verwarf sie wieder, denn wer hätte mitten im Krieg an so etwas denken, geschweige denn diese Probe dann auch über die Jahre retten und der Mutter wiedergeben sollen! Die Wahrheit, die sie dann erfahren hat, hat sich schlecht angefühlt, wie ein Verrat, so dass sie sie bis heute nicht richtig verdaut hat.

Kurz nach 13 Uhr trifft sich Irene Ruppricht im Hof des Polizeigebäudes mit Anette Paulsen, sie wollen zu einem Ortstermin nach Hochfeld fahren und auch gleich Kurt Lang auf den Zahn fühlen.

In Hochfeld parken sie den Wagen in der Nähe des Spielplatzes, auf dem Irene Ruppricht vor ein paar Tagen die Jugendlichen getroffen hat. Heute sitzen dort zwei türkische Frauen mit Kopftüchern auf einer Bank, und ihre Kinder spielen im Sandkasten. Das frische Maigrün der Bäume ringsum und die milde Luft geben der ansonsten trostlosen Gegend im Moment einen netten Anstrich. Hinter den Bäumen ragen die „Bienenstöcke“ auf.

„Kommen Sie, Frau Paulsen, ich möchte versuchen, die Vorgänge in der Nacht von Montag auf Dienstag letzte Woche zu rekonstruieren. Vielleicht hilft es. Dort drüben ist das Scharfe Eck, dort wurde Kurt Lang in dem Ford Taunus gesehen.“

„Glauben Sie denn wirklich, er hat was mit dem Fall zu tun?“ Anette Paulsen guckt skeptisch.

„Eigentlich nicht. Aber wir können es auch nicht mit Sicherheit ausschließen."

Die beiden Frauen gehen langsam über die Straße zur Eckkneipe. Hier an der Kreuzung beginnt die Straße mit den „Bienenstöcken".

„Der Wirt meint, er hätte den Ford gegen 23 Uhr gesehen. Zu dieser Zeit schließt er montags normalerweise. Vergangenen Montag seien aber noch einige Gäste da gewesen, mit denen er ein paar Worte gewechselt hat, auch noch draußen vor der Tür."

Sie bleiben kurz vor der Kneipe stehen. Die Tür ist offen, aus dem Inneren dudelt Radiomusik. Sie sehen im Schummerlicht, dass ein paar Männer drinnen sitzen.

„In welche Richtung fuhr das Auto?", fragt die Paulsen.

„In Richtung der „Bienenstöcke". Was aber auch nichts zu sagen hat, weil Kurt Lang schließlich in einem der Blöcke wohnt. Vom Zeitablauf her könnte er – oder seine Beifahrerin – das Kind in der Mülltonne ausgesetzt haben. Der Obdachlose, Karl Faltermeier, hat um Mitternacht die Tonne durchwühlt. Laut erstuntersuchendem Arzt hat das Kind nicht viel länger als eine Stunde im Müll gelegen, es war ja nicht sehr unterkühlt, wie wir wissen."

„Aber Kurt Lang könnte auch einfach ein Zeuge sein", gibt Anette Paulsen zu bedenken. „Vielleicht hat er was gesehen und ist überhaupt noch nicht auf die Idee gekommen, dass das für uns wichtig sein könnte."

„Oder es interessiert ihn schlichtweg nicht", meint Irene Ruppricht.

„Wenn er etwas damit zu tun hat, dann bin ich sicher, dass die Mutter des Kindes – das könnte die Beifahrerin sein – auch aus Hochfeld kommt“, beharrt die Paulsen. „Ich glaube nicht an die große Unbekannte von anderswo.“

„Und es passt nicht in das Profil, das Sie uns vorgestellt haben und das mir sehr plausibel erscheint. Wir werden das mögliche Persönlichkeitsprofil der Mutter nachher bei der Pressekonferenz erwähnen und so vielleicht weiterkommen.“

Sie gehen langsam weiter, es sind keine zehn Minuten bis zu dem Hochhaus mit der zurzeit bekanntesten Mülltonne in ganz Freienhausen. Irene Rupprícht klappt eine der Tonnen auf. „Leer“, sagt sie. „Heute ist Dienstag. Wenn der Obdachlose das Kind nicht Montagnacht entdeckt hätte, hätten wir wahrscheinlich nicht mal mehr die Leiche gefunden. Soviel ich weiß, wird nur der Inhalt der Wertstofftonnen auf einem Förderband sortiert. Der Restmüll wird verbrannt, so wie er ist.“

Anette Paulsen schüttelt sich. „Schrecklich.“ Sie schaut am Haus hoch. Die Fassade ist schmutziggrau und könnte einen Neuanstrich vertragen. Nicht mal Balkone gibt es hier, nur vereinzelt sieht man Blumenstöcke an den Fenstern. „Hier wohnt also diese Frau Schmitt.“

„Im dritten Stock, eine von 21 Mietparteien. Es sind jetzt aber alle Mieter vernommen worden. Und wie gesagt – die Frau, die das Kind in die Mülltonne hat, kommt vermutlich nicht direkt aus dem Haus, zu dem die Tonne gehört.“

Anette Paulsen stimmt ihr zu. „Aber sie kann auch nicht von weit her kommen. Gesehen werden kann man hier trotzdem leicht, wenn man aus einem Haus herauskommt, mit einer Mülltüte in der Hand, und zur Mülltonne eines anderen Hauses geht. Vorausgesetzt, es war überhaupt jemand hier um Mitternacht unterwegs. Dieser Obdachlose hat zwar Leute gesehen – die Männer vor dem Scharfen Eck und die Türkinnen mit den Kinderwagen –, aber das war nicht direkt hier in der Straße."

Trotzdem – sie haben hier bisher nichts außer Acht gelassen, alle erreichbaren Bewohner sind befragt worden, keinem ist etwas aufgefallen, außer dem Wirt vom Scharfen Eck.

Irene Rupprícht will weitergehen, aber Anette Paulsen steht immer noch sinnend vor der mittleren Mülltonne, in der das Baby gefunden wurde. Sie klappt sie noch einmal auf, hält ihren leeren Buttermilchbecher darüber und lässt ihn hineinfallen.

„Wie sich das anfühlt? Einen Müllsack mit einem Kind hier hinein zu werfen? Im Gegensatz zu meinem Becher ist das Kind zwar weich gefallen, weil die Tonne schon ziemlich voll war. Aber trotzdem. Können Sie sich vorstellen, hier zu stehen und da hinunter zu schauen und zu wissen, dass das Kind lebt und jetzt sterben muss?" Sie schüttelt sich wieder, als würde sie frieren.

Vor Irene Rupprichts inneres Auge schiebt sich das Bild des dicken Mädchens, das sie vom Auto aus hier an der Tonne gesehen hat, das Mädchen, das hier Müll eingeworfen und der Tüte hinterher geschaut hat. Aber dann verscheucht sie das Bild wieder. Es passiert schließlich gelegentlich, dass man etwas in der Mülltonne sieht, was einen Moment die Aufmerksamkeit erregt. Weil man sich über das wundert, was andere so wegwerfen, oder auf welches Mittagessen die entsorgten Verpackungen schließen lassen.

Die Paulsen macht die Mülltonne langsam wieder zu. „Verstehen Sie's? Ich jedenfalls nicht. Noch nicht. Wir müssen aber verstehen, was passiert ist, um diese Frau zu finden. Ich bin sicher, dass die Merkmale, die ich notiert habe, zutreffen: Armut, unteres Bildungsniveau, Isolation, Abhängigkeit von einer oder mehreren Personen, vielleicht Gewalt, möglicherweise Missbrauch."

Irene Ruppricht nickt. „Auch wenn sich das wie eine Auflistung sämtlicher verfügbarer Vorurteile anhört – Sie haben wahrscheinlich Recht. Nur, wenn das mit der Isolation oder auch der Abhängigkeit stimmt, hat die Frau vielleicht kaum mit anderen Menschen Kontakt. Sie hat keine gute Freundin, keine Mutter, der sie sich anvertrauen kann, keinen Mann oder keinen guten Mann. Wer kennt sie also?"

„Wenn die Bevölkerung weiß, dass wir nach solch einer Person suchen, sind die Leute vielleicht aufmerksamer. Und es kommen ihnen Frauen in den Sinn, an die sie vorher nicht gedacht haben."

Irene Ruppricht ist skeptisch. „Das könnte aber auch zu neuen, grundlosen Verdächtigungen führen, denen wir nachgehen müssen und die Unschuldige in Verruf bringen."

„Aber die tatsächliche Mutter könnte doch darunter sein", beharrt die Paulsen.

„Das stimmt. Aber jetzt sollten wir uns mal Kurt Lang vorknöpfen. Sie waren doch bei Familie Lang, es ist nicht weit, oder?"

„Nein, die kleineren Blocks hinter den „Bienenstöcken"."

Sie gehen schweigsam weiter.

Bei Langs wird ihnen wenigstens gleich geöffnet. Alena Lang steht in der Tür, in engen Leggings, in denen ihre dicken Beine wie Presswürste wirken. Ihr T-Shirt ist schokoladenverschmiert.

Sie schaut irritiert, dann erkennt sie Anette Paulsen, die vor ein paar Tagen schon mal da war.

„Wir backen einen Kuchen", sagt sie und schaut an ihrem T-Shirt herunter. „Also, ich und die Kleinen. Weil, meine Mutter ist nicht da." Sie hört sich ein bisschen ängstlich an.

„Wir wollen Ihren Bruder Kurt sprechen", erklärt Anette Paulsen, „er hat sich bisher nicht bei uns gemeldet."

„Ja, ja, er hat so lange geschlafen", entschuldigt ihn Alena. „Kommen Sie doch rein, ins Wohnzimmer bitte, ich hole ihn."

Die beiden Beamtinnen bleiben stehen, mustern wortlos die Einrichtung, die Anette Paulsen schon kennt. Alles ist bunt gemustert, die Couch, die schweren Vorhänge, die Plastikblumen. Der Laufstall in der Ecke ist leer, die Kinder sind mit Alena in der Küche, sie hören sie quieken und lachen.

Alena schaut wieder herein. „Der Kurt, der kommt gleich. Meine Mutter ist leider nicht da, sie arbeitet, sie putzt wo. Ich koche Ihnen Kaffee, ja?"

Beide schütteln den Kopf, aber Alena Lang hat sich schon umgedreht und ist draußen.

Kurz darauf steht ihr Bruder im Türrahmen: ein untersetzter Typ mit bloßen, tätowierten Oberarmen. Er trägt nur ein T-Shirt ohne Ärmel und eine Trainingshose. Die Haare sind millimeterkurz.

„Ja?", sagt er nur und klingt verschlafen.

Irene Ruppricht geht einen Schritt auf ihn zu. „Herr Lang, Kurt Lang? Wir sind vom Kommissariat eins, Frau Paulsen", sie deutet auf die Kollegin, „mein Name ist

Ruppricht. Sie sollten sich schon heute Morgen bei uns melden. Warum haben Sie das nicht gemacht?“

Er schaut begriffsstutzig, kratzt sich am Hinterkopf. „Äh, weiß nicht, ja, meine Mutter hat was gesagt, bin wohl wieder eingepennt.“

„Holen Sie bitte mal Ihren Personalausweis“, fordert Irene Ruppricht ihn auf.

Er zieht kurz die Augenbrauen hoch, verschwindet dann aber im Flur.

„Der ist ja völlig verpeilt“, stellt Anette Paulsen fest. „Auch nicht irgendwie schuldbewusst, oder?“

„Stimmt.“

Er kommt wieder, mit einem an der Ecke abgeknickten deutschen Personalausweis, und Irene Ruppricht schaut sich die Daten an. 22 Jahre ist er alt, seit über zehn Jahren in Deutschland. Aber das hat sie schon gewusst.

„Haben Sie eine Ausbildung?“

Kurt Lang, der sich an einen der Polstersessel gelehnt hat, schüttelt den Kopf. „Nee, hab' auch keinen Job zurzeit. Hab' aber auch nichts mehr mit Drogen gemacht, wenn Sie deshalb da sind.“

Alena Lang bringt ein Tablett mit drei kleinen Kaffeetassen, von denen sich der Bruder gleich eine nimmt. Irene Ruppricht will nicht unhöflich sein und greift ebenfalls zu. Nur die Paulsen lehnt ab. Alena steht abwartend da, immer noch mit dem Tablett in der Hand.

„Lassen Sie uns bitte wieder allein“, sagt Irene Ruppricht zu ihr, freundlich, aber bestimmt.

Sie wird rot, stottert eine Entschuldigung und verlässt das Zimmer wieder.

„Wir sind wegen des letzte Woche hier in Hochfeld ausgesetzten Säuglings da. Sie haben davon gehört?"

Er nickt zögernd.

„Wissen Sie, wo das Kind gefunden wurde?"

„Na ja, in 'ner Mülltonne, irgendwo hier in der Straße."

„Das ist richtig. Sie haben auch an diesem Abend einen alten Ford Taunus für eine Probefahrt ausgeliehen?"

Jetzt schaut er richtig misstrauisch. „Kann sein, ja. Aber was hat das mit dem Kind zu tun?"

„Nun, Sie wurden zur fraglichen Zeit hier in der Straße in diesem Auto gesehen. Vergangenen Montag, spätabends um ca. 23 Uhr. Eine weibliche Person saß auf dem Beifahrersitz."

Irene Ruppricht schaut ihn scharf an, er winkt unwillig ab.

„Ja und? Ist doch kein Verbrechen."

„Wer war die Frau?"

Er druckst herum. „Das… das will ich nicht sagen."

„Das werden Sie aber müssen."

Er schüttelt den Kopf. „Die kriegt sonst Probleme."

„Was für Probleme?"

„Na ja, die ist noch ziemlich jung…, ich mein', nicht volljährig."

„Das heißt?"

Er schweigt verstockt.

Anette Paulsen reißt der Geduldsfaden. „Jetzt machen Sie endlich den Mund auf. Sie machen sich sonst selbst auch Probleme, wenn Sie nicht mit der Sprache rausrücken."

Kurt Lang guckt beleidigt. „Will das Mädchen ja nur nicht in Schwierigkeiten bringen. Es war die kleine de Klerk, Maren de Klerk. Sie ist erst dreizehn."

„De Klerk?"

„So ein holländischer Name. Der Opa kam, glaube ich, von dort."

Bei Irene Ruppricht hat's beim Namen Maren ohnehin geklingelt. Das könnte die Kleine vom Spielplatz gewesen sein, die sie wegen Sabrina Thielmann in die Mangel genommen hat.

„Und was hat ein dreizehnjähriges Mädchen mitten in der Nacht bei Ihnen im Auto zu suchen?", fragt sie ihn in scharfem Ton.

Kurt Lang tut gelangweilt. „Nix, was Sie denken. Wollte halt mal 'ne Spritztour mit mir machen. Wir haben nur 'ne Runde gedreht, dann hab' ich sie wieder heimgebracht." Dann setzt er noch grinsend hinzu: „Steht halt auf mich, die Kleine."

Das bringt Irene Ruppricht noch mehr in Rage. Aber auch bei Anette Paulsen ist das Maß voll. Sie geht einen Schritt auf ihn zu, die Finger rechts und links in den Gürtelschlaufen eingehakt, als würde sie gleich einen Colt ziehen. „Sie machen sich strafbar, wenn Sie sexuelle Handlungen an oder mit einem Mädchen unter 14 Jahren begehen, das ist Ihnen hoffentlich klar?"

Er nimmt wie im Reflex die Hände hoch. „Is ja gut, Ladies, ich hab' nix gemacht, ehrlich."

„Wo wohnt Maren?", fragt Irene Ruppricht.

„In der Parallelstraße, unterhalb unseres Hauses. Ich hab' sie hier rausgelassen, weil es schneller geht, wenn sie den

Fußweg runterläuft. Musst' ich nicht den Umweg fahren."

„Aha, ganz Gentleman." Sie klingt sarkastisch. „Wir müssen das überprüfen."

„Muss das sein? Ich mein', die Eltern von ihr wissen nix davon, dass sie mit mir unterwegs war in der Nacht. Sie hatte auch noch Verbot rauszugehen, wegen schlechten Noten und so. Sie soll jetzt kein Problem wegen der Sache bekommen."

„Das hätten Sie sich mal vorher überlegen sollen", sagt die Paulsen streng. „Sie sind ein erwachsener Mann – oder sollten es sein –, da hat man auch eine gewisse Verantwortung für andere. Es ist keineswegs in Ordnung, dass Sie einem minderjährigen Mädchen, einem Kind, helfen, sich gegen die Anordnung seiner Eltern nachts herumzutreiben. Sie sagen uns jetzt erst einmal genau, von wo nach wo Sie in dieser Nacht unterwegs waren und was Ihnen entlang der Straße aufgefallen ist."

Kurt Lang wirkt wieder genervt. Es passt ihm sichtlich nicht, dass seine junge Freundin in den Fall hineingezogen wird, so viel ist klar. Möglicherweise hat er doch noch mit Drogen zu tun, vielleicht hat er ihr sogar etwas gegeben und hat Angst, dass es herauskommt. Schließlich wäre seine Bewährung dann weg. Irene Ruppricht beschließt, das Drogendezernat noch mal auf ihn anzusetzen.

„Wir sind doch nur hier in der Stadt rumgefahren. Um zehn abends bin ich etwa weg, hab' Maren am Spielplatz aufgegabelt, und wir sind mal über die Stadtautobahn. Ham beim Drive-In was gegessen und getrunken, dann sind wir schon wieder zurück. War eh nicht viel Sprit in der Karre."

„Und?“, drängt die Paulsen. „Ist Ihnen hier in der Straße etwas aufgefallen?“

„Nee, nix. Zwei, drei Typen sind beim Scharfen Eck rumgestanden, das hab’ ich gesehen. Aber hier bei den „Bienenstöcken“ war niemand.“

„Nun gut. Wir müssen auf jeden Fall noch mit Maren de Klerk sprechen.“

Kurt Lang zieht ein missmutiges Gesicht.

Sie verabschieden sich kurz angebunden von ihm, weder Irene Rupppricht noch Anette Paulsen haben große Lust auf höfliche Konversation mit einem Typen, der nachts 13-jährige Mädchen spazieren fährt.

Vor dem Haus atmet die Paulsen tief durch. „Unglaublich, der Typ. Gehen wir gleich zu dieser Maren?“

„Ich möchte versuchen, sie morgen früh in der Schule zu sprechen, im Rahmen unserer weiteren Befragung, die wir dort vornehmen wollen. Wenn wir sie alleine vernehmen, brauchen wir die Einwilligung der Eltern – und finden vielleicht gar nichts heraus.“

„Stimmt, daran habe ich nicht gedacht.“

Sie stehen etwas unschlüssig herum. „Was halten Sie davon, wenn wir den Weg zur Sonnenapotheke noch zu Fuß gehen? Nur um zu sehen, ob die Apotheke Ziel unserer gesuchten Frau gewesen sein könnte.“

„Einverstanden.“

Die beiden Polizeibeamtinnen gehen langsam durch Hochfeld, Richtung Innenstadt. Wäre ein netter Spaziergang gewesen, denkt Irene Rupppricht, wenn die Gegend ein bisschen schöner und der Anlass ein anderer wäre.

Ein-Euro-Jobber

„Du bescheißt, du hast Karten unterm Tisch versteckt!", beschwert sich Frau von Breitenbach lautstark. Sie sitzt mit Oma Hildchen, Billy und einem Obdachlosen am großen Tisch. Die vier spielen Karten. Ihr Protest gilt Billy Boy, der bekannt dafür ist, dass er beim Spielen mogelt, auch wenn es nichts zu gewinnen gibt. Aber Verlierer wie er wollen eben auch mal der große Maxe sein. So erklärt sich zumindest Maggy sein Gehabe. Leider merkt er nicht, dass er sich mit seinen krummen Touren bei den anderen nur unbeliebt macht. Bei so harmlosen Vergnügungen wie einem Kartenspiel wäre das wirklich überflüssig.

Der Einzige, der ganz gut mit ihm umgehen kann und ihn auch geschickt dazu bringt, ehrlich zu spielen und auch mal zu verlieren, ist Oli. Aber Oli ist diese Woche nicht da. Da versucht der Billy eben, die anderen abzuzocken. Die sind es allemal gewohnt, dass es nicht ehrlich zugeht auf dieser Welt. Trotzdem wollen sie sich oft gerade im Sudhaus eine Oase von Anständigkeit schaffen, eine Scheinwelt vielleicht, aber eine erholsame.

Maggy sitzt an ihrem kleinen Schreibtisch, die Tür ihres Büros steht offen. Sie hat schon eine Menge zusammengeschrieben für das Konzept, das Rümpfer von ihr gefordert hat. Herr Grosch vom Arbeitsamt hat ihr über das Fax im Jugendamt Namen und Daten möglicher Ein-Euro-Jobber geschickt. Anhand der Arbeitserfahrungen dieser Leute hat Maggy sich überlegt, welche Angebote sie im Sudhaus umsetzen kann. Ein Koch wäre dabei, ein Maurer, ein ungelernter Arbeiter, eine Putzfrau, eine Verkäuferin.

„Hildchen hat schon wieder voll abgeloost!“, feixt Billy nebenan und klatscht in die Hände. „Hey, schöne Frau, willste nicht mal mit uns spielen?“ Er kippt mit dem Stuhl zurück, so dass er Maggy am Schreibtisch sehen kann. „Is so langweilig mit den alten Schachteln.“

„Wirst du wohl dein vorlautes Mundwerk halten“, weist ihn Frau von Breitenbach zurecht. „Du könntest mein Sohn sein und Oma Hildchens Enkel, also gefälligst mal Respekt zeigen!“

„Reschpekt! Reschpekt!“, gackert Billy los. Er springt auf, verbeugt seinen schlaksigen Körper bis nach unten und zieht einen imaginären Hut. „Aber bitte, die Damen! Hab’ ich doch, hab’ ich doch! Aber macht euch mal lieber an die alten Knacker ran. Wenn der Kalledalle mal wieder auftaucht, den könnt ihr haben!“

„Hast du was von ihm gehört?“, fragt Maggy, die aufgestanden ist und sich an den Türrahmen lehnt, auch um Billys Reden zu stoppen.

Billy kaspert weiter herum, verbeugt sich jetzt übertrieben vor Maggy und schlenkert seine dünnen Arme. Der Typ ist so nervig wie komisch, denkt Maggy, aber er tut mir nicht Leid.

„Als der frisch angezogen war, der Herr Kalle, sah er gar nicht so übel aus“, wirft Frau von Breitenbach ein und greift in ihr wildes Haarnest, das heute von einer großen roten Schleife geziert ist.

Billy Boy hat sich wieder gefasst und setzt sich auf die Tischplatte, mitten auf die Karten, was erneutes Gezeter von Frau von Breitenbach auslöst. Der Vierte im Bunde, ein älterer Obdachloser aus dem Stadtgebiet, zieht Billy die Karten unterm Hintern weg und fängt in stoischer Ruhe an, sie zu mischen.

„Keinen Schimmer, wo das alte Schiefauge sich rumtreibt. Der kommt hier nur alle paar Wochen mal durch. Ich brauch' den hier nicht, den alten Stinkbär." Er rollt die Augen und lässt seine gelben Zähne sehen. „Na ja, ich zieh' mal weiter, hab' gleich Kundschaft." Sein anzügliches Lachen hallt durchs ganze Sudhaus.

Maggy fragt sich, ob Billy nicht auch beim Arbeitsamt gemeldet sein müsste. Typen wie er, unter 25 Jahren, sollten doch laut Gesetz vorrangig in Arbeit vermittelt werden. Aber bei ihm scheint sich rein gar nichts zu tun. Maggys Berufsethos sagt ihr eigentlich, dass sie mit ihm reden und ihn motivieren müsste, etwas aus seinem Leben zu machen. Aber ihre Abneigung gegen Billy ist stärker. Sollen andere sich die Zähne an ihm ausbeißen!

Billy schlurft zur Tür hinaus, und ein Schwung neuer Besucher kommt herein. Frau von Breitenbach und Oma Hildchen machen sich daran, Kaffee zu kochen. Vom Altenheim haben sie heute außerdem einen Blechkuchen bekommen, der dazu aufgeschnitten wird.

Einer der neuen Gäste kommt auf Maggy zu: Es ist einer der von Grosch geschickten Ein-Euro-Jobber. Aha, es geht los. Maggy hat die Leute in halbstündigem Rhythmus bestellt. Sie nimmt den Mann mit in ihr Büro und macht die Tür zu. Es ist der frühere Koch, und er macht einen guten Eindruck, auch wenn sie nicht weiß, ob alles stimmt, was er erzählt. Immerhin rückt er offen damit heraus, dass er ein Alkoholproblem hat. Das war auch der Grund dafür, dass er zuletzt überall rausgeflogen ist. Dass es im Sudhaus gar keinen Alkohol gibt, macht die Sache vielleicht leichter.

„Wir könnten zweimal pro Woche selbst hier kochen, unter Ihrer Anleitung. Herr Rümpfer vom Jugendamt hat mir zugesagt, eine Küchenzeile einzubauen. Hinter dem

Gemeinschaftsraum haben wir noch einen kleineren ungenutzten Raum, der als Küche dienen könnte. Trauen Sie sich das zu? Zum Beispiel auch, einige unserer Besucher zum Helfen anzuleiten?“

Er nickt, und sie besiegeln per Handschlag, dass er gleich am nächsten Tag anfangen soll. Leider kann er nur für sechs Monate beschäftigt werden, länger sind die Ein-Euro-Jobs nicht möglich. Es soll sich ja um eine zusätzliche Tätigkeit handeln und keinen Arbeitsplatz auf Dauer ersetzen. Aber Maggy macht sich darüber vorläufig noch keine Gedanken. Kommt Zeit, kommt Rat.

Die nächste Bewerberin lässt auf sich warten. Maggy gesellt sich inzwischen zu den anderen und probiert etwas vom Blechkuchen. Auch der Koch ist noch geblieben, Frau von Breitenbach hat ihn sich gekrallt. Sie quetscht ihn nach Strich und Faden aus, fragt ihn, ob er verheiratet ist oder war. Und sie will wissen, ob er wieder eine neue Bindung eingehen würde.

Maggy muss sich das Grinsen verbeißen, vor allem, weil sich die Probleme ihrer Besucher nicht groß von ihren eigenen unterscheiden. Überall geht's am Ende nur darum, jemanden zu finden, mit dem man sein eigenes Leben aushalten kann, manchmal auch nur die nächsten Monate oder die nächste Nacht. Die Ansprüche einsamer Menschen können letzten Endes sehr bescheiden sein.

Endlich kommt die Frau, die sich als nächste Bewerberin für einen Ein-Euro-Job vorstellen soll.

„Schmitt, Adriane. Ich soll hier putzen.“ Sie klingt so trotzig wie unbeholfen und streckt Maggy eine fleischige Hand hin. Die ganze Frau ist etwas aus der Form geraten, hat ein rundliches Gesicht und schulterlange Haare ohne erkennbaren Schnitt. Wenigstens die Haare sind gewaschen.

Maggy bittet Frau Schmitt in ihr Büro. Sie setzt sich auf die Stuhlkante, legt ihre Regenjacke nicht ab.

„Erzählen Sie doch mal – wer Sie sind, was Sie bisher gemacht haben", ermuntert Maggy sie.

Die andere beißt sich auf die Lippen. Sie sieht verbraucht aus, aber Maggy hat in den Unterlagen gesehen, dass sie erst dreißig ist.

„Ich hab' halt geputzt, bei so 'ner Firma zuletzt, so 'ne Leihfirma, da waren wir immer woanders zum Putzen. Ich war zuletzt in so 'nem großen Betrieb und hab die Böden gewischt. Immer freitags."

„Aha. Das passt vielleicht ganz gut, so ein- bis zweimal die Woche. Viel mehr würde hier auch nicht zu tun sein. Bis jetzt wurde immer montags geputzt. Aber mir wäre auch das Wochenende recht, weil hier dann keine Besucher sind."

„Geht samstags?", fragt Adriane Schmitt. „Da is mein Alter daheim, und mir is recht, wenn ich weg kann." Sie grinst und zeigt ihre Zahnlücken und ist Maggy ziemlich unsympathisch. Eine Frau, die froh ist, ihren Mann nicht zu sehen! Wer keinen hat, kann sich so etwas schwer vorstellen.

„Von mir aus schon. Ihr Mann arbeitet wohl unter der Woche?", fragt sie doch noch.

„Nee, der arbeitet nix. Ich bin doch immer froh, wenn ich weg bin von dem. Will bloß nich so viel malochen, sonst nimmt mir der Grosch das wieder vom Harz vier weg. Verstehn Se?"

„Wegen des Freibetrags, den Sie vom Verdienst behalten dürfen, nehme ich an.“ Maggy nickt. „Mir soll’s recht sein. Fangen Sie gleich diesen Samstag an? Heute ist noch sauber, die Putzfrau vom Jugendamt war gestern erst da. Putzmittel haben wir alle da. Ich komme am Samstag mal mit her, dann kriegen Sie auch den Schlüssel. Auf den müssen Sie aber gut aufpassen, nicht aus der Hand geben und keine Fremden reinlassen.“

Sie schaut die andere scharf an, weil sie ihr nicht so recht traut. Aber der Grosch hat den Namen „Adriane Schmitt“ dick unterstrichen. Ihm ist wohl wichtig, dass sie den Job bekommt.

Na ja, Maggy soll’s recht sein. Wenn es nicht klappt, kann sie die Frau jederzeit entlassen. Es gibt keine Kündigungsfrist.

Adriane Schmitt hat zu allem genickt und dabei ungeniert in der Nase gebohrt. Maggy reicht ihr mit spitzen Fingern ein Tuch aus der Box auf ihrem Tisch. Die andere merkt, was sie gemacht hat, und wird ein bisschen rot.

„Tschuldigung. Äh, könnt’ ich… könnt’ ich einen Vorschuss…?“

Maggy findet diese Frau Schmitt ziemlich unverschämt. Sie hat noch keinen Schlag gearbeitet und will schon Vorschuss. Und auf was bitte? Auf die paar Euro, die sie kommenden Samstag verdienen wird?

Maggy schüttelt entschlossen den Kopf. „Natürlich nicht. Ich habe mit der Bezahlung sowieso nichts zu tun. Da müssen Sie dann rüber zur Kasse im Amt. Aber erst, wenn Sie gearbeitet haben.“

Adriane Schmitt druckst herum. „Wir ham kein Geld mehr daheim für’s Essen.“ So wie sie aussieht, braucht sie eher etwas zu trinken, denkt Maggy.

„Wenn Sie Hunger haben, das ist kein Problem“, sagt sie. „Sie können jeden Mittag bei uns essen. Das kostet zwar normalerweise einen Euro, aber wenn Sie hier arbeiten, ist es umsonst.“ Das hat sie gerade selbst beschlossen und findet es auch in Ordnung.

Ein kleiner Schimmer regt sich im ansonsten stumpfen Blick ihres Gegenübers. „Ich hab auch ’ne Tochter, könnte die auch...“

„Hier essen? Na ja, schon, wenn’s nicht jeden Tag ist. Sagen wir mal, einmal in der Woche, das wäre okay. Sonst müsste sie einen Euro bezahlen wie die anderen Besucher auch. Wenn Sie wollen, können Sie drüben mit den anderen gleich einen Kaffee trinken und Kuchen essen, das kostet nichts.“

Adriane Schmitt nickt und gibt Maggy wieder die Hand.

Maggy bleibt unzufrieden in ihrem Büro zurück. Frau Schmitt gefällt ihr nicht. Hoffentlich putzt sie wenigstens ordentlich. Aber das muss sich erst zeigen.

Als sie nach draußen geht, um den nächsten Bewerber hereinzuholen, sieht sie Adriane Schmitt bei Oma Hildchen am Tisch sitzen und mit gesenktem Blick ein großes Stück Kuchen verdrücken. Hildchen schenkt ihr Kaffee nach. Na, die muss doch Hunger gehabt haben.

Tag 9

IST SIE DIE MUTTER DER KLEINEN KARLA?
POLIZEI FAHNDET NACH VERDÄCHTIGER APOTHEKENKUNDIN

„DIESES MÄDCHEN WIRD VON DER POLIZEI GESUCHT" titelt Roland Lorenz auf Seite 2 des „Kurier", und hier ist groß das am Polizeicomputer entstandene Bild eines Mädchens zu sehen, das circa 16 Jahre alt sein soll. Viel sieht man allerdings nicht, ein schmales Gesicht, große Augen, eine kleine Nase. Viele Mädchen sehen so aus.

Auf einer am gestrigen Dienstag anberaumten Pressekonferenz konnte die Polizei endlich erste Erfolge bei der Suche nach der Mutter der kleinen Karla vorweisen. Über eine Woche ist es jetzt her, seit der Säugling kurz vor dem sicheren Tod durch Ersticken oder Erfrieren von dem Obdachlosen Karl F. in einer Mülltonne in Hochfeld entdeckt wurde. Trotz zahlreicher Vernehmungen tappte die Polizei bisher im Dunkeln. Jetzt liegen neue Ermittlungsergebnisse vor: Wie der Staatsanwalt mitteilte, führte eine große Befragungsaktion unter Apotheken zur Erstellung des Phantombildes. Das hier abgebildete ca. 16-jährige Mädchen hat vergangenen Mittwoch kurz vor Ladenschluss um 18 Uhr die Sonnenapotheke aufgesucht und Schmerzmittel sowie eine Salbe verlangt. Die Apothekerin beschreibt das Mädchen als etwa 1,65 Meter groß, trotz weiter

Kleidung wahrscheinlich eher schlank. Es trug eine dunkle Hose und einen dunkelblauen Kapuzenpullover, die Kapuze war über den Kopf gezogen. Haar- und Augenfarbe sind nicht bekannt. Die leitende Kommissarin Irene Ruppricht wies allerdings darauf hin, dass sie und ihr Team sich nicht allein auf diese Spur verlassen, sondern weiter in alle Richtungen ermitteln. Ein Zeuge, der zur Tatzeit in der Nähe der „Bienenstöcke" mit dem Auto gefahren sei, sei befragt worden. Es verdichte sich aber die Vermutung, dass die Mutter des Babys aus Hochfeld stammen könne. Sie komme vermutlich aus eher einfachen Verhältnissen und habe wahrscheinlich keine oder nur wenig Unterstützung von der Familie oder Freunden. Die Kommissarin möchte das Alter der Frau nicht einschränken – es sei alles möglich, vom minderjährigen Mädchen bis zur Frau in den Wechseljahren, die vielleicht verzweifelt gewesen sei über die späte Schwangerschaft. Die Polizei hofft jetzt darauf, dass von der Bevölkerung Beobachtungen gemacht wurden, die in dieses Bild passen. Kommissarin Ruppricht wies aber darauf hin, dass sie nur ernst gemeinten und stichhaltigen Hinweisen nachgehen werde.

Maggy hat den Artikel mit gemischten Gefühlen gelesen. Sie sitzt zuhause am Frühstückstisch und trinkt ein Glas Orangensaft. Sie kann das, was sie über die vermutliche Mutter der kleinen Karla liest, gar nicht von ihren eigenen

Gefühlen trennen. Der Moment, in dem sie den Säugling an sich gedrückt hat, vor über einer Woche nachts im Sudhaus, der hat sich ihr eingeprägt wie eine Impfnarbe. Der Gedanke an ihr eigenes verlorenes Kind lässt sich nicht mehr verscheuchen. Und dann muss sie sich eingestehen, dass da noch andere Gefühle sind, die immer wieder kommen und die viel mit ihrem Praktikanten Oli zu tun haben. Sie schämt sich dafür, in ihn verliebt zu sein, und sie ist traurig, weil er sich seit letztem Samstag im Saitenriss nicht bei ihr gemeldet hat. Aber es gibt ja auch keinen Grund dafür. Es war nur ein netter Abend mit zu viel Alkohol, und geknistert hat's wahrscheinlich nur bei ihr selbst. Oli denkt im Traum nicht daran, dass seine Sudhaus-Chefin etwas von ihm wollen könnte. Wie alt ist er? Maggy schätzt ihn auf höchstens 22 Jahre. Er kann jede Frau haben, die er will. Und vor allem kann er seine Freiheit haben. Sie selbst will schließlich etwas anderes, etwas Verbindliches, eine Familie, Kinder. Oli ist doch selbst noch ein Kind.

Maggy sucht ein paar Unterlagen zusammen und stopft sie in die Umhängetasche. Sie muss zur Teambesprechung ins Jugendamt. Wo ist der Fahrradschlüssel? Klar, er steckt noch in der Hosentasche ihrer Jeans von gestern. Sie düst die Treppe hinunter, holt ihr Fahrrad aus dem Hinterhof und krempelt ein Hosenbein hoch. Die milde Frühlingsluft und intensiver Fliederduft passen nicht zu Maggys verwundeter Seele.

Fast fährt sie Billy Boy über den Haufen, weil sie sich einhändig die Nase geschnäuzt und nicht nach vorne geschaut hat.

Er steht vor dem heruntergekommenen Männerklo am Altstadttor, das als „Klappe", als Schwulentreff, bekannt ist. Dort soll es für den schnellen Euro schnellen Sex geben, auch mal mit Jungs unter 18, heißt es. Deshalb wird die Ecke häufig kontrolliert, von Polizeibeamten in Zivil, sagt man. Aber kleine Scheißer wie Billy Boy hält das anscheinend nicht von ihrem täglichen Broterwerb ab. Er hängt da nämlich nicht alleine herum, sondern quatscht mit einem älteren Mann, der Maggy auch irgendwie bekannt vorkommt. Es ist bestimmt einer seiner Kunden.

Am liebsten wäre sie vorbeigeradelt, muss aber wegen ihrer Bremsaktion kurz absteigen. Zudem ist ein Straßenstück vor der Toilettenanlage aufgebuddelt, und sie muss ihr Rad ein Stück schieben.

Billys krumme lange Gestalt strafft sich etwas, als er sie sieht. Wie üblich zieht er an einer bis auf einen Stummel niedergebrannten Zigarette. Sein Begleiter guckt gleich weg, als er bemerkt, dass Billy die Frau mit dem Fahrrad kennt. Er geht ein paar Schritte in die andere Richtung, zündet sich auch eine Zigarette an.

Billy stellt sich breitbeinig vor Maggys Fahrrad, und sie kommt nicht an ihm vorbei.

„'n Morgen, schöne Frau", sagt er feixend und kann sie trotzdem nicht richtig anschauen. „'ne Kippe gefällig?"

„Hallo Billy", sagt Maggy ziemlich widerwillig. „Du weißt genau, dass ich nicht rauche. Und du solltest es auch lieber lassen." Dann drückt sie ihn energisch mit dem Radlenker auf die Seite. Körperkontakt will sie lieber vermeiden. Der Kerl ist so was von schmuddelig.

Aber sie kommt nicht vorbei, Billy hält ihren Lenker fest. „Wegen dem, was da neulich passiert ist, vielleicht weiß ich was." Er schnippt die Kippe weg und tritt sie mit seinen affigen spitzen Schuhen umständlich aus. Dann guckt er Maggy an und hofft wohl, dass sie nachfragt.

„Mein Alter, der hat in Hochfeld gewohnt. Bevor er ab is – in den Bunker."

„Ja und?" Maggy ist ziemlich genervt, sie muss weiter, und Billy labert ihr zu viel.

„Meine Alte, meine Mutter, weißte, die hat mich auch wegtun wollen. Echt wahr, hat sie mal erzählt. Die hat mich im Kinderwagen vor's Krankenhaus gestellt. Und da hab' ich gebrüllt wie sonst was", er grinst wieder und trommelt sich auf die Brust, als sei er stolz darauf, sich mit seinem Schreien das sicher miese Leben bei seiner Mutter erbrüllt zu haben. „Und dann hat se sich geschämt und den Wagen wieder mitgenommen."

„Aha." Maggy weiß nicht so recht, was sie darauf sagen soll. Dass Billy eine Scheißkindheit hatte, hat sie sich auch so gedacht. „Und – was ist jetzt, hast du was gehört, wegen des Babys, meine ich?"

Er wiegt den Kopf und fährt sich mit seinen Fingern mit den schwarzen Rändern unter den Nägeln durch die Haare. Dann fischt er eine neue bröselige Kippe aus der Hosentasche.

„Wenn ich so 'ne Braut mit 'nem Balg hätte, echt, ich würd' das nich machen. Die hätten's gut bei mir, das kannste glauben."

„Aha", sagt sie ungeduldig, es ist schon kurz vor zehn. Außerdem hat sie das unbestimmte Gefühl, Billy will sich nur wichtigmachen und weiß gar nichts. „Also, wenn dir was einfällt, dann komm heute Nachmittag ins Sudhaus, da kannst du es mir erzählen. Ich muss jetzt los."

Sie steigt aufs Rad und tritt in die Pedale, sieht nur noch, wie der Typ, Billys Kunde, sich umdreht und zu Billy zurückgeht. Jetzt fällt ihr auch ein, wo sie ihn schon mal gesehen hat: Der jobbt als Kellner im Weißen Ross, armes Schwein, sich für ein bisschen Liebe einen Typen wie Billy kaufen müssen.

*

Am Nachmittag sitzt Maggy im Gemeinschaftsraum mit dem neuen Koch zusammen. Sie wollen eine Liste der Lebensmittelläden erstellen, die sie wegen Sachspenden angehen könnten. Der Typ ist ganz pfiffig und produziert eine Idee nach der anderen. Ideen, auf die sie selbst auch hätte kommen können, wenn sie nur ihre fünf Sinne beisammen hätte. Die sind ihr bei der morgendlichen Dienstbesprechung im Jugendamt aber abhanden gekommen oder zumindest durcheinander geraten. Am Zustand ihrer Sinne ist natürlich Oli schuld. Er war überraschend trotz Studientagen zur Teambesprechung gekommen. „Ein Seminar ist ausgefallen, und ich war eh in der Stadt“, hat er ihr gesagt.

Während der Besprechung saß er neben ihr und ließ sich nebenbei von ihr aufs Laufende bringen, was zum Beispiel die Einstellung der Ein-Euro-Jobber betraf. Dabei kam sie mit dem Mund seinem von Locken umkringelten Ohr recht nahe. Eine Locke hat sie an der Nase gekitzelt, was sie kaum aushalten konnte, von dem sie aber auch nicht wollte, dass es aufhört.

Sie haben also rein berufliche Konversation betrieben und überhaupt nicht mehr über den feuchtfröhlichen Abend im Saitenriss gesprochen. Maggy muss sich allerdings eingestehen, dass sie ihn auch nicht gefragt hat, was er am Tag danach unternommen hat. Sie hätte seine Antwort gefürchtet. Wahrscheinlich hatte er einen super schönen Tag, hing mit Freunden herum und ist abends noch mit „jemandem“ ins Kino gegangen. Wenn Männer von „jemandem“ reden, handelt es sich immer um eine Frau.

„Was meinen Sie, Frau Kowalczyk, ob ich eins kriege?“, sagt der Koch in ihre Gedanken hinein. Maggy starrt ihn verständnislos an. Was kriege?

Sie schüttelt den Kopf. „Entschuldigen Sie, ich habe gerade etwas anderes überlegt.“

Er grinst und sieht eher so aus, als habe er längst bemerkt, dass sie schon seit einiger Zeit nicht mehr zuhört. „Ob ich ein Fahrrad kriege! Um die ganzen Läden abzuklappern, meine ich.“

„Ach so, ja. Sicher. Im Jugendamt gibt's zwei, drei Dienstfahrräder, ich sag' drüben Bescheid. Aber lassen Sie mich erst die Telefonate mit den Marktleitern machen. Sie fahren dann die ab, die mit uns zusammenarbeiten möchten.“

Frau von Breitenbach turtelt auffällig um den Koch herum.

Sie trägt heute mehrere glitzernde Haarspangen in ihrem wilden Haarnest und hat sich einen Schal mit Leopardenmuster um den Hals geschlungen. Der Mann trägt's mit Fassung und spannt seine Verehrerin geschickt dafür ein, ihm zuzuarbeiten. Es sieht aber nicht so als, als würde er ihre plötzlich entflammten Gefühle jetzt oder später erwidern. Maggy fühlt sich fast ein bisschen solidarisch mit Frau von Breitenbach, schließlich geht's ihr gefühlsmäßig gerade nicht viel anders.

An das nächste Wochenende darf Maggy gar nicht denken. Ihre Mutter liegt ihr seit Wochen in den Ohren, mal wieder zu kommen. Dieses Wochenende würde sich anbieten, ihr Vater hat am Sonntag Geburtstag. Aus irgendeinem unerfindlichen Grund wollen ihre Eltern dieses Jahr ein bisschen feiern, obwohl ihr Vater „nur“ 63 wird.

Vor kurzem hat er aufgehört zu arbeiten, vielleicht ist das der Grund.

Die Familienfeier wird wieder ein Grund sein, auf die einzige Tochter einzureden. Deine biologische Uhr tickt, wird ihr Vater sagen. Und ihre Mutter wird ihr die örtliche Junggesellenliga anbieten. Einen Typen wie Oli, jung, unbekümmert, ohne Kohle und ohne Bereitschaft, Verantwortung zu übernehmen, würde sie mit Sicherheit nicht akzeptieren. Die Tatsache, dass er außerdem Maggys Praktikant ist, würde dem Ganzen noch die Krone aufsetzen. Am meisten macht ihr allerdings zu schaffen, dass sie ihren Eltern, ihrer Mutter nicht von ihrem verlorenen Kind erzählen kann. Sie wird auch ihre neuerlichen Gedanken, vielleicht ein Kind zu adoptieren, nie mit ihrer Mutter teilen können. Frauen aus Kirchleins adoptieren keine Kinder, sondern bekommen sie selbst. Und sie bekommen sie erst dann, wenn sie verheiratet sind.

Maggy kann sich nicht mal über die Tatsache freuen, dass sie ihre Eltern noch hat. Vielen Besuchern hier im Sudhaus geht es viel schlechter. Die Geschichte von Billy Boy fällt ihr wieder ein. Den hat seine Mutter einfach im Kinderwagen vor dem Krankenhaus abgestellt. Ob sie ihn in eine Babyklappe gesteckt hätte, wenn's schon eine gegeben hätte? Der hätte in so einer Klappe wahrscheinlich auch alles zusammengebrüllt, so dass die Mutter nicht weit gekommen wäre, ohne von einem Menschenauflauf gestoppt zu werden.

Wenn man an den Teufel denkt, dann kommt er und sagt: „Hallöchen allerseits." Die meisten ignorieren Billy allerdings. Bei den Männern ist er unbeliebt, weil er ein Stricher, bei den Frauen, weil er so schmierig ist.

„Was'n hier heut' los?“, gackert er und steckt den Kopf zwischen den Koch und Frau von Breitenbach, die auf dem großen Tisch Geschirr sortieren. „Gibt's kein Käffchen heut'?“

Oma Hildchen, die an der Kaffeemaschine hantiert, schaut ihn von unten herauf an und traut sich nichts zu sagen. Sie hat wahrscheinlich Enkel, die sie auch herumkommandieren, vermutet Maggy.

„Du kannst ja mal ein bisschen Tisch decken“, hilft sie Hildchen aus der Klemme.

Der Koch drückt Billy eine Kiste mit angeschlagenen Tassen und Tellern in die Arme. „Erst mal das hier rausstellen, damit wir Platz haben.“

Billy nimmt die Kiste maulend in Empfang und eckt noch mal am Türrahmen an, wofür er einen Anschiss vom Koch kriegt.

Maggy will sich eigentlich wieder abwenden und ein paar dringende Büroarbeiten erledigen, die Telefonate mit den Marktleitern zum Beispiel. Dann bleibt sie doch stehen, wartet auf Billy und teilt ihm kurz und knapp mit, dass er gleich mit in ihr Büro kommen soll. Er folgt ihr verdutzt und setzt sich ohne dummen Spruch ihr gegenüber an den Schreibtisch.

Mit ihr allein, also ohne Zuschauer darum herum, wirkt Billy auf einen Schlag nicht mehr wie ein ausgefuchster Stricher, sondern nur wie einer der vielen unreifen Jugendlichen, die nicht wissen, was sie mit ihrem Leben anfangen sollen.

Maggy hat sich ihm gegenüber gesetzt, die Arme verschränkt und wartet ab. Er scharrt mit den Schuhen auf dem Boden, kratzt sich an allen möglichen Stellen und kann sie nicht anschauen.

„Wegen heut' früh, weil ich gesagt hab', ich weiß vielleicht was", druckst er herum. „Hab' das Bild von dem Kapuzenmädchen gesehen, am Kiosk auf der Zeitung. Hab' gedacht, ich kenn' die. Hab' mich aber verguckt, ist doch 'ne andere."

Maggy nickt, das hat sie sich sowieso schon gedacht.

„Künftig gibt es Regeln für die Besucher des Sudhauses", wechselt sie in möglichst sachlichem Ton das Thema. „Wer regelmäßig hierher kommen will, muss sie einhalten. Zum Beispiel die Regel, dass alle Besucher höflich miteinander umgehen. Wenn du dich nicht daran halten willst, muss ich dir Hausverbot erteilen."

„Is ja gut", murmelt Billy, „bin doch immer nett. War doch nur Spaß, wenn ich mal was gesagt hab' zu den alten Scha… äh... Frauen. Kommt nich wieder vor, Ehrenwort!"

Er hebt zwei seiner schmutzigen Finger zum Schwur und grinst unsicher.

„Noch etwas: Ich möchte in Zukunft, dass du dich hier im Sudhaus nützlich machst. Wir wollen ein bisschen renovieren ab nächste Woche, und da kannst du helfen. Zwei Stunden pro Tag, ich bestätige dir das für's Arbeitsamt, das macht sich gut. Und wir werden uns wöchentlich zusammenzusetzen und schauen, was aus dir werden soll."

Billy hat die Augen weit aufgerissen, als wolle er sagen: „Ich und arbeiten, das geht nicht."

„Ich will sehen, was du bisher unternommen hast, um Arbeit zu finden. Bring' mal dein Zeugnis von der Schule mit, wenn du's noch hast."

Er legt seine hohe, bleiche Stirn in nachdenkliche Falten und meint abwehrend: „Brauchst dir doch keine Arbeit mit mir machen, bin ein hoffnungsloser Fall. Stricher bleibt Stricher."

Wahrscheinlich hat er sogar Recht, denkt Maggy, als er aus dem Büro schlurft.

Kathrin träumt

Mensch, du bist richtig schlank geworden, sagt Mama zu ihr, und Kathrin steht vor dem Spiegel, der ganz blank geputzt ist, und staunt selber. Sie sieht fast aus wie Pink und wird so übermütig, dass sie ein Liedchen anstimmt, einen Song von Pink. Nee, halt, das ist was anderes, ein altes Kinderlied, das Oma und Opa manchmal mit ihr gesungen haben. Alle Vöglein sind schon da, Amsel, Drossel, Fink und Star. Kathrin dreht sich im Kreis, sie hat ein schwingendes Röckchen an, das ihr um die Beine weht, weiß, mit vielen kleinen Blümchen drauf, sieht richtig frech aus.

Schau, Charly, wie schlank unsere Kathrin ist, sagt Adi, die selber ganz toll aussieht, wie eine Filmschauspielerin, mit neuem Haarschnitt und schicken Klamotten. Aber Kathrin will nicht, dass Charly reinkommt, und weil sie das ganz fest denkt, kann er auch nicht rein, das ist wie eine Sperre in der Tür, durch die er nicht durchgehen kann. Von draußen schreit er rum, aber das wird immer leiser und leiser. Und statt Charly kommt ihr Religionslehrer rein, der Aushilfslehrer, der nette Pfarrer. Er lächelt sie freundlich an und sagt, wie schön sie ist, aber dass das gar nicht wichtig ist, weil, es kommt auf die inneren Werte an. Dass man ein guter Mensch ist und nichts Schlimmes anstellt und so. Und er legt ihr einen dünnen Umhang um die Schultern, der sieht aus wie ein Netz, das die Leute in Afrika wegen der Stechmücken um ihre Betten hängen. Der Umhang ist ganz weiß und lang und geht ganz um Kathrin rum, nur der Kopf schaut raus. Das ist ein Zauberumhang, sagt der Religionslehrer, der plötzlich ganz groß wird und einen weißen Bart hat. Und Kathrin weiß, dass es der liebe Gott selbst ist, der mit ihr spricht. Adi kommt mit einem großen Tablett mit Kaffee und Kuchen und fragt Gott, ob er mitessen will. Kathrin muss furchtbar lachen, weil Gott doch bestimmt nichts zu essen braucht, sonst wär' er doch nicht so mächtig. Aber er nickt freundlich und sagt, ja, gerne. Dann hämmert wieder Charly an die Tür, aber sie kümmern sich gar nicht drum, weil Kathrin weiß, der Zauberumhang, der macht sie ganz stark, und so lange sie den anhat, kann ihr keiner was tun. Der kann so groß werden, dass sie sogar ihre Mutter mit drunter nehmen kann.

Und dann stehen sie auf einer großen Blumenwiese, der liebe Gott verwandelt sich in einen großen, weißen Vogel und fliegt davon. Von oben winkt er ihnen noch einmal mit den Flügeln zu. Mitten auf der Wiese ist ein kleiner See, und auf dem See schwimmt ein kleines Boot, und in dem kleinen Boot liegt ein kleines Mädchen und lächelt glücklich.

Adi, die nimmt Kathrin an der Hand, und sie laufen schnell zu dem See, um das kleine Mädchen endlich zu holen. Das Boot schwimmt ganz alleine zum Ufer, und als Kathrin hineinschaut, sieht sie, es ist ja die kleine Kathrin, die da drin liegt. Adi nimmt das Mädchen aus dem Boot und drückt es an sich und sagt immer, meine Kleine, meine Kleine. Aber dann macht irgendwas fürchterlichen Krach, und es wird ganz hell, und Kathrin muss die Augen zukneifen, weil es so blendet.

Ihre Mutter steht vor ihr, bleich und mit strähnigen Haaren und gar nicht mehr schön wie eine Schauspielerin. Vom Fenster her sticht die Sonne, weil Adi den Rollladen hochgezogen hat.

„Raus jetzt mit dir, jetzt wird nich mehr krank gespielt", meckert Adi. „Die ham schon wieder angerufen, von der Schule, wo du bleibst!"

Kathrin reibt sich die Augen, die ein bisschen nass sind, weil, eigentlich könnte sie jetzt heulen, so schön war der Traum, und der hätte noch ein bisschen weitergehen können.

„Hier stinkt's!", sagt ihre Mutter noch und reißt das Fenster auf. Kathrin wundert sich, dass sie das überhaupt riecht, wo's doch in der Wohnung fast überall stinkt. Und wozu soll sie überhaupt aufstehn, es gibt nichts für sie zu tun.

„Du musst 'ne Entschuldigung für mich schreiben", sagt sie zu ihrer Mutter, die am Fenster steht und irgendwas draußen sieht und gar nicht zugehört hat, denn jetzt rennt sie fast aus dem Zimmer und sagt noch: „Muss mal kurz runter."

Kathrin steht langsam auf, zieht das gammelige T-Shirt über ihre Unterhose und tappt mit bloßen Füßen zum Fenster, um zu gucken, was Adi da gesehen hat. Is aber nix, nur ein Taxi steht unten. Der Fahrer streckt gerade den Arm aus dem Fenster und klopft die Asche von seiner Kippe ab. Sie will schon weg, aufs Klo, da sieht sie, wie Adi auftaucht und auf das Taxi zugeht und beim Laufen den Hintern schwenkt, was sie sonst nie macht. Die kennt den wohl, den Taxifahrer. Ach, das ist der Mehmet, der hat uns doch schon öfter aus der Stadt heimgefahren. Netter Kerl, obwohl, die Türken, die mag ich nicht. Die schauen einen so mit ihren schwarzen Augen an, das will ich nicht, dass mich einer so anschaut. Adi, die beugt sich runter zu ihm, und die lachen zusammen, das sieht Kathrin von oben, aber verstehen kann sie nix, das ist zu weit weg. Ob die was miteinander haben?

Kathrin schüttelt sich. Eklig. Aber nicht so eklig wie mit Charly. Den muss sie ganz fest aus dem Kopf werfen, einfach nicht dran denken. Sie haben einen Deal, ohne Worte. Sie darf nix sagen wegen dem, was in ihr drin war, sonst muss sie in den Knast. Er lässt sie in Ruhe, weil Adi nix arbeitet und nicht aus dem Haus geht. Ist eine wacklige Sache, kann schnell kippen.

Sie guckt wieder aus dem Fenster. Adi deutet jetzt nach oben, schüttelt den Kopf, der Mehmet hält ihre Hand fest, er sagt was, Adi sagt was, dann geht sie vom Taxi weg, winkt ihm zu und ist verschwunden. Das Taxi rollt langsam an und fährt weg.

Kathrin schlüpft in ihre Badeschlappen, Hausschuhe hat sie keine. Und sie zieht ihre einzige lange Hose an, die ihr noch richtig passt. Sie hat keine Ahnung, ob Charly da ist, der soll sie nicht in der Unterhose sehen. Sie geht in die Küche, alles ruhig, Adi schließt gerade die Wohnungstür auf, kommt auch in die Küche. Es steht nicht so viel rum wie sonst, sieht aus, als hätte Adi aufgeräumt, was ist denn in die gefahren? Sie lacht sogar, als sie reinkommt, und sieht fast ein bisschen aus wie in Kathrins Traum.

„Haste was mit dem Mehmet?“, fragt Kathrin beiläufig und sucht sich was zu essen zusammen, zwei trockene Scheiben Toast und Marmelade dazu.

„Quatsch“, sagt Adi. „Willste auch ’nen Kaffee? Wir ham noch Pulver.“

Is ja was ganz Neues, Mama will mit ihr frühstücken. „Jaaa“, sagt Kathrin, obwohl sie keinen Kaffee mag.

Dann sitzen sie zusammen am Tisch, Mama raucht und trinkt Kaffee und hat das Fenster weit aufgemacht, so dass die Sonne hereinscheint. Kathrin hat viel Zucker in den Kaffee gekippt, denn Milch ist keine mehr da. Die Toastscheiben hat sie auf die Herdplatten gelegt, denn der Toaster ist auch kaputt. Mit Marmelade drauf schmeckt der richtig gut. Sogar Margarine hat sie gefunden. Kathrin ist fast so was wie glücklich, keine Schule, niemand, der sie anschreit oder was nach ihr schmeißt, keiner, der sie antatscht und sonst was Ekliges mit ihr macht. Sie hat was Gutes zu essen, und Mama sitzt mit am Tisch und fängt sogar an zu reden.

„Nachher, da schreib’ ich dir was für die Schule. Aber morgen, da gehste wieder. Soll doch was aus dir werden, nich so wie bei mir, wo ich keinen Abschluss gemacht hab’“, sagt sie.

„Warum haste denn keinen Abschluss gemacht?“, fragt Kathrin mit vollem Mund.

Mama zuckt die Schultern. „Hatte halt keinen Bock auf Schule. Und dann hab’ ich dich gekriegt, weißte doch. Pass du bloß auf, dass dir das nich passiert. Mach bloß nich mit den Kerlen rum.“

Kathrin guckt auf ihren Teller. „Von mir will eh keiner was“, sagt sie so leise, dass sie sich kaum selbst hört. Nur einer, und das ist so schrecklich, dass ich dir’s nicht sagen kann. Wenn du’s nur merken würdest. Aber hast ja keine Augen im Kopf. Nur Alk im Hirn. Sie schnauft laut, weil sie eine Wut kriegt auf Adi.

Die sagt: „Na, das kommt schneller, als du denkst. Und dann biste schwanger und hast so 'nen Balg wie ich damals."

Kathrin, die der Balg ist, sagt nichts. Eigentlich will alles aus ihr raus, sie will ihrer Mutter sagen, was war, was sie Schreckliches getan hat, weil Charly so schreckliche Dinge mit ihr tut. Aber sie ist doch eine Mörderin, oder fast, und sie wird gesucht, und es ist besser, Adi weiß nix davon, sonst schlägt Charly sie beide tot.

Adi zieht an der Zigarette und bläst dann den Rauch in die Luft.

„War aber gar nich so schlimm", sagt Adi dann, „hab' mich gefreut, wie ich gewusst hab', ich krieg' ein Kind. Und dein Vater, der zuerst auch. Aber, weißte ja, dann hat er Mist gebaut und war weg vom Fenster. Hat Verschwindibus gemacht."

„Haste nie dran gedacht, dass ich... dass du das Kind... also mich... wegmachen willst?", fragt Kathrin.

Adriane schüttelt energisch den Kopf. „Nee, nie. Obwohl's vielleicht besser gewesen wär'." Sie grinst blöd und guckt Kathrin dann an. „Nee, so mein ich's nicht. Hast es halt nicht leicht. Wenn die Kleinen noch da wären, dann wär's vielleicht besser."

„Oder wir wären allein, ohne Charly", rutscht es Kathrin raus.

Mama nickt und drückt ihre Zigarette in einem Unterteller aus, der schon ganz schwarz ist von Asche. „Hast Recht. Aber einen Kerl braucht man halt als Frau. Wirste schon noch sehn. Das is so. Vielleicht find' ich ja mal 'nen andern."

„Den Mehmet?"

„Nee, nee, der hat doch 'ne Frau. Die Türken, die lassen sich doch nicht scheiden. Nur, wenn die Frau was hat mit 'nem andern. Obwohl der nich schlecht ist. Der is einfach nett. Netter Kerl, der. Kennst ihn ja. Nimmt einen auch mal mit im Taxi, wenn man keine Kohle hat."

„Aber du könntest doch den Charly auch so raussetzen, also ich mein', ohne dass ein anderer Mann einzieht." Kathrin lässt nicht locker.

Adi guckt sie erstaunt an und wiegt den Kopf. „Nee, oder... ich weiß nich. Könnt' ich schon. Aber dann ham wir keinen, der für uns da is, oder so."

Eben, denkt Kathrin, genau das wär's. Ich brauch' keinen, der für mich da ist. Nicht so. Nicht mit seinem schrecklichen Teil. Und sonst haben wir nix von ihm. Tut keinen Schlag in der Wohnung, bringt keine Kohle bei. Höchstens, dass er mal Bier und Schnaps anschleppt und Mama dann was davon abkriegt. Das ist aber schon alles. Was die sonst von ihm hat, ist, dass sie Dresche kriegt. Darauf könnt' sie doch wirklich verzichten. Das braucht doch keiner.

Aber sagen traut sie sich das nicht.

„Was is denn mit der Arbeit, die du da machen sollst, in dem Sudhaus, mein' ich?" Die Frage brennt Kathrin schon die ganze Zeit auf den Nägeln.

„Ich putz' da mal am Samstag", sagt Adi. „Mal gucken, da kann man auch essen. Wenn du mal nach der Schule hin willst – das kannste machen, hat die Frau dort gesagt. Wenn wir kein Geld ham, was zu essen zu kaufen."

„Am Samstag?" Kathrin ist alarmiert. Samstags ist Charly meist zu Hause.

Adi nickt, schenkt sich noch Kaffee nach. „Ich muss los, zum Grosch, muss dem Bescheid sagen, dass ich den Job mach'. Vielleicht rückt der dann mal noch Geld raus, sonst seh' ich schwarz, wie's diesen Monat wird. Hab' keine müde Mark mehr."

Kathrin wird schlecht. Heut' ist Dienstag. Mittwoch, Donnerstag, Freitag, Samstag. Vier Tage. Sie steht auf und rennt raus aufs Klo.

„Is dir wieder schlecht?", ruft Adi ihr hinterher und: „Was haste denn eigentlich?"

Und Kathrin kotzt mal wieder, kotzt sich die Seele aus dem Leib, obwohl, die war schon draußen, schon lange, die hat sie verlassen, seit Charly das erste Mal in ihr drin war, vor einer Ewigkeit. Und die wird nie mehr bei ihr sein, ihre Seele, weil die nur in einem Körper wohnen will, der rein ist und unbefleckt, das hat sie im Religionsbuch gelesen.

Kathrin hält den Mund unter den Wasserstrahl des Waschbeckens. Alles abwaschen, zumindest so tun, als ginge es. Draußen klappert Adriane mit irgendwas und ruft: „Ich geh dann!" Kathrin ist allein und weiß, noch vier Tage.

Wer kennt das Kapuzenmädchen?

„Noch Zahnschmerzen?" Riemer grinst, und Anette Paulsen weiß nicht recht, ob er's schadenfroh meint oder mitfühlend.

„Danke, geht schon", sagt sie möglichst gleichmütig. Sie und Riemer haben sich zufällig unten an den Fahrradständern im Hof der Polizeidirektion getroffen – ungewöhnlich am späten Vormittag. Anette Paulsen war tatsächlich noch mal zur Kontrolle beim Zahnarzt, aber die Schwellung an der Backe ist so gut wie nicht mehr zu sehen.

„Und, wo kommst du her, um diese Zeit?"

Riemer hat sein Hosenbein heruntergekrempelt und richtet sich wieder auf. „Tja, Vaterpflichten. Alle muskelbepackten Väter hatten heute im Kindergarten zu erscheinen, Vorarbeiten für ein Klettergerüst im Garten. Am Samstag geht's dann richtig los."

„Schön." Anette Paulsens Stimme klingt indifferent, und Riemer zieht die Augenbrauen hoch, während er sich Tasche und Jacke unter den Arm klemmt. „Was, meine Muskeln? Oder mein unermüdlicher Einsatz für die nächste Generation?"

Er hat's geschafft und seine Kollegin zum Schmunzeln gebracht. Ein bisschen gelöster geht Anette Paulsen an seiner Seite zum Hintereingang des Polizeigebäudes. Sie weiß selbst nicht, was das ist. In den ersten Minuten des Tages, in denen sie mit Riemer zusammentrifft, ist sie angespannt und unsicher. Er bringt sie aus dem Konzept, durchbricht ihre klare Linie von Konzentration und Arbeitswillen. Sie benimmt sich ungeschickt und spröde. Das dauert nur einen kurzen Moment, dann geht es wieder, wie jetzt.

„Frau Ruppricht wird dringend auf mich warten – wir wollen heute noch mal zur Schule in Hochfeld. Kurt Lang hatte ein Mädchen im Auto. Wir hoffen, dieses Mädchen in der Schule anzutreffen. Und wir suchen das Kapuzenmädchen. Möglicherweise handelt es sich bei ihr ja um Maren de Klerk." Anette Paulsen bevorzugt in solchen Momenten die dienstliche Konversation.

„Na, dann viel Erfolg. Grüß' Irene, ich habe gerade mit einem anderen Fall zu tun, Brandstiftung..." Er nickt ihr zu und biegt in Richtung seines Büros ab.

Wenig später biegen Irene Ruppricht und Anette Paulsen mit dem Wagen auf den Schulhof ein, auf dem fast kein Platz mehr frei ist. Auf dem Schulgelände sind offensichtlich Bauarbeiten geplant, der alte Parkplatz ist mit rotweißen Bändern abgesperrt, und zwei Baufahrzeuge stehen bereit. „Parkplatz für Lehrkräfte auf dem Schulhof", steht auf einem handgeschriebenen Pappschild, das mit einem Pfeil auf den Platz hinter der Schule weist. Zum Glück ist die große Pause vorbei und keiner der Schüler mehr draußen.

„Dass die Lehrer keine Angst haben, die Schüler könnten ihre Karossen zerkratzen! Oder ein Ball könnte durch eine Windschutzscheibe fliegen!", wundert sich Irene Ruppricht.

„Vielleicht weil sie keine teuren Autos fahren?", schlägt die Paulsen vor. Und recht hat sie: Hauptschullehrer scheinen praktisch denkende Menschen zu sein. Ihre Wagen sind weder besonders neu noch besonders groß. Oder sie nutzen nur während der Bauarbeiten einen Zweitwagen.

Heute empfängt Rektor Krüglein sie schon an der großen, eisenbeschlagenen Holztür, die ins Schulhaus führt. Er hat die Arme ausgebreitet und wirkt durch diese segnende Geste wie die Miniaturausgabe eines Priesters. „Einen schönen guten Tag, die Damen, ich habe Sie schon erwartet!"

Er geht ihnen voraus in sein Büro und weist die Sekretärin an, drei Tassen Kaffee zu bringen. Aber die Polizeibeamtinnen lehnen sein Angebot ab. „Wir möchten Sie nicht lange aufhalten", sagt Irene Ruppricht. „Wie ich Ihnen schon am Telefon gesagt habe und Sie vielleicht auch im „Kurier" gelesen haben, gibt es einen dringenden Hinweis auf ein junges Mädchen. Natürlich wissen wir nicht genau, ob und wo dieses Mädchen zur Schule geht. Aber die Hinweise auf den Stadtteil Hochfeld als Wohnort der Mutter des Babys verdichten sich."

„Ach?" Krüglein zieht erstaunt die Augenbrauen hoch, was ihm einen kindlichen Ausdruck verleiht. Er steht noch zwischen den beiden Besucherinnen und tritt jetzt ein paar Schritte zurück, da er zumindest zu Anette Paulsen aufschauen muss. „Nun, Sie wissen ja, ich wäre Ihnen sehr verbunden, wenn Ihre Befragungen hier in der Schule nicht zu viel Aufsehen erregen. Denn dann sind ja leider gleich wieder die Medien zur Stelle!"

Irene Ruppricht nickt. „Von uns erfährt die Presse nichts. Zumindest, solange es keinen konkreten Verdacht gibt. Aber wir müssen alle Schülerinnen im in Frage kommenden Alter sehen und ihnen ein paar Fragen stellen können. Das verdächtige Mädchen soll circa 16 Jahre alt sein, kann natürlich aber auch jünger sein. Ich schlage deshalb vor, dass wir uns die siebten bis neunten Klassen vornehmen." Sie möchte bewusst die siebten Klassen mit einbeziehen, da Maren de Klerk in dieser Jahrgangsstufe ist.

Rektor Krüglein seufzt hörbar. „Oje, das sind sechs Klassen. Wie wollen Sie das denn machen? Ich meine, wollen Sie durch alle Klassen gehen? Das wird eine Unruhe geben, glauben Sie mir, das wird auch den Klassenlehrern gar nicht gefallen!"

Anette Paulsen mischt sich ein. „Wir haben einen Vorschlag. Sie stellen uns einen freien Raum zur Verfügung, und wir befragen die Mädchen in kleinen Gruppen –

sagen wir mal, jeweils vier oder fünf Mädchen. Das stört den Unterrichtsablauf nicht, und vor allem hört der Rest der Klasse nicht zu."

Krügleins Miene hellt sich sichtlich auf. „So können wir es machen!" Er eilt nach nebenan, und sie hören ihn mit der Schulsekretärin sprechen. Das Wort „leider" fällt mehrmals, und Irene Ruppricht und Anette Paulsen schauen sich amüsiert an. „Hauptsache, er macht, was wir wollen", sagt die Paulsen leise. Sie besprechen noch kurz, welche Fragen sie den Schülerinnen stellen wollen, dann kommt Rektor Krüglein zurück.

„Bitte, die Damen, folgen Sie mir. Sie können die Schulbibliothek nutzen. Da steht ein größerer Tisch, und Sie sind ungestört. Meine Sekretärin führt Ihnen dann jeweils die Mädchen zu. Allerdings, das muss ich leider sagen, sind auch ein paar Schülerinnen krank. Wie eben leider jeden Tag."

„Wenn Sie uns einfach die Namen dieser Mädchen geben?", schlägt Irene Ruppricht vor. Sie hofft inständig, dass sich nicht ausgerechnet Maren de Klerk heute krank gemeldet hat.

Kurz darauf geht es los. Die beiden Kommissarinnen haben wieder Plätze am Fenster gewählt, um das Licht im Rücken zu haben. Das Phantombild des Mädchens aus der Apotheke liegt vor ihnen, ebenso ein Foto der kleinen Karla. Das war Anette Paulsens Vorschlag. Wenn die Mutter des Mädchens dieses Foto sehe, so müsse sie irgendeine Reaktion zeigen, war ihre These.

Dann kommen die Mädchen, zuerst die der neunten Klassen. Die meisten sind dünn, tragen enge Jeans oder kurze Röcke und bauchfreie Oberteile. Die Haare sind lang und hinten zusammengebunden. Ein paar wenige dicke Schülerinnen sind darunter, zwei davon sehr selbstbewusst, die anderen eher schüchtern und wortkarg. Alle mustern interessiert die Bilder, keine kennt das Mädchen auf dem Phantombild, jede findet das Baby süß.

„Das würd' ich nie hergeben!", sagt jede zweite. Immer wieder fällt der Name Sabrina Thielmann, die mit viel Phantasie für das Mädchen auf dem Bild gehalten werden könnte. Einige wissen oder vermuten aber auch, dass sie abgetrieben hat. Ohnehin wäre sie noch nicht lange genug schwanger gewesen, um ein voll entwickeltes Kind auf die Welt zu bringen.

Auch die Mädchen der achten Klassen verhalten sich ähnlich. Anette Paulsen schaut immer wieder auf die Uhr, sie müssen bis zum Ende der sechsten Stunde fertig sein, da sie keine Veranlassung haben, die Schülerinnen länger als bis zum Unterrichtsende festzuhalten.

Die Siebtklässlerinnen sind die Letzten. Einige der Mädchen wirken noch sehr kindlich, aber es gibt auch etliche kleine Lolitas unter ihnen wie Sabrina Thielmann zum Beispiel, die trotzig gar nichts sagt, und eben Maren und ihre Freundin Julia, die Irene Ruppricht vom Spielplatz kennt. Wenigstens ist Maren heute in der Schule.

Die Befragung dieser Gruppe überlässt sie Kollegin Paulsen, da sie selbst Maren schon wegen ihrer Andeutungen über Sabrina in die Mangel genommen hat. Vielleicht redet sie bei der Paulsen eher.

Nach den Standardfragen, ob eines der Mädchen die Person auf dem Phantombild erkennt und ob sie sonst etwas Verdächtiges bemerkt haben, schiebt Anette Paulsen das Baby-Foto vor die Gruppe der vier Schülerinnen. „Ach, ist das süß!", gackern Maren und Julia fast gleichzeitig und ziehen das Bild den beiden anderen weg, die sich lautstark beschweren. „Ihr wisst ja, dass das Baby in der Nacht von vergangenen Montag auf Dienstag gefunden wurde, war da eine von euch eventuell in Hochfeld unterwegs?", fragt die Paulsen wie beiläufig.

Erst schütteln alle die Köpfe, dann stößt Julia ihre Freundin an, und die reißt die Augen auf.

„Warst du nicht... mit dem Kurt...?" Julia flüstert so, dass alle es hören und wohl auch hören sollen. Maren schüttelt unwillig den Kopf. „Halt doch's Maul, das war doch wann anders."

„Ach, du warst mit dem Kurt Lang unterwegs?", hakt Anette Paulsen sofort nach. „Wir haben ihn bereits vernommen." Das lässt sie schon etwas schärfer klingen.

Maren wird zusehends unsicher. Die anderen drei Mädchen starren sie an, begierig auf Neuigkeiten. „Der Kurt, der ist doch schon total alt!", sagt eine entgeistert. „Mit dem haste wohl was laufen?"

„Quatsch, so doch nich."

Irene Ruppricht findet, es sei jetzt an der Zeit, dass Maren redet, und zwar alleine. Sie schickt die anderen Mädchen hinaus, Julia geht nur maulend.

„Wir müssen mit deinen Eltern nicht darüber reden", erklärt ihr Anette Paulsen dann, „aber nur, wenn nichts zwischen euch passiert ist, verstehst du? Wir brauchen aber deine Aussage – ob du irgendetwas Verdächtiges in der Straße bemerkt hast, vor allem zu dem Zeitpunkt, als Kurt Lang dich heimgefahren hat. Es geht vor allem um die Straße in Hochfeld, in der die Mülltonnen stehen und wo der Säugling gefunden wurde."

Maren starrt die Polizeibeamtin an, als hätte sie nicht verstanden. „Nee, ich hab' überhaupt nix gesehn. Und wir ham auch nix miteinander, der Kurt und ich. Der hat mich nur mal mitgenommen, in dem Auto."

Die Paulsen und Irene Rupprícht schauen sich wieder an und sind sich wortlos einig: Die weiß wirklich nichts.

„Kurt Lang macht sich strafbar, wenn er sexuelle Handlungen an oder mit dir vornimmt – auch dann, wenn du dich einverstanden erklärst", klärt Anette Paulsen sie auf, „und du solltest um die Zeit nicht nachts unterwegs sein. Wenn das noch mal vorkommt, müssen wir doch deine Eltern verständigen."

Maren sagt kleinlaut: „Is ja gut", und geht raus.

„Tja, war wohl nichts." Anette Paulsen sammelt die Bilder wieder ein und steckt sie samt Notizblock in ihre Tasche.

„Aber wirklich gar nichts. Ob wir die Schulen in den angrenzenden Stadtteilen noch durchmachen sollen?" Irene Rupprícht fühlt sich mutlos. Die Schulglocke schrillt durchdringend. Sie sind gerade rechtzeitig zum Ende des Unterrichts fertig geworden.

„Wenn Sie meinen, dass wir so das Mädchen aus der Apotheke finden? Aber wer sagt uns, dass sie wirklich die gesuchte Kindsmutter ist?"

„Ihr Gespräch mit der Frauenärztin hat uns auf die Idee gebracht, auch systematisch in den Apotheken nachzufragen", erinnert Irene Rupprícht sie. „Aber Sie haben Recht, die Spur ist dünn. Das Mädchen kann von überall her gekommen sein. Und sie kann die Schmerzmittel tatsächlich wegen einer Wunde verlangt haben. Vielleicht hat sie eine Wunde, für die sie sich aus anderen Gründen schämt. Oder es hat sie ihr jemand zugefügt, den sie nicht verraten will."

„Lassen wir uns noch die Namen der Schülerinnen geben, die heute gefehlt haben", schlägt Anette Paulsen vor.

Sie verlassen die Bibliothek, gehen durch die Gänge in Richtung Sekretariat und geraten dabei in einen wilden Strudel von Schulkindern, die aus Klassenzimmern stürmen, sich gegenseitig schubsen, Schultaschen durch die Gänge kicken und bei allem einen solchen Heidenlärm machen, dass zumindest die Paulsen sich genervt die Ohren zuhält. Einige der Mädchen, die sie befragt haben, lächeln ihnen noch einmal freundlich zu, andere tun, als hätten sie die beiden Polizistinnen noch nie gesehen.

In der Nähe von Krügleins Büro wird es ruhiger, er hat sicher nicht ganz zufällig ein Zimmer am Ende eines Flures.

„Ah, die Damen von der Kriminalpolizei!", ruft er erfreut, als er sie sieht. Er wedelt mit einem Blatt Papier. „Hier, meine Sekretärin hat Ihnen die Namen der Schülerinnen notiert, die heute krank sind. Neun Mädchen, leider. Konnten Sie denn etwas herausfinden?"

Irene Ruppricht schüttelt den Kopf. „Nichts von Bedeutung", sagt sie und fügt leicht amüsiert ein „leider" dazu, das Rektor Krüglein ebenfalls zu sorgenschwerem Kopfschütteln veranlasst. Dass er mehr als froh ist, dass kein Verdacht auf eine seiner Schülerinnen fällt, ist sowohl Irene Ruppricht als auch Anette Paulsen klar.

Nachdem sie sich verabschiedet haben, werfen sie einen ersten Blick auf die Namen der krank gemeldeten Mädchen. Ganz unten steht ein Name, den sie kennen. Es ist der von Kathrin Schmitt.

Tag 10

Keine Regung

Obwohl es am Abend vorher spät geworden ist, sitzt Irene Rupprícht bereits um sieben Uhr früh am Schreibtisch. Sie konnte nicht schlafen, ist sehr früh aufgestanden, um zu duschen und einen klaren Kopf zu bekommen. Frühstücken konnte sie um diese Zeit noch nicht. Hier im K 1 hat sie sich einen Tee aufgebrüht, um ihren mal wieder schmerzenden Magen zu beruhigen.

Vieles geht ihr durch den Kopf, und der Berg an Arbeit, der vor ihr liegt, ist dabei das kleinere Problem. Es sind vor allem die Mädchen und ihre Geschichten, die sie am Tag vorher in der Schule gehört hat, nebenbei, ohne danach gefragt zu haben. Kaum eine der Schülerinnen konnte eine komplette Familie aufweisen. Da gab es eine Mutter oder eine Oma, den kleinen Bruder, die große Schwester. Von Vätern war kaum die Rede, und dies nicht nur, weil sie auf der Arbeit waren und deshalb weniger Kontakt zu ihren Kindern hatten. Sie waren in der Regel einfach nicht vorhanden, und die Töchter schien es nicht einmal zu stören.

Wenn Irene Rupprícht ehrlich ist, hat sie selbst ohne Vater ganz gut gelebt. Die Vorstellung, er sei gestorben, reichte aus, sich ein Bild von ihm zu machen, ein Bild eines Mannes ohne Fehl und Tadel. Sie dachte sich einen Bilderbuchvater zurecht. Dass er gestorben war, war ja auch keine Lüge ihrer Mutter, aber eben auch nicht die Wahrheit. Zu gerne hätte sie im Nachhinein diesen blassen Marinesoldaten Siegfried Rupprícht als Vater gehabt, diese große Liebe der Mutter, den Träger des verloren geglaubten halben Herzens. „Du solltest ihm ähnlich sehen", so lautete die Begründung ihrer Mutter, als sie ihr endlich das Geheimnis ihrer Herkunft verraten hat. „Ich hatte solche Sehnsucht nach ihm, eine Zeitlang konnte ich gar nicht glauben, dass er wirklich im Krieg gefallen ist. Ständig habe ich gedacht, er müsste durch die Tür kommen und mich auslachen, weil ich die Sache mit seinem Tod für die Wahrheit gehalten habe. Sein Vater, der Willi, war in dieser Zeit eine große Stütze für mich. Er hat bestimmt genauso sehr darunter gelitten, dass er seinen Sohn verloren hat. Er hatte Lungenkrebs, deshalb haben er und seine Frau haben mich in ihrer Wohnung aufgenommen, ich sollte ihn pflegen. Dann ist es halt passiert, nur ein einziges Mal, und ich bin schwanger geworden. Er wollte das gar nicht, aber ich habe ihn benutzt, als Vater eines Kindes, das ich unbedingt wollte und von Siegfried nicht mehr haben konnte. Wenn der Krieg nicht gewesen wäre, wäre Willi dein Großvater geworden. Aber er ist dein Vater. Es gab einen Riesenkrach, als seine Frau dahinter kam, sie hat mich sofort aus der Wohnung geworfen, da war ich noch schwanger. Aber Willi bestand darauf, dich als sein Kind anzuerkennen und dir seinen Namen zu geben, und das war mir wichtig. Dann ging alles ganz schnell, er ist gestorben, da warst du erst sechs Monate alt, deshalb kannst du dich an ihn nicht erinnern. Ich weiß, dass es nicht richtig war, was ich gemacht habe, Irene, und wenn du mich verurteilen musst, dann tu es. Ich war egoistisch und wollte ein Kind, das meiner großen Liebe möglichst ähnlich ist. Aber als du dann da warst, war das gar nicht mehr so wichtig, das musst du mir glauben. Ich habe es einfach verdrängt, wer dein Vater war, und dass er gestorben ist, hat ja auch wirklich gestimmt." Sie war dann verstummt, und Irene Ruppricht hat ihr lange schweigend gegenübergesessen, ohne weinen zu können. Sie hat ihr die Lüge oder besser das Verheimlichen der Wahrheit irgendwann verziehen, natürlich, aber vergessen konnte sie es nie.

Der Schmerz über ihre eigene Herkunft ist einer der Gründe dafür, warum sie heute Anette Paulsen und Riemer losschickt, um die restlichen Schülerinnen zu vernehmen, die am Vortag krank gemeldet waren. Sie erträgt keine weiteren Geschichten mehr, die von Töchtern und Müttern und abwesenden Vätern handeln.

*

Der Tag hat warm und sonnig begonnen, aber jetzt sind Wolken aufgezogen, und ein Schauer geht nieder, als die beiden Polizeibeamten im Schulhof parken. Die Pause muss gerade vorbei sein, und es wird ihnen nichts anderes übrig bleiben, als die Mädchen aus dem Unterricht zu holen.

Anette Paulsen hat keine Jacke dabei, einen Schirm sowieso nicht, so dass ihr Riemer galant seinen Blouson um die Schultern legt. Trotzdem sind sie ziemlich durchnässt, als sie das Schultor erreichen.

„Nass wie eine Wassermaus", sagt Riemer mit spitzbübischem Lächeln und deutet auf die nassen Haarsträhnen seiner Kollegin. Anette Paulsen sucht irritiert nach einem Kamm in ihrer Aktentasche. Sie kann einfach nicht mit Riemers Aufmerksamkeit umgehen. Immer bleibt ihr Verhalten ihm gegenüber hölzern, so sehr sie sich auch um Normalität bemüht. Dabei will sie doch gar nichts von ihm. Oder? Er will jedenfalls nichts von ihr. Er ist einfach nur der einzige Kollege, der optisch und altersmäßig ein bisschen auf ihrer Linie wäre, nicht mehr und nicht weniger. Aber das ist schlimm genug.

Rektor Krüglein ist heute nicht da, wie sie von der Schulsekretärin erfahren, „leider“. Die Sekretärin bietet an, ihnen die Mädchen wieder in die Bibliothek zu schicken, einzeln dieses Mal. Von den neun Schülerinnen, die am Vortag gefehlt haben, sind immerhin fünf heute wieder da.

Riemer sitzt an dem kleinen Tisch im Raum und trommelt ungeduldig mit den Fingern, weil keines der Mädchen erscheint. Anette Paulsen hat ein Buch aus einem Regal genommen und blättert darin. „Hanni und Nanni“, das hat sie früher auch gelesen.

Dann geht die Tür auf, eine Schülerin kommt herein, und sie machen sich an die Arbeit.

Das dritte Mädchen, das auf der Liste steht, ist Kathrin Schmitt. Riemer hat Anette Paulsen kurz vorher erzählt, wie der Besuch bei den Schmitts zu Hause verlaufen ist.

„Hast du 'ne Ahnung, ob die DNA von Großmutter und Enkelkind irgendwie ähnlich ist?“, hat er sie aus einer plötzlichen Eingebung heraus gefragt. „Denn wir haben ja diese Adriane Schmitt getestet – und wenn nicht sie, sondern ihre Tochter schwanger gewesen wäre, hätte dann die DNA nicht trotzdem auch ähnlich sein müssen?“

„Du meinst, dass deshalb nun auch die Tochter nicht die Gesuchte sein kann?“ Anette Paulsen überlegt. „Ehrlich gesagt, Genetik war noch nie meine Stärke. Da sollten wir vielleicht mal beim Institut für Rechtsmedizin nachfragen.“

„Schauen wir uns das Mädchen erst mal an.“ Riemer blickt zur Tür, die aufgeht, und glaubt an eine Art Vision, denn das Mädchen sieht aus wie die Mutter, nur fetter und hässlicher.

„Kathrin Schmitt?“, fragt Anette Paulsen, denn sie haben vorher beschlossen, dass die Paulsen als Frau die Befragungen macht und Riemer sich seine Gedanken.

Das dicke Mädchen nickt, guckt ziemlich verstockt und setzt sich auf die äußere Stuhlkante. Sie trägt eine zu enge Jeans, die ihre dicken Beine betont, und einen zu weiten verwaschenen Pulli, der die restlichen Pfunde verbirgt.

Die Paulsen erklärt ihr kurz, dass sie heute befragt wird, weil sie am Vortag krank gemeldet war.

„Was hattest du denn?“, will Anette Paulsen wissen und versucht im Gesicht des Mädchens zu lesen.

Kathrin schaut sie nicht an und sagt „Halsschmerzen.“

„Aha. Und, heut' geht's dir besser?“

Kathrin nickt, immer noch ohne Blickkontakt.

Anette Paulsen schiebt ihr zuerst das Phantombild zu. „Kennst du dieses Mädchen oder eines, das so ähnlich aussieht?“

Kathrin schaut das Bild an, ohne eine Regung zu zeigen, und schüttelt den Kopf. „Nee.“

Dann zeigt die Paulsen ihr das Foto der kleinen Karla. „Es geht um dieses Baby. Wir suchen seine Mutter.“

Kathrin schaut wieder, und einen Moment lang werden ihre Augen so groß wie die des Babys auf dem Bild. Sonst reagiert sie nicht. Aber das kennt Anette Paulsen jetzt schon von den zahlreichen Befragungen vorher. Lebhafte Mädchen wie zum Beispiel diese Maren und ihre Freundin Julia gestern, die rufen „Wie süß!“, wenn sie das Babybild sehen, und solche schüchternen, verstockten wie diese Kathrin, die zeigen fast gar keine Regung. Es ist, als ginge ihnen gar nichts ans Herz.

Kathrin zuckt die Schultern. „Keine Ahnung, weiß nichts davon."

„Hat deine Mutter dir erzählt, dass wir bei euch zu Hause waren?", fragt Anette Paulsen noch.

„Nee, äh doch, kann sein. Wegen dem Anhänger, den sie verloren hat."

Sie kann ja doch ein paar Worte mehr sprechen, wenn sie will. Anette Paulsen stellt noch ein paar Fragen zu Kathrins Familie, die sie alle nur einsilbig beantwortet.

Dann gibt sie schließlich auf. „Gut, du kannst gehen."

Sie und Riemer schauen sich an, als Kathrin draußen ist.

„Die kann's genauso gut oder schlecht sein wie jede andre auch aus Hochfeld. Und wie Irene schon gesagt hat: Dass diese Schmitts in dem Haus wohnen, zu dem die Mülltonne gehört, spricht eigentlich dafür, dass die Mutter des Kindes eher in ein anderes Haus gehört." Das ist Riemers Meinung und Anette Paulsens eigentlich auch. Solche Mädchen wie Kathrin hat sie gestern schon gesehen, die sehen so unattraktiv aus, dass sie sich selber nicht vorstellen kann, von was die schwanger gewesen sein sollen. Eine sehr blasse Erinnerung an sich selbst als Mädchen in dem Alter schiebt sie schnell wieder weg. Es ist das Bild eines Mädchens mit viel Speck um die Hüften und einem runden Mondgesicht, das sich jeden Tag gefragt hat, welcher Junge wohl eine wie sie schön finden soll.

Nach einer Stunde sind sie mit den Befragungen fertig und lassen sich die Adressen der vier noch krank gemeldeten Schülerinnen geben. Sie fragen auch nach aktuellen Klassenfotos, und die Schulsekretärin händigt ihnen den letzten Jahresbericht aus, in dem alle Klassen abgelichtet sind, außer den diesjährigen fünften Klassen, aber die brauchen sie auch nicht.

Eberhard Riemer und Anette Paulsen sind frustriert. „Die Hausbesuche könnten wir genauso gut knicken. Bringt mit Sicherheit nichts. Außerdem knurrt mir der Magen", mault Riemer.

„Wir müssen aber...", sagt Anette Paulsen mit wenig Elan.

„Lass uns wenigstens eine Kleinigkeit essen gehen. Ein paar Straßen weiter ist ein Italiener, ich lad' dich ein."

Anette Paulsen nickt und weiß im gleichen Moment, dass es ein Fehler ist.

Die heftigsten Liebesgeschichten, die sie erlebt hat, haben immer beim Italiener angefangen. Okay, es waren nur zwei, aber eben zwei heftige. Aus beiden Schlachten ist sie nicht nur schwer verwundet, sondern auch noch als Verliererin hervorgegangen. Deshalb hat sie sich geschworen, niemals mehr ein italienisches Restaurant gemeinsam mit einem Mann zu betreten.

Das Essen mit Riemer ist sehr nett, sogar lustig, und wegen des Rotweins gerät sie selbst zunehmend in gelöste Stimmung. Sie haben ein gemeinsames Hobby entdeckt – Klettern –, und weil Riemers Frau alles andere als schwindelfrei ist, hat er sie gefragt, ob sie nicht Lust hätte, mal mit ihm zum nächsten Klettergarten zu fahren. Irgendwann würde er wohl seinen kleinen Sohn mitnehmen, aber der sei nun mal noch nicht so weit.

„Seilen wir uns doch mal einen Nachmittag ab", so Riemer wörtlich.

Nicht nur vom Wein ist ihr bei dem Gedanken heiß und kalt geworden, er könnte was nicht ganz Anständiges damit sagen wollen.

Die Befragungen der restlichen, noch krank gemeldeten Mädchen bringen sie schnell hinter sich und sind sich danach einig darüber, dass keines der Mädchen besonders verdächtig gewirkt hat – auch die am Vormittag in der Schule Vernommenen nicht. Vielleicht liegt es aber auch an dem Nebel, der sich über Anette Paulsens Wahrnehmung gelegt hat, nachdem sie mit Riemer beim Italiener gewesen ist. Sie wird das Gefühl nicht los, heute etwas Wichtiges bei den befragten Mädchen übersehen zu haben, eine Kleinigkeit vielleicht nur, aber eine, die sie womöglich weitergebracht hätte.

Walli

Weit ist er diesmal nicht herumgekommen. Ein bisschen weiter im Süden war er, aber so richtig ins Oberbayerische zieht es ihn nicht, den Kalledalle. Da kommt er nämlich her, das heißt, er ist da mal irgendwann geboren. Das muss in einem anderen Leben gewesen sein, die ganzen Sachen, die ihm als Kind geschehen sind. Er kann sich überhaupt nicht mehr richtig daran erinnern. Wenn er heute – von Rheuma geplagt und mit einer schmerzenden Hüfte, wegen der er eigentlich unters Messer sollte – seines Weges geht, dann kommt's ihm sehr unwirklich vor, dass er mal ein Kind gewesen sein soll. Es gibt ja auch keinen Beweis dafür. Es gibt keine Eltern mehr, und Geschwister hat er keine gekannt, obwohl es welche gegeben hat, ältere, die aber bei irgendeiner Tante aufgewachsen sind. Das war wohl so, weil die Mutter von früh bis spät in einer Munitionsfabrik geschuftet hat und der Vater an der Front war, Kriegszeiten halt. Er selbst ist dann so ein Nachkriegskind gewesen, ein spätes Kind, von einem Kriegsheimkehrer gezeugt. Der Kriegsheimkehrer, sein Vater, wollte noch mal wissen, ob's noch geht nach den vielen Jahren Frieren und Hungern und Im-Blut-Waten. Er wollte beweisen, dass da einer noch was Richtiges zusammenkriegt, was Hand und Fuß hat, im wahrsten Sinn des Wortes. Aber so richtig gewollt hat das späte Erzeugnis dann niemand, der Vater nicht und die Mutter nicht. Da war nur ein Mädel aus der Nachbarschaft, Kalle erinnert sich, die hieß Walli. Sie war bestimmt zehn Jahre älter als er selbst und hat ihn ein bissel bemuttert.

Kalle hockt auf einem Baumstamm und starrt ins trübe Wasser des kleinen Flusslaufes. Er meint, dort unten auf der spiegelnden Fläche das Gesicht von Walli zu sehen. Er sieht, wie sie lächelt und dabei die Augenbrauen hochzieht. Und das sieht genauso aus wie bei der Frau Kowalzek, der jungen Frau aus dem Sudhaus, der er seinen Fund in die Arme gedrückt hat. Wie die Walli sieht sie aus. Die ganze Zeit hat er's doch gewusst, das war so vertraut, das Gesicht mit dem breiten Mund und dem Lachen, das er irgendwoher gekannt hat. Die Walli, natürlich, die hat so ausgesehen. Wie er größer geworden ist, hat er sich richtig in die verguckt. Aber da wollt' sie nix mehr von ihm wissen, er war ja erst zwölf und ein kleiner magerer Kerl mit knochigen Schultern. Und sie hat dann einen Freund gehabt, mit dem ist sie weg aus dem Dorf und so weit weg gezogen, dass sie nicht mal mehr zu Besuch gekommen ist. Soll auch Streit gegeben haben mit den Eltern, wegen dem Verlobten. Der war nämlich ein Protestantischer und hat die Walli verdorben. Das hat Kalle gehört und auch geglaubt, und so ungefähr zwei Jahre lang hat er gedacht, die Walli kommt zurück, wenn sie merkt, dass ein Protestantischer nix für sie ist. Aber dann hat er sie auch vergessen, weil er in die Lehre gemusst hat und andere Sachen ihn umgetrieben haben. Und die Walli ist sowieso nicht zurückgekommen.

Aber jetzt ist sie zurückgekommen, als Frau Kowalski oder Frau Margarete eben. Kalle muss ein bisschen vor sich hin grinsen. Er kratzt sich nachdenklich am Kopf, auf dem er seit kurzem so eine Detschkappe trägt, die gut ist, wenn die Sonne scheint und auch wenn's regnet. Männer wie er – also solche auf der Durchreise – tragen schließlich keinen Schirm mit sich rum. Und sein Lodenmantel ist wirklich zu warm. Den konnte er bei jemand abgeben über den Sommer, bei so einem alten Mann, den er letztes Jahr im Park einer Stadt getroffen und der eine Wohnung hat. Der hat angeboten, dass er Sachen bei ihm lassen kann, die er eine Zeitlang nicht braucht.

Jedenfalls, da hat er also in der kleinen Stadt da oben seine Walli aus der Kinderzeit wieder getroffen, nur, jetzt ist er älter als sie, viel, viel älter, aber sie ist irgendwie die Gleiche geblieben. Und sie hat ihm sogar noch geholfen, so ein kleines Ding zu retten, das auch keiner wollte.

Kalle rutscht auf dem Baumstamm hin und her, weil ihn die Klumpen am Hintern jucken. Klar, er weiß, wie die heißen, den Ausdruck von den Ärzten kennt er schon, aber er sagt immer „meine Klumpen“ dazu. Wenn die Klumpen jucken, ändert sich das Wetter. Zumindest sieht's mal wieder nach Regen aus. Aber Kalle hockt unter einem dichten Blätterdach. Ein bisschen Wasser macht ihm nichts aus. Zu viel kann er aber wegen des Rheumas nicht mehr vertragen. Da ist er dann doch lieber in der Stadt, wo sich einer wie er unterstellen kann oder unter die Erde verschwinden. Dass die in den Städten alles nach unten bauen, ist doch ein Glück für die

Obdachlosen dieser Welt. Da können sie verschwinden in U-Bahn-Schächten, in Tiefgaragen und Einkaufsparadiesen unterm Asphalt. Nur wird immer mehr abgeschlossen. Weil die Schläfer nicht nur pennen, sondern überall hin strunzen, ihren Müll verstreuen und manchmal rauskotzen, was ihnen zu viel ist. Da versteht Kalle keinen Spaß. Auch wenn er kein großer Freund von Seife und Waschmitteln ist, aber die eigene Schlafstatt einsauen, das macht man einfach nicht. Schließlich kotzt auch keiner daheim in sein Bett, sondern schaut, dass er's aufs Klo schafft. Und für draußen muss das Gleiche gelten. Kalle ist der Meinung, dass es keinen was angeht, ob er selber dreckig sein will oder nicht. Aber den eigenen Müll noch liegen lassen, das ist Mist.

Überhaupt findet er's besser, die Leute schmeißen ihren Müll in die Tonnen. Und es sind dann Sachen dabei, die er brauchen kann. Ein gut erhaltenes Radio hat er vorgestern aus einem Abfallkorb mitten in einer Stadt gefischt. Das hat einer weggeworfen, bloß, weil's nicht mehr das neueste Modell ist. Aber Batterien waren keine drin, und Kalle hatte kein Geld, um welche zu kaufen. Also hat er's doch wieder verkloppt, für ein paar Euro. Das gab eine billige Buddel Schnaps, die er sich abends mit 'nem Kumpel geteilt hat. Der hat dafür eine Dose Würstchen gestiftet, die sie kalt gegessen haben, vier für jeden. Eine Scheiß-Nacht war das, ihm war schlecht, der Wind hat die ganze Nacht gepfiffen, so dass er sich in der gammeligen Parkanlage, die sie sich ausgesucht hatten, sogar hinter die Bank gelegt hat. Da hat er's bitter bereut, dass er seinen Lodenmantel schon ins Sommerquartier gegeben hat. Früh hat ihn das Rheuma doppelt so schlimm gezwickt wie sonst.

Seit heute geht's ihm wieder ein bisschen besser, weil die Sonne ihm auf den Buckel gebrannt hat, aber jetzt sieht's nach Regen aus, und er muss zusehen, dass er weiterkommt. Nach Westen, Richtung Taubertal, geht's normalerweise von hier aus. Kalle hat so seine gewohnten Strecken, über die er gar nicht nachdenken muss. Aber irgendwie will er da gar nicht hin. Beim Nachdenken übers Müllwegschmeißen ist ihm wieder das kleine Ding in den Sinn gekommen, das er vor wer weiß wie vielen Tagen in 'ner Mülltonne gefunden hat. Karla haben die es genannt, nach ihm, weil er Karl heißt. Wenn er ein Stück mit dem Zug fährt, sei's schwarz oder weil er sich 'ne Fahrkarte kaufen kann, müsste er in zwei Tagen oben sein. Warum soll er nicht nach Freienhausen ziehen, wo im Stadtteil Hochfeld so eine gewisse Mülltonne steht und wo ein kleines Ding namens Karla vielleicht im Krankenhaus liegt und wo eine Frau Kowalzek wohnt, die aussieht wie die Walli seiner Kindheitsjahre, die Stadt jedenfalls ist nicht besser und nicht schlechter als jede andre. Müll gibt's überall, und da oben bei den „Bienenstöcken“ in Hochfeld ist er noch immer fündig geworden.

Das Lächeln über seinen allerletzten Fund dort gerät Kalle allerdings ein bisschen schief. Hat er doch erst gedacht, das wär 'ne Katze, so was aber auch.

Kalle seufzt ein bisschen und zieht seinen Matchsack zu sich her. Der ist ziemlich leer. Was er an Klamotten besitzt, trägt er auf dem Leib. Aber das Stück Holz ist drin. Das ist nämlich jetzt eigentlich kein Holz mehr, sondern er hat's wirklich geschafft, das kleine Schiff rauszuschnitzen, das sich darin versteckt hat. Kalle kramt mit seiner Pranke im Matchsack herum und fühlt erst ein bisschen an dem Holz, bevor er es rauszieht. Da ist der dicke Schiffsbauch, schön glatt hat er den hingekriegt. Und die

Reling, die rundum läuft, die ist richtig gut geworden, wie ein echtes Geländer, ohne dass beim Schnitzen was abgebrochen ist. Ein Segel hat er draufgesetzt, zwar nicht aus Tuch, sondern auch aus Holz, aber macht ja nichts. Figürchen will er noch schnitzen, eine kleine Frau und einen kleinen Mann, die sollen zusammen an der Reling stehen und hinausschauen aufs weite Meer und sehr glücklich aussehen. Kalle muss direkt etwas schnaufen, weil ihn die Geschichte rührselig macht, obwohl er doch weiß, dass das alles ziemlich kitschig ist. Ein Mann und eine Frau können nie gleichzeitig glücklich sein. Meist ist nur einer glücklich und der andre nicht, oder der eine ist gerade deshalb glücklich, weil der andere unglücklich ist. Oder einer ist glücklich, weil der andere endlich mal aus dem Haus ist. Und der andere ist unglücklich, weil er nicht bei dem einen sein kann. Kalle wischt sich mit dem Handrücken über die Stirn. Jetzt ist er selber ganz durcheinander gekommen. Ob die beiden, der Mann und die Frau auf dem kleinen Schiff, dann glücklich aussehen, kann man am Ende gar nicht richtig erkennen. Die Figuren müssen ganz klein sein, damit sie aufs Schiff passen, und Gesichter kann er ihnen gar nicht schnitzen.

Aber er kann dem kleinen Boot einen Namen geben. Den muss er sich noch einfallen lassen. Walli käme in Frage. Aber die Geschichte ist eigentlich viel zu lange her, sie spielte in einem anderen Leben, als es einen kleinen Jungen namens Karl gab. Heute gibt's nur einen alten Kalledalle mit schiefem Auge, dickem Bauch und kaputter Hüfte, nach dem niemand mehr fragt, weil, Kinder hat er keine. Zumindest weiß er nichts von welchen. Von den vier oder fünf Frauen, mit denen er was hatte, ist nie eine gekommen und hat gesagt, Karl, mein Kind, das ist von dir, du musst Alimente zahlen. Vielleicht kann er das ja gar nicht, ein Kind machen. Schließlich war er selber schon das Letzte, was sein Vater geschafft hat. Und so eins, so ein auf den letzten Drücker gezeugtes Kind, das wird meist nix Gescheites. Aber es ist gut so, wenn so einer wie er nicht auch noch Nachkommen hat, für die er eh nicht sorgen kann und die sich für ihn bloß schämen müssen und die nicht wissen, was sie sagen sollen, wenn die Leute fragen, wo der Alte sich so rumtreibt. Die müssen dann vielleicht sagen, der ist ins Ausland gegangen, in die Dritte Welt, da ist er Missionar und hilft armen Negerkindern. Das klingt zumindest nach was. Und keiner kann's nachprüfen. Oder sie sagen, unser Vater, der ist im Altenheim und kann sich an nichts mehr erinnern. Wir besuchen ihn nicht, weil er uns eh nicht erkennt und gleich wieder vergisst, dass wir da waren. Aber er wird gut versorgt, wir zahlen das schließlich.

Blöder alter Sack, was denkste dir für wirres Zeug, schimpft Kalle mit sich selbst.

Er betrachtet noch mal das Schiffchen, bevor er es wieder in den Matchsack verschwinden lässt. Zwei Tage, das müsste reichen, um die Figuren noch zu schnitzen. Holzleim braucht er allerdings, um die an der Reling festzukleben. Also heißt die Devise, morgen mal weniger zu saufen kaufen, stattdessen eine Tube Leim. Er zieht sich schwerfällig hoch und hängt den Matchsack um. Von der Stelle hier an dem trüben kleinen Fluss bis zur Straße sind es nur hundert Meter. Mitnehmen wird ihn wohl keiner, so wie er aussieht. Höchstens die Brummifahrer machen da mal eine Ausnahme. Aber hier auf den Landstraßen können die auch nicht halten. Da muss er wohl oder übel mal ein Stück laufen. Das ist heut' aber gar nicht so schlimm, denn Kalle hat ein Ziel.

Teenager

Kathrin glaubt, sie sieht nicht richtig, als sie aus der Schule kommt. Ist das Adriane da drüben auf der andern Straßenseite, die grad auf ihre Uhr schaut?

Kathrin hat sich Zeit gelassen, rumgetrödelt, ewig langsam ihre Tasche gepackt, sich von Julia in die Seite boxen und von Lars eine schleimige Langweiler-Schnecke nennen lassen. Sie wollte nicht noch mehr rumgeschubst werden, wenn die ganze Meute rausrennt, weil's geläutet hat. Das macht sie immer so. Heut' musste sie allerdings noch irgendwie an der Seidlinger vorbei, die vorne am Pult Hefte sortiert hat. Die hat nämlich vorhin vor der Stunde was zu ihr gesagt. Sie soll ihr erzählen, was die Bullen von ihr wollten. Kathrin will das nicht. Sie will da nicht drüber reden und diese schrecklich langen Minuten in der Bibliothek genauso wegpacken wie ihre Schulbücher. Das Bild, das die ihr gezeigt haben, war das Schlimmste. Die Augen vor allem, die sie angeguckt haben. Die hat sie schon mal in der Kloschüssel gesehen. Sie sehen aus, als wollten sie irgendwas zu ihr sagen, sie weiß nur nicht was.

„Alles in Ordnung, Kathrin?"

Kathrin ist zusammengefahren, die Seidlinger stand vor ihr.

„Ja, ja." Sie hat runtergeschaut, dann schnell ihre Tasche unter den Arm geklemmt und sich an der Seidlinger vorbei gedrückt.

„Was war denn nun heute mit der Polizei?", hat die hinter ihr her gerufen.

Kathrin hat sich nicht mehr umgeschaut. „Nix", hat sie gesagt und ist raus aus der Tür.

„Jetzt bleib' halt mal stehn", hat sie noch gehört, es aber nicht gemacht.

Und dann kommt sie zur Schultür raus, und da steht Adriane auf der andern Straßenseite. Was will denn ihre Mutter hier? Wie hat die sich hierher verirrt? Die war doch noch nie bei der Schule, nicht mal beim Schulfest, wenn die anderen Mütter alle einen Kuchen mitbringen und beim Kaffeekochen mithelfen. Und die Väter, die stehen am großen Grill und braten Würste und schwitzen dabei und trinken dazu Bier und lachen. Aber Adi, die hat so was noch nie gemacht, und Kathrin ist nur zum Schulfest, weil sie was vorführen mussten, einen Tanz meistens, und das war das Schrecklichste überhaupt, was ihr passiert ist. Nee, stimmt nicht, es war das Zweitschrecklichste. Kathrin und Tanzen! Der Pummel, der aussieht wie ein Elefant, der im Zirkus was vorführt und alle zum Lachen bringt, weil er so dick und plump ist und sich zu einer schönen Walzermusik drehen muss. So war das auch mit Kathrin. Dass sie ganz hinten in der letzten Reihe getanzt hat, war für die Katz, weil, die Leute, also alle Eltern und Lehrer und die Schüler aus den anderen Klassen, die saßen ja ringsum an den Biertischen, so dass ihr immer welche von hinten auf den fetten Hintern geglotzt haben. Sie hat's genau gehört, was die gesagt haben. Und wenn der blöde Tanz vorbei war, hat sie nicht gewusst, wo sie hingehen sollte. Die anderen ham alle rumgekichert und waren stolz, weil die Leute geklatscht haben, und haben ihren Müttern gewunken, die auch stolz waren, weil ihre Töchter so schlank und schön ausgesehen haben. Nur Kathrins Mutter, Adi, die war nicht da. Deshalb ist sie nach dem Tanz einfach abgehauen und hat gehofft, keiner merkt's. Letztes Jahr, da hatten sie schon die Seidlinger, da hat die's aber gemerkt, und Kathrin musste am Montag nachsitzen, weil der Tanz ja nicht das Einzige war, was ihre Klasse gemacht hat. Sie sollten noch die Spielstände betreuen, und Kathrin war für die Mohrenkopfwurfmaschine eingeteilt.

Aber jetzt steht Adi da und sieht sie endlich und winkt.

Kathrin trödelt, steht ewig an der Straße, obwohl vor dem nächsten Auto Zeit genug wär', auf die andere Seite zu gehen. Dass Adi da steht, kann nix Gutes bedeuten. Es hat bestimmt was mit der Polente zu tun. Vielleicht waren die noch mal bei ihnen zu Hause und haben gesagt, ihre Tochter, die kommt uns verdächtig vor, wir müssen die noch mal vernehmen. Sie, Frau Schmitt, sind verantwortlich, Sie bringen uns ihre dicke, verdächtige Tochter aufs Revier. Da nehmen wir sie in die Zange und bringen schon raus, was sie nicht sagen will. Aber Kathrin, die kann das auf keinen Fall sagen, was sie gemacht hat, sonst muss sie in den Knast, das macht Charly ihr immer und immer wieder klar. Fast jeden Tag, wenn er an ihr vorbeigeht, bohrt er ihr seine dicken Finger in den Bauch und zischt ihr ins Ohr „Schnauze halten, sonst wanderst du in den Bunker" und sie sagt „lass mich" und nickt aber.

Schlampig sieht Adriane heut' wieder aus, die Haare fettig und ungekämmt, ein T-Shirt mit Brandlöchern hängt vorne aus der Hose raus. Die Regenjacke hat sie zum Glück um, aber nicht zugemacht.

„Kommste endlich mal raus, was machste denn so lange?" will sie wissen. „Hab' gedacht, wir gehen heut' mal essen, wir beide, da oben im Sudhaus, wo ich am Samstag putzen geh. Da kostet's nix für mich, wenn ich zum Personal gehör'."

Sie schaut Kathrin erwartungsvoll an, als hätt' sie ihr gesagt, dass sie beim Bürgermeister persönlich eingeladen sind. Und Kathrin merkt, dass ihr Magen knurrt und dass es deshalb genauso gut ist, in diesem Sudhaus was zu essen kriegen, eigentlich besser, als wenn sie beim Bürgermeister wären. Der würd' sie nämlich gar nicht reinlassen, so wie sie aussehen, Adriane mit ihrem Brandlöcherhemd und dem fettigen Kopf und dem fetten Bastard, den sie im Schlepptau hat.

„Wo is'n das?", fragt sie und steht vor ihrer Mutter, die genauso klein ist wie sie und genauso schwabbelig. Aber ihr Gesicht, Adrianes Gesicht, das sieht schöner aus. Warum hat Kathrin nicht wenigstens das Gesicht von ihrer Mutter? Was muss dieser Typ, der ihr Vater war und der dann in den Knast gewandert ist, für eine hässliche Fratze gehabt haben, dass seine Tochter aussieht wie ein bleicher, weicher Teig mit Schweinsäuglein drin, einer kleinen Nase und einem Mund wie ein Strich?

„Nich weit."

Sie gehen nebeneinander her, Adriane versucht ein bisschen mit dem Hintern zu wackeln, wenn ein Mann vorbeikommt, und Kathrin tut alles, damit nichts wackelt und keiner zu ihr hinschaut. Ach, das ist das alte Brauhaus, da ist sie doch früher schon mal gewesen, wenn sie mit dem Opi spazieren gegangen ist. Da soll das also sein, wo Adi putzen geht. Kathrin ist stinkig auf diese Leute im Sudhaus, denen es egal ist, dass ihre Mutter dann nicht zu Hause ist und ihre Tochter mit dem alten Kupka alleine lässt. Das war so schön, die letzten Tage, wo Charly sie in Ruhe gelassen hat, weil Adi ihren Putzjob verloren hat. Es war schön, auch wenn's Kathrin dauernd schlecht ging. Aber für so Leute wie sie, da ist es nie auf Dauer schön. Es gibt nur so kleine Zeiten, wo du dich ein bisschen erholen kannst, bis es wieder losgeht. Das haben schon die alten Römer mit ihren Sklaven gemacht. Die haben sie aufgepäppelt, ihnen genug zu fressen gegeben, dass sie stark genug sind, wenn sie zu den Löwen müssen. Kathrin muss da auch bald wieder hin. Nur ist es kein Löwe, sondern ein Scheusal, ein Schwein, ein keuchender geiler alter Bock, vor dem sie nicht weiß, wie sie sich retten soll. Kathrin merkt nicht, wie sie dauernd den Kopf schüttelt, erst als ihre Mutter fragt: „Was haste denn, Kathrin, is dir schlecht?“

Sie sind am Sudhaus angekommen, die Tür ist offen, und ein paar Leute stehen davor, die qualmen. Ein Mann kommt raus und ruft: „Kippen aus, Essen fassen!“ Dann wedelt er mit einem Kochlöffel.

Adriane bleibt stehen und guckt, und Kathrin weiß auf einmal, warum ihre Mutter sie abgeholt hat. Sie will nicht allein sein, traut sich nicht rein, weil sie keinen kennt, und braucht Kathrin.

Aber Kathrin ist es egal, denn sie hat Hunger, und das alles ist besser als an Charly denken und an die Augen, die sie wieder gesehen hat heute auf dem Bild.

Es riecht nach frischem, gekochtem Fleisch, als sie reinkommen, und Kathrin läuft das Wasser im Mund zusammen. Gulasch, es ist Gulasch mit viel Paprika drin, mein Gott, wie lange ist das her, dass sie so was zu essen bekommen hat. Adriane, die kocht schon lange kein so aufwändiges Zeug mehr. Dosengulasch, ja, das machen sie ab und zu auf, aber nur wenn Charly nicht da ist, weil der dann immer rumbrüllt, das sei Hundefutter, und so einen Fraß sollten sie sonst wem hinstellen, aber nicht ihm.

Die zwei großen Tische sitzen voll mit Leuten, mit jungen und alten, mehr Männer als Frauen, und der Mann, der sie reingerufen hat und der eine karierte Schürze trägt, teilt das Fleisch mit einem großen Schöpflöffel aus.

Eine komische Frau mit einem riesigen Vogelnest auf dem Kopf und vielen bunten Spangen drin hilft ihm dabei. Und dann gibt's noch eine schöne junge Frau mit einem großen, roten Mund und dicken Haaren, die hat da wohl was zu sagen, weil sie jetzt auf Kathrin und Adriane zukommt und Adi die Hand schüttelt.

„Hallo Frau Schmitt, schön, dass Sie da sind, Sie wollen wohl gleich mal unser Essen testen?"

„Jaaaa... hab' auch meine Tochter mitgebracht, die Kathrin hier, weil, Sie wissen ja... mit dem Einkaufen ist das schlecht zurzeit..." Sie macht eine Pause und weiß nicht, was sie weiter sagen soll.

Die schöne Frau nickt. „Ja, ich weiß, ich hab' Ihnen ja auch gesagt, Sie können gern zum Essen kommen." Sie schaut Kathrin an. „Hallo Kathrin, ich bin die Maggy. Das ist richtig nett, dass mal ein Teenager zu uns kommt." Sie zeigt mit der Hand lachend in die Runde. „Alles mehr Mittelalter hier, wie du siehst." Was gar nicht stimmt, denn ein paar Kerle so um die Zwanzig hocken schon da, und die Maggy selber sieht auch nicht viel älter aus. Aber dass die sie, die hässliche fette Kathrin, einen Teenager nennt, das geht Kathrin runter wie Öl. Teenager, das klingt so nach nettem, jungem Mädchen, nach unschuldigem, hübschem Mädchen, was Kathrin doch so gern sein wollte und so tief drinnen doch auch ist. So tief, dass es keine Menschenseele weiß und sie selber es gar nicht mehr glaubt. Ob die Maggy das in ihr versteckte Mädchen gesehen hat? Oder hat sie nur so dahergeredet? Egal, Kathrin will nicht drüber nachdenken, sondern ein bisschen versuchen zu lächeln, und wenn's nur ist, weil sie gleich einen großen Teller Gulasch kriegt, das so furchtbar lecker riecht, dass sie gleich auf der Stelle umfallen könnte vor Hunger.

Maggy schaut Kathrin immer noch an, und als Kathrin lächelt, lächelt Maggy auch und lächelt sie an, dass es Kathrin ganz warm wird und sie auf einmal weiß, dass die hübsche, junge Frau doch das hübsche, junge Mädchen Kathrin entdeckt hat. Und das macht ihr so viel aus, dass sie am liebsten weinen möchte und sie nicht weiß, ob dieses Gefühl sie so schwach macht oder dieser schreckliche Hunger.

„Na dann auf, setzt euch doch hin, hier bei Oma Hildchen sind noch zwei Plätze." Sie deutet auf eine kleine, faltige Frau, die rechts und links noch je einen Stuhl frei hat. Adriane sucht sich den linken aus, weil daneben ein Kerl sitzt, der ihr schöne Augen macht und mit dem sie sofort anfängt, dummes Zeug zu reden. Kathrin setzt sich, auf der einen Seite Oma Hildchen, die ihr Gulasch löffelt, auf der anderen Seite ein muffig riechender Mann, der immerzu vor sich hinbrabbelt und auch zu Kathrin was sagt, was sie nicht versteht.

Von irgendwoher wird ihr ein voller Teller hingestellt, Gulasch mit Nudeln, und Kathrin versucht einen Moment lang, die Zeit anzuhalten. Immer so sitzen und in einen vollen Teller schauen, nichts war vorher, und nichts kommt danach. Adriane, ihre Mutter, ist auch da und hat für sie gesorgt und sie wohin gebracht, wo es Essen gibt. Und eine schöne, junge Frau hat in der fetten, schuldigen Kathrin die junge, unschuldige Kathrin entdeckt. Und weit und breit ist kein Charly.

„Hast wohl keinen Hunger, Kind?", fragt Oma Hildchen von der Seite und schaut sie neugierig an. „Lang doch zu, der macht das gut, der neue Koch."

Kathrin starrt sie an und versteht nur, dass jemand „Kind" zu ihr gesagt hat. Dann nimmt sie den Löffel und isst andächtig, langsam, und denkt an nichts vorher und nichts danach.

Tag 11

Babybedenkzeit

Kathrin summt ein bisschen vor sich hin, als sie in die Schule kommt, „family portrait" von Pink. Das kam heute früh im Radio. Adi und Charly haben noch gepennt, wie immer eigentlich. Kathrin hat einen Rest labbrige Cornflakes gegessen, ohne Milch, weil keine da war. Sie hat alleine und mit dem Lied von Pink im Ohr am Küchentisch gesessen, hat an das Gulasch mit Nudeln im Sudhaus gedacht und an Maggy, die Frau, die dort arbeitet und die sie einen Teenager genannt hat. Dass Adi morgen dort putzt, das muss sie ganz weit wegschieben. Aber das kann Kathrin gut, sich wegbeamen und an was Schönes denken, wenn ihr etwas Schlimmes bevorsteht. Denn was morgen sein wird, wenn ihre Mutter weg ist, das ist so sicher wie das Amen in der Kirche. Family portrait, nichts ist so wie es scheint.

Gestern Abend, bevor sie ins Bett ist, hat Charly sie noch im Flur erwischt und am Arm gepackt. „Na, freuste dich schon, meine Kleine, auf Samstag – da ham wir zwei endlich mal wieder unsre Ruhe. Wird auch Zeit, hab' 'ne ordentliche Portion für dich aufgehoben." Das hat er gesagt und sich zwischen die Beine gefasst. „Und wegen dem anderen, da weißte: Fresse halten oder Knast!"

Kathrin konnte sich aus seinem Griff drehen, und weil Adi gerade aus dem Wohnzimmer kam, ist ihr alles Weitere erspart geblieben, zumindest für diesen Moment.

Kathrin geht aufs Schulklo, da bleibt sie immer, bis alle im Klassenzimmer sind und sie schnell reinschlüpfen kann, kurz bevor der Lehrer kommt. Sie hockt da auf der Schüssel und kratzt an den Pickeln, die wie Streusel auf ihren Oberschenkeln sitzen.

Einfach abhauen sollte ich, heut' noch oder morgen früh. Irgendwo hab ich 'nen alten Rucksack. Da is erst einer getürmt, der war 'ne Klasse unter ihr, den ham sie aber gestern schon wieder geschnappt. Wollt' zu seinem Opa in den Süden. Zum Opi kann ich nicht mehr, oder doch. Der ist so weit unter der Erde, da ist es auch schön warm und dunkel. So warm wie in Italien. Aber was nehm' ich bloß mit, hab' kein Geld mehr. Müsst' Adi was klauen, aber die hat auch nix. Deshalb warn wir ja gestern in dem Sudhaus essen. Das war schön dort. Vielleicht geh' ich zu der netten Frau, Maggy, und frag' sie, ob sie mir was leiht. Die darf nicht merken, dass ich abhau'. Die holen immer gleich das Jugendamt, und dann stecken die mich sowieso in den Jugendknast oder ins Heim. Annika war dort eine Weile. Was aus der geworden ist, weiß jeder. Oder ich geh zum Stevie seiner Pflegemutter. Die kann mir helfen, die Renate. Vielleicht kann ich da wohnen. Ich bleib' auch beim Stevie im Zimmer, kann auf dem Boden schlafen, auch ohne Matratze, und pass auf den Kleinen auf. Ich mach auch die Schule fertig und streng' mich an, ehrlich, Renate. Und mit Adi ess' ich immer mal im Sudhaus. Mutter und Tochter. Und Maggy sagt dann immer, wie schön, dass mal ein Teenager hier ist zwischen uns Alten, und lacht. Und dann soll sie mir sagen, wie ich so was werde, was sie ist. Oder ich mach was mit Kindern. Das wär' schön, im Kindergarten. Ich würd' den ganzen Tag mit den Kleinen spielen, und die Kinder sagen Tante oder Mama zu mir, wenn sie keine gute Mama daheim haben.

Das Geschrei von draußen dringt wieder an Kathrins Ohren, dann wird's langsam ruhiger, und sie kapiert, dass es geklingelt hat. Bloß schnell, sonst kriegt sie wieder einen Rüffel von der Seidlinger. Hoffentlich fragt die heut' nix mehr, wie's mit den Bullen war und so.

Als sie ins Klassenzimmer kommt, ist es ganz komisch ruhig da drin, vorne steht die Seidlinger mit noch einer Frau. Sie guckt böse, als Kathrin sich zu ihrem Platz durchschiebt, sagt aber nichts.

„So, jetzt sind wir endlich vollständig. Dann kann's losgehn. Ich habe euch ja schon Anfang der Woche erzählt, dass wir heute Besuch haben. Das ist Frau Pohl-Rückert von der Schwangerenberatung, und sie hat was ganz Besonderes für euch dabei!"

Die macht's aber spannend, die Mädchen stoßen sich an, tuscheln und kichern, die Jungs haben schon beim Wort „Schwangerenberatung" gestöhnt.

„Ja, hallo alle zusammen", sagt die Frau, die nicht besonders schlank ist und bestimmt so alt wie die Seidlinger und eine Brille mit rotem Rand trägt. „Ich stelle euch am besten mal vor, was ich hier dabei habe, und dann dürft ihr euch entscheiden, ob ihr bei einem ganz spannenden Versuch mitmachen wollt, den wir heute starten wollen."

Sie öffnet ihre große Leinentasche und nimmt behutsam ein Baby heraus, so dass ein paar erstaunt „Oh!" rufen, weil es so echt aussieht. Aber es ist nur eine Puppe, obwohl die Frau es so anfasst, als wäre es ein richtiges Kind.

„Das ist die Julia", sagt Frau Pohl-Rückert und hält die Puppe vorsichtig hoch.

Maren und Julia kreischen los, und Julia schreit: „Ich heiß' Julia, ich heiß' Julia!"

„Ruhe!“, schimpft die Seidlinger, und die andere Frau guckt irritiert.

„Wir können sie auch anders nennen“, meint sie, „habt ihr einen Vorschlag?“

Alle rufen mal wieder wild durcheinander, bis Shirley, die Klassensprecherin, sich durchsetzt und „Lilli“ sagt, weil ihr der Name so gut gefällt.

Frau Pohl-Rückert ist einverstanden, und so heißt die Babypuppe jetzt Lilli.

Sie erklärt dann, dass in der Lilli ihrem Bauch so etwas wie ein Computer ist, der sich alles merkt, was jemand mit der Lilli macht. Ob sie jemand sofort hochnimmt, wenn sie schreit, zum Beispiel, und ob der Kopf richtig abgestützt wird.

Kathrin muss ihr Gehirn ausknipsen, sie will nix hören von Babys, die eigentlich Puppen sind, und davon, was die alles brauchen, damit sie nicht kaputt gehen. Es nützt eh nix, so ein kleines Ding zu füttern und zu wickeln und so rumzutragen, dass der Kopf immer gerade ist, wenn dann irgendein Schwein kommen und alles kaputt machen kann.

Sie will an was andres denken, wie sie hier verschwinden kann ohne Geld und ohne dass sie einer findet, zum Beispiel.

„So, jetzt wollen wir das mal ausprobieren“, sagt die Frau Pohl-Rückert, und Kathrin hört sie nur, weil sie vor ihrem Tisch aufgetaucht ist. „Wer hat denn mal Lust? Du vielleicht?“

Sie steht vor Kathrin und hat die Puppe auf dem Arm.

„Nee, ich, ich, die kann das nicht!“, schreien ein paar durcheinander. Kathrin sagt gar nichts, und die Frau dreht sich von ihr weg und überlegt, wen sie drannimmt. Die Seidlinger kommandiert herum, dass alle mal ruhig sein sollen und jeder drankommt, der will. Die Shirley und der Thorsten kriegen dann das Baby und streiten sich drum, wer zuerst darf.

Frau Pohl-Rückert zeigt den beiden, wie sie die Puppe anfassen sollen, und Shirley darf sie als Erste nehmen, und da brüllt die Puppe plötzlich los, und das klingt so richtig, dass es auf einmal keine Puppe mehr ist, sondern wirklich das Baby Lilli.

„Och, was hat es denn?“, fragt Shirley ratlos und schuckelt das Baby in ihren Armen, und es schreit immer mehr.

„Du kannst mal was ausprobieren“, schlägt die Frau vor. „Erst mal hochnehmen und nicht so doll schütteln und immer den Kopf abstützen.“ Das macht Shirley, und oh Wunder, das Baby wird leiser und grunzt nur noch und klingt, als würd's ihm gefallen, so im Arm von seiner Mama Shirley. Die guckt ganz glücklich und will es nicht abgeben.

Aber Thorsten hat sich vor ihr aufgebaut und sagt, das Kleine müsst' jetzt mal zum Vater, und der sei er jetzt. Frau Pohl-Rückert und die Seidlinger schauen sich an und nicken sich zu, und dann darf der Thorsten das Baby nehmen.

Und der große, kräftige Thorsten, der gern mal zulangt, wenn ihm einer dumm kommt, nimmt das kleine Baby auf den Arm und tut, als sei es aus dünnem Porzellan und könnte zerbrechen.

„Das machst du sehr gut“, lobt Frau Pohl-Rückert ihn, „siehst du, es ist auch ganz zufrieden und fühlt sich bei dir wohl.“

Thorsten trägt das Baby Lilli herum und singt mit seiner Stimmbruch-Stimme sogar ein Schlafliedchen und ist ganz stolz. Die anderen Jungs verdrehen die Augen, aber keiner traut sich, was zu sagen, weil Thorsten der Größte in der Klasse ist, und was er macht, das ist Gesetz. Blöde Sprüche wären jetzt fällig wie: „He, Thorsten, haste die Shirley gepoppt und ihr das Balg gemacht", aber keiner wagt es.

Die andern aus der Klasse hüpfen und schwänzeln um Thorsten mit Baby Lilli herum und wollen alle auch mal, vor allem Julia und Maren, die versuchen immer, das Baby anzufassen. Nur Kathrin, die hockt da und guckt auf ihr Heft. Jetzt ist doch Mathe, warum machen wir nicht Mathe, ich will was rechnen, und wenn ich 'nen Anschiss krieg', weil ich die Hausaufgaben nicht hab', auch egal. Mathe, Deutsch, Englisch, ich mach alles, alles, nur keinen Babykram.

Jeder soll das Baby mal kurz nehmen, sagt Frau Seidlinger, und sie zieht Kathrin am Arm hoch. Aber Frau Pohl-Rückert redet noch. Sie erklärt, was sie vorhat. Dass sich jetzt Schülerinnen oder Schüler – oder auch ein Pärchen, dabei zwinkert sie den Umstehenden zu – melden dürfen, die das Baby mal ein paar Tage mit heimnehmen wollen. Dass sie aber dann auch mit den Eltern sprechen will, weil sie einverstanden sein müssen, denn das Baby schreit auch nachts, und es ist ziemlich anstrengend, das Baby zu versorgen. Der Computer zeichnet alles auf, wenn die Pflegemama oder der Pflegepapa was richtig oder falsch machen, und das wird dann zusammen besprochen.

„Wir wollen euch damit zeigen, was es für eine ernste Aufgabe ist, ein kleines Kind zu versorgen", erklärt Frau Seidlinger.

Klar, Julia und Maren melden sich gleich, Shirley auch, und ein paar andere Mädchen, von den Jungs nur Thorsten und der kleine stille Jan, den sie immer den Schwuli nennen. Die Seidlinger schreibt die Namen auf, weil sie das mit den Eltern besprechen muss.

„Kathrin, willst du nicht auch mal?“, fragt sie aufmunternd und nimmt Baby Lilli aus dem Arm von Frau Pohl-Rückert und hält es Kathrin hin.

„Ey, bei der Fetten hat's das Baby schön warm und weich!“, brüllt Lars, und die ganze Klasse lacht.

„Ruhe!“, donnert die Seidlinger, und Frau Pohl-Rückert erklärt, dass jedes Baby seine Mama lieb hat und jede Frau auch eine gute Mama sein kann, also auch Kathrin.

Aber Kathrin will das Baby Lilli nicht. Sie wird ganz starr und steif und will das Baby nicht anfassen. Die Frau Pohl-Rückert merkt das und sagt: „Du musst es nicht ausprobieren, wenn du nicht willst. Das ist nicht jedermanns Sache, so ein Baby herumzutragen. Das ist ganz okay.“

Frau Seidlinger guckt unzufrieden, aber dann klingelt es, und Kathrin kann sich hinsetzen, und die Frau Pohl-Rückert packt ihren ganzen Kram zusammen, samt Baby Lilli, das die anderen aus ihrer Klasse aber nicht fortlassen wollen. Thorsten besteht darauf, dass die Tasche, in die das Baby reinkommt, offen bleiben muss, weil es doch sonst keine Luft kriegt. Frau Pohl-Rückert lächelt und lobt Thorsten, weil er daran gedacht hat, und lässt die Tasche offen.

Die Seidlinger hat Mühe, wieder Ruhe ins Klassenzimmer zu bekommen, weil jetzt doch noch Mathe ist, und Kathrin war noch nie im Leben so froh, Mathe machen zu dürfen, wie gerade heute.

Initiative Moseskörbchen startet Umbau am Mädchenwohnheim
Ehepaar Sünkel und Stadträtin Gabrieli freuen sich über Erfolg

Von unserem Redaktionsmitglied Roland Lorenz

Es ist so weit: Dank des überwältigenden Zuspruchs durch die Bevölkerung, den die Initiative Moseskörbchen verzeichnen kann, konnte Stadträtin Waltraut Gabrieli gestern den ersten „Spatenstich“ vornehmen. Natürlich handelte es sich nicht um einen echten Spatenstich, da ja kein Neubau erforderlich ist, sondern lediglich das alte Pförtnerhäuschen am Mädchenwohnheim des Christlichen Frauenbundes umgebaut wird. Auch Robert und Britta Sünkel sowie weitere Mitglieder ihrer erst vor wenigen Tagen gegründeten Initiative waren vor Ort und freuten sich über den Erfolg.

„Alle beteiligten Stellen haben unbürokratisch und schnell geholfen“, äußerte sich Robert Sünkel gegenüber dem Kurier. Der Stadtrat hat noch am Dienstag in einer außerordentlichen Sitzung die Einrichtung des Moseskörbchens befürwortet. Vom Bauamt kam daraufhin sofort die Genehmigung zum Umbau des Pförtnerhäuschens.

„Eine Firma, die uns unsere hochgeschätzte Stadträtin Gabrieli vermittelt hat, wird nun mit den Bauarbeiten beginnen“, so Sünkel. Robert und Britta Sünkel legten selbst Hand an und halfen, den beim Einriss der Seitenwand entstandenen Schutt wegzuräumen. „Diese Arbeit lenkt mich ein bisschen ab von meinem Kummer“, gestand Britta Sünkel, die mit ihren offenen Worten über ihre ungewollte Kinderlosigkeit am Montag im Weißen Ross das Mitgefühl aller Anwesenden erregte.

Die kleine Feier rund um den ersten Spatenstich hatte auch einige Bewohnerinnen des Mädchenwohnheims angelockt. Die Mädchen sind zwischen 14 und 18 Jahre alt, können aus unterschiedlichen Gründen nicht in ihren Familien leben und werden hier im Wohnheim sozialpädagogisch betreut. Vor allem soll ihnen ermöglicht werden, ihren Schulabschluss zu machen und so Chancen auf einen Ausbildungsplatz zu haben.

„Ich finde das echt toll hier“, äußerte sich eines der Mädchen, eine 16-Jährige, die offen zugab, schon einen Schwangerschaftsabbruch hinter sich zu haben. „Wenn’s das letztes Jahr schon gegeben hätte, hätt’ ich mein Kind bestimmt da rein getan.“ Eine Betreuerin des Mädchenwohnheims drückte ihre Hoffnung aus, dass verzweifelte Mädchen und Frauen den Weg zum neuen Moseskörbchen auch finden werden.

Robert Sünkel versprach in diesem Zusammenhang, für den Standort des Moseskörbchens kräftig die Werbetrommel zu rühren. „Wir haben in den vergangenen Tagen einen solch immensen Spendeneingang zu verzeichnen gehabt, dass wir es uns leisten können, eine größere Auflage an Flyern zu drucken. Der Text ist schon in Arbeit!“ Auch hier sicherte Stadträtin Gabrieli Unterstützung zu. „Wir werden überall plakatieren“, kündigte sie an. „Zumindest in unserer Stadt soll keine Frau mehr sagen können, sie hätte nicht gewusst, wo unser Moseskörbchen zu finden ist."

Befragt nach dem geplanten Termin zur Inbetriebnahme der Babyklappe, meinte Gabrieli, das gehe jetzt ganz schnell. „In wenigen Wochen sind wir soweit."

Robert Sünkel ließ es sich allerdings nicht nehmen, noch einmal harsche Kritik an der – wie er sich ausdrückte – „Verschleierungstaktik" der Polizei im Fall der kleinen Karla zu üben.

„Das hat dieses kleine Mädchen nicht verdient", so Sünkel. „Die Polizei hat anscheinend bis jetzt weder die Mutter gefunden, noch wird die Bevölkerung darüber informiert, wer sich jetzt um das kleine, arme Ding kümmert." Auch dass Jugendamtsleiter Oskar Rümpfer der Einladung zum ersten Spatenstich für das Moseskörbchen nicht gefolgt war, brachte ihn in Rage. „Was ist das für eine Behörde, die es nicht für nötig hält, sich um die Schwächsten unter uns zu kümmern?"

Auch Nachfragen des „Kuriers" ans Jugendamt wurden leider nicht beantwortet. Der kleinen Karla gehe es gut, so ließ Oskar Rümpfer durch eine Sprecherin ausrichten. Weitere Angaben könne man auf Grund des Datenschutzes nicht machen. Die Polizei mauert ebenfalls: Allerdings wurde für morgen Nachmittag eine – so Pressesprecher Günther Herne – „abschließende Pressekonferenz" angesetzt. Das Wort „abschließend" lässt Hoffnung aufkeimen, dass die Ermittlungen in positivem Sinn abgeschlossen wurden. Möglicherweise ist die

Mutter der kleinen Karla längst ausfindig gemacht worden. Ob es das Mädchen auf dem Phantombild war? Auch hierzu machte Herne keine Angaben.

„Diese Frau sollte die kleine Karla auf keinen Fall zurückerhalten“, forderte Robert Sünkel am Ende seiner kleinen Rede vor dem Mädchenwohnheim. Und: „Wenn sie schon andere Kinder hat, muss ihr für diese sofort das Sorgerecht entzogen werden!“

Bleibt abzuwarten, was die morgige Pressekonferenz bringt. Einen neuen Fall Karla darf es jedenfalls bei uns nicht geben. Darüber waren sich alle Anwesenden einig.

Irene Rupspricht sitzt in der Kantine des Polizeipräsidiums, um 14 Uhr ist es dort relativ leer. Es gab Linseneintopf mit Würstchen. Neben ihrem Teller liegt der „Kurier“ mit dem Artikel über den Spatenstich für die Babyklappe. Sie ärgert sich über den Artikel, vor allem über die Kritik an der Arbeit der Polizei. Sie hatten schließlich noch genug andere Fälle aufzuklären, die Brandstiftung zum Beispiel und den verschwundenen Jungen, der zum Glück wieder aufgetaucht ist. Der Staatsanwalt wollte am Morgen von ihr hören, was sie in der Pressekonferenz zu veröffentlichen gedenkt. Immerhin hat sie ihn dazu gebracht, einem flächendeckenden Speicheltest zuzustimmen. Seine Bedingung war, das Gebiet rund um den Fundort der kleinen Karla einzugrenzen und nur die dort wohnenden Frauen zwischen 12 und 50 Jahren zu testen. Sie sollen einschätzen, wie weit eine Frau kurz nach einer Geburt mit einem Neugeborenen in einer Mülltüte laufen könnte.

Dies ist nun auch ihre letzte Hoffnung, die Mutter zu finden. Sie ist nach wie vor davon überzeugt, dass diese aus Hochfeld kommt. Als sie den „Kurier" zusammenfaltet, entdeckt sie darunter die Klassenfotos aus der Schule, die ihr Anette Paulsen und Riemer mitgebracht haben. Sie schiebt den leeren Teller beiseite und breitet die Bilder auf dem Tisch aus. Ein einzelner Kollege, der zwei Tische weiter seinen Kaffee schlürft, hebt mahnend den Zeigefinger. „Na, Irene, musst du jetzt schon in der Kantine arbeiten?"

Sie lächelt schief und fährt sich durch ihr kurzes graues Haar. Das Licht hier ist schlecht, sie nimmt die Fotos einzeln in die Hand, um die Gesichter der Jugendlichen besser erkennen zu können, vor allem die der Mädchen, die ihr aus den Befragungen bekannt sind. Die Paulsen hat die Gesichter der gestern von ihr Befragten eingekringelt, allerdings konnten sie noch nicht darüber sprechen, weil sich die Kollegin heute krank gemeldet hat.

Irene Ruppricht studiert die Gesichtszüge der Mädchen und schweift in Gedanken zu ihren eigenen Klassenfotos ab. Sie findet, dass sie und ihre Klassenkameradinnen vor rund 40 Jahren unbeschwerter, aber auch unerfahrener gewirkt haben. Aber zu ihrer Zeit war es schließlich auch noch nicht üblich, sich für die Schule zu schminken und in Miniröcke und bauchfreie Tops zu werfen. Auf einem der Bilder ist ein Mädchen mit einem sehr runden Gesicht und dünnen strähnigen Haaren eingekringelt, und Irene Ruppricht hat sofort die Szenerie vor Augen, in der sie dieses Mädchen schon einmal gesehen hat. Das war an der Mülltonne in Hochfeld, an der sie mit dem Auto vorbeigefahren ist. Das Mädchen hat eine Tüte in die Tonne geworfen, und einen Augenblick lang hat die Kommissarin sie verdächtigt, auch das Baby Karla hier entsorgt zu haben. Sie vergleicht das Foto mit den Klassenlisten, die beiliegen, und findet bestätigt, dass es sich bei dem Mädchen um Kathrin Schmitt handelt, die Tochter der bereits überprüften Adriane Schmitt. Die Welt ist eben klein, vor allem in Hochfeld. Aber schließlich werfen dort jeden Tag Frauen und Mädchen Müll in die Tonnen, warum nicht auch Familie Schmitt in die zurzeit bekannteste Tonne von ganz Freienhausen. Irene Ruppricht fällt ein Spruch ein, der in Justizkreisen Anwendung findet, wenn es um Abstammungsklärung geht: „Die Mutter ist immer sicher." Aber in diesem Fall ist gar nichts sicher, die Mutter nicht und der Vater schon zweimal nicht. Ich wusste immerhin, wer meine Mutter ist, auch wenn mein Vater dann mein Großvater war oder hätte sein sollen. Sie schiebt energisch die Klassenfotos zusammen. Mutmaßungen bringen den Fall kein Stück weiter, Sicherheit versprechen einzig und allein die Speicheltests.

Riemer reißt sie aus ihren Gedanken, er stellt zwei Cappuccinotassen auf den Tisch, eine für sie, eine für ihn.

„Chefin, jetzt ist Pause angesagt, und zwar richtig!" Er sieht heute gut aus, hat schnell Bräune abgekriegt, wahrscheinlich beim Herumtollen mit seinem Söhnchen im Garten. Und er hat sich einen Dreitagebart stehen lassen, wenn auch möglicherweise nur aus Mangel an Zeit, sich ordentlich zu rasieren. Irene Ruppricht kann gut verstehen, dass auch eine taffe Frau wie Anette Paulsen seinem jungenhaften Charme erliegt. Schließlich sind gerade auch taffe Frauen liebesbedürftig.

„Danke, ich wollte zwar keinen Kaffee wegen meinem Magen…" Sie schiebt ihm das Klassenfoto, auf dem Kathrin Schmitt zu sehen ist, über den Tisch und deutet auf das Mädchen. „Du warst doch bei der Befragung dabei, wie war dein Eindruck?"

Riemer zuckt die Schultern, nimmt aber das Foto hoch und betrachtet es eingehend, dann schüttelt er den Kopf. „Tut mir leid, ich kann die Mädchen weder auf dem Bild noch in natura voneinander unterscheiden, eine sieht wie die andere aus. Diese Kathrin, na ja, war nicht gerade die Hübscheste, aber ansonsten nichtssagend. Sie hat auch tatsächlich kaum was gesagt, zumindest nichts, was uns weiterbringt."

„Und was hältst du von dieser Aktion mit der Babyklappe?"

Riemer lehnt sich auf dem Stuhl zurück und verschränkt die Arme. „Was soll ich da sagen, so viele Gedanken habe ich mir ehrlich gesagt noch nicht darüber gemacht. Ich glaube aber, so eine Einrichtung könnte Frauen helfen, die nicht wissen, wohin mit ihrem Kind. Und schließlich hilft sie auch Frauen wie dieser Frau Sünkel, die kein eigenes Kind bekommen können. Ob allerdings unsere gesuchte Frau imstande gewesen wäre, das Babyfenster zu finden – keine Ahnung."

Irene Rupprícht seufzt und wechselt das Thema. „Du weißt, dass Anette krank ist?"

„Tja, unsere Anette, die sonst nichts so schnell umhaut..." Riemer zwinkert ihr zu und sieht ansonsten ganz unschuldig aus. „Ob ich sie mal anrufen soll, falls sie einen zum Teekochen braucht?"

„Hast du irgendetwas mit ihrem Fehlen zu tun?", fragt Irene Rupprícht aus einer plötzlichen Eingebung heraus. „Hast du ihr zum Beispiel den Kopf verdreht?"

Riemer wird unerwartet rot unter seiner Bräune, schlägt die Hand aber Unschuld beteuernd auf die Brust. „Bei meiner Ehre als Familienvater – natürlich nicht. Wir verstehen uns ganz gut, glaube ich. Bei mir ist sie eben ein bisschen lockerer als bei euch, mehr ist nicht, ehrlich."

„Für dich vielleicht. Aber woher willst du wissen, dass es für sie nicht anders ist?"

Riemer guckt fast erschrocken und weiß nicht, was er sagen soll. „Das weiß ich nicht, stimmt. Obwohl – unwiderstehlich bin ich schon." Er grinst schon wieder. „Also, du meinst, ich soll ihr keinen Tee kochen?"

„Das meine ich." Irene Rupprícht nickt bekräftigend. „Und gib ihr bitte auch sonst keinen Anlass, etwas zu glauben, was nicht sein wird."

Riemer, seine Frau und sein Sohn sind die einzig intakte Familie, die sie zurzeit kennt, und sie möchte um jeden Preis, dass das so bleibt.

Tag 12

Tasse mit blauen Punkten

Richtig Glück hat er diesmal gehabt, der Kalle. Es muss am Sonnenschein gelegen haben, da sind die Leute anders drauf, sie sind freundlicher als sonst und auch mal bereit zu einer guten Tat. Und wenn's die ist, einen alten Penner wie ihn ein ganzes Stück weit mitzunehmen. Das war vorgestern, aber er musste erst mal eine Strecke laufen bis zur Auffahrt auf die Schnellstraße, und da hat doch tatsächlich Richtung Norden ein Brummifahrer angehalten, einer, der Schweine geladen hat, die dauernd quieken und vor Angst und hin und her rennen, was aber nicht so recht geht, weil sie so viele und so eingepfercht sind.

„Na, steig ein, Alter", hat der Fahrer, einer mit braun gebrannter Platte und dickem Bauch, zu ihm gesagt und ihn ziemlich weit mitgenommen. Von dem Harz vier, das er am Zielort gekriegt hat, hat er sich gestern eine Zugfahrt leisten können, und deshalb ist er schon seit einer Nacht in der Stadt. Er hat unter der Freienhausener Brücke gepennt und dort auch schon das dumme Gelaber von Billy Boy über sich ergehen lassen. Der hat groß rumposaunt, dass die Frau Margarete, zu der hier alle Maggy sagen, sich jetzt ganz persönlich um ihn kümmert und er richtig im Sudhaus mithilft und irgendwann bestimmt einen tollen Job findet. Dazu hat er sich mit seinen Fäusten auf die magere Brust getrommelt und den Adamsapfel hüpfen lassen.

„Willst mir wohl nicht im Ernst erzählen, dass du dann nicht mehr anschaffen gehst“, hat Kalledalle gebrummelt. Darauf tat Billy völlig empört, weil, das mit den Kerlen, das sei ja immer bloß so 'ne Art Nebenjob für ihn gewesen, und er macht das jetzt bloß noch, bis er richtig drin ist im Geschäft – in welchem, hat er nicht gesagt –, und dann sucht er sich eh 'ne tolle Frau, so eine wie die Maggy, und kauft sich ein Auto und geht außerdem aus dieser scheiß Stadt weg, in der einer wie er keine Chance hat.

Kalle hat ihm gar keine Antwort gegeben auf sein Geblubber ohne was dahinter. Aber dann hat er doch genauer hingehört, als Billy erzählt hat, dass an diesem Samstagvormittag im Sudhaus gearbeitet wird, da wollen sie ein bisschen renovieren und so. Sonst ist das Sudhaus samstags geschlossen, daran hat Kalle gar nicht gedacht. Glück muss der Mensch haben, jetzt ist es also geöffnet, und er kann da mal hingehn.

Das Wetter spielt auch mit, es ist so warm, als wäre schon Sommer, und die erste Nacht war's so mild, dass er auch ohne Schnaps nicht gefroren hat. So verkatert will er heute nicht sein, damit die Frau Margarete nichts Schlechtes von ihm denkt. Extra neue Unterwäsche hat er sich für heute Morgen aufgehoben, das heißt, neu natürlich nicht, aber sauber gewaschen, aus einer Kleiderkammer. „Dienstag“ steht vorne drauf auf der Unterhose, als würde er sich's leisten können, eine Unterhose nur an einem bestimmten Wochentag zu tragen. Von einem Dienstag bis zum nächsten vielleicht. Und dann kommt die Mittwoch-Unterhose dran, wenn er eine hat. Kalle wackelt mit dem Kopf, während er hinter einem Gebüsch aus der alten Buchse aussteigt und in die neue rein. Die Zeiten, wo mal eine Frau seine Unterwäsche zu sehen gekriegt hat, sind eh vorbei. Also wird auch keine meckern, wenn er samstags eine Dienstag-Unterhose anhat. Ein richtiges Hemd mit Kragen und noch allen Knöpfen dran hat er auch ergattert. Das ist hellblau, ohne Flecken, und aus diesem Polyester-Zeug, so dass es nicht knittert. Kalle findet sich richtig schick, als er so an sich runterguckt. Jetzt geht er noch in der Innenstadt auf irgendein öffentliches Klo und spritzt sich ein bisschen Wasser ins Gesicht, und wenn da warmes Wasser ist, kann er sich gleich noch den Kopf waschen.

Eine Stunde später ist Kalle auf dem Weg zum Sudhaus. Der Matchsack ist halb gefüllt mit ein paar Fundstücken, die er vielleicht noch verkaufen kann. Eine hübsche Tasse hat er vor ein paar Tagen gefunden, so eine bauchige mit lauter blauen Punkten drauf und einem geschwungenen Henkel, die will er der Frau Margarete für ihren Kaffee mitbringen. Kalle grinst ein bisschen in sich hinein, weil er seine sonstigen moralischen Bedenken mal ein bisschen weggeschoben hat. So ganz astrein war das mit dem Finden nämlich nicht. Er hat auf einer Hollywoodschaukel in einer Schrebergartensiedlung gepennt, und die Tasse stand auf dem Fensterbrett des Gartenhäuschens. Die ist bestimmt bloß vergessen worden. Die sind aber selber schuld, diese Gartenzwerge, wenn sie ihr Zeug nicht reinräumen. Die Tasse hätte ja auch runterfallen und kaputtgehen können. Ein Kaffeerest war noch in der Tasse, und Kalle hat sie sorgfältig sauber gewaschen und dann dick in altes Zeitungspapier gewickelt, damit sie zwischen all dem anderen Zeug in seinem Matchsack nicht kaputtgeht. Und wegen seiner Schuldgefühle hat er einen Euro, der noch in der Hosentasche war, als Bezahlung auf die Fensterbank gelegt.

Schon von weitem sieht er, dass die Tür des Sudhauses offen steht, und davor sind die Möbel gestapelt, Tisch und Stühle und Kisten mit Krimskrams und Geschirr. Am Eingang riecht's nach Putzmitteln und Farbe. Und da stehen auch Farbeimer, in einen davon taucht ein Mann grad seine Malerrolle. Er guckt misstrauisch hoch, als Kalle auftaucht, klar, da passt er jetzt natürlich nicht rein, mit seinem sauberen, hellblauen Hemd.

„Ist nicht geöffnet heut'", sagt der Maler, „nur, wenn du mit ranklotzen willst, kannste rein."

Es ist ja nicht so, dass Kalle nicht mit anpackt, wenn's sein muss, aber beim Bücken und Strecken ist ihm sein Bauch im Weg, und die Puste geht ihm auch schnell aus. Bevor er noch überlegt hat, was er jetzt sagt, taucht die Frau Margarete auf, und jetzt sieht er, es ist die Walli, wie sie leibt und lebt, seine Walli, seine erste große Flamme, dass ihm das aber auch nicht sofort aufgefallen ist. Wie konnte er die Walli vergessen. Dabei hat sie ihn ja auch vergessen, damals, als sie weg ist aus dem kleinen Kaff, weg mit ihrem Protestantischen, auf Nimmerwiedersehn.

„Hallo, Herr Faltermeier!", ruft Maggy erfreut. „Ach, jetzt kann ich Sie nicht mal zum Ausruhen reinbitten, weil wir alles ausgeräumt haben, um zu streichen!"

Kalle nickt verlegen und dreht seine Detschkappe, die er abgenommen hat, in den Fingern.

Sie kommt ganz raus, und Kalle hat Mühe, ihr nicht auf den Busen zu gucken, der allerdings unter einem großen, mit Farbe bekleckten T-Shirt versteckt ist. Auf dem T-Shirt steht „Hard Rock Café New York", die Schrift ist aber ziemlich verwaschen.

Maggy nimmt einen Stuhl, der auf den Tisch gestellt war, runter und schiebt ihn für Kalle an die Hauswand. „Setzen Sie sich doch ein bisschen hier in die Sonne, spätestens in einer halben Stunde machen wir Pause, Oma Hildchen kocht schon Kaffee." Sie lacht ein bisschen, und der große Mund wird noch größer.

Sie zieht ihn am Arm zu dem Stuhl hin, und er lässt sich nicht ungern darauf fallen. „Schickes Hemd", bemerkt sie noch, dann findet Kalle endlich seine Sprache wieder.

„Hab' Ihnen was mitgebracht", brummelt er und kramt in seinem Matchsack. Das Zeitungspapier versucht er gleich im Sack drin von der Tasse abzumachen. Dann zieht er die bauchige Tasse mit den blauen Punkten raus und streckt sie Maggy hin. „Können Sie dann gleich Kaffee draus trinken." Jetzt weiß die Frau Margarete, die aussieht wie die Walli, nicht, was sie sagen soll. Sie nimmt die Tasse in beide Hände, als wollte sie ihre Hände daran wärmen, und lächelt wieder mit dem großen, roten Mund.

„Die ist wunderschön", sagt sie dann und schaut Kalle so an, dass er gleich auf den Boden sehen muss. „Ich werde sie wirklich gleich einweihen!"

Sie verschwindet samt der Tasse im Sudhaus, und Kalle hockt allein auf dem Stuhl an der Mauer, hat den Matchsack unter den Stuhl geschoben und stellt sich vor, das sei jetzt sein Haus, und er hätte eine Frau, die würde aussehen wie die Walli und wäre gerade reingegangen, um Kaffee für ihn zu kochen.

Er hört Geräusche von drinnen, Radiomusik, Reden und Lachen. Dann wieder Schritte, aber es ist nicht die Frau Margarete, die rauskommt, sondern eine andere, die sieht älter aus, mit strähnigen Haaren und verschwitzten Klamotten. Die wischt sich gerade mit dem Unterarm über die Stirn und nestelt dann in der Hosentasche nach Kippen. Dann sieht sie ihn erst.

„Hallo“, sagt sie und holt sich auch einen Stuhl, den sie in der Nähe von Kalle an die Wand stellt, nicht so, dass sie ihm auf die Pelle rückt, aber auch nicht weit weg.

„Adriane“, sagt sie, und als er begriffsstutzig guckt, sagt sie noch, „heiß’ ich.“

Aha. Da muss er sich wohl auch vorstellen. „Bin der Kalledalle.“

„Wollense ’ne Zigarette?“, fragt Adriane und streckt ihm das Päckchen hin.

Kalle raucht eigentlich nur mal ab und zu eine schöne, dicke Zigarre, wenn er an eine drankommt. Aber einer Dame soll man nichts abschlagen, also greift er zu.

Adriane steht auf und kommt mit ’nem Feuerzeug rüber, das ewig nicht angeht. „Scheißding“, sagt sie, dann geht’s endlich.

Sie rauchen eine Weile, bis die Asche bei Adriane abzufallen droht. Da beginnt sie panisch nach was zu suchen, wo sie die abklopfen kann. An der Hauswand hängt nämlich ein mit fetten Buchstaben geschriebener Zettel: „Asche und Kippen nur in dafür vorgesehenen Behälter“. Der Behälter, ein alter Blechkübel, ist allerdings unter dem Turm von Möbeln begraben, und so macht Adriane hektisch die Zigarettenschachtel leer, in der eh nur noch zwei, drei Kippen drin sind, und ascht da hinein. Dann gibt sie die Schachtel an Kalle weiter, der sie auf den Boden zwischen ihren Stühlen stellt.

„Bin zum Putzen hier“, sagt sie, „erster Tag. Und dann gleich die Malerei. Muss den Malern hinterherwischen. Aber immer noch besser als daheim hocken. Auch wenn’s kaum Knete gibt.“

Kalle nickt und raucht. Die Frau, die Adriane, sieht auch aus wie eine, die er kennt. Aber da muss er nicht überlegen, er weiß es gleich. Mit so einer wie ihr hat er mal kurz zusammengewohnt. Sie war ein nettes Ding, nichts dran auszusetzen. Aber dann kam ihr Alter wieder aus dem Knast, und Kalle musste Leine ziehen. Sie wollte, dass er sie mitnimmt. Aber wohin soll einer wie er 'ne Frau mitnehmen, auf die Straße, unter die Brücke? Nee.

„Und, was machense so?", will sie dann von ihm wissen. „Sind so'n Tippelbruder, oder?"

„Yeah." Kalle nickt wieder. „Always on the road", sagt er in lupenreinem Englisch, das war auch so ein Spruch von dem Ami, mit dem er mal rumgezogen ist.

Adriane zuckt die Schultern. „Versteh' kein Englisch. Da müsst' meine Große da sein, die versteht das, die hört immer diese Pink, die so durchgeknallt ist, und die singt Englisch. Hab' ja auch Englisch gehabt in der Schule, aber echt, ich weiß nix mehr."

Eine Tochter hat sie also. Ob es auch einen Mann dazu gibt? Kalle fragt lieber nicht, sonst denkt sie noch, er will was von ihr.

Jetzt tut sich außerdem gleich was, die Leute von drinnen kommen raus, zwei, drei Männer, und, ach du Scheiße, Billy Boy in einer viel zu weiten Malerlatzhose, und diese kleine faltige Oma, die 'ne Riesen-Kaffeekanne mitbringt. In Nullkommanix haben die den Tisch und die Stühle ordentlich aufgestellt, so dass man drum herum sitzen kann, und Maggy lässt sich als erste Kaffee in die neue gepunktete Tasse gießen und sagt auch noch: „Ein Geschenk von Herrn Faltermeier, unserem heutigen Gast!" Sie hebt die Tasse in seine Richtung, als wolle sie ihm zuprosten, und lächelt wieder dieses Lächeln. Zu Adriane sagt sie viel weniger freundlich, dass sie sich auch was nehmen soll, dann aber noch bestimmt zwei Stunden für die Endreinigung gebraucht wird.

„Ist mir nur recht", sagt Adriane leise zu Kalle, neben den sie sich an den Tisch gesetzt hat. „Alles besser wie nach Hause gehen."

Komisch, denkt Kalle, da gibt's Leute, die haben ein Zuhause und auch ein Kind und freuen sich gar nicht, dorthin zu kommen. Aber dann beschließt er, es sich erst mal gut gehen zu lassen mit Kaffee und Kuchen und einer Frau wie Walli und einer wie Adriane, die auch ganz nett ist.

Himmelblau bis schwarz

Es gibt so Tage, an denen der Himmel ganz schwarz ist und schwer von Gewitterwolken, und du weißt, was kommt, und du kannst dich nicht davor schützen, weil du draußen bist ohne Jacke, ohne Schirm und kein Unterstand in der Nähe. Und dann reißen die Wolken ein kleines bisschen auf, und du willst fast schon hoffen, es erwischt dich nicht, geht vorbei, nimmt keine Kenntnis von dir. Aber eigentlich weißt du, ganz tief in dir drin, dass der kleine helle Fleck dich nur verspotten will und dass es kein Entkommen gibt.

So geht's Kathrin heute Morgen, als Adriane aus dem Haus ist und Charly in ihrer Zimmertür steht und sie anglotzt wie ein Stück Fleisch und auf sie zugehen will und dann aber jemand an der Wohnungstür klingelt und laut klopft und „Hey, Charly, alter Saubär, mach gefälligst auf!" ruft. Es ist einer seiner Kumpel, Kathrin kennt die Stimme. Charly, der bleibt einen Moment stehen, überlegt, ob er's überhören soll, und dreht sich dann doch schwerfällig um und latscht Richtung Tür.

Kathrin hat die Luft angehalten. Das tut sie fast schon die ganze Nacht. Wenn ich einfach nicht mehr atme, dann ist es vielleicht vorbei. Ich halt' mir die Nase zu, werd' ganz blau, und die Lunge macht pffffft, und aus ist's. Dann kann sich der alte geile Sack auf mich drauf legen, so lang er will, ich guck' von oben zu und lach'. Ich sitze dann auf einer schönen, weichen, weißen Wolke, sing' ein Liedchen, „stupid girls" von Pink, und die ganze blöde Welt ist mir egal. Da unten hoppelt der Alte auf der fetten Kathrin rum, die merkt nix mehr, die ist hier oben, und er merkt's auch nicht, weil's ihm völlig gleich ist, ob da unter ihm jemand lebendig ist oder nicht. Und dann ist er fertig und rollt den Körper der fetten Kathrin einfach auf die Seite und lässt ihn liegen, und die richtige Kathrin, die hier oben, die braucht ihren fetten Körper auch nicht mehr. Es wär' nur schön, wenn ich dann nicht allein wär' da oben. Wenn das nicht schief gegangen wäre mit der Mülltonne, dann wär' das, was in mir drin war, jetzt auch hier oben, und ich hätte es für mich ganz allein. Und nix könnte uns mehr passieren.

Die Stimmen der Männer draußen dringen wieder zu Kathrin durch.

Irgendeiner gibt im Scharfen Eck 'ne Runde aus, und Charly soll mitkommen, einen heben. Kathrin ist ganz hinten in die Ecke ihres Bettes gerutscht, hat die Knie hochgezogen, so weit es bei ihren fetten Beinen geht, und die Decke bis hoch unters Kinn. Der kleine Lichtstreifen am Himmel weiß noch nicht, ob er breiter werden oder verschwinden soll.

Nee, sagt Charly draußen, hab' noch was zu tun, komm später nach. Und die Tür fällt zu, und der Himmel wird wieder ganz schwarz.

Er schlurft durch den Flur, Kathrin hört, wie er den Kühlschrank aufmacht, da ist Schnaps drin, das hat sie gesehen, und später wird sie es auch riechen, wenn er über ihr ist und laut schnauft und dabei stinkt und ihr so kotzübel sein wird.

Ich bin halt selber ein Stück Dreck, das es nicht besser verdient. Dauerfett, dauerschwanger, haben sie geschrien, und dann diese Frau, die ihr dieses Baby Lilli in die Hand drücken will. Puppe, Baby, Lilli, schreit, hat Hunger, muss gewiegt werden. Thorsten, der hat's drauf gehabt. Der gemeine Thorsten, der mich immer piesackt, und dann hat er das Baby Lilli auf dem Arm und tut, als wär's echt und er könnte was dran zerbrechen. Guck ins Leere, Kathrin, immer ins Leere, such' dir was aus, was nur du siehst, dann ist alles nicht wahr, was einer mit dir macht.

Tanzende, weiße Sterne vor den Augen, die Finger um die Bettdecke gekrampft. Grobe Hände, wie von einem Metzger, die die Decke wegziehen, ein fetter weißer Bauch mit ekligen Haaren dran direkt vor der Nase, vor der Stirn. Augen zu und durch.

An den Beinen zerrt er sie nach unten, der Oberkörper fällt nach hinten. An der Unterhose reißt er, keucht, brabbelt was, „geiles Miststück du, bist schon lange mal wieder fällig, hast es nötig, dass ich dich mal wieder vornehm' und es dir besorg'".

Schalter umlegen und nix mehr spüren. Klappt schlecht, klappt eigentlich gar nicht. Weil da unten erst was rausgekommen ist, vor kurzem, etwas, das da gar nicht drin sein sollte und das weggeschafft werden musste, weg von Charly.

„Was'n das", grunzt das Schwein, „was bist'n immer noch so fett, häh?" Er drückt auf ihrem Bauch herum, in dem nix mehr drin ist, der weich und schwabbelig herumhängt. „Denkst, ich weiß das nicht, dass du das warst mit dem Müll, aber nee, dazu biste zu doof, oder doch, na, scheißegal, wär' eh 'ne Missgeburt bei dem Miststück, das du bist. Und halt bloß die Fresse, sonst geht's ab in den Bunker mit dir. Und kein Ton über den guten alten Charly, sonst bringt er dich gleich unter die Erde."

Es tut so weh, so weh da unten, und Kathrin kann nicht weg, so wie früher, kann sich nicht fortbeamen auf einen fremden Stern oder in ein anderes Leben. Muss alles aushalten und jede Sekunde wissen, das passiert mir, das ist wirklich wirklich, das ist der Alte meiner Mutter da über mir, und ich, ich bin erst fünfzehn, und meine Mutter ist nicht da und will nicht wissen, was passiert.

Es hört und hört nicht auf, Charly keucht und schwitzt, und alles tropft auf sie drauf, Schweiß und Spucke und dann das scheußliche weiße Zeug, das eine Spur zieht, aus ihr raus, auf das Bett, an den fetten Schenkeln entlang. Der leckt sich über die Lippen, die hart und aufgesprungen sind und bluten, und sagt, „ab jetzt kommste wieder regelmäßig dran, meine Kleine, ich nehm' mir immer richtig viel Zeit für dich, versprochen".

Die ausgebeulte Trainingshose zieht er hoch, hat keine Buchse drunter und wischt nix ab. Und geht raus und pfeift einen Schlager, den sie im Radio ständig spielen.

Kathrin bleibt auf dem verschmierten Bettlaken liegen, ohne Kraft, das Tuch hochzuziehen. Bleibt einfach liegen in ihrer Blöße, die er ihr gegeben hat. Kann sich nicht bedecken und sich nicht mal mehr schämen. Wofür auch. Ich tu's ja gern. Hab's mal wieder gebraucht nach der langen Zeit. Zwei oder drei Wochen ohne? Wer soll das schon aushalten! So ein geiles Stück wie ich doch bin. Eine Schlampe, ein Hurenstück, ein dreckiges Stück Scheiße.

Bin selber schuld, hab' den Alten meiner Mutter ausgespannt, so was macht eine gute Tochter nicht. Was soll Mama von mir denken, wenn sie das erfährt? Die spuckt mich an, haut mir eine runter. Bist nicht mehr meine Tochter, hab's schon immer gewusst, hau bloß ab, verschwinde, weg von hier, weg aus meinem Leben wie die Annika und der Steve. Und nimm den Alten, den Kupka, gleich mit, den brauch' ich auch nicht mehr, hab' jetzt den Türken, den Mehmet, der treibt's nicht mit kleinen dicken Mädchen. Der braucht 'ne richtige Frau wie mich.

Draußen fällt die Tür ins Schloss, Charly ist weg, saufen gegangen ins Scharfe Eck. Der prahlt vielleicht rum, dass er's ihr besorgt hat und was er für ein toller Kerl ist. Da kann keine nein sagen, wenn einer wie er kommt. Schöne Augen hat sie ihm gemacht, wenn man's recht bedenkt. Von Anfang an schon. Zwölf oder dreizehn war sie da, wie der Kupka mit Adriane angebändelt hat. Gleich ist er über Nacht geblieben, hat immer was Süßes für Kathrin mitgebracht und hat gesagt „meine beiden Frauen" und einen Arm um Adi und einen um Kathrin gelegt.

An ihn dran gelehnt hat sich Kathrin manchmal abends, beim Fernsehen auf der Couch, da hat er noch nicht so viel gesoffen am Anfang, und Adi auch nicht. Er wollte ihr Papa sein, hat er gesagt. Und sie hat's geglaubt. Und dann hat er angefangen, an ihr rumzugrapschen, wenn Adriane mal raus war aus dem Zimmer. Nur so gekitzelt am Anfang, und Kathrin weiß nicht mehr, wann das dann anders war. Alles hat sie falsch gemacht, es ist allein ihre Schuld. Hätt' sie sich nicht so an ihn dran gedrückt, hätt' er nicht gedacht, sie will was von ihm.

Kathrin guckt ins Leere, durch das Poster von Pink durch, zwischen ihren Beinen ist es warm und feucht, und es ist Blut.

Pressekonferenz

Dass die zweite große Pressekonferenz in Sachen SOKO Karla an einem Samstag stattfindet, hat einen guten Grund: Am kommenden Montag wird es zwei Wochen her sein, dass kurz vor Mitternacht eine unbekannte Frau in der Kleinstadt Freienhausen ihr Neugeborenes in einer Mülltonne entsorgt hat. Und die Medien wollen etwas dazu hören, brauchen einen Aufmacher für diesen Stichtag. Zumindest die regionalen Medien – zwei Tageszeitungen, das Stadtradio, der lokale Fernsehsender sowie der Lokalredakteur eines kirchlichen Monatsblattes – sind anwesend. Auf überregionaler Ebene hat schon fast keiner mehr Interesse an dem Fall, andere spektakuläre Dinge wie eine in einer Gefriertruhe entdeckte Babyleiche haben der kleinen, doch immerhin lebendigen Karla den Rang abgelaufen.

Staatsanwalt Beyerlein hat den großen Konferenzraum des K 1 reserviert, dort thront er in der Mitte zwischen Pressesprecher Günther Herne und Kriminalhauptkommissarin Irene Ruppricht. Er wirkt aufgeräumt und guter Laune, ganz im Gegensatz zu Irene Ruppricht, die mal wieder schlecht geschlafen hat und nervös ist, weil sie nicht gerne im Rampenlicht steht und keine Ahnung hat, was die Medienvertreter fragen werden.

Außerdem ist sie in Gedanken schon beim nächsten Termin: Kurz bevor sie das Haus verlassen hat, rief Anette Paulsen bei ihr an und fragte, ob sie sich heute treffen könnten, auf einen Kaffee in der „Kaffeekanne“. Worum es geht, hat sie nicht gesagt, und Irene Ruppricht hat nicht gefragt. Sie kann es sich fast denken.

„So, meine Damen, meine Herren, fangen wir an!“, dröhnt Staatsanwalt Beyerleins Stimme in ihre Gedanken hinein. „Schießen Sie los – wir stehen Ihnen Rede und Antwort, hier die leitende Kommissarin Frau Rupprícht, SOKO Karla“, er deutet auf seine Nachbarin, „und Kollege Herne, unser Pressesprecher, Sie kennen ihn. Und meine Wenigkeit, Oberstaatsanwalt Beyerlein.“

Klar, Roland Lorenz vom „Kurier“ beginnt. Er sitzt ganz vorne, als einziger mit Notebook auf dem Schoß, während die Kollegen noch mit Block und Stift arbeiten. Über seine Lesebrille hinweg schaut er Irene Rupprícht an.

„Fast zwei Wochen Suche nach der Mutter der kleinen Karla – darf ich Sie, Frau Rupprícht, fragen, ob das nicht Zeit genug war, diese Frau zu finden?“

Also gut. Gleich die erste Frage ist die, die sie am meisten gefürchtet hat. Herne und Beyerlein schauen sie ebenfalls von der Seite an und machen keine Anstalten, ihr aus der Klemme zu helfen.

Irene Rupprícht strafft sich etwas und lehnt sich nach vorne, die Arme auf den Tisch gestützt. Das hat sie vor Jahren in einem Seminar gelernt. Es ist nicht gut, gleich loszureden und sich gar zu entschuldigen. Man soll erst mal durchatmen und damit Zeit gewinnen. Und dann kann man wiederholen, was der andere gesagt oder gefragt hat.

„Sie fragen mich, Herr Lorenz, ob zwei Wochen nicht hätten reichen müssen, die Mutter des ausgesetzten Kindes zu finden – ja und nein. Ja, wenn unsere äußerst gründliche Suche uns den kleinsten Anhaltspunkt geliefert hätte, dass unter den in Frage kommenden Frauen die eine dabei gewesen wäre! Nein, weil es so gut wie keine Indizien, keine Spuren am Tatort gab, weil alle vorhandenen Hinweise ins Nichts geführt haben und letztendlich nur ein DNA-Test uns endgültige Sicherheit liefern wird." Das war astrein. Irene Ruppricht atmet tief durch und schaut Roland Lorenz herausfordernd an. Bevor er etwas dazu sagen kann, ergänzt Staatsanwalt Beyerlein:

„Was Ihnen draußen in Ihren Redaktionen entgeht, ist die aufs Äußerste angespannte personelle Situation im K 1: Allein drei Kollegen sind zurzeit krank, eine Beamtin ist im Mutterschutz. Und wie Sie wissen, plagt das verbliebene Team nicht nur dieses ausgesetzte Kind, sondern außerdem die Fahndung nach einem Brandstifter, der beinahe zwei Tote auf dem Gewissen gehabt hätte. Jetzt sind Sie dran!"

Obwohl er alle anspricht, fixiert Staatsanwalt Beyerlein vor allem Roland Lorenz, der in seinen Artikeln in der Zeitung immer wieder die Arbeit der Polizei kritisiert hat.

Der Journalist hebt jetzt wie entschuldigend die Hände, was aber wohl nichts anderes heißen soll, als dass er eben auch nur seinen Job macht. „Wenn meine Kollegen krank sind, heißt das noch lange nicht, dass der „Kurier" deshalb nicht erscheinen oder auch nur im Umfang gekürzt wird! Und die Bevölkerung hat schließlich gerade in diesem Fall ein großes Interesse an der Aufklärung!"

Die anderen Medienvertreter murmeln beifällig, einer klopft mangels Tisch sogar auf die Sitzfläche seines Stuhls.

„Was sagen Sie zu der Initiative Moseskörbchen, die sich kürzlich gegründet hat?", will eine junge Frau wissen, die als Volontärin beim Lokalradio arbeitet. „Halten Sie die Babyklappe für ein geeignetes Instrument, künftig Kindsaussetzungen oder gar Tötungen bei uns zu verhindern?"

Das ist eine Frage für den Staatsanwalt. „Nein, junge Frau, halte ich nicht!", sagt der klipp und klar. „Glauben

Sie mir, keine Babyklappe dieser Welt wird verhindern, dass Frauen oder auch Mädchen ihre vielleicht ungewollte Schwangerschaft verdrängen und von der Geburt so überrascht sind, dass sie im Affekt handeln! So schlimm das auch ist, und ich bin der Letzte, der sich das so wünscht!"

„Was würden Sie denn dann tun?", fragt die Volontärin in leicht herausforderndem Tonfall.

Alles schaut gespannt auf den Staatsanwalt, auch Irene Rupprícht, die seinen Gesichtsausdruck gut kennt: Je sanftmütiger er wirkt, desto weniger lässt er sich in die Tasche stecken.

„Was ich tun würde?" Aha, er hat die gleiche Taktik drauf: erst mal die Frage wiederholen. „Zum einen hätten meine Frau oder meine Töchter keinerlei Grund, ihr Kind auszusetzen..." Damit hat er schon mal die Lacher auf seiner Seite, denn jeder weiß, dass Beyerlein mit vier Töchtern gesegnet ist und einen Stall voll Enkel hat. „...zum anderen muss unser Staat auch ungewollt Schwangeren jede erdenkliche Hilfe anbieten, anonyme Beratung beispielsweise, Schutz vor und nach der Geburt. Und zum dritten", jetzt wird seine Stimme scharf, „sind wir nicht hier, das Für und Wider dieser Babyklappenbetreiber zu diskutieren, sondern um den Stand der Ermittlungen in Sachen Karla bekanntzugeben!"

Die gemaßregelte Volontärin tut, als wäre sie nicht gemeint, und beschäftigt sich angelegentlich mit ihrem Notizblock. Der Vertreter des Kirchenblattes klatscht als einziger beifällig.

Ein weiterer Journalist meldet sich, er schreibt für die Lokalzeitung des Nachbarkreises, die in direkter Konkurrenz zum „Kurier" steht.

„Hat sich denn auf das von uns allen veröffentliche Phantombild des Mädchens mit Kapuze noch etwas getan?“

Staatsanwalt Beyerlein nickt Irene Ruppricht zu, sie soll antworten. „Leider nein“, sagt sie. „Was zum großen Teil auch daran liegt, dass die Apothekerin das Gesicht des Mädchens nicht genau beschreiben konnte. Es könnte jede und keine sein. Mädchen mit Kapuzenpullovern gibt's wie Sand am Meer.“

„Ist in den umliegenden Schulen recherchiert worden?“ Wieder Roland Lorenz.

„Natürlich, sogar mehrmals. Bei allen annähernd in Frage kommenden Mädchen und Frauen sind Speicheltests durchgeführt worden, mit deren Einverständnis selbstverständlich. Alle waren negativ.“ Irene Ruppricht hat zunehmend Sicherheit gewonnen und lehnt sich jetzt wieder entspannt zurück.

„Und die letzte heiße Spur“, ergänzt Staatsanwalt Beyerlein, „eine im Rotlichtmilieu aufgefallene junge Ausländerin, ist auch wieder kalt: Heute Morgen lag uns das ebenfalls negative Ergebnis ihres DNA-Tests vor.“

„Die spannende Frage ist doch nun“, schaltet sich abermals Lorenz ein, „was tun Sie als nächstes? Wird der flächendeckende Speicheltest kommen? Oder denken Sie daran, einen Profiler einzuschalten, um in Frage kommende Frauen noch näher einzukreisen?“

„Letzteres nein“, sagt Staatsanwalt Beyerlein. „Das Täterprofil, das unsere SOKO erstellt hat, hat auch dem Landeskriminalamt vorgelegen, und dort sieht man keine Notwendigkeit, weitere Fachleute von anderen ungeklärten Fällen abzuziehen. Zumal es bei den anderen Fällen in der Regel um Delikte mit Todesfolge geht. – Und zu Ihrer ersten Frage: Ja, Speicheltests werden kommen.

Wann und in welchem Umfang, erfahren Sie noch rechtzeitig."

Der Gesprächspegel unter den Medienvertretern schwillt leicht an, klar, eine derartige Aktion bietet wieder Schreibstoff für die nächsten Wochen.

„Wie muss man sich das vorstellen – solche Speicheltests?", will ein junger Mann wissen, der sich zum ersten Mal zu Wort meldet. Er begleitet den Kameramann des Regionalfernsehens.

„Bitte, Günther, dein Part." Beyerlein nickt Pressesprecher Herne zu, der in seiner umständlichen Art beginnt, die rechtlichen Voraussetzungen und die Durchführung von Massentests zu erläutern.

Das war's dann wohl. Irene Rupppricht ist erleichtert. Maximal 30 Minuten hat der Staatsanwalt den Medien eingeräumt, und die sind gleich vorbei. Das Interesse konzentriert sich jetzt ganz auf die von Herne vorgestellten Formalien, nur Roland Lorenz hämmert mit unzufriedener Miene auf sein Notebook ein. Ob er den nächsten Schmähartikel vorbereitet? „Polizei steht auch nach zwei Wochen mit leeren Händen da" oder so ähnlich?

Er hat ja nicht mal Unrecht. Sie haben nichts, rein gar nichts, außer der erneuten Bestätigung, dass die Welt in Freienhausen und speziell im Stadtteil Hochfeld nicht gerade in Ordnung ist. Hier ist es anscheinend alles andere als schwer, ein neugeborenes Kind ungesehen in eine Mülltonne zu werfen. Und keinem fällt danach auf, dass eine Frau oder ein Mädchen plötzlich keinen Bauch mehr hat, aber auch kein Kind in der Wiege liegt.

Sie haben umsonst einer Frau wie Martina Humml-Kramp zugesetzt, die ihr Kind auf tragische Weise verloren hat. Sie haben Unruhe gebracht in die Familie von

Alena und Kurt Lang, haben die kleine Sabrina Thielmann grundlos in die Enge getrieben und Elisabeth Zeidler und Adriane Schmitt verdächtigt. Sie haben Rektor Krügleins Schülerinnen durch die Mangel gedreht. Alles war umsonst, ohne Ergebnis, außer dem vielleicht, dass sie im Lauf der Ermittlungen ein paar andere Dinge ans Licht gebracht haben, die nicht so astrein waren, Kurt Langs nächtliche Spazierfahrt mit der dreizehnjährigen Maren beispielsweise sowie ein unbekanntes Kapuzenmädchen, das Schmerzmittel in der Apotheke verlangt und wieder verschwindet.

Als Irene Ruppricht das Polizeigebäude verlässt, fühlt sie sich zwar nicht wirklich besser, aber sie weiß zumindest, dass sie und ihre Beamten im Moment nichts weiter tun können. Der Staatsanwalt wird sich um den richterlichen Beschluss für die Speicheltests kümmern, dann nehmen die Dinge ihren Lauf. In ein paar Wochen werden sie mehr wissen.

Das im Wiener Stil eingerichtete Café Kaffeekanne befindet sich nur ein paar Minuten Fußweg entfernt. Irene Ruppricht hat deshalb ihr Auto stehen lassen, zumal es schön warm ist und die Luft nach unzähligen Blüten duftet, die in den letzten warmen Maitagen mächtig getrieben haben.

Die Kaffeekanne hat eine kleine gemütliche Dachterrasse, auf der durch viele Blumenkübel Sitznischen entstanden sind. Hier kann man sich heute ungestört unterhalten. Anette Paulsen ist schon da, hat einen Latte Macchiato vor sich stehen, in dem sie rührt. Sie ist blass und ungeschminkt, trägt ein einfaches, helles Leinenkleid.

„Hallo Frau Paulsen!“ Irene Ruppricht setzt sich ihr gegenüber. „Wie geht es Ihnen?“

„Guten Morgen, Frau Ruppricht. Es geht so. Wie war die Pressekonferenz?“

Irene Ruppricht erzählt kurz vom Verlauf der letzten Stunde. Die Kollegin hört zwar zu, wirkt aber auch abwesend. Inzwischen kommt Irene Rupprichts schwarzer Tee, den sie vorsichtshalber bestellt hat.

„Nun rücken Sie mal raus, was haben Sie auf dem Herzen?“

Anette Paulsen rührt wieder und schaut betreten auf den Tisch.

„Ich möchte mich in eine andere Abteilung versetzen lassen“, sagt sie dann, „ich nehme an, Sie wissen warum – ich halte das einfach nicht aus.“

„Riemer?“

Anette Paulsen nickt.

„War da was – wenn ich fragen darf?“

„Nein, um Gottes willen, nein, nein. Aber es tut mir nicht gut, verstehen Sie, ich habe das schon mal erlebt, bevor ich hier zu Ihnen kam. Noch mal stehe ich das nicht durch. Immer das Hoffen und Enttäuschtwerden. Und ich bin auch nicht der Typ für ein Verhältnis.“

Irene Ruppricht muss ein bisschen lächeln. „So wie ich Riemer einschätze, ist er das auch nicht. Er liebt seine Familie und würde sie, glaube ich, nicht aufs Spiel setzen.“

Anette Paulsen wirkt sarkastisch. „Ja, ich weiß, heute baut er im Kindergarten seines Sohnes ein Klettergerüst. Und hat mich gefragt, ob ich mal mit ihm klettern gehe. Er weiß gar nicht, wie es mir geht, wenn er so was sagt.“

Irene Ruppricht weiß nur zu gut, wovon die Kollegin spricht. Aber sie ist auch der Meinung, dass ewiges

Fortlaufen nichts bringt. Und außerdem will sie die Paulsen im Team nicht verlieren, das ist ihr in den letzten Tagen ganz klar geworden.

„Ich sage Ihnen was, Frau Paulsen: Riemer, der mag Sie einfach, und das ist ziemlich viel wert in einem Team. Und Sie mögen ihn. Dass Sie ihn ein bisschen mehr mögen, ist nicht so gut. Aber darüber müssen Sie wegkommen. Ich glaube, er weiß inzwischen, was er bei Ihnen angerichtet hat, und wird in Zukunft sicher etwas vorsichtiger sein, wenn er mit Ihnen zusammen arbeitet. Es geht vorbei, glauben Sie mir. Irgendwann werden Sie froh sein, dass Sie geblieben sind und auch ohne Liebelei gut mit Riemer auskommen.“

Anette Paulsen schüttelt zweifelnd den Kopf. „Wie gesagt, ich würde lieber...“

Aber Irene Ruppricht fällt ihr ins Wort. „Nichts da. Das Wesentliche, was ich Ihnen sagen will, kommt nämlich noch: Ich brauche Sie hier. Sie haben gute Arbeit in der SOKO Karla geleistet und werden das auch weiterhin tun. Und außerdem möchte ich Ihnen endlich mal das Du anbieten. Irene!“ Sie streckt der Kollegin die Hand hin und sieht, dass der eine kleine Träne über die Backe kullert.

Die Paulsen streckt zögernd ihre Hand aus. „Anette“, sagt sie leise.

Irene Ruppricht lächelt. „Ich weiß. Und weißt du was, Anette? Jetzt lassen wir uns eine Flasche Sekt kommen. Du pfeifst auf Riemer und ich auf meine Magenschmerzen. Dann sieht die Welt schon wieder anders aus.“

„So einfach ist es nicht“, sagt Anette Paulsen noch, aber das weiß Irene Ruppricht auch, und eine Flasche Sekt bestellt sie trotzdem.

Tag 14

Am Mädchenwohnheim

Eigentlich wollte Maggy heute nicht vor dem frühen Nachmittag im Sudhaus erscheinen. Das Wochenende war total anstrengend. Nach dem kurzfristig anberaumten Arbeitseinsatz am Samstag ist sie noch mit dem letzten Zug Richtung Niederbayern gefahren und vor Müdigkeit dauernd eingeschlafen und hat einmal fast versäumt, rechtzeitig aus- und umzusteigen. Am Sonntag stieg dann die Geburtstagsfeier ihres Vaters, im Kreis der gesamten Verwandtschaft. Am anstrengendsten war aber ihre Mutter, die keine Gelegenheit ausließ, die Zukunft ihrer mehr als reifen Tochter zu planen, inklusive Komplettangeboten an Männern, Höfen und Lebensversicherungen.

Währenddessen dachte sie selbst, je mehr es auf Sonntagabend zuging, schon wieder in einer Mischung aus Sehnsucht und Panik an Oli.

Der hat sie dann heute glatt versetzt: Er hatte vor über einer Woche fest versprochen, an diesem Montag den Mittagstisch im Sudhaus zu betreuen, und nun ist er angeblich stark erkältet und muss erst einmal zum Arzt.

Da Maggy also ohnehin arbeiten muss, hat sie auch gleich die Leiterin der Pflege- und Adoptionsvermittlungsstelle angerufen und einen Termin für heute vereinbart. Am Samstag hat ihr nämlich dieser Tippelbruder, Karl Faltermeier, noch ein kleines selbst geschnitztes Holzboot in die Hand gedrückt, ein Boot mit zwei winzigen Figürchen darauf, einem Segel aus Holz und einer

Reling. Den Namen „Karla“ hat er darauf eingeritzt, denn für die kleine Karla, das Baby, das er aus dem Müll gezogen hat, sei es auch bestimmt. Und er hat gefragt, ob sie, Maggy, das Boot vielleicht dem Kind zukommen lassen könne. Denn einen wie ihn wollten die Leute, die sich um das Baby kümmern, doch sicher nicht sehen.

Da ist sich Maggy gar nicht so sicher. Denn wenn die jetzigen Pflegeeltern die kleine Karla einmal irgendwann adoptieren dürfen, so haben sie dieses Glück doch letztendlich ihrem Retter Karl Faltermeier zu verdanken. Ohne ihn hätte das Kind keine Chance gehabt. Sie hat ihm das auch gesagt, aber er hat energisch abgewehrt. Es sei ja auch nichts Besonderes, das kleine Boot, aber vielleicht habe das Kind ja noch nichts anderes zum Spielen.

*

Nach dem Mittagstisch im Sudhaus nimmt Maggy ihr Rad und fährt vor ihrem Termin im Jugendamt ein Stück durch die Stadt. Nach dem deftigen Eintopf, den der neue Koch gemeinsam mit Frau von Breitenbach und ein paar anderen Helfern gezaubert hat, braucht sie Bewegung. Außerdem muss sie ihre Nervosität bekämpfen, die sie im Hinblick auf das spätere Zusammentreffen mit Oli befallen hat. Es ist richtig heiß heute, so dass sie ihre weißen Jeans bis zum Knie hochgekrempelt hat. Mit kurzen Hosen oder Röcken steht Maggy auf Kriegsfuß, die betonen nur ihre breiten Hüften und kräftigen Waden.

Der Weg durch die Schrebergärten mit seinem Duft nach Grün und Blüten beruhigt ihre Nerven. Da sie noch Zeit hat bis zur Verabredung in der Adoptionsstelle, beschließt Maggy spontan, am Mädchenwohnheim vorbeizufahren, um sich die Bauarbeiten bezüglich Babyklappe anzuschauen. Es sieht schon ganz ordentlich aus dort: Der Fensterausschnitt des ehemaligen Pförtnerhäuschens ist deutlich vergrößert worden. Während in der oberen Hälfte Milchglas eingesetzt wurde, ist das untere Rechteck noch mit Brettern vernagelt. Hier wird wohl die „Klappe“ angebracht werden, schätzt Maggy. Heute sind hier allerdings keine Arbeiter zugange. Maggy stellt ihr Rad ab und versucht, durch das Milchglas zu spähen. Sie hört Arbeitsgeräusche und Radiomusik von drinnen, sieht aber nichts.

Als jemand hinter ihr „Frau Kowalczyk?“ ruft, fährt sie erschrocken herum. An der Straßenseite gegenüber parkt ein helles Auto. Sie hat es zwar vorhin wahrgenommen, aber nicht gesehen, dass jemand darin sitzt. Eine Frau hat die Scheibe heruntergelassen und schaut zu ihr herüber.

Maggy geht zögernd auf das Auto zu, erkennt dann aber die Polizeikommissarin, diese Frau Ruppricht, mit der sie sich schon mal getroffen hat.

„Habe ich mich also nicht getäuscht“, sagt sie und steigt jetzt aus. Sie gibt Maggy die Hand und deutet auf das gegenüberliegende Mädchenwohnheim.

„Die Babyklappe interessiert sie wohl auch?“

„Na ja, irgendwie schon. Das Thema geht wohl jedem hier durch den Kopf, seit das mit der kleinen Karla passiert ist.“

Irene Ruppricht nickt. „Wollen wir uns ein paar Minuten drüben in den Park setzen? Wenn Sie Zeit haben?“ Sie meint den kleinen an das Wohnheim angrenzenden Grünstreifen, an dem entlang ein paar Bänke aufgestellt sind.

Maggy ist einverstanden. „Hat es einen besonderen Grund, dass Sie hier sind?“, fragt sie die Kommissarin.

Die lächelt ein bisschen, was ihr kleines ungeschminktes Gesicht gleich viel jünger macht. „Vielleicht den gleichen, der Sie auch hierher geführt hat? Zum Beispiel ambivalente Gefühle, was diese Babyklappe betrifft. Schauen, ob hier die Antwort liegt, warum eine Frau ihr Neugeborenes aussetzt… Etwas in der Art."

Sie haben sich auf die nächste Bank gesetzt. Maggy mag die Art, wie diese Polizistin redet. Sie spricht aus, was sie selbst auch beschäftigt. Sie kramt in ihrer Tasche und zieht das kleine aus Holz geschnitzte Boot heraus.

„Schauen Sie, das ist für die kleine Karla. Schön, nicht? Der Herr Faltermeier, der Obdachlose, der das Kind gefunden hat, hat es geschnitzt."

Sie gibt das Boot der Kommissarin in die Hand, und die betrachtet es von allen Seiten und sagt eine Weile nichts. „Es ist mit viel Liebe zum Detail gemacht", meint sie schließlich, „die Reling, die Figürchen, er hat richtig Talent, der Herr Faltermeier."

„Ich habe den Eindruck, er hat dieses Baby fast ein bisschen gern", sagt Maggy nachdenklich. „Obwohl er es doch gleich wieder hergegeben hat." Und mir ist es nicht anders gegangen, denkt sie. Dieses Kind hat mich völlig aus dem Gleichgewicht gebracht.

„Es ist etwas an so einem Kind, das einen sehr berührt." Irene Ruppricht gibt Maggy das kleine Boot zurück, und sie packt es wieder ein.

„Die Mutter haben Sie nicht gefunden, oder?", fragt Maggy, einfach nur, um etwas zu sagen. Zwar hat sie heute noch nicht in den „Kurier" geschaut, aber beim Frühstück einen Bericht des Lokalradios gehört. Eine junge Journalistin interviewte gerade Staatsanwalt Beyerlein, der mit seiner polternden Stimme einen kurzen Überblick über die bisherigen Ermittlungen der Polizei gab.

Irene Ruppricht schüttelt nur den Kopf. „Auch einer der Gründe, warum ich möglicherweise heute hierher gefahren bin, ein letzter Versuch sozusagen. Ich habe gedacht, die Mutter des Kindes könnte es eventuell auch hierher ziehen. Aber wenn das so wäre, müssten wir auch diese Baustelle rund um die Uhr überwachen. Es wäre ja nur eine Art symbolische Verbindung, die sie durch das Aufsuchen der künftigen Babyklappe mit ihrem Kind aufnehmen würde. Wer weiß, ob sie an so etwas denkt. Wir hatten ja auch gehofft, sie würde eventuell in der Klinik auftauchen. Das war ja auch nichts."

„Und was machen Sie jetzt?"

Irene Ruppricht schaut Maggy an. Um ihre Augen, die sie zusammenkneift, haben sich viele kleine Fältchen gebildet. „Was würden Sie tun?"

Maggy schaut ratlos, überlegt aber. „Ich würde wohl versuchen, mich in die Mutter des Kindes zu versetzen. Wie es ihr jetzt geht, was sie tut. Aber das machen eben Sozialpädagoginnen so." Sie lacht ein bisschen und zuckt die Schultern. „Hilft Ihnen wohl nicht."

„Vielleicht doch", meint Irene Ruppricht. „Spinnen Sie doch mal weiter, was Ihnen dazu einfällt."

Ach herrje, jetzt muss sie auch noch Ideen produzieren. Aber um ehrlich zu sein, gefällt ihr das sogar. Und es lenkt sie von ihren Gedanken an Oli ab.

„Manchmal werden solche Frauen dann schnell wieder schwanger. Wir haben uns mit dem Thema mal in einer Studienprojektgruppe beschäftigt. Oder sie werden psychisch krank. Sie machen irgendwas Verrücktes und fallen vielleicht dadurch auf. Es hängt eben davon ab, warum die Frau, die Sie suchen, das Kind überhaupt ausgesetzt hat."

„Das stimmt wohl. In dem Fall, der jetzt durch die Medien geht – die Kindsleiche in der Gefriertruhe –, ist die Frau über viele Jahre hinweg überhaupt nicht aufgefallen. Deshalb werden wir hier jetzt den flächendeckenden Speicheltest beantragen. Das steht heute auch in der Zeitung." Irene Ruppricht gibt sich einen Ruck und steht auf. „Ich muss los. Danke für Ihre Gedankenspielereien. Vielleicht bringen sie uns weiter."

Maggy steht auch auf und gibt der Kommissarin die Hand. „Wenn ich Ihnen mal wieder helfen kann…"

Irene Ruppricht nickt. „Behalten Sie einfach die Leute aus Hochfeld ein bisschen im Auge, die im Sudhaus verkehren. Vielleicht gibt es irgendwann einen Hinweis."

Sie trennen sich vor dem Mädchenwohnheim. Maggy muss sich beeilen, denn mit dem Fahrrad sind es etwa zehn Minuten bis zum Jugendamt.

Später sieht sie endlich Oli wieder. Er taucht gegen Abend im Sudhaus auf, mit roter, laufender Nase und verschmitztem Grinsen. „Hätte ich nicht Sehnsucht nach der Arbeit gehabt, wäre ich im Bett geblieben", sagt er. Maggy möchte lieber hören, er hätte Sehnsucht nach ihr gehabt. Die Anspannung aus einem Gemisch von Sehnsucht, Erotik und Angst, die sich in ihr aufgebaut hat, fällt wie ein Kartenhaus in sich zusammen. Sie muss ihre Gefühle ganz tief in sich drin einmotten und sich nichts anmerken lassen. Aber das ist gar nicht nötig, denn Oli merkt nichts. Er ist so begeistert von den Renovierungsarbeiten im Sudhaus und den neuen Ideen für die Arbeit, dass er ohne Unterlass redet. Und Maggy macht später auf dem Heimweg einen einsamen Abstecher in den

Wartesaal, trinkt dort zwei Bier und schiebt – in Watte gepackt – ihr Rad nach Hause. Heute vor zwei Wochen hat ihr dieser Obdachlose das Baby in die Arme gelegt. Seitdem ist sie aufgeweicht, empfindlich und zickig zugleich, weil ihr klar geworden ist, was sie fast schon gehabt hat und ihr wieder entglitten ist: das Kind, der Mann.

Schlachthof

In die Schule gehen, um nicht daheim zu sein. Nur weg, aus dem besudelten Bett, dem Zimmer, das keinen Schutz bietet, der Wohnung, die ihr Gefängnis ist. Lieber da hocken und nix mitkriegen, was die Seidlinger vorne redet. Sich lieber im Pausenhof am Müllplatz rumdrücken, getreten und bespuckt werden.

Kathrin, Kathrin, Kathrin. Komisch, wie die Seidlinger das sagt. Kathrin Schmitt, hörst du überhaupt zu? Die hat die Ohren voller Dreck, voller Scheiße, die quillt schon raus, die hört doch nix, brüllen Maren, Julia, Thorsten, Lars. Ein Chor von Scheiße-Brüllern, los, macht weiter, brüllt so laut, dass ich nicht mehr verstehen kann, was ihr sagt. Dauert nicht lang, dann ist was anderes dran. Ein Blumentopf, der runterfällt und Julia auf den Kopf. Lars, der mit dem Stuhl nach hinten kippt und sich fast was bricht. Kathrin ist vergessen, von der Seidlinger, von allen. Tut einfach, als gäb's mich nicht, dann gibt's mich auch nicht. Bin überhaupt nicht da, bin schon lange nicht mehr da. Ist nur die fette Hülle, die hier rumsitzt. Mit der könnt ihr machen, was ihr wollt. Ist mir doch egal. Tut mir doch nicht weh. Jeder kann mit der fetten Kathrin machen, was er will. Die merkt's nicht, weil sie gar nicht in der Hülle drin ist. Hat längst abgehoben auf ihre Wolke, hockt da oben und grinst sich eins.

Die Hülle Kathrin trampelt raus aus der Schule, und Kathrin, die Schlanke, Hübsche, die Teenager-Kathrin, die schwebt auf ihrer Wolke drüber weg. Hat kein Mitleid mit der Fetten da unten. Soll die schaun, wo sie bleibt. Die leichte Wolken-Kathrin kümmert's schon lange nicht mehr. Ist doch selber schuld, die Alte da unten. Lässt sich von jedem angrapschen, wehrt sich nicht, wenn der eigene Stiefvater was von ihr will. Kann sich nicht wehren, weil er sie sonst in den Bunker stecken lässt. Der gehört nichts anderes. Soll sie kaputt gehen, keiner weint ihr nach.

Der Stevie vielleicht. Wenn der's überhaupt erfährt. Ich muss da noch mal hin, muss den noch mal sehn. Mein kleiner Bruder. Widerwillig schwebt die Wolken-Kathrin runter in die fette Hülle. Sonst kapiert die nicht, wo's lang geht. Von der Schule weg, links rum, geradeaus, keine Knete für den Bus, also laufen. Die Straße mit den verfallenen Häusern, puh, wie es hier stinkt. Ewig war sie nicht mehr hier. Kleine und große Laster, Autos mit Anhängern stehen da. „Achtung – Lebendtransport" steht auf einem, ein rosarotes Schweinchen grinst Kathrin an. Ach du liebe Scheiße, der Schlachthof. Und ein Gestank, der immer schlimmer wird, nach Mist, nach Blut, nach Angst. Luft anhalten, bloß nicht einatmen. Einen Fuß vor den anderen setzen. Die Schultasche festhalten. An Stevie denken. Renate hat vielleicht was gekocht. Schweinebraten, einen fetten Schweinebraten. Der quiekt und aus dem das Blut rausläuft.

Schreie, hohe komische Schreie wollen in Kathrins Ohr. Sie weiß nicht, wie sie das alles schaffen soll. Luft anhalten, Tasche festhalten, Hände auf die Ohren drücken. Würgen und Schlucken. Und dann sieht Kathrin viele kleine Sternchen, und ihre Beine rutschen einfach unter ihr weg. Irgendwas tut weh, aber sie spürt nicht wo und was.

Wo ist man eigentlich, wenn man umgekippt ist? Auf der Wolke ist sie nicht, das weiß Kathrin aber erst später. Irgendwo und nirgends. Rot und schwarz ist alles. Würde sich gut anfühlen, wenn sie was fühlen würde. Fühlt sich eher nach nichts an, Nirwana.

Und dann tut was höllisch weh. Die rechte Seite, der Arm, der Kopf. Was ist da so nass an meinem Kopf. Ach Blut, ist nur Blut. Kathrin muss lachen, wie sie da liegt, schräg auf der Seite, im Dreck, wo sie hingehört, über ihr der Himmel, ganz blau, ein wunderschöner Tag. Keine Sau in der Nähe, die sich um sie kümmert. Nein, stimmt nicht, viele Säue, Schweine, Schweinchen, die quieken und leben gleich nicht mehr. Die Schlachter kommen mit ihren Messern und Beilen und suchen noch was zum Schlachten. Und dann finden sie Kathrin und schleppen sie rein in den Schlachthof und legen sie auf einen blutverschmierten Tisch, und dann ist sie fällig. Endlich aus, Schluss, Ende, weg mit der fetten Kathrin, macht Wurst aus ihr und stopft dem Charly damit das Maul. Die richtige Kathrin, die hübsch und schlank ist, sitzt inzwischen oben auf ihrer Wolke und pfeift ein Liedchen von Pink.

Aber die kommen nicht, die Schlachter, und Kathrin muss sich selber aufrappeln und schafft's fast nicht, weil ihr alles weh tut und das Blut ihr übers Gesicht läuft. Erst mal auf alle viere und dann hoch.

Ach Gott, ist mir schlecht. Bloß weg hier, dieser Gestank, diese Schreie, so hoch, gehen durch Mark und Bein. Tasche hochzerren und weiterlaufen, auch wenn sie humpelt, weil die Seite geprellt ist und der Arm blau. Soll ich heim, oder was? Was ist'n das, heim, daheim, ich hab kein Daheim, seit Jahren nicht mehr. Und das bleibt so, geht immer so weiter. Setz einen Fuß vor den anderen, Kathrin, schieb' deine fetten Schenkel vor, auch wenn sie aneinander reiben und schwitzen, sieht ja keiner. Die sind schon richtig abgewetzt, die Hosen, an den Innenseiten, weil die Beine so fett sind. Die kannste noch anziehen, hat Mama gesagt, das geht schon noch, hab' kein Geld für neue. Wenn der Grosch, der Blödmann, mir wieder richtig Geld überweist, dann können wir wieder was kaufen.

Das, was die von dem Türken kriegt, das rückt sie nicht raus. Aber Kathrin weiß, dass sie was hat. Was sie versteckt vor dem Alten. Auch wenn er ihr ein blaues Auge schlägt, rückt sie's nicht raus. Ob die abhauen will? Einfach in das schöne Taxi steigen und mit dem Türken wegfahren. Und ich bin übrig, allein mit Charly, und er macht jeden Tag mit mir, was er will. Lässt mich nicht mehr raus, aus der Wohnung, aus dem Zimmer. Ich muss in die Schule, du musst mich in die Schule lassen, ich hab dort 'ne Freundin, und die merkt, wenn ich fehle. Und die kommt nach der Schule und fragt, ist meine Freundin Kathrin da, ist sie vielleicht krank, ich will ihr nur die Hausaufgaben bringen.

Charly, der wird sich eins lachen. Ein fettes Stück wie du will 'ne Freundin haben. Noch schöner. Da könnt ja jeder kommen. Soll sie doch kommen, deine kleine Freundin, der verpass' ich auch einen, dass der Hören und Sehen vergeht. Da träumt die noch davon. Und wenn die's besser macht, haste abgedankt. Obwohl, das willste ja, dass ich dich in Ruh' lass'. Aber keine Panik, ich schaff' auch zwei.

Endlich um die nächste Ecke biegen, weg von den Schweineschreien und dem fürchterlichen Gestank. Wenigstens keiner in Sicht, der sie was fragt, ob er ihr helfen kann oder so. So wie der neulich im Park. Am Gesicht rumwischen kann sie selber. Hat schon aufgehört zu bluten. Ihr Ärmel ist blutverschmiert, ist auch egal. Bei

Renate kann ich so nicht auftauchen. Die ruft dann vielleicht beim Jugendamt an und sagt, schaut mal bei den Schmitts, die Mutter hat eh schon alle Kinder weg, nur die Große, die Kathrin ist noch bei ihr. Und der geht's nicht gut, geht's wirklich nicht gut, die ist gar nicht mehr wie früher. Früher, da ist sie oft gekommen und hat mit dem Steve gespielt, mit ihrem kleinen Bruder, Halbbruder genauer gesagt, denn der Stevie ist ja halb schwarz und hat viele kleine schwarze Locken. Ein hübscher Kerl, ganz anders als seine Schwester, Halbschwester genauer gesagt, die dick und hässlich ist. Die wahrscheinlich aussieht wie ihr Vater, den keiner kennt. Dem Steve sein Vater kennt auch keiner, aber das muss ein hübscher Bursche gewesen sein. Der hat eine Nacht mal abgeladen bei der Adriane Schmitt und dann war er weg, und die Schmitt war schwanger. Hat se dick gemacht, sagen die oben in Hochfeld. Gut, dass der Kleine, der Steve, rauskam aus den Verhältnissen. War höchste Eisenbahn. Hat noch so lange in die Hosen gemacht, das war nicht mehr normal in dem Alter. Wir sind von Pontius bis Pilatus gelaufen, um den Kleinen wieder hinzukriegen. Waren bei Therapeuten und Psychologen, in Spielgruppen und in Mutter-Kind-Kur. Gern haben wir's am Anfang nicht gesehen, als die Kathrin, seine Schwester, immer kam, um mit ihm zu spielen. Aber es hat unserem Kleinen trotzdem gut getan, der Kontakt mit seiner alten Familie in Gestalt seiner Schwester, die sich um ihn so gekümmert hat, wie es vielleicht die Mutter hätte tun sollen. Und der Kathrin hat man auch angemerkt, dass die sich wohl fühlt bei uns, ist richtig aufgeblüht, hat sich gefreut, wenn's was Anständiges zu essen gab. Und manchmal hat sie ein hübsches T-Shirt von mir bekommen, eins, das mir zu weit war, und das hat sie dann immer getragen, wenn sie die nächsten Male wieder kam. Na ja, jedenfalls, jetzt wird's irgendwie schlimmer mit ihr, sie ist so daneben, so zerstreut, gibt oft keine Antwort und guckt sogar durch ihren kleinen Bruder durch. Ob die sie vielleicht nicht gut behandeln zu Hause? Die Mutter wird bloß wieder Männer im Kopf haben, das soll schon immer so gewesen sein. Ist ja auch noch ein halbes Kind gewesen, als sie die Kathrin gekriegt hat.

Nee, also nicht zu Stevie. Kathrin bleibt einen Moment an einem Laternenpfahl stehen, an dem sie sich festhält, weil ihr ein bisschen schwindlig wird. Aber wohin dann? Da ist eine Ampel, eine Kreuzung, die Ampel wird grün und wieder rot und wieder grün. Einer rempelt sie an und spuckt neben ihr auf den Boden. Ist nicht so, dass sie nicht weiterlaufen kann. Gibt aber keine Richtung, die irgendwohin führt. Und dann hupt auch noch einer, einer, der selber grün hat, aber nicht weiterfährt. Und der mit scheuernden Reifen auf den Bordstein hochbrettert. Ein Taxi, ein schönes Taxi.

„Was'n mit dir los?“, sagt eine Stimme, die Kathrin kennt, und der Kopf ihrer Mutter taucht über der heruntergelassenen Scheibe auf. „Biste hingefallen?“ Die steigt nicht aus, aber Mehmet, der am Steuer gesessen hat, kommt außen rum und macht die hintere Tür auf und schiebt Kathrin ins Auto. Gibt ihr ein Taschentuch und sagt zu Adi nach vorn: „Is nix schlimm, nur Kratzer.“

Und Kathrin sagt gar nix mehr, macht die Augen zu und stellt sich vor, ein Prinz hat sie entführt und bringt sie in sein Schloss.

Kapuzenmädchen

Der Massentest wird also kommen. Irene Ruppricht hatte den entsprechenden Antrag von Staatsanwalt Beyerlein ans Gericht heute früh auf dem Schreibtisch. Bis allerdings alles über die Bühne ist – die gerichtliche Anordnung des Tests, die organisatorische Vorbereitung, die Schreiben an die Bevölkerung, die Tests selbst und vor allem die Auswertung –, das wird Wochen, wenn nicht gar Monate dauern.

Und trotzdem ist die Möglichkeit, mit einem Tröpfchen Speichel Mutter- oder Vaterschaft festzustellen, für die Polizeiarbeit ein Riesenfortschritt. Genetische Spuren lügen nicht. Wenn es das damals schon gegeben hätte, als sie selbst auf die Welt kam... Irene Ruppricht dreht wieder den Herzanhänger in den Fingern, sie hätte ihn schon längst zur Aufbewahrung weitergeben müssen. Dann schüttelt sie den Kopf über sich selbst. Ihr Vater war ja nicht unbekannt, die Mutter hat es gewusst, hat ihn nur ihr, der kleinen Irene, verheimlicht. Sie hat ihn mit dem Nimbus der großen Liebe umgeben, der eigentlich Siegfried, seinem Sohn, gebührt hätte. Es gab immer eine richtige Geschichte um den falschen Mann. Und sie hat lange gebraucht, um Frieden zu schließen mit der Wahrheit. Der Stachel des Betrogenwordenseins wurde allerdings nie ganz gezogen.

*

„Also Kollegen, es wird jetzt ernst mit den Speicheltests", eröffnet sie kurz darauf die Besprechung der SOKO Karla. „Vorteil für uns: Wir können uns in den nächsten Wochen wieder mehr unserem täglichen Geschäft widmen. Die SOKO wird wieder aktiv werden, sobald die Tests bevorstehen. Wer ihr angehören wird, entscheiden wir dann kurzfristig. Heute bleibt uns noch eins zu tun", sie deutet auf die Stadtteilkarte an der Wand, „das Gebiet festlegen, in dem getestet werden soll."

Anette Paulsen steht ohne Aufforderung auf und greift nach einem Lineal und einem dicken Stift auf dem Schreibtisch. Sie trägt heute einen cremefarbenen Hosenanzug, in dem sie von hinten noch schmaler wirkt als sonst. Ihre Haare hat sie streng am Hinterkopf hochgesteckt.

„Markiere doch bitte mal den Fundort – die Mülltonne bei den „Bienenstöcken", danke, Anette." Irene Ruppricht fängt den kurzen überraschten Blick von Riemer auf, der wohl als einziger gemerkt hat, dass sie die Paulsen jetzt duzt.

Anette Paulsen macht ein dickes Kreuz an der Fundstelle und legt dann das Lineal an dem auf der Karte vermerkten Maßstab an. „Welchen Umkreis um den Fundort wollen wir festlegen?", fragt sie, sich zu den Kollegen umdrehend.

„Der Staatsanwalt meinte, so weit, wie eine Frau gleich nach einer Geburt mit einem Säugling laufen würde", sagt Irene Ruppricht, „natürlich immer mit der Angst, entdeckt zu werden, also nicht sehr weit, würde ich sagen. 500 Meter vielleicht? Das sind gut fünf Minuten."

„Na, um von sich abzulenken, läuft man doch sicher auch weiter."

„Keine Ahnung! Und wenn das Kind geschrien hat?"
„Vielleicht hat sie's ja doch nicht selber in die Mülltonne geworfen!"

„Sie kann nicht so weit weg wohnen, wenn sie die großen Müllcontainer bei den „Bienenstöcken" gekannt hat."

Die Kommentare der Kollegen und die Unterhaltung untereinander gehen in jede Richtung.

„Ich würde den Umkreis trotzdem auf 1000 Meter erweitern", schlägt Anette Paulsen vor. Sie markiert einige Punkte im Umkreis des schwarzen Kreuzes und zeichnet frei Hand einen Kreis. Während nach Norden hin hauptsächlich Wald und Wiesen in dem ausgesuchten Gebiet liegen, dehnt sich der Kreis nach Süden und Osten hin relativ weit in die Stadt hinein aus.

„Wenn wir das Einzugsgebiet so lassen, müssen wir rund ein Viertel der Bewohner testen", gibt Florschütz zu bedenken.

„Nein, nicht mal ein Achtel – schließlich kommen nur Frauen in Frage, und nur die im gebärfähigen Alter", wirft Irene Ruppricht ein.

„Die ganze Welt besteht aus Frauen im gebärfähigen Alter", murmelt Riemer.

Anette Paulsen, die immer noch an der Karte steht, läuft ein zartes Rosa über die Wangen, und sie dreht sich weg.

Irene Ruppricht steht ebenfalls auf und deutet auf eine Straße, die sich gerade noch innerhalb der Kreisbahn befindet. „Hier liegt die Sonnenapotheke, in der das Kapuzenmädchen aufgefallen ist. Und da", sie zeigt auf ein Gebäude weiter oberhalb, „ist die Schule. Die brauchen wir auf jeden Fall."

„Dann beantragen wir die Tests für dieses Gebiet?", fragt Riemer nach.

Irene Ruppricht nickt. „Ich gebe die Daten dem Staatsanwalt."

Eine Stunde später – Irene Ruppricht bearbeitet die Tastatur auf ihrem Schreibtisch – steht ein Mädchen in der

Tür, hinter dem gleich darauf eine junge Polizeibeamtin auftaucht.

„Tut mir leid, sie hat sich nicht aufhalten lassen, wollte zu Ihnen“, sagt sie, etwas außer Atem.

Irene Ruppricht nickt. „Ist okay. Komm doch rein.“ Sie zeigt zum Tisch „Setz dich.“ Sie selbst kommt um ihren Schreibtisch herum und setzt sich dem Mädchen gegenüber. Das Mädchen kommt ihr flüchtig bekannt vor, ist vielleicht vierzehn, fünfzehn Jahre alt, zierlich und hübsch, die langen Haare zu einem Pferdeschwanz gebunden. Aber so sehen sie fast alle aus.

„Was hast du denn so Dringendes auf dem Herzen?“

Das Mädchen schaut sie kurz an, sie hat einen offenen, wachen Blick, aber irgendetwas treibt sie um. Sie zögert kurz und sagt dann: „Ich bin das Mädchen, das Sie suchen, also das aus der Apotheke.“ Sie schaut jetzt so ängstlich, als rechne sie damit, gleich verhaftet zu werden.

Irene Ruppricht ist so verblüfft, dass sie einen Augenblick lang nicht weiß, was sie sagen soll. Das Kapuzenmädchen sitzt vor ihr? Ist sie das Mädchen, das das Kind ausgesetzt hat?

Sie beschließt, nicht zu direkt zu fragen, sondern das Mädchen erst mal erzählen zu lassen. „Wie heißt du überhaupt? Und warum hast du dich nicht früher gemeldet?“

„Ich heiße Shirley. Shirley Winter, ich geh in Hochfeld in die Schule. Na ja, ich hatte eben Angst. Dass Sie mich fragen, warum ich diese Schmerzmittel wollte und so.“

„Und jetzt hast du keine Angst mehr?“

„Doch, schon.“ Shirley knetet nervös ihre Hände im Schoß. „Ich muss aber heute in die Apotheke, für meine Mutter was abholen. Und da hätten sie mich doch erkannt, oder? Und dann wären Sie zu uns nach Hause gekommen, und das wäre doch schlimmer.“

Wenn’s nicht zu ernst gewesen wäre, hätte Irene Rupprricht schmunzeln müssen. „Und, warst du schwanger?“, fragt sie weiter.

Shirley reißt die Augen weit auf. „Schwanger? Ich? Aber wir haben doch Kondome genommen, also der Thorsten und ich. Nur, wir waren in so ’ner alten Scheune, und da bin ich ausgerutscht und hab’ mir den Oberschenkel aufgerissen. An so ’ner alten Mistgabel oder was das war. Ich konnt’ das doch niemandem sagen, warum ich da ’ne Wunde habe und nicht mal die Hose zerrissen ist. Und es hat außerdem höllisch wehgetan.“

Irene Ruppricht schwankt zwischen Erleichterung und Enttäuschung. Aber es ist doch eher Erleichterung, denn dem Mädchen vor ihr hätte sie gar nicht zugetraut, dass es ein Kind aussetzt. Obwohl, man weiß ja nie.

Sie streicht Shirley leicht über den Arm, denn die hat zu weinen angefangen. „Es ist gut, dass du gekommen bist. Eine Salbe und Schmerzmittel zu kaufen, ist ja nichts Verbotenes. Für uns wäre es allerdings leichter gewesen, du hättest dich gleich gemeldet.“

Shirley nickt und schnieft. „Aber das mit dem Kind, das war ich nicht, ehrlich“, beteuert sie. „Ich würd’ das nie machen, also mein Kind wegtun, das is so schrecklich!“

Irene Ruppricht überlegt. Eigentlich bräuchte sie einen Speicheltest. Aber sie will auch das Mädchen nicht in Schwierigkeiten bringen, denn ohne Einwilligung eines Elternteils könnte der Test nicht durchgeführt werden.

Soll sie es riskieren, bis zum Massentest zu warten? Wenn sie ihrem Gefühl trauen kann, ist Shirley wirklich nicht das gesuchte Mädchen.

Irene Ruppricht greift zum Telefon. „Anette? Kannst du mal kurz rüberkommen? Ich möchte, dass du jemanden kennen lernst.“ Sie legt auf und nickt Shirley zu. „Keine Angst. Wir schreiben noch ein Protokoll, und dann kannst du nach Hause gehen.“

Wenn auch Anette Paulsen dieses Mädchen als Täterin ausschließen wird, dann werden sie in Ruhe das Speichelscreening abwarten können.

7 Wochen später

Ausrutscher

Glück im Spiel, Pech in der Liebe, das scheint Maggys Schicksal zu sein. Beim Spiel handelt es sich in ihrem Fall eher um Arbeit – das Sudhaus nämlich. Die Sommerflaute, die sie hinsichtlich der Besucher erwartet hat, ist nicht eingetreten. Sie konnte nicht einmal die Öffnungszeiten wesentlich verkürzen. Ihre Stammgäste haben sich seit der besseren Finanzierung des Projektes richtig reingehängt, um das Sudhaus innen und außen herum wohnlich zu gestalten. An Regentagen – von denen es in letzter Zeit leider zu viele gab – hocken sie den ganzen Tag im Gemeinschaftsraum, machen Spiele, kochen, backen, reden. Es ist unglaublich. Der Ein-Euro-Koch kocht, der

Ein-Euro-Handwerker handwerkelt und die Ein-Euro-Putzfrau putzt – na ja, Letzteres eher leidlich. Diese Frau Schmitt liegt Maggy absolut nicht. Es ist oft, als würde sie nur mühsam eine freche Antwort zurückhalten. Und mit den Männern bändelt sie auf eine billige Tour an. Andererseits tut sie Maggy Leid, wenn sie die blauen Flecken an den Armen und im Gesicht der Frau bemerkt. Aber darüber redet die nicht, wehrt nur ab, wenn sie gefragt wird, und sagt, sie hat sich gestoßen. Ihre Tochter bringt sie auch nicht mehr mit, sagt, die ist krank, oder ihr geht's nicht gut.

Jedenfalls kann Maggy behaupten, dass sie ihr Konzept fürs Sudhaus erstaunlich schnell und gut umgesetzt hat. Die intensive Betreuung, die sie inzwischen für Typen wie Billy Boy oder andere junge Arbeitslose oder Strafentlassene anbietet, zeigt Wirkung. Zwei Männer, mit denen sie ohne Ende Bewerbungsschreiben geübt und auch abgeschickt hat, haben Beschäftigung gefunden. Einer zwar nur befristet, und der andere ein Praktikum ohne Geld, aber immerhin. Einzig Billy Boy widersteht erfolgreich ihren Bemühungen. Nicht, dass er sich nicht zu jedem vereinbarten Termin einfindet – im Gegenteil. Nach wie vor zwinkert er verschwörerisch und macht unanständige Handbewegungen, bevor er mit Maggy in ihr kleines Büro geht. Dann verspricht er ihr hoch und heilig, was er künftig alles auf die Beine stellen wird, um wahrscheinlich an der nächsten Ecke den nächsten Freier aufzulesen und das zu tun, was er immer getan hat. Es ist aussichtslos und gerade so, dass er die paar Aufgaben, die er im Sudhaus hat, mehr schlecht als recht erfüllt. Und das tut er wahrscheinlich auch nur, damit er weiterhin zum Essen kommen darf. Maggy ist nah davor, es mit ihm aufzugeben. Noch bis Ende Juli gibt sie sich und ihm Zeit, im August ist das Sudhaus geschlossen, und sie hat

Urlaub. Ab September bekommt sie eine Kollegin. Maggy kennt sie noch nicht, sie kommt aus der Elternzeit zurück, war früher drüben im Jugendamt beschäftigt und will jetzt auf halbtags gehen. Mal sehen, wie das wird. Vielleicht drückt sie ihr das fruchtlose Ackern mit Billy Boy aufs Auge.

*

Nur noch wenige Tage, dann ist auch Olis Praktikum zu Ende. Und damit hat der zweite Teil ihres Schicksals zu tun, dem Pech in der Liebe und Maggys wundestem Punkt überhaupt. Es hätte nie so weit kommen dürfen. Wenn sie ihre Gefühle im Griff gehabt hätte, dann könnte sie Oli jetzt wenigstens ohne Bitterkeit in die Augen sehen. Und sie würde nicht jedes Mal einen dicken Kloß im Hals haben, wenn sie mit ihm zusammenarbeiten muss. Oli hat überhaupt kein Problem damit. Er sprüht jeden Tag vor guter Laune, albert mit Frau von Breitenbach und Billy herum und ist nett und freundlich zu Maggy und zu jedermann.

Zwei Wochen ist es jetzt her. Davor ist eigentlich nichts passiert zwischen ihr und ihrem Praktikanten. Und eigentlich hatte sie es schon aufgegeben, hat schon versucht, ihre Gefühle wieder abkühlen zu lassen. Dann kam übers Wochenende ihre Kusine aus Kirchleins zu Besuch, Emma, eine Frau, mit der man Pferde stehlen kann. Sie wollte gerne „einen draufmachen", und da in Freienhausen an diesem Samstag nichts geboten war außer einer Punk-Band im Saitenriss, haben sie beschlossen, dorthin zu gehen. Maggy und Emma hatten vorher schon eine Flasche Sekt geleert und waren recht gut drauf. Sie haben gelacht und rumgeblödelt auf dem Weg zur Kneipe. Unterwegs sind sie an einem neu eröffneten Weinlokal namens Weinfass vorbeigekommen. Das war proppenvoll, die Leute drängten sich in den hell erleuchteten Fensternischen um riesige Holzfässer. Und da hat Maggy ihn plötzlich gesehen und ist ihrer Kusine Emma auf die Füße getreten, weil sie so abrupt stehen geblieben ist.

„Ey, was hast du denn, Maggi?“ Wie lange hatte sie niemand mehr „Maggi“ genannt... Emma hielt sich an ihrem Arm fest, weil sie fast gestolpert wäre.

Maggy zog Emma dann ein bisschen zur Seite, ins Dunkle, obwohl die Leute in der hellen Kneipe sicher nach draußen nichts sehen konnten.

„Gerd! Da ist Gerd, du weißt schon, mit dem ich mal zusammen war.“ Sie hat geflüstert, obwohl die Leute sicher auch nichts hören konnten.

Emma nervte ein bisschen herum, weil sie nicht gleich wusste, wen Maggy meint. Doch dann sahen sie ihn beide ganz deutlich, weil er sich zu einer Frau vorbeugte, die ihm gegenüber auf einem Barhocker saß, einer Blonden mit einem Puppengesicht und einem genauso großen roten Mund, wie Maggy ihn hat. Er hielt ihre Hände in seinen und sah sie an, als wolle er sie gleich mit Haut und Haaren vor Liebe auffressen. Und dann hat die Blonde den Mund gespitzt, und er kam ihr mit seinem Gesicht entgegen. Und dann musste Maggy sich wegdrehen, weil sie nicht sehen wollte, wie Gerd eine andere Frau küsst.

„Mann, der hat's drauf“, prustete Emma los und hielt sich gleich darauf die Hand vor den Mund, weil sie wohl merkte, wie bleich Maggy geworden war. Sie legte den Arm um ihre Kusine. „Ist ja gut, Maggi, komm, wir gehen weiter, wir angeln uns heut' selber ein paar flotte Jungs.“

Maggy hat sich mitziehen lassen, umdrehen wollte sie sich eh nicht mehr. Emma redete weiter auf sie ein. Sie gab zwar zu, dass Gerd wirklich gut aussehe, aber solche Typen kenne man ja, außen hui, innen pfui, und bestimmt behandle er die Neue nicht besser als sie, Maggy, also die Alte. Dabei hat Emma eigentlich gar nicht viel gewusst von der Beziehung zwischen ihrer Kusine und Gerd, Maggy hat sich, wenn sie zu Hause war, stets vornehm zurückgehalten, um kritischen Fragen ihrer Eltern zu entgehen.

Als sie wenig später im noch schwach besuchten Saitenriss an einem der alten Holztische saßen, hat Maggy ihrer Kusine erzählt, dass sie und Gerd fast ein Kind zusammen gehabt hätten. Emma, ein Jahr jünger und bisher kein Kind von Traurigkeit, staunte nicht schlecht. „Zu 'ner Schwangerschaft hab' ich's bisher nicht gebracht", hat sie gesagt.

Dann beschlossen sie, Maggys Kummer in Alkohol zu ertränken, und um auf die Wirkung durch das Bier nicht so lange warten zu müssen, orderte Emma jeweils noch einen Schnaps dazu. Maggys Protest fiel nur schwach aus.

Die Kneipe füllte sich allmählich, auch mit bekannten Gesichtern, Leuten, die sie vom Studium kannte, ein paar Kollegen vom Jugendamt, die meisten aber erst um die 20. Drei Jungs, die ihr vage als Handballer der recht erfolgreichen Mannschaft des 1. TSV Freienhausen bekannt vorkamen, belagerten ihren Tisch. Sie sahen gut aus, die drei. Einer, ein großer muskelbepackter mit kurzem blondem Stoppelhaar, machte sich an Emma heran. Maggy war schon vorher klar gewesen, dass das Angeln von Männern am heutigen Abend allein von ihrer lebenslustigen Kusine besorgt werden würde. Nicht, dass Emma eine besonders schöne Frau ist, aber sie hat's einfach drauf,

Männerherzen zu erobern. Sie muss nur den Mund aufmachen und lachen, und jeder betet sie an.

Klar kam auch Maggy mit den anderen beiden ins Gespräch, Geplänkel übers mangelhafte Kulturangebot in Freienhausen, soweit man sich bei dem Krach, den die Punk-Band irgendwann machte, überhaupt unterhalten konnte.

Und dann tauchte Oli auf. Maggy war allerdings zu diesem Zeitpunkt durch Bier und Schnaps schon so enthemmt, dass sie ihm wild zuwinkte und „Oli, Oli, hierher“ rief. In nüchternem Zustand wäre ihr das mehr als peinlich gewesen.

Oli war nicht allein, steckte in einem Pulk von anderen, auch Frauen, gut aussehenden Frauen. Ein bisschen lahm wirkte er, als er zu ihr herüberkam. Aber dann kannte er auch die Handballer und versprach, sich nur was zu trinken zu holen und gleich wiederzukommen. Mit einer von den Frauen hat er am Tresen dann ewig herumgeflüstert und auch immer mal den Arm um sie gelegt. Mit dem Großmut der Alkoholbenebelten hat Maggy darüber hinweggesehen. Es zählte nur, dass er wiederkam. Übrigens war er auch nicht mehr nüchtern, überhaupt nicht mehr. Er setzte sich zwar neben Maggy, lallte aber zuerst seinen Nebenmann voll, dass irgendeine Meike – wahrscheinlich die vom Tresen – ihm das Herz gebrochen habe und er das überhaupt nicht verstehe. „Versteh' ich nicht, versteh' ich nicht“, wiederholte er x-mal. Währenddessen manifestierte sich bei Maggy die absolute Überzeugung, dass nur sie ihn von seinem Kummer heilen könne, und bei der Umsetzung dieses Vorhabens hat ihr dann der Mut der Alkoholbenebelten geholfen.

Inzwischen war nämlich Emma völlig mit dem Handballer verknotet, die beiden knutschten heftig und kümmerten sich nicht mehr um den Rest der Welt. Maggy fing an, mit ihren Fingern an Olis Locken herumzuzupfen, die sich in der schweißfeuchten Kneipenluft um seine Ohren kringelten. Er lehnte sich an sie und schnurrte wie ein Kater, so dass sie sich noch mehr traute, nämlich irgendwann mit ihrem Mund sich seinem zu nähern und mit der Zungenspitze seine Lippen zu berühren. Oli klammerte sich an sie wie ein Ertrinkender. Wenn Maggy heute an diesen Kuss denkt, der eine gefühlte Stunde dauerte, wird sie jetzt noch schwach.

Emma hat sie irgendwann mal angestoßen, ihr Gesicht war rot erhitzt, und ein Träger ihres Tops war so weit heruntergerutscht, dass sich wohl demnächst die eine Brust daraus befreien würde. „Ich geh mit Kai mit", flüsterte sie ihr ins Ohr, „mach's dir auch schön, wir sehen uns morgen zum Frühstück!"

Was lag näher, als dass Maggy Oli mit nach Hause nahm. Wie sie zu Fuß und betrunken den Weg geschafft haben, daran fehlt ihr jede Erinnerung. Was im Bett abging, war so schnell vorbei, dass Maggy auch nicht mehr viel davon weiß. Trotz des Alkoholpegels kam Oli schnell – Privileg der jungen Männer. Maggy kam gar nicht, wie immer beim ersten Mal. Umklammert sind sie dann eingeschlafen und weit auseinander liegend wieder aufgewacht, beide mit hämmernden Kopfschmerzen und Brechreiz.

Frühstück war deshalb nicht drin. Oli wollte nicht mal einen Tee, murmelte nur, er müsse heim in sein Bett und den Tag verpennen, und sagte: „Tschüß, schöne Frau!" Kuss auf die Backe.

Warum sie ihn noch fragen musste: „Rufst mich an?", weiß Maggy heute auch nicht mehr.

Sie wusste an diesem Tag und weiß es auch heute, dass die pubertäre Verliebtheit in ihren Praktikanten Oli ein Versuch war, den Verlust ihres ungeborenen Kindes zu vergessen und auch nicht mehr an das Baby Karla zu denken. Der Versuch war so kläglich, dass er scheitern musste.

Irgendwann tauchte Emma auf, genauso verkatert, aber in Erinnerungen an die heiße Nacht mit ihrem Handballer schwelgend. Klar, sie wollten in Kontakt bleiben, aber so viel Maggy weiß, ist daraus auch nichts geworden. Sie selber fühlte sich den ganzen Tag über merkwürdig schlecht, hat es wohl schon geahnt, dass die Nacht mit Oli nicht der Anfang, sondern schon das Ende war.

Sie und Emma lösten sich jede zwei Aspirin auf und tranken Unmengen von Kaffee. Am Nachmittag brachte sie Emma zum Bahnhof.

Abends rief Oli an. Er klang kleinlaut. Sie sollten die letzte Nacht am besten vergessen, er habe eben Liebeskummer gehabt, und sie habe ihn getröstet. Das sei schön gewesen, aber eigentlich nur ein Ausrutscher. Das hat er wörtlich gesagt. Maggy ein Ausrutscher. Sie hatte das Gefühl, mit dem Holzhammer eine auf den Kopf zu kriegen, obwohl sie es ja schon geahnt hat. Sie schwafelte irgendetwas von „Kein Problem, ist besser so, vielleicht wird's ja wieder was mit deiner Meike." Immerhin ist sie seine Chefin, älter, erfahrener, abgeklärter, und ein One-Night-Stand ist für jemand wie sie eh nichts Ernstes. Wir können ja Freunde bleiben. Wer hat das gesagt? Ach ja, Gerd. Überhaupt ist Gerd an allem schuld. Hätte sie den nicht im Weinfass mit seiner Neuen gesehen, hätte sie niemals so viel getrunken und wäre nicht in Melancholie versackt, während Emma trotzdem neben ihr mit dem

Handballer angebändelt hätte. Niemals hätte sie Oli so fordernd herbeigewunken. Und nichts wäre passiert.

Am Montag im Sudhaus war dann alles wie immer, zumindest für alle anderen. Oli ist sogar auf sie zugekommen, hat kurz seine Hand auf ihren Oberarm gelegt und gefragt: „Alles wieder beim Alten?“ Und sie hat betont fröhlich geantwortet: „Na klar, alles paletti!“

Eröffnung Moseskörbchen

Die feierliche Eröffnung des „Moseskörbchens“ ist von der gleichnamigen Initiative auf einen Donnerstagnachmittag festgesetzt worden. Im K 1 haben sie heftig darüber diskutiert, ob jemand von ihnen hingehen sollte. Natürlich nicht in offizieller Mission – schließlich haben die Beamten sowie der Staatsanwalt keinerlei Notwendigkeit gesehen, durch ihre Anwesenheit diese Babyklappe gutzuheißen. „Darum geht es mir ja nicht“, hat Irene Ruppricht eingeworfen. „Ich möchte, dass jemand von uns die Anwesenden im Auge behält – vielleicht ist unsere gesuchte Mutter ja darunter, wer weiß. Aber ich selbst will und kann nicht hin. Erstens will ich mir keine pathetische Rede von Robert Sünkel anhören, zweitens kennt er mich…“

Sie hat die Paulsen angeschaut, und die hat ergeben genickt.

So kommt es, dass Anette Paulsen heute diesen Termin wahrnimmt. Anders als sonst trägt sie Jeans, T-Shirt und eine Baseballkappe – nicht nur wegen des leichten Nieselregens. Leute, die sie bisher als Polizeibeamtin im schick geschnittenen Hosenanzug gesehen haben, erkennen sie dann doch nicht auf den ersten Blick. Sie parkt ihr Auto ein ganzes Stück vom Mädchenwohnheim entfernt und schlendert in Richtung Wohnheim. Sie schaut sich vorher schon um, ob ihr jemand auffällt, eine Frau oder ein Mädchen vielleicht, aber wegen des Sommerregens sind nur wenige Leute unterwegs.

Die zur Eröffnung des Moseskörbchens geladenen Gäste sind fast alle mit dem Auto vorgefahren – vor allem Stadträte und -rätinnen, Vertreter sozialer Einrichtungen. Und natürlich ist die Presse da, allen voran Roland Lorenz, der mit der Kamera hantiert und sein Motiv – die neue Fensterfront mit der Einlegeklappe – aus verschiedenen Blickwinkeln prüft.

Wenn Anette Paulsen recht überlegt, wäre sie selbst auch gar nicht so abgeneigt, so ein Kind als ihr eigenes anzunehmen, eines, das in der Babyklappe landet und das keiner mehr will. Sie würde dann einfach den Gedanken wegschieben, dass die Mutter in großer Not war und das Kind vielleicht doch lieber selbst behalten hätte, wenn sie gekonnt hätte. Frauen ohne Kinder, wie sie eine ist, fühlen sich manchmal selbst in großer Not, weil ihr sehnlichster Wunsch sich nicht erfüllen lässt, aus welchen Gründen auch immer. Es soll ja etwa zu gleichen Teilen am Mann oder an der Frau liegen. Und dann gibt es wohl noch eine nicht unerhebliche Anzahl von Paaren, bei denen auch die Ärzte keine Ursache finden. Das muss dann wohl psychisch sein. Man will etwas so sehr, dass es deshalb nicht klappt.

Es gibt aber auch Frauen wie Anette Paulsen, die gerne wollen und auch könnten, aber den richtigen Mann dazu nicht beibringen. Und sollte mal einer ihre Wege kreuzen, der doch in Frage käme, dann hat er schon Frau und Kind und denkt im Traum nicht daran, sie zu verlassen. Täte er es, wäre er ja auch nicht mehr der Richtige. Oder wäre das dann egal? Sie weiß es nicht mehr.

Ein bisschen besser geht's ihr trotzdem, seit Irene Rupp-richt sie unter Druck gesetzt hat, nicht wegen Riemer um ihre Versetzung nachzufragen. Ob Irene auch mit Eberhard selber gesprochen hat? Der vermeidet seit dem gemeinsamen Essen beim Italiener jede irgendwie missverständliche Bemerkung oder gar Berührung. Es ist nicht so, dass er nicht nett zu ihr ist. Aber wenn ein Mann nur nett ist, kann das gelegentlich schlimmer sein, als wenn er einen ignoriert. Irgendwie muss sie nun damit zurechtkommen, dass es zumindest mit der eigenen Familie nichts mehr wird.

Die Gäste der Eröffnungsfeier formieren sich langsam und rücken vor dem mit bunten Girlanden geschmückten Mosesfenster zusammen, manche mit Schirmen, die den Hinteren die Sicht verdecken. Die Sünkels sind natürlich da, er korrekt in Anzug und Krawatte, sie mit einem halblangen Regenmantel über Seidenstrümpfen und Pumps. Als Hauptakteure stehen sie unter einem kleinen Sonnenschirm, der wohl in letzter Minute herbeigeschafft worden ist. Von Regen hat der Wetterbericht am Morgen nichts gemeldet.

Stadträtin Waltraut Gabrieli ist natürlich auch mit von der Partie. Die andere Frau, mit der sie sich gerade unterhält, könnte die Leiterin des Mädchenwohnheims sein – Anette Paulsen meint, ihr Bild schon mal im „Kurier“ gesehen zu haben.

Lokalradio und Regionalfernsehen sind ebenfalls vertreten – die Eröffnung einer Babyklappe in Freienhausen passt wunderbar ins Sommerloch. Ein paar Mädchen stehen an der Ecke, sehen aber aus, als gehörten sie ins Wohnheim. Wahrscheinlich ist ihnen jede Abwechslung recht.

Dann tut sich etwas hinter ihr – der dunkle Audi des Bürgermeisters fährt vor, gefolgt von der Limousine des Landrats. Die Prominenz ist da, es kann also losgehen. Anette Paulsen zieht ihre Kappe etwas tiefer in die Stirn und schiebt sich noch ein bisschen mehr nach vorne. Ohne Regenschirm hat sie die Chance, auch durchgelassen zu werden.

Bis jetzt kann sie nur die hohe Milchglasscheibe sehen, an deren unterem Ende sich eine rechteckige Metallplatte mit einem Griff befindet. Ob das die Klappe ist? Sie muss unwillkürlich an einen Müllschlucker denken, diese großen an den Bahnhöfen oder an Müllschächten in Hochhäusern. Klappe auf, Affe tot. In diesem Fall soll natürlich Gegenteiliges bewirkt werden: Klappe auf, Kind lebt. Aber den Beigeschmack der Entsorgung hat die Sache trotzdem.

Als vorne schon Robert Sünkel zum Mikrofon greift, hält am Straßenrand noch mal ein Auto mit quietschenden Bremsen: Ein großer, kahlköpfiger, aber nicht unansehnlicher Mann im Trenchcoat steigt aus. Anette Paulsen kennt ihn: Es ist Oskar Rümpfer, der Jugendamtsleiter.

Dann knistert das Mikro, Herr Sünkel räuspert sich und beginnt zu sprechen. Er begrüßt die Anwesenden, drückt seine große Freude aus, dass es endlich so weit sei, und bittet zunächst die politische Prominenz um Grußworte.

Der Bürgermeister begrüßt die neue Babyklappe überschwänglich als enorme soziale Errungenschaft, der Landrat schließt sich an und hofft, dass auch unglückliche Schwangere aus dem Landkreis den Weg zum Babyfenster finden mögen. Waltraut Gabrieli ergreift als Nächste das Wort und verspricht stadt-, landkreis- und regionweit umfassende Aufklärung über den Standort der Babyklappe. Für die Überraschung des Tages – zumindest aus

Anette Paulsens Sicht – sorgt Jugendamtsleiter Rümpfer, der der Initiative Moseskörbchen für ihr soziales Engagement dankt. Wenigstens drückt er seine Hoffnung aus, die Babyklappe möge zwar ein Angebot sein, aber niemals ein Kind aufnehmen müssen. Dann hält Robert Sünkel eine flammende Rede über den heutigen schändlichen Umgang mit dem ungeborenen Leben, das einfach weggeworfen statt in treusorgende Hände übergeben werde. Schließlich bittet er seine sehr blass wirkende Gattin, einem Herrn Schneider bei der Vorführung der Babyklappe zu assistieren. Herr Schneider ist der Vertreter der Firma, die die Klappvorrichtung eingebaut hat.

Diensteifrig beginnt dieser mit der Demonstration, und die Köpfe der Umstehenden recken sich noch mehr, um ja nichts zu versäumen. Zum Glück regnet es kaum noch, so dass die meisten Schirme zugeklappt sind.

„Sehr verehrte Damen und Herren!", beginnt Herr Schneider und wartet einen Moment, bis Ruhe herrscht. „Hinter dieser Klappvorrichtung" – er fasst an den Griff der Metallplatte –, „befindet sich zum einen modernste Technik, wie Sie sie auch auf einer Frühgeborenenstation finden dürften, zum anderen", er macht eine kurze, wirkungsvolle Pause, „verdient das dahinter befindliche Bettchen wirklich den Namen Moseskörbchen, den Ihre hiesige gleichnamige Initiative so liebevoll ausgewählt hat!"

Anette Paulsen verdreht ein bisschen die Augen, der Mann ist ihr einen Tick zu schmalzig.

Herr Schneider bittet jetzt Britta Sünkel, die Platte nach unten zu klappen, sie rastet in waagrechter Stellung ein und ist innen mit einer Art Schaumstoff gepolstert. „Voilà!" Er deutet mit ausladender Geste auf die so entstandene Ablagefläche. „Hier kann nun das Geschöpf behutsam abgelegt und sodann in das dahinter befindliche Bettchen gelegt werden!“ Wieder werden die Hälse lang, aber nur die Vorderen können etwas sehen, und Robert Sünkel ruft: „Sie können nachher in Ruhe einen Blick ins Innere werfen!“

„Auch von innen!“, ergänzt Stadträtin Gabrieli.

„Das Bettchen für das kleine Geschöpf ist natürlich ein Wärmebettchen!“, fährt Herr Schneider fort, und Anette Paulsen beginnt, sich an dem Wort Geschöpf zu stören. Sie ist nicht die Einzige, wie sie am Tuscheln ringsumher bemerkt.

„Hier wird eine ständige Temperatur von 37 Grad vorgehalten, damit das Kindchen nicht friert! Wie Sie nachher sehen, befindet sich an der Rückseite des Bettchens ebenfalls eine Klappvorrichtung, die von der anderen Seite aber erst zu öffnen ist, wenn die äußere Klappe wieder schließt. Diese äußere Klappe muss entweder von der Mutter geschlossen werden oder geht nach etwa 5 Minuten, in denen ein hier eingebauter Sensor“, er deutet auf eine Stelle oberhalb der Öffnung, „keine Bewegung mehr wahrnimmt, langsam automatisch zu. Und warum?“

Seine eigentlich nur rhetorische Frage wird sogleich von einer älteren Zuhörerin beantwortet. „Damit es das Kind auch warm hat?“

„Sehr gut, sehr gut, meine Dame!“ Herr Schneider freut sich, und Anette Paulsen könnte sich ihn gut als Moderator für Kaffeefahrten vorstellen. „Der Alarm, den wir im Fall von Freienhausen auf die Nachtbereitschaft im Mädchenwohnheim gelegt haben, geht zeitverzögert los. Schließlich soll die arme Mutter noch Zeit bekommen, unerkannt ihrer Wege zu gehen!“

„Natürlich haben wir aber auch einiges für die Mutter vorbereitet!“, schaltet sich Robert Sünkel ein. Auf ein Zeichen von ihm hält ein junger Mann eine Art Schaukasten hoch, an dessen Seite ein Klemmkasten für Flyer oder Zettel befestigt ist. „Eine Spende des Christlichen Frauenbundes!“, ruft Herr Sünkel, und alles klatscht. „Hier erhält die Mutter Informationen über Hilfsangebote, sie findet auch Papier und Stifte, um selbst eine Nachricht zu hinterlassen, wenn sie möchte. Wir wollen auch noch ein Stempelkissen hinterlegen, so dass sie einen Fußabdruck des Kindes nehmen kann. Und hier im Schaukasten besteht die Möglichkeit für soziale Verbände, ihre Plakate auszuhängen. Zunächst wird aber die Initiative Moseskörbchen mit einem Plakat auf die Wiege hinweisen, die wir“, er deutet auf seine Frau und sich, „für das erste hilfsbedürftige Kind gestiftet haben.“

Jetzt gibt es doch befremdete Blicke, aber nur einige wenige schauen genervt, und Anette Paulsen hört leise gemurmelt das Wort „Kopfgeld“. Außerdem sieht sie, wie Oskar Rümpfer den Kopf schüttelt. Offensichtlich hat er aber doch nicht genügend Rückgrat, um einfach zu gehen.

Die Menge drängt sich jetzt weiter nach vorne, der offizielle Teil ist beendet. Stadträtin Gabrieli bittet laut darum, das Areal ums Babyfenster nochmals freizuhalten, da Roland Lorenz ein Foto machen möchte. Das Geschiebe bietet Anette Paulsen die Möglichkeit zum geordneten Rückzug. Sie schämt sich fast dafür, dass sie vorhin noch selbst den Gedanken zugelassen hat, so ein Baby aus der Babyklappe könnte auch etwas für sie sein. Aber über eine Adoption könnte sie vielleicht trotzdem einmal nachdenken.

Jetzt sollte sie lieber noch etwas Ausschau halten nach Personen, die nicht direkt hierher gehören. Nur passt hier niemand ins Profil der gesuchten Mutter. Den Termin hätte sie sich sparen können. Irene Ruppricht wird's nicht freuen.

*

Für den Tag nach der Eröffnung der Babyklappe hat Irene Ruppricht ihre Kollegen zu einer kurzen Lagebesprechung in ihr Büro gebeten. Nachdem die Schreiben wegen des Speicheltests an die Hochfelder Frauen herausgegangen sind, muss sie die SOKO Karla reaktivieren. Sie rechnet in der nächsten Zeit mit einigen Anfragen der Bevölkerung.

Sie und Anette haben heute früh schon zusammen in den „Kurier" geschaut und sich ein bisschen darüber amüsiert, dass Jugendamtsleiter Rümpfer als Befürworter der Einrichtung erwähnt wird – das muss er erst einmal wieder dementieren, wenn er glaubwürdig bleiben will.

Sie sind nur zu dritt, Florschütz ist noch mit von der Partie.

„Schön. Fangen wir an." Irene Ruppricht steht neben der Paulsen und verknotet die Finger. „Wir werden jetzt endlich weiterkommen in Sachen Karla – ich hoffe es zumindest sehr. Noch drei Wochen bis zu den Tests, dann noch eine gewisse Zeit für die Auswertung. Während dieser Zeit können wir aber schon die Frauen überprüfen, die nicht zum Test gekommen sind."

„Mit wie vielen werden wir da rechnen müssen?", fragt Anette Paulsen.

Irene Ruppricht zuckt die Schultern. „Schwer zu sagen. Großflächige DNA-Tests werden schließlich nicht häufig gemacht."

„Und, soviel ich weiß, zum ersten Mal nur bei Frauen“, wirft Florschütz ein.

„Stimmt. Fest steht nur, dass es mit Sicherheit einige notorische Verweigerinnen geben wird“, fährt Irene Ruppricht fort, „die einfach aus Prinzip nicht an so etwas teilnehmen, zum Beispiel weil sie es unverschämt finden oder keine Lust haben oder was auch immer.“

„Das heißt, unter diesen Frauen müssen wir auch Karlas Mutter vermuten?“, will Anette Paulsen wissen.

„Natürlich!“, meint Florschütz, aber Irene Ruppricht schüttelt den Kopf.

„Nicht unbedingt. Erfahrungsgemäß ist es sogar so, dass gerade der Täter beziehungsweise die Täterin zum Test kommt, aus sozialem Druck zum Beispiel, weil der Rest der Familie auch hingeht.“

„Die Täterin dürfte in dem Fall ja wohl eher selbst Opfer sein“, sagt Anette Paulsen. „Und das deutet auch daraufhin, dass die gesuchte Frau eher eine schwache Persönlichkeit ist – die sicher nicht auftrumpfen und sich mit Argumenten dem Test entziehen wird.“

Irene Ruppricht wiegt nachdenklich den Kopf. „Es sei denn, sie entzieht sich dem Druck und damit dem Test auf andere Weise. Sie könnte zum Beispiel wegfahren. Wir haben den Test zwar bewusst auf die letzte Schulwoche gelegt, um niemandem den Urlaub zu verderben, aber auch um die Räume in der Schule noch nutzen zu können. Aber man weiß ja nie.“

Sie atmet tief durch. Bald werden sie wissen, wer die kleine Karla ausgesetzt hat, hoffentlich.

Der Brief

Sehr geehrte Bürgerin,

die Polizei Freienhausen wendet sich heute an Sie, weil Sie im Stadtteil Hochfeld oder der näheren Umgebung wohnen oder arbeiten. Sicher ist Ihnen der Fund des in einer Mülltonne ausgesetzten Säuglings Anfang Mai dieses Jahres noch in Erinnerung. Dank der Rettungsaktion eines nichtsesshaften Mannes konnte das kleine Mädchen sofort versorgt werden und hat keine gesundheitlichen Schäden erlitten. Es lebt heute in einer Pflegefamilie.

Bis heute liegt den Ermittlungsbehörden leider kein gesicherter Hinweis auf die Mutter des Kindes vor. Möglicherweise braucht auch die Mutter Hilfe oder ist selbst Opfer einer Straftat geworden.

Deshalb möchten wir Sie heute um Ihre Mithilfe bitten. Mit Hilfe eines DNA-Screenings lässt sich zweifelsfrei eine Verwandtschaft zwischen Mutter und Kind nachweisen. Dieses Screening wird mit Hilfe eines einfachen Speicheltests durchgeführt. Die Teilnahme am Test erfolgt prinzipiell freiwillig, ein verwertbares Ergebnis kann allerdings nur bei Teilnahme aller angeschriebenen Bewohner erzielt werden. Deshalb bitten wir Sie dringend, den Test durchführen zu lassen.

Die Speichelproben werden im Anschluss an den Test vernichtet, die Daten nicht gespeichert.

Sie können einen der folgenden Termine in der Hauptschule Hochfeld wahrnehmen:

25., 26. oder 27. Juli, jeweils 8 – 18 Uhr.

Wir danken für Ihre Unterstützung!

Ruppricht, Leitende Hauptkommissarin K 1
Beyerlein, Oberstaatsanwalt

Ausgerechnet der Kupka hat den Brief aus dem Kasten gefischt. Den Briefkastenschlüssel haben sie schon lange verloren, und im Schlüsselloch klebt außerdem Gips. Der Kupka hat den Schlitz oben aufgebogen, damit überhaupt einer an die Post kommt. Weil so aber jeder dran kann, fehlt öfter mal was. Die frechen Kids aus dem Haus machen sich 'nen Spaß draus, die Post zu klauen, vor allem dann, wenn was von Ämtern kommt. Das sind diese länglichen Kuverts aus grauem Papier, da geht's meistens ums Harz vier, oder es ist 'ne Vorladung vom Gericht oder ein Strafbescheid. Wenn die Leute da nicht drauf reagieren, gibt's richtig Ärger. Wer glaubt so Leuten aus den „Bienenstöcken" schon, dass die ihre Post nicht verschlampt haben, sondern dass sie geklaut wurde. Faule Ausrede, sagen die vom Arbeitsamt dann. Aber dieses Schreiben heut', das auch in so 'nem langen Kuvert war, das hat fast jeder im Kasten gehabt. Das ist heut' Tagesgespräch in Hochfeld.

Adriane kriegt es mit, als sie beim Einkaufen ist. Sie macht Großeinkauf, weil der Grosch endlich mal die Knete richtig überwiesen hat. Als sie mit Tüten bepackt, voll von Dosen, Tiefkühlzeug, Chips und 'ner Flasche Schnaps, aus dem Supermarkt kommt, stehen die Weiber draußen zusammen und tratschen. Die alte Meierin ist auch dabei, deshalb bleibt Adriane stehen.

„Haste schon die Post gesehen?", sagt die zu ihr und reißt dabei ihren fast zahnlosen Mund weit auf. „Meine Junge, die hat's mir erzählt, weil ich, ich bin ja zu alt für so was. Nur die jungen Weiber werden untersucht."

„Was denn?", fragt Adriane ungeduldig. Das kann die Meierin nämlich gut, Andeutungen machen und ewig nix rauslassen, worum es eigentlich geht, und sich mit den andern die Mäuler über die Nachbarn zerreißen. Mit ihrer Tochter tratscht sie vor allem, diesem Flittchen, mit der war Adi in der Schule, die ging ihr damals schon auf den Keks.

Eine andere, die wohnt im Nachbarhaus, mischt sich ein. „Na, wegen dem Kind da, vor ein paar Wochen, bei euch in der Mülltonne."

„Ja und, was is' damit?" Adriane sind bei der Rumsteherei schon die Arme lang geworden von ihren schweren Tüten.

„Na, die ham doch immer noch nicht die Mutter, die Frau, die das gemacht hat mit dem Kind", sagt die Meierin. „Und da wollen se uns alle testen, also die jungen halt, weil ich, ich hab' nich' so 'nen Brief gekriegt."

„Bist ja auch jenseits von gut und böse", stichelt eine andere.

Adriane ist es dann zu blöd, und sie geht einfach weiter. Was hat sie schließlich mit dem Balg zu schaffen. So was hätte sie nie gemacht, ein Kind in den Müll schmeißen, nicht mal die Kathrin, die Erste, bei der sie noch so jung war.

Daheim hockt dann der Kupka am Küchentisch, mit 'ner Flasche Bier vor sich und stiert sie blöd an. Neben der Flasche liegt der aufgerissene Brief. Hat schon ein paar Flecken abgekriegt. Adriane schnauft und stellt die schweren Tüten auf den Boden. Wenn sie den Alten da sitzen sieht und der sich 'nen schönen Lenz macht, während sie das Essenszeug anschleppt, kriegt sie gleich zu viel.

„Was soll'n der Scheiß?", blafft der Kupka sie an und schnippt mit seinen dicken Wurstfingern nach dem Brief. „Was ham wir damit zu tun?" Sein Blick flackert, und er hebt die Hand, als wollte er ihr Schläge androhen. Adriane sieht, dass unter dem aufgerissenen noch ein zweites Kuvert liegt. Das ist an Kathrin Schmitt, hat der Kupka anscheinend auch aufgemacht. Von Briefgeheimnis hat der wohl noch nix gehört. Auf dem oberen Umschlag, da steht ihr Name. Stimmt's also wirklich, was die Meierin eben erzählt hat.

Der Kupka rülpst und grunzt was und setzt die Flasche an den Hals.

Adi zieht sich 'ne Kippe aus der Packung auf dem Tisch und kriegt ewig das Feuerzeug nicht an. In der einen Hand die Kippe, in der anderen den Brief, geht sie ins Wohnzimmer, lässt sich auf die Couch fallen und legt die Beine auf den Tisch. Sie ist so was von fertig von der Lauferei. Kein Mehmet in Sicht gewesen, der sie hätte fahren können. Es hat sich eh ausgemehmet. Dabei war sie, Adriane Schmitt, drauf und dran, den Kupka wegen dem Mehmet rauszuschmeißen. Richtig verguckt hat sie sich wieder in den Türken mit den schwarzen Augen und dem schwarzen Haar. Alles hätt' sie für den getan. Sie hat richtig was riskiert, gar nicht mehr besonders aufgepasst, ob sie jemand sieht mit dem oder nicht. Aber wahrscheinlich hätte sie vor dem Kupka seiner Nase dem Mehmet einen blasen können, und der hätt' nur gefragt, na, schmeckt's, Alte. So ist der drauf inzwischen. Schert sich um gar nix mehr. Hat vielleicht auch 'ne andre. Jedenfalls, dann hat der Mehmet gesagt, es geht nicht mehr. Die Mutter von seiner Frau aus der Türkei ist jetzt da, und die ist ganz streng, und er muss ihr immer sagen, wo er hingeht und warum er so lange wegbleibt. Und die würd' in seinem Taxi rumschnüffeln, ob's da nach anderen Frauen riecht. Und außerdem ist seine Frau wieder schwanger, endlich wieder, weil, die haben nur eine Tochter bis jetzt, und der Mehmet will doch so dringend einen Sohn. Weil's der Frau nicht gut geht mit der Schwangerschaft und sie aber doch unbedingt den Sohn kriegen soll, ist die Mutter aus der Türkei gekommen, um zu helfen und aufzupassen, dass der Mehmet nicht fremdgeht. Das hat jedenfalls der Mehmet zu Adi gesagt.

Klar, ab und zu sieht sie ihn noch, in der Stadt. Und wenn's wirklich keiner sieht, nimmt er sie auch mal ein Stück mit. Aber mit anfassen is nix mehr. Echt blöd, jetzt steht sie wieder da und kriegt den Kupka nicht los.

„Au!" Mann, jetzt hat sie sich mit der Zigarette gebrannt. Die Asche ist auf den Boden gefallen. Adriane schiebt sie mit dem Fuß unter die Couch. Da liegt noch mehr, kommt's also auch nicht drauf an.

Sie legt die Kippe auf dem Tisch ab, auf dem Deckel von einem Gurkenglas, den nehmen sie als Aschenbecher. Dann liest sie den Brief der Polizei. Na, die ham sie doch nicht alle. Da sollen wohl alle Weiber aus Hochfeld antanzen und irgendwo reinspucken? Oder ist das so ein Speicheltest, den sie auch schon bei den Bullen machen musste? Sie guckt noch in den Brief an Kathrin, ob da das Gleiche steht. Ja. Ach nee, doch nicht. Da steht noch ein Satz: „Minderjährige bitten wir, in Begleitung eines Elternteils zu kommen." Da können sie gleich zusammen hingehn, muss der Kupka doch gar nicht wissen. Sie ham eh nix zu befürchten, Adriane und Kathrin. Warum hat sie, Adriane, überhaupt so 'nen Wisch gekriegt? Die wissen doch schon bei den Bullen, dass sie gar nicht mehr schwanger werden kann. Adi ist so was von froh, dass die Kathrin nicht mit Kerlen rummacht. Es muss ihr ja nicht genauso gehen wie ihr selber, mit fünfzehn schon ein Kind. Wenn sie richtig darüber nachdenkt, war das einfach zu viel für sie damals. Aber sie war so verknallt in Kathrins Vater, der später in den Knast gewandert ist.

Der hat ihr auch versprochen, er geht sofort auf den Bau, wenn er die Schule fertig hat, um Geld beizubringen für sie und das Kind. Statt auf den Bau ist er dann in den Bau.

Die Kathrin, die wird's eh schwer haben, 'nen Mann zu finden, so fett, wie die jetzt schon ist. Und hübsch ist sie auch nicht. Vielleicht kriegt sie so 'nen alten Bock wie den Kupka, der glotzt sie eh manchmal an, als wär' ihm egal, dass sie die Tochter seiner Alten ist. Die Kathrin jedenfalls, wenn die schwanger wär', die würd' das Kind auch nicht wegmachen lassen, da wäre sie wahrscheinlich so blöd wie ihre Mutter. Na ja, egal, wenn's sein muss, dann gehen sie eben zu diesem Test. Ist eh erst in drei Wochen, hoffentlich vergisst sie's nicht.

Adi hat sich inzwischen ganz auf die Couch gelegt, nachdem die Kippe ausgebrannt ist. Wegpennen könnt' sie jetzt auf der Stelle. Hoffentlich haut der Kupka nachher ab ins Scharfe Eck, da hocken sie jetzt immer am Freitagabend, die Säufer aus Hochfeld.

Adi klappen die Augenlider runter. Morgen muss sie wieder früher raus aus den Federn. Putzen im Sudhaus. Der is gar nicht so schlecht, der Job – vom Putzen mal abgesehen. Das muss halt sein. Die Kowalczyk hat sie schon geschimpft, weil sie nicht immer so gründlich ist. Die mag sie nicht. Also die Kowalczyk mag Adriane nicht und Adi die Kowalczyk nicht. Aber die andern sind in Ordnung. Samstags, da ist da nämlich jetzt immer offen. Der Rentner, der auch für einen Euro im Sudhaus arbeitet, hat 'nen Schlüssel, und dann kommen schon einige Leute. Schade, dass der Kalle, dieser Landstreicher, nicht mehr da ist. Den hat sie irgendwie gemocht. Klar, als Mann ist er zu alt für sie, aber er hatte trotzdem was. Na ja, es sind eh dauernd mal andere Leute da. Und Adi ist nach wie vor heilfroh, daheim rauszukommen. Hier braucht sie keiner, die Kathrin, die kommt am Samstag nicht aus ihrem Zimmer raus, und der Kupka, der ist auch schon weg, wenn sie zurückkommt.

Wenn die Kleinen noch bei ihr wären, dann hätt' sie wenigstens was Vernünftiges zu tun. Und würd' bestimmt auch mal die Wohnung saubermachen. Aber so lohnt sich das nicht, nur für den Kupka und die Kathrin. Ewig hat sie die Kleinen nicht mehr gesehn, den Steve und die Annika. Die vom Jugendamt haben neulich bei ihr angerufen, weil sie die Annika jetzt endgültig ins Heim gesteckt haben. Und sie musste einwilligen. Was blieb ihr auch anderes übrig. Sie hat nicht mal Lust gehabt, die Geigermüller, die Pflegemutter von der Annika, anzurufen und ihr die Hölle heiß zu machen, dass sie ihre Tochter weggibt. Die Geigermüller war immer so komisch am Telefon. Jetzt ist die Annika also im Heim. Sie ist 'ne Streunerin, das stimmt schon, frühreif und durchtrieben. Neulich hat Adi mit der Zeidler drüber geredet. Die Elisabeth Zeidler, die wohnt auch hier in den „Bienenstöcken" und hat drei Kinder weg. Der Mittlere ist im selben Heim, in dem jetzt auch die Annika ist. Es soll nicht so toll sein. Die Zeidler besucht den Jungen da manchmal. Aber das wird sich Adi nicht antun. Die Aufpasser dort gucken sie dann vielleicht noch schräg an und reden drüber, was sie denn für eine ist. So was braucht sie nicht.

Die Zeidler hat ihr auch erzählt, dass sie noch ein Kind will. Das heißt, sie wollte, denn ihr Freund, einer aus Albanien, ist ihr weggelaufen, weil sie kein Kind gekriegt hat. Das käme ihr, Adi, grade noch in den Sinn. Ein Glück, dass sie stelirisiert ist. Da muss sie nicht ständig Angst haben.

Wieso pennt sie eigentlich trotz der schweren Augendeckel nicht ein? Das muss vom vielen Kaffee sein, den sie heute Nachmittag getrunken hat. Das Päckchen Kaffee hat ihr der Koch vom Sudhaus letztes Mal geschenkt. Es war aus einer Spende, und sie hatten so viel. Ach herrje, das ganze Zeug, das sie eingekauft hat, die Pizza und die Pommes, die tauen doch auf. Adi steht so schnell auf, dass sie sich das Schienbein an der Tischkante stößt und rumflucht. In der Küche lehnt der Kupka aus dem Fenster und qualmt. Die alte Trainingshose hängt so weit runter, dass sie seine Kimme sieht. Eklig weiß und picklig sieht sein Rücken aus. Wer soll mit so einem noch pennen wollen – sie bestimmt nicht. Und vor allem stehen die ganzen Tüten noch auf dem Boden.

Adriane kriegt einen Wutanfall und schreit rum, was er, der Kupka, für ein Scheiß-Typ ist. Einer, dem alles egal ist, wenn das Essenszeug verkommt, der sich zu fein ist, ihr mal was zu helfen und überhaupt nur auf ihre Kosten lebt. Klar, dass Charly das nicht auf sich sitzen lässt. So massig er ist, so schnell dreht er sich um und langt ihr ein paar ins Gesicht, und den Tüten auf dem Boden gibt er einen Tritt mit dem Fuß. Sagt: „Halt's Maul, Alte!“ Im Vorbeigehen stößt er sie an den Türrahmen, geht zur Wohnungstür und ist draußen.

Adi sickert Blut aus der Nase, auch nichts Neues. Sie ist so stinkewütend auf den Kupka, der weg ist, und auch noch auf Kathrin, weil die auch nix macht. Wo ist die überhaupt? Adi stampft auf Kathrins Zimmertür zu und stößt die auf, und klar – das war zu erwarten, das faule Stück liegt im Bett und pennt. Die sieht aus wie ein schimmliger weißer Käse, als sie ihr die Decke wegzieht, und fängt das Schreien an. Die schreit wie ein abgestochenes Schwein.

„Bist du jetzt irre!", brüllt Adriane zurück und haut mit einem Sofakissen auf Kathrin ein.

Am liebsten würd' sie das Kissen auf Kathrins schreienden Mund drücken. Stattdessen klebt sie ihr eine, da ist die endlich ruhig und wimmert bloß noch und starrt an die Decke und sieht ihre Mutter gar nicht. Die ist jetzt immer so, am Ende der Woche, zumindest kommt es Adi so vor. Es wird wohl an der Schule liegen. Die wird ein mieses Zeugnis kriegen und ist deshalb so fertig. Am Freitag und am Samstag, da liegt die nur noch im Bett. Und sonntags meistens auch noch.

Adriane gibt's auf, ihre Wut ist so gut wie weg. Nur noch Leere ist da. Was hat sie schon vom Leben, einen Säufer als Mann und als Kinder eine Durchgeknallte, eine frühreife Streunerin und einen kleinen Mischling.

Sie lässt die Durchgeknallte liegen und weiter an die Decke starren, geht raus in die Küche, schmeißt ein paar Schlaftabletten ein. Und dann geht's ab in die Kiste, nichts mehr hören und sehen müssen. Sollen die doch machen, was sie wollen. Soll die Scheißwelt untergehen, Adriane Schmitt ist nicht dabei.

Irre

Kleine weiße Blitze tanzen an der Decke. Kathrin zwinkert, Augen auf, Augen zu, immer schneller. Die Blitze zucken auch schneller, kreiseln wie irre an der Decke. Kommt, fallt runter, erschlagt mich, macht ein Feuerchen auf mir, brennt mich weg. Sie zieht ruckartig ihre Hände unter der Decke hervor, wo sie sie auf ihre Mitte gedrückt hält, die auch brennt wie Feuer. Die klebrigen Finger auf die Augen drücken, nützt aber nichts, die Blitze zucken weiter, auch bei geschlossenen Augen. Ob Dreck überhaupt brennt? Ein

Stück Dreck bist du, hat Charly gesagt, sagt Charly jedes Mal, jeden Samstag, und sogar heut', obwohl Freitag ist, und sie wird noch dreckiger, wertloser, irrer. Adi hat schon Recht.

Jetzt hamse dich bald, hat Charly gesagt, vorhin, als er auf dem toten Stück Kathrin lag. Er hat ihr in den Bauch geboxt. Sie hat's von oben gesehen, von ihrer Wolke runter, auf die sie nur noch mühsam raufkommt. Die Bullen ham dich bald am Wickel, dann wissen die, dass du das warst, die so ein wehrloses kleines Ding hat umbringen wollen. So ein hübsches kleines Ding, das wär' doch zu manchem noch gut gewesen. Die Kleine, die hätt' ich mir gleich hergerichtet, dann wärste mich losgeworden, blöde Kuh, du, daran haste nicht gedacht, was? Frischfleisch, das wär's gewesen, dann hätt' die fette hässliche Kathrin ausgedient, häh, häh.

Seine schmierige Pranke lag um ihren Hals, und Kathrin hat so sehr gehofft, dass er zudrückt und Schluss macht mit ihr. Aber er braucht nur, dass sie nach Luft schnappt und röchelt, das reicht ihm schon, um seinen Dreck in ihr abzuladen. Mit ihrem Bettzeug hat er sich abgeputzt und sie liegen lassen wie ein abgeschlachtetes Schwein. Sie war sogar zu schwach, um die Decke wenigstens umzudrehen. Die Mitte, die brennt wie Feuer, alles andere ist kalt und abgestorben. Ein abgebrochener Fingernagel kratzt an der Haut vom Arm, kratzt einen Pickel auf und lässt Blut fließen. Schönes rotes Blut, fließt auf das fleckige Betttuch, macht lustige rote Punkte. Die anderen Nägel fangen an, an der Wand zu kratzen. Kratzen die Tapete runter, den Putz, kratzen immer weiter, brechen ab und bluten und machen die Wand rot. Das muss man im Gefängnis auch machen, Kerben in die Wand, sonst vergisst man die Zeit, und dann immer weiter kratzen und graben, ein Loch. Das Loch führt in den Himmel, vielleicht, oder in die Hölle, wenn man die Richtung verfehlt.

Die Bullen, die kriegen dich, bald schon, und keiner wird dir glauben. Hast den alten Bock aufgegeilt, immer schon, hast ihn der eigenen Mutter weggenommen. Und dann ist da noch was in dir gewachsen, und keiner will wissen, dass du es weg hast wegen dem Alten. Lieber soll die fette hässliche Kathrin draufgehen, und das Andere, das ist sicher und ist rein und ohne Schuld.

10 Wochen später

Runter auf die Knie

Kalledalle war wieder auf seiner gewohnten Tour unterwegs. Es hat ja keinen Zopf, ständig in dieser Kleinstadt herumzuhängen, in der das mit dem Kind passiert ist. Er hat sich dieses Mal sogar eher länger im Süden aufgehalten, vor allem wegen des besseren Wetters, denn so toll ist dieser Sommer nicht, und Kalle macht sein Rheuma zu schaffen. Aber jetzt soll's wirklich heiß werden, und seit ein paar Tagen ist er deshalb unterwegs Richtung Freienhausen. Nur geht alles ein bisschen langsamer, wenn man überwiegend die eigenen Flossen benützt. Und die wollen bei einem alten Mann wie ihm auch nicht mehr so schnell, wie es der noch besser intakte Kopf plant.

An frische Wäsche hat er auch dieses Mal gedacht, heute früh war er schon bei der Kleiderkammer vom Roten Kreuz. Dort hat er einen neuen Fünferpack Unterhosen aus weißem Baumwollripp ergattert. Weiß ist für ihn zweite Wahl, man sieht darauf alles. Aber die dicke Frau an der Wäsche-Ausgabe hat's gut mit ihm gemeint, und er wollte nicht unhöflich sein. Sein ganzer Stolz ist das grünkarierte Holzfällerhemd, das seine Wampe vollständig verdeckt. Die gute Frau hat es extra für ihn aus dem Lager geholt. „Hab' ich beiseite getan für so kräftige Herren wie Sie", hat sie gesagt und ihm zugezwinkert.

Kalle ist deshalb richtig gut gelaunt, als er durch die Stadt geht und seine Füße automatisch Richtung Hochfeld hinaufwollen. Er will nur mal schauen, was da oben so los ist, vielleicht auch schon mal einen Blick in die Mülltonnen werfen, die systematische Suche wird er eh erst später beginnen, wenn's dunkel wird. Auf einer Bank macht er eine Pause, klaubt einen leicht fauligen Apfel aus seinem Matchsack und schneidet ihn mit seinem Schweizer Taschenmesser in kleine Stücke. In einen harten Apfel reinbeißen kann er schon eine Weile nicht mehr. Die Zähne tun fast alle weh, einer wackelt wie ein Kuhschwanz und fällt bestimmt bald aus. Wann er zum letzten Mal beim Zahnarzt war, daran kann er sich schon fast nicht mehr erinnern. So einer wie er hat keine Krankenversicherung. Es kam schon mal vor in den letzten Jahren, dass er zum Beispiel einen zu viel in der Krone hatte und deshalb aus den Latschen gekippt ist und ihn dann irgendwer in die Notaufnahme von irgendeinem Krankenhaus gebracht hat. Die müssen einen wie ihn dann ja behandeln. Sie wollen zwar auch gleich die Karte der Krankenversicherung, wenn man wieder bei Sinnen ist, aber vorher haben sie ihn doch schon ausgenüchtert. Er ist ja keiner, der sich durchschnorren und im Krankenbett liegen und sich füttern und waschen lassen will. So was geht ihm völlig gegen die Hutschnur. Wer schon keine Versicherung zahlt, soll sich auch nicht auf Kosten anderer versorgen lassen. Also ist er immer ab durch die Mitte, sobald er wieder auf die Beine kam. Zum Bleiben überredet hat ihn keiner und ihm nachgeweint auch nicht. Das Weinen haben in seinem Leben höchstens die ein, zwei oder drei Frauen übernommen, die ihn auf ihrem Plüschsofa unter Bildern mit röhrenden Hirschen und zwischen allerlei Nippes halten wollten.

Jedenfalls, wegen der Zähne kann er nicht mehr so harte Sachen essen. Aber Kalle liebt Äpfel. Die hat er schon immer gemocht. Das war eines seiner schöneren Kindheitserlebnisse, das Pflücken von Äpfeln von einem Baum hinterm Haus. Große, grüne, saure, harte Äpfel waren das, richtig knackig und frisch und so sauer, dass sich alles im Mund zusammengezogen hat. Immer wenn er als Junge die Walli gesehen hat, die aussieht wie die Frau Margarete aus dem Sudhaus, und dieses komische Gefühl im Lendenbereich nicht mehr auszuhalten war, dann hat er so einen Apfel gegessen. Das hat ihn abgelenkt und den süßsauren Schmerz auf die Nervenenden im Mund gelegt. Später hat er dann eher gewusst, wie man der Sache im unteren Körperbereich Abhilfe schaffen kann. Selbst ist der Mann.

Den Apfelbutzen schmeißt Kalle auf eine Grünfläche hinter sich, hier in Hochfeld liegt so viel Müll herum, dass es darauf nicht ankommt. Ist ja auch kein Dreck, sondern Kompost. Er geht weiter, die „Bienenstöcke“ sind in Sicht und das Scharfe Eck. Geräusche eines Fernsehers hört man von drinnen, Fetzen von Männerstimmen, die dröhnend lachen. Vor Kalle läuft eine Frau mit einem drallen Hintern, den eine Regenjacke nicht ganz verdeckt.

Wer geht denn bei der Wärme mit 'ner Regenjacke aus dem Haus? Sein neues Holzfällerhemd ist ihm schon zu warm. Obwohl's Kalle lieber mag, wenn er lange Ärmel dran hat.

Die Frau bleibt stehen, weil sie eine Zigarette anzündet, und weil Kalle aufholt, sieht er, dass er sie kennt: Es ist die Frau, die er vor Wochen beim Sudhaus getroffen hat. Adriane heißt sie, das weiß er noch, für Frauennamen hat er ein gutes Gedächtnis, für die Vornamen zumindest.

Sie erkennt ihn anscheinend im gleichen Moment, und ihr ein bisschen schwammiges Gesicht wird richtig hübsch, wenn sie lächelt. „Ach, wir kennen uns doch", sagt sie, „hat's dich mal wieder hierher verschlagen?"

Kalle kann sich nicht erinnern, dass sie per du gewesen sind, aber das ist auch egal, sie meint's ja nicht so, wie manche auf dem Amt oder bei der Polizei, die duzen solche wie ihn, weil sie keinen Respekt vor ihm haben. Wenn eine Frau wie die Adriane ihn duzt, macht das eher, dass er sich ein bisschen wie ein junger Mann fühlt.

Er stellt umständlich seinen Matchsack auf den Boden und deutet eine kleine Verbeugung an. „Yeah, bin wieder da", sagt er und ist verlegen.

„Wo willste denn hin, hier in Hochfeld?", fragt Adriane und zieht an ihrer Kippe. „Is doch nix los bei uns."

Kalle weiß gar nicht, was er sagen soll, denn mit der Geschichte mit dem Kind will er eigentlich nicht wieder anfangen. Also dass er wohl deshalb hier herumstreicht, weil er dieses wimmernde Bündel in der Mülltonne da vorne gefunden hat und er da wohl noch mal einen Blick reinwerfen will. Aber dann sagt er's doch, mehr, um überhaupt was zu sagen.

„Ach!“ Adriane guckt erstaunt. „Stimmt, hab' ich ganz vergessen, warst ja du, der Retter von dem kleinen Ding. Hat eine ausgerechnet in unsere Mülltonne gesteckt. Deshalb sind wir alle verdächtig hier, alle Frauen von Hochfeld. Ich komm grade vom Test, aber ich hätt' gar nicht dahin müssen, weil, die ham mich ja schon getestet, und ich bin doch eh steleri... sterilesiert.“

Kalle macht ein verständnisloses Gesicht, und Adriane haut sich auf die Stirn.

„Ich quatsch' hier, und du weißt gar nicht, was ich mein'. Na ja, eben wegen dem Kind, weißte. Da suchen die doch immer noch nach der, die das gemacht hat. Und die ham mal gedacht, das wär' ich gewesen. Weil die Mülltonne, die steht vor unsrem Haus. Und die ham so 'nen Herzanhänger da gefunden, das war meiner.“

Das hat Kalle nicht gewusst. Dass das die Mülltonne vor Adrianes Haus war, aus dem er das Kind gezogen hat. Sie gehen langsam nebeneinander weiter, auf den Block der „Bienenstöcke“ zu, in dem Adriane wohnt und zu dem die Mülltonne gehört. Davor bleibt Adriane wieder stehen und schaut Kalle an, als würde sie überlegen, was sie jetzt mit ihm anfangen soll.

„Soll ich dir 'nen Kaffee machen oben in der Wohnung? Mein Alter, also der Charly, mit dem ich zusammen wohn', der hockt vorne im Scharfen Eck, dauert ein paar Stunden, bis er voll genug ist, um wieder heimzukommen.“

Kalle ist ein bisschen unwohl bei dem Gedanken. Es ist schon eine ganze Weile her, dass er mal mit einer Frau mitgegangen ist. Es gab einfach keine Angebote in der Richtung mehr. Und er war auch nicht mehr so scharf drauf. Die Lust, die manchmal aus dem Kopf in das Ding zwischen den Beinen fährt, ist zwar noch da, aber funktionieren tut's da unten nicht mehr richtig. Und die Frauen wollen doch einen, der richtig kann und der nicht bloß sabbert wie ein Hund und dann nichts zustande bringt.

„Na, was is?", fragt Adriane ein bisschen ungeduldig und zieht ihn am Ärmel seines Holzfällerhemdes unter das abgeblätterte Betondach des Hauseingangs. Das hängt wohl mit dem Frauenkopf zusammen, der in einem Fenster im zweiten Stockwerk erschienen ist.

„Yeah, geht klar, brauch' aber nur ein Glas Wasser", sagt Kalle und geht hinter Adriane her ins Haus. Er hat beschlossen, dass er von der jungen Frau eh nichts zu befürchten hat. Die will nur ein bisschen Gesellschaft haben. Schließlich hat sie einen Mann im Haus, auch wenn er trinkt, und wenn sie wollte, könnte sie einen Jüngeren haben als ihn.

Er schnauft ziemlich, als sie im dritten Stock ankommen. Es gibt zwar einen Fahrstuhl, aber Adriane wollte die Treppe nehmen, wahrscheinlich, um niemand aus dem Haus zu treffen. Kommt ihnen aber trotzdem einer entgegen, ein Junger, der aussieht wie einer aus dem Irak oder Afghanistan, der grüßt nicht. Adriane ist auch aus der Puste, als sie vor der Wohnungstür ankommen, hat ja doch ein paar Pfunde um die Hüften, das Mädel, aber Kalle mag das so.

Sie schließt auf, im Flur der Wohnung riecht's muffig und nach Rauch, mehrere Paar Schuhe liegen herum, und Kalle stolpert fast über eine Sandale, weil er nicht nach unten geguckt hat.

„Ach, die sind von der Kathrin, meiner Großen, die lässt alles rumliegen, da kannste sagen, was du willst."

Kalle ist's egal, er ist nicht so etepetete, könnt' ja einer wie er nicht auf der Straße überleben, wenn er jedem Dreck ausweichen wollte. Er lässt den Matchsack im Flur auf dem Boden stehen und folgt Adriane ins Wohnzimmer, wo es genauso wenig aufgeräumt ist. Ein Kissen, aus dem der Schaumstoff herausquillt, liegt auf der fleckigen Couch, der Couchtisch ist unter Zeitungsfetzen, undefinierbaren Kleidungsteilen und Marmeladendeckeln mit Kippen drin kaum zu sehen. Adriane fegt mit der Hand alles ein bisschen auf die Seite, die Zeitungsblätter segeln runter auf den Boden. Kalle hockt sich in eine Ecke der Couch.

„Also, was jetzt, Kaffee oder Wasser? Wasser kannste nur aus der Leitung haben, was andres gibt's bei uns nicht."

Aber Kalle will auch nur Leitungswasser, und Adriane bringt ihm ein Glas und verschwindet dann noch mal in die Küche, um sich einen Kaffee aufzusetzen.

Als sie wiederkommt, hat sie endlich mal die Regenjacke ausgezogen. Über den schmuddeligen Leggings trägt sie ein genauso schmuddeliges T-Shirt. Sie lässt sich in einen der zerschlissenen Sessel plumpsen und fängt an zu plappern, wie das Frauen halt so machen. Erzählt, dass sie immer noch im Sudhaus arbeitet, für den Hungerlohn von einem Euro, aber so kommt sie wenigstens raus und muss nicht die ganze Woche daheim herumhocken. Zweimal die Woche geht sie jetzt hin und manchmal auch dazwischen zum Essen, weil sie für's Essen nichts bezahlen muss und da außerdem ein paar Leute sind, mit denen sie ganz gut klarkommt. Mit der Frau Kowalczyk halt nicht, die kann sie nicht leiden, also sie die Kowalczyk nicht und die Kowalczyk sie nicht.

Dazu sagt Kalle mal nichts, Frauen sind so untereinander. Wenn er mal zwei kennt, die er beide ganz in Ordnung findet, dann wollen die fast immer am liebsten einander die Augen auskratzen.

„Deine Tochter is wohl nicht da, oder?“, fragt Kalle, mehr, um überhaupt was zu sagen.

Adriane sinkt auf einmal in ihrem Sessel zusammen. Dann drückt sie die Zigarette in einem der Marmeladendeckel aus und klammert sich an ihrer Kaffeetasse fest. „Ich weiß nich, wo die ist“, sagt sie und klingt ziemlich hilflos. „Ist, glaub' ich, schon seit gestern weg. Hab's ehrlich gesagt nicht gleich gemerkt. Der Charly und ich, wir kippen manchmal gern einen, anders halt ich es mit dem nicht aus. Und dann penn' ich durch und krieg' nicht mit, ob die Kathrin morgens aufsteht und in die Schule geht. Aber sind eh nur noch ein paar Tage Schule, und da ham die manchmal nix oder gehen irgendwohin, Ausflug machen oder so.“

Sie schaut Kalle an, als würde sie erwarten, dass er sie von der Schuld freispricht, nicht auf ihre Tochter aufgepasst zu haben.

Aber als Adriane sagt, dass ihre Tochter schon fünfzehn ist, da versucht er, sie zu beruhigen. Mädels in dem Alter sind doch so. Die haben schon Freunde und schlafen dann mal dort oder machen die Nacht durch und versacken mit 'ner Freundin.

„Kathrin hat keine Freunde, weder 'nen Kerl noch 'ne beste Freundin“, sagt Adriane. „Manchmal geht sie zu ihrem kleinen Bruder, dem Stevie, der wohnt in 'ner Pflegefamilie. Aber da is sie nich, hab' da schon angerufen. Die von der Schule rücken mir auch auf die Pelle, wollen 'ne Entschuldigung. Hab' ich halt gesagt, dass sie krank is. Is sie eh dauernd, seit Wochen schon."

„Könnt' die Pubertät sein", überlegt Kalle. Eigentlich kennt er nur seine eigene Pubertät, und die hatte einen Namen, nämlich Walli. Aber oft genug hat er sich Gejammer von Frauen angehört über ihre Töchter und Söhne in der Pubertät, und das ist ja schließlich was, was vorbeigeht, keine Krankheit also. Aber Adriane sieht nicht so richtig beruhigt aus.

„Oder hat sie was anderes?", fragt er deshalb.

„Weiß nicht." Adriane zuckt die Schultern und schlürft ihren Kaffee. „Die is richtig durchgeknallt. Guckt ganz irre, wäscht sich nicht, isst nix."

„Will vielleicht abnehmen", schlägt Kalle vor.

„Nötig hätt' sie's", sagt Adriane wegwerfend. „Die is noch fetter als ich, ehrlich. Jedenfalls, wenn die nicht bald auftaucht, gibt's Ärger. Weil, die soll auch zu dem Test mit dem Speichel, hab' ich ihr vorgestern extra noch mal gesagt oder wie ich sie halt zum letzten Mal gesehen hab'."

Und dann fängt Adriane von einem zum anderen Moment zu heulen an, der Rotz läuft in die Tasse, die sie immer noch in den Händen hält, und die Tränen kullern die Backen herunter und hinterlassen dort bräunliche Rinnsale. Einen richtigen Heulkrampf hat sie, so dass es sie schüttelt und Kalle sich mühsam aus der tiefen Couch aufrappelt, was wegen seines Rheumas nicht so schnell geht.

Er nimmt ihr die Tasse aus der Hand und stellt sie auf den Tisch. Ach herrje, was soll er bloß mit dem heulenden Frauenzimmer machen. Das ist gar nicht sein Ding, so was mit Gefühlen. Er tätschelt ihr unbeholfen die

Schulter, aber sie klammert sich an seinen Arm, und er muss runter auf die Knie, um nicht umzufallen, so wie die zieht. Wie ein Liebhaber aus der Oper kniet er neben dem Sessel der weinenden Frau, und die schluchzt und schluchzt und drückt ihren Kopf an den Ärmel seines Holzfällerhemdes, und das wird von den Tränen ganz nass.

„Ist ja gut, wird ja alles gut", murmelt er und tätschelt zur Abwechslung ihren Kopf mit den strähnigen Haaren. „Kommt schon wieder, das Mädel. Ist bestimmt nichts passiert."

„Is ja nich wegen der Kathrin." Adrianes Worte kommen ganz abgehackt, weil sie nicht aufhören kann zu heulen. „Wegen allem, weißte. Dem Alten, den ich nich loskrieg', und dem Mehmet, den kennste nicht, und den Kleinen, die sie mir weggenommen haben. Und die von der Schule rufen dauernd an und wollen, dass ich komm, um wegen der Kathrin zu reden."

Kalle sucht in der Hosentasche nach einem Taschentuch, ist aber kein sauberes mehr drin, und so muss er es zulassen, dass Adriane ihr nasses Gesicht am Ärmel seines neuen Hemdes abtrocknet.

„Jetzt gehste besser", sagt sie, als der Heulkrampf vorbei ist. „Bevor der Charly doch noch kommt. Muss nich sein, dass er dir eine langt."

Darauf legt auch Kalle keinen Wert. Er zieht sich an dem Sessel wieder hoch und kann kaum stehen, so weh tun seine Knie. Adriane ist auch aufgestanden. „Jetzt brauch' ich 'nen Schnaps. Willste auch einen, geht schnell!"

„Nee." Kalle schüttelt den Kopf. Wollen tät' er schon, aber er hat heute noch was vor. Er will zum Sudhaus, und da ist's besser, wenn er nüchtern ist. Adriane, einen

Kopf kleiner als er, steht mit verheultem Gesicht vor ihm und fasst mit beiden Armen um ihn herum und drückt ihn.

„So einen wie dich sollt' ich mal finden", sagt sie, und dann schiebt sie ihn zur Wohnungstür. Fast hätt' er darüber seinen Matchsack stehen lassen.

Babyalarm

Maggy geht's nicht besonders gut. Sie war letztes Wochenende zu Hause, eigentlich nur, um vielleicht Emma oder eine alte Schulfreundin zu treffen, mit der sie eventuell etwas für ihren Urlaub im August planen kann. Mit Schrecken ist ihr in diesen Tagen bewusst geworden, dass sie noch keinerlei Reisepläne hat und vor allem keinen Partner, der mit ihr wegfahren könnte. Nicht, dass sie eine von den Frauen ist, die sich nur in männlicher Begleitung so richtig vollwertig fühlen – und wenn sie ganz ehrlich ist, war der letzte gemeinsame Urlaub mit Gerd ein Reinfall. Er wollte in die Berge, sie ans Meer, und am Ende sind sie last minute nach Mallorca geflogen. Gerd hatte zwei Wochen lang schlechte Laune, und Maggy war deshalb nicht imstande, den Urlaub zu genießen. Vorherige Reisen oder Kurztrips, die sie mit Freundinnen unternommen hat, waren sehr viel unterhaltsamer. Deshalb hat sie gehofft, in Kirchleins eine aufzutreiben, die auch noch nichts geplant hat. Das war leider eine Fehlanzeige. Ihre Single-Freundinnen bekommen genauso wie ihre Kusine Emma im August keinen Urlaub.

Jedenfalls hat's am letzten Wochenende damit angefangen, dass ihr dauernd schlecht war. Ihre Mutter hat's gemerkt und besorgt um sie herum gegluckt. Sie meinte, Maggys Zustand käme von den Keimen der Obdachlosen, die den ganzen Tag um sie herum seien. „Dass du dir auch so einen Beruf suchen musstest“, hat sie mehrmals kopfschüttelnd beklagt, zum Glück ohne den zusätzlichen Hinweis, dass sie in diesem Umfeld wohl kaum jemals einen anständigen Mann finden werde. Dafür startete sie wieder zahlreiche Versuche, ihr die örtlichen Junggesellen schmackhaft zu machen.

Dass in einem Umfeld wie dem Sudhaus durchaus in Frage kommende Männer auftauchen könnten – zum Beispiel in Gestalt unbekümmerter lockiger Praktikanten –, wollte Maggy ihrer Mutter lieber doch nicht sagen. Zumal besagter Praktikant ja dann doch nicht in Frage kommen wollte, außer für eine Nacht, in der er Trost gebraucht hat und zu betrunken war, um zu bemerken, dass die Trösterin seine Chefin und blind verliebt in ihn war.

Die Heimfahrt im Zug von Kirchleins nach Freienhausen war eine Tortur für Maggy. Das Gerüttel in der Regionalbahn konnte sie kaum ertragen, musste sogar einmal auf die Toilette rennen und sich übergeben.

Die letzte Juliwoche im Sudhaus ist dann so arbeitsreich, dass sie gar nicht dazu kommt, über ihren Zustand nachzudenken. Außerdem hat der Medienrummel in Freienhausen wieder angefangen: Die Speicheltests werden diese Woche durchgeführt, und die Berichte darüber füllen das Sommerloch der Zeitungen. So manche Frau aus Hochfeld nutzt die Aufmerksamkeit der Presse, um die eine oder andere Story loszuwerden. Auch der „Kurier“ hat die Gunst der Stunde erkannt und schickt jeden Tag seine Volontäre los, um vor der Hochfelder Schule, wo die Tests stattfinden, hineingehende und herauskommende Frauen zu befragen. Wie fühlen sie sich, unter Verdacht zu stehen? Glauben sie, dass auf diese Weise die Mutter der kleinen Karla gefunden wird? Wie empfinden sie die Durchführung der Tests und die Behandlung durch die Polizei? Und so weiter, Blabla eigentlich nur. Maggy steht trotzdem nicht über der Sache und kauft sich in diesen Tagen jeden Morgen vor der Arbeit den „Kurier".

Karl Faltermeier, der Obdachlose, der das Kind gefunden hat, ist gestern im Sudhaus aufgetaucht. Seltsamerweise wusste auch er Bescheid über die zurzeit stattfindenden Tests, obwohl er erst in der Früh in der Stadt eingetroffen war. Maggy hat sich gefreut, ihn zu sehen, und ihn zu einem Glas Eistee in ihr kleines Büro eingeladen. Kaffee verträgt sie im Moment nicht. Im Gemeinschaftsraum war gerade eine Gruppe am Werkeln. Irgendjemand hatte die Idee, Ytongsteine zu bearbeiten und mit den hoffentlich entstehenden Kunstwerken dann eine Ausstellung zu Gunsten des Sudhauses zu machen. Maggy soll's recht sein, sie freut sich über die Kreativität ihrer Kundschaft.

Herr Faltermeier war ein bisschen verlegen, allein mit ihr in ihrem Büro. Er hielt sich an der Kordel seines Matchsackes fest und schaute hierhin und dorthin. Maggy fand, dass er recht ordentlich gekleidet war und auch keinen penetranten Geruch ausströmte. Das hat sie ihm auch gesagt, und er ist unter seinen stoppeligen Wangen ein bisschen rot geworden.

Von sich erzählen wollte er nicht viel. Er hätte nur mal wieder vorbeischauen und auch hören wollen, wie es der kleinen Karla geht, weil er sie doch gefunden hat. Und ob das Kind das kleine Boot, das er geschnitzt hat, auch bekommen hat, wollte er wissen.

„Natürlich", hat Maggy gesagt, „ich war selbst bei der Kollegin von der Adoptionsvermittlungsstelle. Sie hält Kontakt mit den Pflegeeltern und hat mir versprochen, das Geschenk beim nächsten Treffen zu übergeben. Die

Kleine muss aber noch ein bisschen wachsen, um damit spielen zu können."

„Schon klar", hat Karl Faltermeier gebrummt.

Maggy wollte noch wissen, ob sie ihm irgendwie helfen könne, in dem Fall beispielsweise, dass er sich doch in Freienhausen niederlassen wolle. Aber das lehnte er rundheraus ab. „Bin 'ne Wanderdüne", hat er gesagt, „die kann nicht einfach irgendwo anhalten."

Sie musste ihn dann hinausschicken, weil ihr auf den süßen Eistee wieder so schlecht wurde, dass sie aufs Klo rennen musste. Er saß noch eine Weile bei den anderen draußen, hat sich aber an der Arbeit mit den Ytong-Steinen nicht beteiligt.

Heute ist der zweite Tag der DNA-Tests. Maggy hat noch im Bett aus dem Radiowecker, der auf den lokalen Sender eingestellt ist, die Nachricht des Tages gehört: Am frühen Morgen gab es Alarm im „Moseskörbchen", der neuen Babyklappe. Die Stimme der jungen Sprecherin überschlägt sich fast vor Aufregung, vor allem deshalb, weil es noch keine gesicherten Hinweise auf den Fund in dem Fenster gibt. Lediglich die Auslösung des Alarms ist bisher von der Initiative Moseskörbchen bestätigt worden.

Maggy ist mit einem Schlag hellwach und setzt sich zu schnell auf. Das durch die Jalousien ihres Schlafzimmerfensters fallende Sonnenlicht blendet sie, und sie merkt, wie schlecht ihr wieder ist. Wenigstens hat sie mit ein paar Keksen in Reichweite des Bettes vorgesorgt, die sie gleich knabbert und die das mehr als flaue Gefühl im Magen ein bisschen beruhigen.

Ein Kind in der Babyklappe! Für Freienhausen ist das die Sensation überhaupt, vor allem jetzt, da sich das Medieninteresse wegen der Speicheltests sowieso wieder auf die kleine Stadt richtet. Maggy muss an die Sünkels denken: Er wird triumphieren und die Notwendigkeit der Babyklappe bestätigt finden. Und sie wird sofort wieder Hoffnung schöpfen, dieses Kind zu bekommen. Ihre traurigen Augen werden leuchten, und sie wird lieber nicht an die Kindsmutter denken, die aus welcher Not auch immer diesen Schritt gegangen ist.

Während Maggy langsam ihre nackten Beine aus dem Bett stellt und mit der Geschwindigkeit einer 80-Jährigen aufsteht, gehen ihr die seltsamsten Gedanken durch den Kopf. Da kriegen Frauen Kinder, die sie nicht wollen, und andere, die wollen, kriegen keins. Beim Gedanken, dass das Ganze etwas mit ihr selbst zu tun haben könnte, wird ihr wieder übel. Sie verzieht das Gesicht und weiß nicht, ob sie lachen oder weinen soll. Dann tappt sie barfuß ins Bad und hockt sich aufs Klo. Ihr ist immer noch schlecht. Sie schaut in die Kloschüssel, da ist nur heller, gelber Urin, der eigentlich längst mal rot sein müsste, seit etwa zwei Wochen schon. Maggy weiß es und will es doch nicht wahrhaben.

Besser, sie frühstückt erst einmal, bevor sie sich in die Dusche stellt und womöglich noch umkippt. Dabei kann sie wenigstens Radio hören, es kann ja jede Minute etwas Neues geben von dem Fund aus der Babyklappe.

Aber eine halbe Stunde später, während der sie ziemlich schlapp in ihrer kleinen Küche gesessen, Tee getrunken und ein Brot gegessen hat, kann die Sprecherin immer noch nichts Aufregendes melden. „Von der Initiative Moseskörbchen kein Kommentar“, sagt sie in bedauerndem Tonfall. Das ist irgendwie merkwürdig, denn wann hat sich bisher Robert Sünkel schon mal die Gelegenheit nehmen lassen, in der Öffentlichkeit zu Wort zu kommen!

Auch die Polizei hüllt sich offenbar in Schweigen. Das Mädchenwohnheim scheint wie ausgestorben zu sein – der Berichterstatter, den die Sprecherin telefonisch zuschaltet, sieht nur verschlossene Türen und heruntergelassene Rollläden. Die Leiterin des Wohnheims sei nicht zu erreichen. Auch der Chefarzt der Kinderklinik, die im Fall eines Babyfundes in der Klappe das Neugeborene sofort aufnehmen sollte, wolle sich nicht äußern.

Maggy hat Rückenschmerzen vom Sitzen, sie muss sich doch mal einen bequemeren Stuhl für die Küche kaufen. Die beiden Klappstühle waren eigentlich nur eine vorübergehende Lösung. Sie fasst an ihre Brust, die spannt seit gestern. Wenn sie in den letzten Tagen nicht so abgelenkt gewesen wäre, hätte sie längst einmal in ihrem Medikamentenschränkchen gekramt. Dort muss eigentlich noch ein Test sein. Oder verfallen die? Sonst muss sie einen kaufen, am besten noch heute Morgen. Sie hat heute erst nach dem Mittagessen Dienst im Sudhaus.

Irgendwie freut sie sich dieses Jahr richtig auf den Urlaub. Es wird der erste Urlaub sein, seit sie im Sudhaus arbeitet. Okay, ausschlafen kann sie auch so fast jeden Tag. Dafür ist sie dann abends zu nichts mehr zu gebrauchen. Das soll im August doch anders laufen. Vor allem nimmt sich Maggy vor, mal wieder Sport zu treiben. Nein, nicht im Fitness-Studio, dorthin traut sie sich mit ihrer Figur nicht. Aber Laufen und Radfahren und im Baggersee schwimmen kann sie auch alleine, und es kostet kein Geld. Ihren Eltern wird sie erst mal nichts von den freien Tagen verraten, sonst darf sie gleich zu Hause anrücken.

Maggy hat von jetzt auf nachher Appetit auf eine dicke Leberkäsesemmel bekommen. Das ist doch ein gutes Zeichen, ihr Zustand bessert sich. Sie geht ins Schlafzimmer, zieht sich was über, sucht ein paar Euro zusammen und verlässt das Haus per Rad in Richtung Metzgerei. Bis sie zurück ist, kommen vielleicht auch wieder Neuigkeiten im Radio. Oder sie kriegt was in der Metzgerei mit. Dort stehen immer ein paar Leute herum und tratschen.

Heute aber nicht, außer der Verkäuferin ist keiner drin. Die schneidet ihr wenigstens eine dicke Scheibe Leberkäse ab und reicht sie ihr in einer ebenso voluminösen Semmel. Maggy beißt draußen vor der Tür gleich hinein. Gegenüber ist auch die Apotheke. Soll sie …? Oder hat sie sich alles nur eingebildet? Na ja, es schadet ja nicht.

Der Apotheker lächelt freundlich, als sie sagt, was sie will.

„Schön, wenn sich eine Frau freut“, sagt er. Wie, freut? Und er setzt noch nach: „Dieses Moseskörbchen brauchen Sie nicht! Haben Sie's in den Nachrichten gehört?“

„Gibt es was Neues?“, fragt Maggy zurück.

Er schüttelt bedauernd den Kopf. „Vielleicht morgen im „Kurier“.“

Maggy bezahlt die kleine Schachtel und geht. Ihr Rad schiebt sie ein Stück, um die Semmel zu Ende essen zu können. Jetzt fühlt sie sich gerade wieder nicht mehr so besonders. Daran ist der Apotheker schuld. Was fällt dem Mann eigentlich ein? Klar wird sie sich freuen – aber dann, wenn das kleine Stäbchen in der Schachtel in ihrer Tasche schön blass und farblos bleibt. Über eine andere Möglichkeit darf sie gar nicht nachdenken.

Zu Hause ist ihr dann wieder richtig schlecht. Der Leberkäse war doch ziemlich fett. Vielleicht sollte sie noch einen Tee trinken. Im Radio gibt's weiterhin nur Musik, die Sprecherin vertröstet auf die 11-Uhr-Nachrichten. Maggys Telefon klingelt. Es ist der Ein-Euro-Koch aus dem

Sudhaus, sie hat ihm für Notfälle ihre private Nummer gegeben. Er teilt ihr empört mit, dass eine ganze Menge Lebensmittel aus dem Kühlschrank fehlen und er Fleisch und Eier braucht, um für das Mittagessen zu kochen. Ob er etwas kaufen kann, will er wissen.

Das häuft sich in letzter Zeit: Irgendjemand klaut im Sudhaus, Maggy hat keine Ahnung, wer. Und vor allem hat sie so gut wie kein Bargeld, um Fleisch und Ähnliches zu regulären Preisen kaufen zu können.

„Versuchen Sie bitte, etwas Preiswertes zu kochen – aus dem, was da ist", sagt sie leicht gereizt. „Gemüse haben wir noch, und Kartoffeln, machen Sie einen Eintopf."

Das passt dem Koch nicht, er hat sich in den letzten Wochen zum Meister der haute cuisine entwickelt und will nicht mehr zurück zur preiswerten Hausmannskost.

„Denken Sie an Oma Hildchen, die isst Eintopf immer noch am liebsten", sagt Maggy. Sie selbst darf nach der Leberkäsesemmel gar nicht mehr an Essen denken, sonst kommt ihr sogar der Tee wieder hoch.

Der Koch gibt murrend nach.

Dann ist 11 Uhr, und die Sprecherin spannt ihre Zuhörer noch ein bisschen länger auf die Folter. Erst nach den allgemeinen Nachrichten schaltet sie wieder den Berichterstatter von vorhin zu. Sein Text sitzt noch nicht richtig, wahrscheinlich deshalb, weil er selbst erst in den letzten Minuten Genaueres über den Fund erfahren hat.

„Tja, erst mal hallo an alle Hörerinnen und Hörer in Freienhausen! Ein erster Fund in der Babyklappe – Sie wollen sicher alle wissen, was da los war, also, ähm, was da gefunden wurde. An ein Baby, ein Neugeborenes denkt man natürlich zuerst, und wer wird in diesen Tagen da nicht an den Fund der kleinen Karla vor einigen

Wochen erinnert! Dieses Mal ist es allerdings anders. Zum einen kann ich Sie beruhigen, denn der Fund ist kein Babyfund, falscher Alarm also. Zum anderen ist die Sache, die da passiert ist, allerdings gar nicht schön, denn jemand hat sich einen üblen Scherz erlaubt. Vielleicht auch, um die Aufmerksamkeit der Presse zu nutzen, die sich ja in diesen Tagen sehr auf unsere Stadt konzentriert." Er spricht leicht stockend und räuspert sich immer wieder.

Das mit dem Spannungsaufbau hat er drauf, ohne Zweifel.

„Also, wie gesagt, ein schlechter Scherz, denn es hat jemand eine tote Katze in die Babyklappe gelegt. Eine offensichtlich überfahrene Katze genauer gesagt. Die Initiative Moseskörbchen will sich zu diesem Vorfall nicht äußern, mir ist aber zu Ohren gekommen, dass Robert und Britta Sünkel sehr erbost sind über diesen Missbrauch ihres Hilfsangebotes. Stadträtin Waltraut Gabrieli, die das Projekt von Anfang an unterstützt hat, will in Kürze ein Statement dazu abgeben."

Die Sprecherin stellt noch mehrere Rückfragen, aber wirklich Aufschlussreiches hat der Reporter nicht mehr zu bieten.

Maggy ist auf seltsame Weise erleichtert. Vielleicht löst sich ja auch ihr privates Problem, wenn auch das Ergebnis weniger makaber sein darf.

Sie holt nun doch den Pappstreifen aus ihrer Tasche, geht aufs Klo, setzt sich und pinkelt darüber. Das hat sie früher oft gemacht, und sie weiß, wie das Ergebnis aussehen muss.

Um beim Warten nicht ständig auf den Streifen in ihrer Hand zu starren, lehnt sie sich am Klodeckel an und macht die Augen zu. Sie sieht ihre Frauenärztin vor sich, die ihr vor einem Jahr nach der Ultraschalluntersuchung mitgeteilt hat, da sei nichts mehr zu sehen. Das war auch eine Lösung, aber keine gute.

Sie macht die Augen wieder auf und schaut und sieht zwei tiefrote Striche auf dem Pappstreifen und denkt, ich hab' das nicht richtig gelesen, jeder Test ist anders, und es kann genau das Gegenteil bedeuten.

Aber tief drinnen weiß sie, dass es nicht so ist und dass sie, Margarete Kowalczyk, nach einem einzigen verzweifelten Geschlechtsakt mit Ex-Praktikant Oli ein Kind erwartet.

Die Wolke

Einen Fuß vor den andern setzen. Dicke kleine Patschfüße, stecken in löchrigen alten Turnschuhen. Sind zu klein, drücken auf die Zehen, aber die haben sich durchgebohrt.

Einen Fuß vor den andern. Seit Stunden, Tagen, Jahren. Scheiß-Nacht war das. Auf einen Jägersitz ist sie gestiegen, keinen hohen, nur vier oder fünf Sprossen auf der Leiter. Sie hat keinen blassen Dunst mehr, wie sie da hingekommen ist und wo sie überhaupt ist. Aber ist eh egal. Kalt war's nicht, aber so schrecklich dunkel und einsam. Und dann diese Geräusche aus dem Wald. Sie hat so eine Scheiß-Angst gehabt, dass sie die ganze Nacht wach war und die Augen aufgerissen hat, kaum dass wieder ein Laut zu hören war. Ihr Magen hat geknurrt und sich verkrampft, so flau war ihr. Aber alles ist besser als zu Hause im Bett liegen und die Decke über den Kopf ziehen und warten müssen, was am Samstag passiert. Und nicht mehr nur am Samstag, jetzt auch unter der Woche, wenn Adi da auch noch putzt oder mit zugedröhnter Birne vor dem Fernseher einpennt. Und dann der Brief noch gestern, der Brief von der Polizei wegen dem Test, den Adi ihr zwar vor Wochen schon mal gezeigt, aber jetzt wieder hingelegt hat. Hört das überhaupt nie auf? Dieses Scheiß-Leben?

Vielleicht, wenn ich einfach immer weiterlaufe und nix esse und nix trinke, dann ist auf einmal alles vorbei. Da werden die aber gucken. Gar nicht so dumm, die Kathrin, wird die Seidlinger sagen. Die hat's rausgehabt, hat erkannt, dass sie's nicht verdient zu leben. Und hat einfach aufgehört damit.

Einen Fuß. Den linken, den rechten, den linken, den rechten. Scheuernde Oberschenkel von der Lauferei. Tut vielleicht weh. Und der Bauch ist so furchtbar leer, und Durst hat sie auch. Nur nicht auf eine Straße kommen, nicht gesehen werden, immer im Wald bleiben oder am Rand, weit weg von der Fahrbahn. Hinter einem Baum verstecken, wenn irgendwo ein Hund kläfft oder es sich anhört, als ob ein Jogger kommt. Es muss ein dicker Baum sein, hinter dem die dicke Kathrin verschwinden kann. Langsam geht sie um den Baum herum, während der Jogger vorbeiläuft. Ein kleiner Kerl ist das, mit braunen Armen und einer Kappe auf dem Kopf, den Schild nach hinten. Er schnauft fast gar nicht, obwohl er so rennt. Nee, so einen mag ich nicht. Ich mag gar keinen mehr, auch nicht den Pfarrer. Die Pfarrer, die evangelisch sind, dürfen auch alles mit den Frauen machen, das ist nicht recht, da muss doch alles rein sein. Kein Schwitzen, kein Keuchen, keine Flecken. Die müssen doch nicht unbedingt die Kinder selber machen, die Pfarrer und ihre Frauen. Die können doch welche aus Indien oder Afrika aufnehmen, da gibt's viele arme Kinder. Ist auch eine gute Tat.

In Indien, da sollen so viele kleine Mädchen übrig sein. Die wollen die Eltern nicht, weil die überflüssig sind, die wollen lieber kleine Jungs. Ich will auch mal 'nen kleinen Jungen. Der kann sich wehren, wenn einer ihm was tut. Den schick' ich in Karate, und da lernt er das.

Kathrin langt sich an den Kopf und tippt sich an die vom Schweiß feuchte Stirn. Bin ja gerade dabei, mich zu Tod zu laufen. Muss ich mir gar nicht mehr überlegen, was ich später mal will. Nur, wenn's noch ein andres Leben gibt, da oben auf der weißen Wolke. Mit der Wolke verhandelt sie schon lange. Weil sie wissen will, wann sie da endlich hochkommen kann. Keiner wird ihr nachweinen, das weiß sie jetzt. Adriane, die doch ihre Mutter ist, wird froh sein. Gut, dass es weg ist, das fette Monster, war eine Schande, so eine Tochter. Hat ihren Stiefvater verführt. Ich wollt' sie nicht in Schwierigkeiten bringen, deshalb hab' ich nix gesagt. Deine Schwester, die war ziemlich krank, das kriegt Stevie zu hören. Kleine Kinder vergessen so was schnell. Einmal, da war's in der Schule so, dass einer gestorben ist. Einer aus der Abschlussklasse, der hatte eine komische Krankheit, was mit dem Blut, war wochenlang nicht in der Schule, keiner hat was gewusst. Dann sind die Lehrer an einem Morgen gekommen und haben gesagt, euer Mitschüler, der Kevin, der ist jetzt beim lieben Gott. Der liebe Gott hat ihn von seinem Leiden erlöst. Er muss jetzt keine Schmerzen mehr haben. Und wir schreiben alle zusammen eine Karte an die Eltern, dass wir ihn vermissen und immer an ihn denken werden. Kathrin musste weinen, als sie das gehört hat, aber sie hat den Jungen gar nicht gekannt.

Linker Fuß, rechter Fuß. Wie lange dauert es, bis alles vorbei ist, wenn man einfach nur läuft und läuft und dabei nichts zu essen hat? Dann hören die in der Schule noch vor den Ferien, dass eure Mitschülerin, die Kathrin, verstorben ist. Der liebe Gott hat sie von ihrem Leiden erlöst. Was hat sie überhaupt gehabt? Die war doch nur fett, dauerfett, und wenn die krank war, dann im Oberstübchen. Julia und Maren schütten sich aus vor Lachen. Keine Sau vermisst die, wir saufen einen drauf, dass die weg ist. Ein bisschen mehr Mitgefühl, sagt die Seidlinger, egal ob man jemand mag oder nicht, man muss auch an die armen Eltern denken. Wir schreiben eine Karte an die armen Eltern, und wer Zeit hat, kommt auf die Beerdigung.

Kathrin muss vor sich hingrinsen. Beerdigung, so ein Quatsch. Nur das fette, schwabbelige Fleisch können sie da verbuddeln. Sie, Kathrin, sitzt oben auf der Wolke und lacht sich eins. Vielleicht kann sie's schütten lassen aus der Wolke auf die paar Leute da unten, die mit schwarzen Klamotten an ihrem Grab stehen. Und dann schwebt sie davon und sucht die Wolke vom Opi und sie fallen sich in die Arme und backen zusammen einen richtig schwarzen Schokoladenkuchen. Adriane, die braucht gar nicht so schnell nachzukommen, kann sich ruhig Zeit lassen.

Linker Fuß, rechter Fuß, immer langsamer werden die Füße. Die dicken, geschwollenen Patschfüße spürt sie kaum noch. Die Oberschenkel sind so aufgerieben, dass das rohe Fleisch rausguckt. Kathrin hat vorhin mal die Hose runtergezogen, weil sie pinkeln musste. Da hat's geblutet. Ist ihr auch egal. Sie blutet dauernd irgendwo. Kratzt sich auf, schnippelt auch mal an sich rum. Unten, zwischen den Beinen blutet es sowieso, wenn Charly fertig ist. Der ekelt sich schon vor ihr, sagt er immer, aber nicht genug, um sie in Ruhe zu lassen. Kathrin hat sich einfach nicht mehr gewaschen und konnte sich selbst nicht mehr riechen, so wie das stank. Es hat aber auch nichts geholfen. Charly, der hat's gar nicht gemerkt, weil er selber stinkt, der alte, geile Bock. Und von was sie da unten blutet, weiß sie schon lange nicht mehr. Weil er ihr weh tut oder ob's die Blutung ist. Ob die Blutung überhaupt wieder richtig gekommen ist, seit das mit der Mülltonne war, sie hat keine Ahnung. Ist ihr auch schon egal. Wenn nur mal so viel Blut aus ihr rauslaufen würde, dass keins mehr drin ist. Das würd' ihr auch schneller auf die Wolke helfen.

Einen Fuß vor den andern. Ich kann nicht, kann nicht mehr. Hab' keine Kraft mehr. Brauch' was zu futtern, was mit Schokolade, hab' aber nix. Ist auch gut so, will ja nix mehr essen. Schön ist der Wald hier. Die Bäume stehen so weit auseinander, dass viele kleine blaue Blümchen am Boden blühen. Hab' bloß keine Kraft mehr, die Füße über die Wurzeln und die Äste zu heben, die da herumliegen. Muss mich mal hinsetzen, hinlegen, irgendwas. Runter mit den stinkenden Schuhen, muss die Füße lüften. Da vorne wird's wieder heller, so was wie ein Damm ist da, da fährt die Bahn. Mitten durch den Wald fährt die Bahn. Da haben's die Leute im Zug schön, können rausschauen auf die Bäume und auf die blauen Blumen dazwischen.

Den Damm hochsteigen ist anstrengend. Mitten in die Gleise setzt sich Kathrin, auf eine von den hölzernen Schwellen. Ein paar Vögel jagen sich kreischend über ihr. Die Füße tun so weh, brennen, jucken. Die Bänder aufknoten lohnt sich nicht. Einfach die Ferse über die Schiene ziehen, der Schuh geht von alleine runter. Linker Fuß, rechter Fuß, die Turnschuhe rutschen die kleine Böschung runter. Kathrin knotet die Ärmel des verwaschenen Sweat-Shirts auf, das sie um den Bauch trägt. Ist ganz gut unter dem Kopf. Ach, das tut gut. Der Kopf liegt auf dem Pulli auf der einen Schiene, die Füße über der andern. Da oben, da will ich hin. Die Baumwipfel, hinter dem Kopf, vor dem Kopf, sind nur aus den Augenwinkeln zu sehen. Der Himmel über den Bahngleisen ist frei. Frei bis auf eine große weiße Wolke. Kathrin staunt und schaut und schaut. Das ist sie. Sie erkennt sie aus vielen Träumen. Ihre Wolke, ihre weiße Wolke, zuckerwattig, bauschig, kuschelweich. Alles ist so, wie es sein soll. Sie muss gar nicht mehr weiterlaufen, muss keinen Hunger, keinen Durst, keine Angst mehr haben. Alles wird gut.

Kathrin liegt ausgestreckt und hat ihre Wolke fest im Blick. Gleich, gleich bin ich da, kann nicht mehr lange dauern. Alle Leute wollen verreisen, wollen wegfahren, woandershin, wo sie glücklich sind. Steigen in die Bahn und fahren gleich los.

Sie ist so müde, so müde. Merkt nicht, wie ihr die Augen zufallen, nimmt das Bild von der Wolke mit in den Schlaf. Feines, leichtes Vibrieren, dann fernes Dröhnen kriecht in ihren traumschweren Kopf. Der Kopf will da nicht liegen bleiben, wo es dröhnt. Befiehlt der fetten Kathrin, sich zusammenzurollen, runter von der Schiene, den Kopf auf die Hände genau zwischen die hölzernen Schwellen. Nur das Sweat-Shirt bleibt liegen. Und die Füße. Eigentlich die Schienbeine, weil die Füße, die hängen Richtung Böschung. Schienbeine auf den Schienen, passt irgendwie zusammen. Aber Kathrin kriegt das gar nicht mit. Kriegt nicht mit, wie der Zug immer lauter wird, die Gleise immer mehr dröhnen von der Erschütterung.

Das erste, was sie wieder, und das letzte, was sie noch hört, sind die kreischenden Bremsen. Zu spät aber.

Linker Fuß, rechter Fuß. Die Wolke zum Greifen nah.

Zusammenhang

Es ist der zweite Tag der Speicheltests. Irene Ruppricht hat eine seltsame Unruhe ergriffen, untypisch für die Zeit kurz vor dem Urlaub. Da ist sie normalerweise ausgepowert und nicht mehr sehr motiviert. Das spürt sie momentan nicht. Der Fall Karla hat sie sehr viel persönliche Energie gekostet und hat an ihre eigene Herkunft gerührt. Sie hat viel nachgedacht und lange Spaziergänge gemacht, auch zum Grab der Mutter. Und sie hat endlich beschlossen, ihren Frieden mit der Lüge der Mutter zu machen. Was macht es schon für einen Unterschied, wer ihr Vater war? Ihre Mutter hat sie geliebt, und sie konnte ihr diese Liebe in den letzten Lebensjahren zurückgeben. Ob der Marinesoldat Siegfried Ruppricht ihr Vater war oder dessen Vater – was spielt das heute noch für eine Rolle!

Jetzt will sie ihre ganze Hoffnung darauf richten, dass die DNA-Tests endlich die erhoffte Lösung bringen mögen oder zumindest den Kreis der in Frage kommenden Frauen so eng ziehen, dass die Lösung nur noch eine Frage der Zeit ist.

Natürlich weiß die Kommissarin ganz genau, dass es selten glatt läuft. Es ist genauso wahrscheinlich, dass der Fall noch nicht gelöst ist, wenn sie wieder aus dem Urlaub zurückkommt. Aber es drängt sie mehr denn je, noch während ihrer Dienstzeit die Mutter der kleinen Karla zu finden.

Der zweite Umstand, der zu ihrer Unruhe beiträgt, ist der nächtliche Fund in der neuen Babyklappe. Sie hat heute früh durch die Kollegen des Kriminaldauerdienstes davon erfahren: Eine tote Katze, kein Kind, zum Glück. Die Initiative Moseskörbchen, so hieß es heute Morgen, wolle selbst mit dieser Tatsache an die Öffentlichkeit treten. Wahrscheinlich, so nimmt Irene Ruppricht an, musste Robert Sünkel erst einmal über die Enttäuschung hinwegkommen, dass immer noch niemand das ersehnte Wunschkind für ihn und seine Frau abgegeben hat. Wobei für die Kommissarin sonnenklar ist, dass das Jugendamt sich hüten wird, im Fall eines tatsächlichen Babyfundes dieses Kind ausgerechnet den Sünkels in die Arme zu legen. Man darf ja nicht als beeinflussbar oder gar käuflich gelten. Und soweit sich Irene Ruppricht informiert hat, gilt immer noch, dass die Adoptionsvermittlungsstellen für ein Kind geeignete Eltern suchen und nicht für adoptionswillige Eltern ein geeignetes Kind.

Um in diesen Tagen die Frauen, die zum Test kommen, selbst in Augenschein nehmen zu können, hat Irene Ruppricht ihre Kollegen Florschütz und Paulsen wieder aktiviert. Riemer ist noch in Urlaub. Für die Durchführung der Speicheltests in der Hochfelder Schule mussten für die drei Tage ein Dutzend Beamte abgestellt werden, dazu weitere vier Verwaltungsangestellte. Rektor Krüglein hat den Polizisten die beiden Klassenzimmer zur Verfügung gestellt, die bis zur vorletzten Woche noch von den Abschlussklassen benutzt worden waren. Nur die Hälfte der Schüler hatte die Quali-Prüfung bestanden. Leider, leider, wie Krüglein den Beamten gegenüber bedauerte. Und leider hätten auch nur ganze sieben seiner Schulabgänger inzwischen eine Lehrstelle gefunden. Was die anderen vorhätten, wollte Florschütz von ihm wissen.

Aber Rektor Krüglein wusste es nicht. Die meisten, so mutmaßte er, würden wohl einen Tag pro Woche die Berufsschulbank drücken und ansonsten in berufsqualifizierende Maßnahmen vermittelt, in Warteschleifen also.

Heute am zweiten Tag haben sich Irene Ruppricht und Florschütz unter die testenden Beamten gemischt, der Kollege in einem Schulzimmer, sie im anderen. Die Paulsen soll sie später ablösen.

Die meisten Frauen kommen zögerlich herein, meist in Grüppchen, die Frauen einer Familie zum Beispiel oder Nachbarinnen. Sie müssen ihre Personalausweise an einem Pult am Eingang vorzeigen, hier gleichen die Verwaltungsangestellten die Daten ab. Irene Ruppricht sitzt hinter ihnen und sucht manchmal die Adresse der Frauen auf dem kleinen Stadtplan in ihrer Hand. Manch eine hat ihren Ausweis nicht dabei. Wenn sie auch den Führerschein nicht parat hat, wird sie wieder nach Hause geschickt, um eines der Dokumente zu holen. Dann gibt's schon mal Gemurre.

Eine Frau, die Irene Ruppricht auf Mitte Fünfzig schätzt, fällt durch ihre verwegen bunte Kleidung und den lila-silbern gemusterten Schal auf, den sie um den Hals trägt. Und durch das wirre Vogelnest, zu dem sie ihre Haare aufgetürmt hat.

„Mein Name ist von Breitenbach", stellt sie sich vor, „aber einen Ausweis hab' ich nicht mehr, hab' ich verloren."

Die junge Angestellte schaut zu ihr auf. „Sicher müssen wir Sie auch gar nicht testen. Sie sind doch über Fünfzig?"

„Ich??? Über Fünfzig???" Die Stimme der Frau von Breitenbach überschlägt sich fast, und sie stemmt die Hände in die Hüften, so empört ist sie. „Junge Dame, Sie haben wohl keinen Anstand! Ich bin 49 Jahre, und das erst seit ein paar Tagen, wenn Sie es genau wissen wollen!"

Irene Ruppricht, die zwar den Gesichtsausdruck der jungen Kollegin nicht sehen kann, da sie hinter ihr sitzt, muss sich mühsam das Schmunzeln verkneifen.

„Nun ja, Entschuldigung“, sagt diese. „Wir brauchen trotzdem ein Personaldokument von Ihnen. Haben Sie einen Reisepass oder den Führerschein?“

Frau von Breitenbach reckt trotzig ihr Kinn vor. „Weder noch. Testen Sie mich nun oder lassen Sie es bleiben.“

Die Angestellte dreht sich ratlos zu Irene Ruppricht um. Die nickt. „Lassen Sie sich Anschrift und Geburtsdatum geben – Sie haben die Angaben ja auch in der Liste. Und die Dame“, sie schaut Frau von Breitenbach an, „sollte sich möglichst bald um einen Personalausweis bemühen.“

Die „Dame“ gibt noch etwas von oben herab ihre Personalien an und lässt sich auf einem Klebezettel die Nummer geben, anhand derer sie zu identifizieren sein wird. Dann reiht sie sich ins Prozedere der anderen Wartenden ein: Mund aufmachen, ein Polizeibeamter oder eine Beamtin nehmen mit einem Pinselchen einen Speichelabstrich aus der Mundhöhle. Dann geben sie das Vorderteil des Pinselchens in ein Reagenzglas und kleben die Nummer der getesteten Person darauf.

Immer wieder möchte eine der Frauen wissen, ob die Proben wirklich im Anschluss vernichtet werden. Natürlich, sichern ihnen die Beamten zu.

Irene Ruppricht nimmt's mit Bauchschmerzen zur Kenntnis. Im Prinzip können die Proben erst vernichtet werden, wenn sie wirklich die Mutter der kleinen Karla gefunden haben. Sollte das nicht der Fall sein, werden sie die Proben archivieren müssen. Schließlich könnten dann noch unerwartete neue Spuren auftauchen, und die DNA einer anderen Frau könnte eine wichtige Rolle spielen. Aber das erklären sie den getesteten Frauen lieber nicht.

Was außerdem schief gegangen ist und von Irene Ruppricht schon aufs Schärfste kritisiert wurde, ist die Tatsache, dass auch die Frauen, die unter Verdacht gestanden und sich deshalb schon dem Speicheltest unterzogen haben, eine Einladung zum Test in der Schule erhalten haben. Das war ein unverzeihlicher Fehler. Die Frauen haben auf ihre Art reagiert: Adriane Schmitt beispielsweise war gestern schon da, ohne sich zu beschweren. Auch Alena Lang ist brav erschienen. Martina Humml-Kramp rief kurz an und fragte befremdet nach, ob sie kommen müsse. Dies wurde natürlich verneint. Elisabeth Zeidler war noch nicht da und würde selbstverständlich auch nicht wieder vorgeladen werden.

Die Mutter von Sabrina Thielmann taucht auf und schimpft lautstark, weil ihre Tochter doch bereits getestet worden sei. Irene Ruppricht steht auf. „Sabrina muss nicht kommen, die Einladung war ein Versehen, bitte entschuldigen Sie. Sie selbst dürfen aber am Test teilnehmen, bitte hier einfach Ihren Ausweis vorzeigen."

Frau Thielmann schaut sie böse an, kramt dann aber in ihrer Tasche.

Gespannt ist Irene Ruppricht vor allem auf die Mädchen aus der Schule, die zwar alle bei den Gruppenbefragungen nicht besonders aufgefallen sind, aber man weiß ja nie. Sie weiß von der Paulsen, dass Maren de Klerk, die Kleine, die mit Kurt Lang in der fraglichen Nacht auf Spritztour war, am Vortag schon zum Test da war, zusammen mit ihrer Freundin. Die beiden hätten jeder, die es hören wollte oder auch nicht, erzählt, dass sie schon von der Polizei vernommen worden wären. Irene Ruppricht ordnete daraufhin an, die Tests der Mädchen aus der Schule vorrangig auszuwerten. Auch Florschütz und die Paulsen sind angewiesen zu vermerken, wenn ihnen eine der Frauen durch ihr Benehmen oder bestimmte Aussagen auffällt. Deren Speicheltests sollen dann ebenfalls zuerst mit der DNA der kleinen Karla abgeglichen werden.

Florschütz schaut zur Tür herein. „Kaffee gefällig, Irene?“, fragt er. „Rektor Krüglein lädt uns dazu ein!“ Er grinst dazu hintergründig.

„Geh mal du“, sagt Irene Ruppricht. „Ich kann leider keinen trinken.“ Dass sie das „leider“ betont, merkt nur Florschütz.

Die Beamten haben gerade einen Moment Leerlauf und unterhalten sich über ihre nicht immer angenehme Arbeit. „Da kannste eine Menge faule Zähne sehen“, sagt einer und schüttelt sich. „Bei manchen Damen möchte ich nicht der Zahnarzt sein.“

„Die gehen da wohl auch nicht so oft hin“, wirft eine andere ein. „Kostet ja ’ne Stange Geld, das Gebiss sanieren zu lassen. Ich bin selbst demnächst fällig. Da brauch’ ich bald eine Gehaltserhöhung, um das noch bezahlen zu können.“ Sie schaut auffordernd in Richtung Chefin.

Die nickt nur und sagt: „Nur zu, beantragen Sie. Aber nicht bei mir, ich bin nicht zuständig.“

Dann kommen wieder Bewohnerinnen von Hochfeld, die ersten, die sich über den Fund der Katze im Babyfenster unterhalten.

Irene Ruppricht hätte sie dann fast übersehen, weil sie die Haare jetzt kurz trägt, untypisch für Mädchen in dem Alter: Shirley, das Kapuzenmädchen. Sie nickt ihr freundlich zu, und Shirley wird rot. Sie wird wissen, dass wir ihre DNA-Probe besonders im Blick haben, denkt Irene

Ruppricht. Schließlich habe ich vor ein paar Wochen auf den Speicheltest verzichtet, um das Mädchen gegenüber ihren Eltern nicht in Schwierigkeiten zu bringen. Aber es gab ja auch keinerlei Hinweis darauf, dass das zierliche Mädchen schwanger gewesen ist. Im Vergleich zu ihren Klassenkameradinnen hat sie außerdem einen recht wachen und intelligenten Eindruck gemacht. Das hat sie aber offenbar nicht davon abgehalten, mit diesem Thorsten herumzumachen, den Irene Ruppricht vom Spielplatz her noch als recht unangenehm in Erinnerung hat. Aber weiß man, wo die Liebe hinfällt? Nicht mal Polizeibeamte sind schließlich davor gefeit, sich gelegentlich in den Falschen zu vergucken.

Anette Paulsen zum Beispiel. Die Kollegin wirkt zumindest nach außen hin genesen von ihrer unerfüllten Zuneigung zu Riemer. Apropos Paulsen, Irene Ruppricht wartet auf sie, weil sie die Nachmittagsschicht übernehmen soll. Für Florschütz hat sie keine Ablösung, er muss durchhalten.

Die Paulsen wirkt abgehetzt, als sie endlich zur Klassenzimmertür hereinkommt. „Tut mir Leid, Irene, wir haben gerade noch eine Nachricht hereinbekommen, offenbar ein Selbstmordversuch."

Irene Ruppricht winkt sie in eine Ecke des Zimmers, wo sie ungestörter sind. Aber Anette weiß nicht viel. „Ein Mädchen ist von einem Zug erfasst worden, an der Landkreisgrenze. Sieht so aus, als hätte sie sich auf die Gleise gelegt, also kein Unfall. Das betrifft uns zwar nicht, aber du kannst dir ja vorstellen, dass das Öl auf die Mühle aller Presseleute ist, die sich momentan in Freienhausen herumtreiben: die Speicheltests, die tote Katze in der Babyklappe, und jetzt ein vielleicht totes Mädchen. Die sind imstande und stellen noch einen Zusammenhang her."

„Vielleicht gibt es einen?"

Es ist schon fast halb sieben. Irene Ruppricht sitzt am Schreibtisch und geht nochmals die Namen der Frauen durch, die heute und gestern getestet wurden. Es fehlen noch viele – mehr als ein Drittel –, und sie ist gespannt, wie die Bilanz am nächsten Tag aussehen wird. Dann wird es möglicherweise erst interessant. Die Chance, dass die gesuchte Frau dabeigewesen ist, steht 50:50. Aber das wird sie möglicherweise erst nach ihrem Urlaub wissen.

Auf dem Fensterbrett ihres Büros steht ein kleines Radio, das sie leise aufgedreht und auf den Lokalsender eingestellt hat. Seit sie aus der Schule zurück ist, kommen halbstündlich Berichte über die junge Selbstmordkandidatin, die tote Katze und die Speicheltests. Immer wieder sind Interviewausschnitte mit Robert Sünkel zu hören, die zum Teil aber aus früheren Gesprächen mit ihm zur Initiative Moseskörbchen stammen. Soweit Irene Ruppricht das beurteilen kann, ist nur sein kurzes Statement zur toten Katze – „unerhört, ein Hohn für alle notleidenden Mütter, eine Verspottung des ehrenamtlichen Engagements der Initiative" – aktuell vom Tag.

Die Kollegen, Walter Florschütz und Anette Paulsen, müssten gleich zu einer kurzen Besprechung eintreffen. Dann werden sie zumindest die Teströhrchen der Schülerinnen umgehend an das Institut für Rechtsmedizin schicken.

„Bei der von einem Regionalzug überfahrenen jungen Frau soll es sich um ein vierzehn- bis sechzehnjähriges Mädchen handeln. Seine Identität wird noch überprüft. Genaue Angaben über seinen Zustand waren nicht zu erhalten, die Verletzungen sind aber lebensgefährlich. Man muss wohl mit dem Schlimmsten rechnen." Soweit äußert sich der Sprecher der Lokalnachrichten um halb sieben. Das nächste Thema ist harmloser: Am Wochenende findet ein Seifenkistenrennen statt.

Florschütz schaut zur Tür herein. „Frau Paulsen kommt gleich, sie ist noch bei den Kollegen vom KDD vorbei."

„Komm rein. Wir werden nicht lange brauchen. Du hattest einen langen Tag."

Florschütz verdreht genervt die Augen. „Ich dachte, ich hab' das mit der Schule hinter mir. Rektor Krüglein hat mir – leider – eine ganze Zeitlang Gesellschaft geleistet und mir eine Tasse Kaffee nach der anderen eingeflößt. Und er hat mir sein Leid über die Faulheit und das Desinteresse der heutigen Schüler geklagt… wahrscheinlich sogar mit Recht."

Irene Rupprich muss ein bisschen lachen. „Hast dich wohl selbst ertappt gefühlt?" Florschütz hat mehr als einmal erzählt, dass er kein besonders fleißiger Schüler war, und er nickt jetzt gespielt reumütig.

„Ich hoffe, Krüglein hat dich nicht zu sehr abgelenkt. Irgendwelche Auffälligkeiten bei den Frauen?"

„Außer, dass ein paar Jüngere in Kriegsbemalung und nachtclubtauglicher Kleidung erschienen sind und den Beamten schöne Augen gemacht haben, nein."

„Na gut, dann schauen wir mal, was Anette spricht."

Sie müssen noch ein bisschen warten, dann ist die Paulsen da, heute ungewohnt in Jeans und roter Bluse. Aber im Gesicht ist sie weiß wie die Wand.

„Weißt du's schon, nein, oder?"

Irene Rupprich, die aufgestanden ist, zieht die Paulsen am Arm zum Tisch. „Mein Gott, ist dir schlecht? Setz dich doch bitte. Florschütz, holst du Anette bitte ein Glas Wasser?"

Er nickt und bedient die junge Kollegin ungewohnt schnell.

Anette Paulsen schüttelt den Kopf. „Danke für's Wasser, aber es geht schon. Ich war unten beim Kriminaldauerdienst. Das Mädchen ist identifiziert, das von den Bahngleisen."

„Ja, und?", drängt Irene Ruppricht. „Jemand, den wir kennen?"

Die Paulsen nickt. „Erinnerst du dich noch, was ich vorhin gesagt habe? In der Schule? Dass die Presse womöglich einen Zusammenhang zwischen Mädchen, Katze und Speicheltests sehen wird?"

„Ja, ja." Irene Ruppricht ist begriffsstutzig und ungeduldig zugleich. „Jetzt sag schon, gibt es wohl einen? Also ich habe nichts Derartiges im Radio gehört. Und das läuft jetzt schon den ganzen Nachmittag."

„Die Presse kann noch keine Schlüsse ziehen, weil sie ja noch nicht weiß, wer das Mädchen ist. Aber wir wissen es."

„Wir wissen nichts", sagt Florschütz genauso ungeduldig und betont das „wir". „Sie wissen was und rücken jetzt bitte endlich mal damit heraus."

„Kathrin Schmitt", sagt Anette Paulsen tonlos. „Das Mädchen von den Bahngleisen ist Kathrin Schmitt." Sie trinkt einen großen Schluck Wasser.

„Kathrin Schmitt? Die mit der Mutter mit dem Herzanhänger, Adriane Schmitt? Deren DNA-Test negativ war?" Irene Ruppricht versteht immer noch nicht.

„Vor allem", sagt die Paulsen und macht eine Pause, in der sie tief durchatmet, „vor allem haben wir versäumt, Kathrin Schmitt einen Test machen zu lassen."

Einen Moment ist Ruhe im Büro von Irene Ruppricht. Kathrin Schmitt? Sollte sie...? Dieses unscheinbare, dicke Mädchen, das niemandem besonders aufgefallen ist?

Anette Paulsen stützt den Kopf in die Hände. „Ich mache mir solche Vorwürfe. Ich habe noch mit Eberhard darüber geredet, ob die Gentests von Großmutter und Enkelkind nicht auch ähnlich sein müssten... Ich hätte es wissen, hätte es sehen müssen. Dieses Gefühl, etwas nicht ausreichend beachtet zu haben... das habe ich einfach ignoriert."

Irene Ruppricht legt den Arm um sie. „Wir hätten es alle erkennen müssen, Anette, es ist nicht deine Schuld. Wir haben auch das Kapuzenmädchen, Shirley, nicht testen lassen. Und außerdem wissen wir ja noch gar nichts sicher, oder?"

„Kümmerst du dich um die richterliche Anordnung?", fragt die Paulsen zurück. „Wir brauchen ihre DNA, und zwar vor allen anderen, die wir heute getestet haben."

Die leitende Kommissarin nickt. „Mach ich sofort, heute Abend noch, und wenn ich Staatsanwalt Beyerlein oder den Richter sonst wo aufscheuche."

„Wegen der DNA-Ähnlichkeit zwischen Großmutter und Enkel", schaltet sich Florschütz ein, „da hab' ich erst neulich in einer Fachzeitschrift was gelesen: Da gibt's wirklich einen Test, der speziell die Verwandtschaft in weiblicher Linie nachweist. Aber den haben wir wohl hier nicht verwendet. Es ging ja auch nicht darum, die Großmutter zu finden, oder?"

„Es gibt noch etwas." Anette Paulsen schaut ihre Kollegen an. „Kathrin Schmitt war in der 6. Woche schwanger. Durch den Blutverlust hat sie eine Fehlgeburt erlitten. Bis jetzt weiß noch keiner, ob sie selber durchkommt."

Jetzt ist auch Irene Ruppricht blass geworden. Und ihr fällt das Gespräch mit der jungen Sozialarbeiterin aus dem Sudhaus ein. Mit ihr hat sie sich darüber unterhalten, ob ihnen die gesuchte Frau in irgendeiner Weise auffallen müsste. Sie könnte etwas Verrücktes tun. Und sie könnte schnell wieder schwanger werden, hat Frau Kowalczyk gesagt. Das heißt aber auch, dass es da einen aktuellen Kindsvater geben muss. Und dieser muss präsenter sein, als es ein einmaliger Ausrutscher sein könnte. Und er interessiert Irene Ruppricht gerade sehr viel mehr als das bedauernswerte Geschöpf von den Bahngleisen.

Nach sieben Jahren

„Ätsch, hab dich rausgeschmissen!“ Sören freut sich wie ein Schneekönig und fegt mit der flachen Hand Kathrins gelbes Männchen vom Spielbrett. Nicht nur das, auch andere Figuren fallen um, die von Anna und Marie-Luise. Die regen sich fürchterlich auf, und Anna schlägt dem Sören auf den Oberarm. Das bringt den nur noch mehr zum Lachen. Kathrin hockt auf der Eckbank der Wohnküche und sagt gar nichts. Blödes Spiel. Warum müssen sie das überhaupt immerzu machen. Ich würd' lieber in meinem Zimmer sitzen. An dem kleinen Tisch am Fenster. Und den neuen Katalog von Otto aufschlagen, die große Schere nehmen und schneiden, schneiden, schneiden. Große Bilder, kleine Bilder, Bilder von schönen schlanken Frauen. Am liebsten die, auf denen sie neue Schuhe anhaben. Und davon am liebsten die, auf denen die Schuhe bunt sind, glitzernde Schnallen haben und dünne Absätze. Solche, die sie selbst nie getragen hat und nie tragen wird. Weil sie keine Füße mehr hat.

Kathrin hat keine Füße mehr seit dem Tag, als sie das Rendezvous mit der Wolke hatte. Sie war doch schon oben gewesen, hat schon nach der weißen Zuckerwatte gefasst, wollte sich hochziehen und ausruhen, ausruhen für immer. Und ist wieder abgestürzt, runtergesaust, back to earth, wieder rein in die fette Kathrin, auch wenn die mehr tot als lebendig war. Und ein ganzes Stück kürzer war sie, als sie wieder aufgewacht ist. Unten hat sie oberhalb der Knöchel einfach aufgehört. Da war nix mehr. Keine kleinen Patschfüße mehr, die lieber weiße Turnschuhe wollen als löchrige alte graue.

Na ja, ist lange her. Jetzt ist sie wieder ungefähr so groß wie früher. Oder vielmehr so klein. Wenn sie die blöden Prothesen anschnallt, zumindest. Die drücken seit ein paar Tagen wieder wie verrückt. Kathrin will raus aus der Küche und in ihr Zimmer. Aber Anna und Marie-Luise haben die Figuren wieder aufs Brett gestellt und Sören eine Strafpredigt gehalten, dass sie alles Oliver sagen, wenn er jetzt nicht ordentlich spielt. Oliver, das ist ihr Betreuer, der kommt jeden Tag und hilft ihnen. Er kocht mit ihnen zusammen, macht mit ihnen die Wohnung sauber und erledigt den Behördenkram. Richtig verguckt hat sich Kathrin am Anfang in den. Am Anfang, das war vielleicht vor zwei Jahren, als sie aus der Psychiatrie rauskam und einen Platz in der Wohngemeinschaft bekommen hat. Da hat auch der Oliver bei ihnen angefangen. Der hat so schöne Locken, aber nur, wenn er die Haare mal wachsen lässt. Meist geht er ganz schnell wieder zum Friseur, und dann sind die wieder kurz, und das gefällt Kathrin nicht so. Oliver, der weiß alles über sie. Glaubt sie zumindest. Er hat immer viel Zeit, mit ihr zu reden, aber sie will gar nicht reden. Er macht aber, dass sie dann doch den Mund aufkriegt. Ein bisschen wenigstens. Nur wenn er mit dem anfängt, was damals vor ihrem Unfall passiert ist, dann gehen bei ihr die Rollläden runter. Davon will sie nix hören. Von diesem kleinen Mädchen, das erst Karla hieß und das sie hätte sehen dürfen, als die von der Polizei alles rausgekriegt haben. Aber das wollte sie nicht, nie, und kein Sterbenswörtchen haben die erfahren, wie es zu alldem überhaupt gekommen ist. Auch Oliver nicht. Sie kann es nicht aussprechen, kann es einfach nicht über die Lippen bekommen. Vor allem den Namen nicht, von dem Alten, dem geilen Bock. Wer soll ihr schon glauben, dass sie nix von dem wollte, was er mit ihr gemacht hat. Das glaubt doch kein Mensch. Und Oliver, der wird sich nur vor ihr ekeln, wenn er das weiß. Das weiß er aber nicht. Hofft Kathrin zumindest. Aber woher auch, nicht mal Adriane, die doch ihre Mutter ist, konnte der Polizei was sagen. Hat erst noch rumgetobt, dass sie doch mit Kerlen rumgemacht hat, und dann hat sie tagelang geheult. Und der Alte, der hat die Fliege gemacht, als das mit der Kathrin passiert ist. War nicht so schlimm, Adi hatte bald wieder 'nen Neuen. Sie lässt sich nur alle paar Monate bei ihrer Tochter blicken. Oliver will immer, dass Kathrin ihre Mutter sieht, und er lädt dann Adi in die Wohngemeinschaft ein. Und er lädt noch die Mutter von Sören ein, eine dicke Türkin mit Kopftuch, die kaum Deutsch spricht. Und die Schwester von Anna und den Ex-Mann von Marie-Luise. Vorher müssen sie was kochen für die Gäste, Nudelauflauf gab's das letzte Mal, war gar nicht schlecht. Adriane hat ziemlich reingehauen. Aber versifft sah die aus. Kathrin hat sich fast geschämt, weil sie selbst, sie hat bessere Klamotten als früher. Oliver, der teilt ihr Geld genau ein, das sie in der Werkstatt verdient und das sie noch vom Sozialamt kriegt. Und dann fragt er sie, was sie als nächstes braucht, eine Hose oder einen Pulli, und dann sparen sie so lange darauf, bis es reicht, und dann gehen sie zusammen einkaufen. Das macht richtig Spaß, und Kathrin ist dann fast ein bisschen glücklich. Obwohl, so richtig freuen kann sie sich nie, aber sie ist auch nie mehr richtig traurig, und das, was früher war, kann sie fast nicht mehr spüren. Liegt an den Tabletten, die sie nehmen muss. Der Arzt, einer mit Rauschebart und Nickelbrille, hat ihr das mal erklärt. Er ist immer nett zu ihr, hat aber keine Zeit, nur Kathrin, die hat Zeit, wenn sie drei Stunden in seinem Wartezimmer sitzt. Ihr macht das nichts aus. Die anderen beschweren sich immer, aber ihr ist es egal, wo die Zeit herumgeht. Einfach da sitzen und vor sich hingucken und die Zeit verstreichen lassen. Geduldig warten, bis der Lautsprecher knackt und die Stimme „Frau Schmitt bitte“ sagt.

„Kathrin?“ Olivers Stimme taucht wie aus dem Nichts vor ihr auf.

Anna stößt sie in die Seite und sagt in ihrem blechernen Tonfall: „Du pennst wohl?“

„Würfeln, du bist dra-an!“ Sören, laut wie immer.

Kathrin würfelt lahm, eine Vier, und zieht.

„Alles in Ordnung?“, fragt Oliver, der neben dem Küchentisch steht und sich aus seiner Jacke schält.

Die anderen nicken, aber er schaut Kathrin an, und deshalb nickt sie auch.

„Morgen gehen wir mal mit deinen Prothesen zum Sanitätshaus“, sagt Oliver, „die müssen sie nachstellen, das geht ja so nicht weiter.“

Er meint, weil sie seit Tagen in der Bude hockt, außer wenn sie zur Arbeit muss. Bevor die Prothesen gedrückt haben, ist sie immer mal raus, ins Café Linde in Freienhausen, hat da eine heiße Schokolade getrunken und auch gewartet, dass die Zeit herumgeht. Das heißt, so ganz stimmt das gar nicht. Im Café Linde, da ist nämlich der Fredi als Bedienung, immer mittwochs und samstags. Fredi ist jedes Mal ein bisschen bei ihr stehen geblieben und hat etwas Lustiges erzählt, von seinem Hund zum Beispiel, oder er kannte einen Witz, den er gelesen hat. Ein bisschen erinnert er sie an diesen Religionslehrer, den sie eine Zeitlang in der Schule als Aushilfe hatten, weil er auch so groß und dünn ist und nicht besonders schön aussieht. Dafür stört den Fredi überhaupt nicht, dass sie keine Füße hat, er hat's nicht mal gemerkt, weil sie ihre Füße am Anfang immer unter dem Tisch versteckt hat.

Aber einmal musste sie so dringend aufs Klo, und da hat der Fredi sie gefragt, ob ihr die Beine wehtun, weil sie mit den Prothesen so einen Watschelgang hat. Jetzt weiß der das. Vielleicht gehen sie bald zusammen ins Kino, das hat er sie gefragt, und seitdem möchte Kathrin gar nicht mehr, dass die Zeit herumgeht im Café Linde.

Auch Oliver findet es gut, dass sie rausgeht, auch mit den Prothesen. Sie braucht die Krücken und kommt nur langsam vorwärts, aber die Wohngemeinschaft liegt zentral, ist nicht so weit wie von Hochfeld herunter. Kathrins dicker Po wackelt von links nach rechts und rechts nach links, wenn sie sich auf den Krücken vorwärts schiebt, aber sie will schon lange nicht mehr schön und schlank sein. Und auch keine Pink mehr hören.

Es klingelt an der Tür, eine hübsche Melodie, die Oliver ihnen eingestellt hat, weil Sören Epileptiker ist und von schrillen Tönen einen Anfall kriegt. Nur nicht von seinen eigenen.

Oliver geht raus, und sie hören ihn an der Tür reden. Da ist eine Frauenstimme, eine Kinderstimme. Die Kinderstimme gehört einem Mädchen. Kathrin würfelt weiter, aber ihre Ohren sind draußen an der Tür. Sie hört nicht, was die Frau sagt, aber sie hört ihre Stimme, und die kennt sie irgendwoher, aus ihrem früheren Leben. Eine der wenigen Stimmen, an die sie sich gerne erinnert. Sie hat damals die fette, hässliche, von allen gehänselte Kathrin einen Teenager genannt. Und sie hat damit gemacht, dass Kathrin sich ein einziges Mal fühlen durfte wie ein normales junges Mädchen. Ein einziges Mal.

Die Stimme verabschiedet sich, die Tür geht zu, und Oliver kommt herein, mit dem hüpfenden Mädchen an der Hand, das lacht und schnattert, aber mit einem Mal verstummt, als es die vier würfelnden Leute sieht. Der erste

Schreck, den Kathrin bekommen hat, ist wieder weg. Es ist nicht das Mädchen, das sie nie wird sehen wollen. Obwohl das Alter so ziemlich das gleiche ist.

Das Mädchen sieht aus wie Oliver, hat viele kleine blonde Löckchen und einen großen, lachenden Mund. Er hat eine Tochter, und jetzt fällt ihr ein, dass er gestern gesagt hat, er bringt sie heute mit, denn ihre Mutter, mit der er aber gar nicht zusammen wohnt, die müsste wohin, und da könnten sie, Sören, Anna, Marie-Luise und Kathrin doch mal seinen kleinen Sonnenschein kennen lernen.

„Das ist die Emilia – na, sag mal hallo, Emilia, bist doch sonst nicht so schüchtern."

Emilia grinst und verzieht den großen Mund so weit, dass er bis zu den Ohren reicht. Dann sieht sie das Mensch-ärgere-dich-nicht auf dem Tisch und quetscht sich neben Kathrin auf die Bank und fragt: „Darf ich mitspielen?"

Sören meckert, weil er schon ein grünes Männchen im Loch hat und nicht wieder von vorne anfangen will, aber dann gibt er nach. Oliver schlägt vor, das Brett zu drehen, weil dann sechs Leute mitspielen können. Kathrin will aber nicht mehr mitspielen. Das kleine Mädchen neben ihr hat eine kleine warme Hand auf ihren Oberschenkel gelegt, hält sich da fest und zappelt auf der Bank herum. Kathrin kann da nicht sitzen neben dem kleinen Mädchen, aber sie kommt nicht an ihre Prothesen dran, die sie wegen der Schmerzen abgeschnallt hat. Sie lehnen außen an der Bank, und das Mädchen ist dazwischen. Weil Kathrin so dick ist, noch fetter als früher, und ihr Hintern so breit, hat Emilia fast keinen Platz und drückt sich mit ihrem mageren Körper eng an Kathrin. Sie guckt sie mit großen Augen an und dann unter die Tischkante zu der Stelle, wo Kathrins Füße sein müssten.

Dann lacht Emilia laut los und ruft ungläubig: „Du hast ja gar keine Füße! Du kannst ja gar keine Schuhe anziehen!"

Oliver mischt sich ein und sagt: „Kathrin kann ihre Füße mit den Schuhen dran ausziehen – schau, da in der Ecke stehen sie."

Emilia hüpft von der Bank herunter und schnappt sich Kathrins Prothesen mit den klobigen Schuhen dran. Sie nimmt in jede Hand eine Prothese und lässt sie auf dem Boden um den Tisch herumlaufen.

Kathrin bewegt sich auf den Pobacken an den Rand der Eckbank. Sie will hier weg, egal wie, ob mit oder ohne Füße. Oliver nimmt dem kleinen Mädchen endlich die Prothesen weg, hält sie hoch in die Luft, weil Emilia an ihm hoch hüpft und sie wiederhaben will. „Ich! Ich! Ich geb' sie doch der Frau wieder! Bitte, bitte, Papa!"

„Wir wollen endlich spielen!", schreit Sören dazwischen, und Anna und Marie-Luise bauen alle Männchen auf den sechs Feldern auf. Aber Kathrin will nicht mitspielen, sie muss hier weg und muss aufs Klo.

Das kleine Mädchen hat die Prothesen wieder und ist jetzt ganz ruhig und kommt zu Kathrin her und hält ihr die Prothesen hin. „Darf ich zugucken, wie du die dran machst?", fragt es und schaut Kathrin mit einem Blick an, den sie nicht aushalten kann.

„Nun lass mal die Kathrin", schaltet sich Oliver ein. „Sie braucht ein bisschen Ruhe, um ihre Füße dran zu machen. Komm, setz dich so lange zu mir, wir fangen schon mal zu spielen an."

Kathrin hält die Augen gesenkt, befestigt umständlich die Prothesen an den Stümpfen, lässt sich von Sören die Krücken geben, die umgefallen sind, stemmt sich hoch und schiebt sich an den anderen vorbei hinaus, raus aus der Küche, über den Flur, in ihr Zimmer, ein kleines Zimmer mit vielen Bildern aus Katalogen an der Wand, einer Welt aus Bildern, die sie selbst machen kann, in die sie flüchten kann vor kleinen Mädchen wie Emilia, vor kleinen Mädchen wie der kleinen Karla, die man retten muss, retten vor ekligen, unaussprechlichen Dingen, die niemand kennt außer Kathrin allein.

Aber morgen, da geht sie mit Oliver zum Sanitätshaus, wegen der Prothesen, und wenn die wieder passen, dann geht sie ins Café Linde und danach ins Kino mit Fredi. Vielleicht. Hoffentlich. Sicher.

■